ROLF ULRICI

Der Landarzt und seine Familie

Rolf Ulrici

Der Landarzt und seine Familie

Roman

Herbig

Das Buch entstand nach der gleichnamigen ZDF-Serie von Herbert Lichtenfeld.

1. Auflage Januar 1989
2. Auflage April 1989

Umschlaggestaltung: Christel Aumann, München
Satz: IBV Satz- und Datentechnik GmbH, Berlin
Gesetzt aus: 10/12 Aldus (Linotron 202)
Druck: Jos. C. Huber, Dießen
Binden: R. Oldenbourg Graph. Betriebe, München
Printed in Germany
ISBN: 3-7766-1488-9

Inhalt

Der Mattiesenhof *7*

Liebe, Tod und Spielteufel *19*

Das Umfeld der Landarztpraxis *37*

Neue Verwicklungen *68*

Ein Psycho-Fall und eine Steißgeburt *88*

Bittere Lektionen *106*

Diagnose: Liebeskummer *131*

Prüfungen *149*

Olgas Jugendfreund taucht auf *170*

»Warum bin ich Arzt geworden?« –
Stoßseufzer eines Überforderten *189*

Der Doktor bricht zusammen *203*

Krankenhauszeit *214*

Der Traum von Mallorca –
oder Ferienwelt und Alltagswelt *238*

Ehesturm in den Hundstagen *257*

Kerstins rätselhafte Flucht *282*

Olga Mattiesens Triumph *294*

Der Mattiesenhof

Es ist ein windiger Maimorgen, kurz vor sechs.
Frau Sellmann radelt zum Mattiesenhof. Seit einigen Wochen putzt sie dort morgens die Praxisräume des Landarztes. Frau Sellmann darf keine Zeit verlieren. Die Sprechstunde beginnt zwar erst um 9 Uhr, aber die Patienten lungern schon immer eine halbe Stunde früher vor der Haustür, und sie kann einem hartnäckigen Frühankömmling nicht wieder das Wischwasser vor die Füße schütten, wie dem, der sie eine dämliche Ziege genannt hat. Freundlichkeiten dieser Art sind immer zu befürchten. Es gibt rabiate Kranke, weiß Gott.
Frau Sellmann legt sich kräftig in die Pedale.
Der Wind kommt von Südwest, weht ihr also entgegen. Es ist der Wind, den eher die Bauern mögen als die Fischer. Aber was nützt ihr das? Das vordere Schutzblech ihres längst nicht mehr verkehrstüchtigen Fahrrads klappert sowieso schon wie die letzte Wassermühle am Naunhammer Bach.
Eben treibt vor ihr der Bauer Schintz seine Schwarzbunten vom Alten Damm auf die Außenweide hinunter.
»Morgen auch! Gu'n Morgen sag' ich!« ruft er Frau Sellmann nach. »Dein Schutzblech klappert!«
Frau Sellmann grüßt zurück. Sie dreht sich kurz um und fragt: »Was ist?«
»Dein Schutzblech klappert!« wiederholt Schintz.
»Ich kann dich nicht verstehen, mein Schutzblech klappert!« schreit Frau Sellmann weiterstrampelnd.
Warum hat der Schintz, der Dösbattel, gegrinst?
Frau Sellmann hält an, aber Schintz ist schon auf der Weide.
Als sie ihr Rad fest in den Griff nimmt, um wieder aufzusteigen, stößt sie mit der Fußspitze an einen Karton.
»Was ist das?« fragt sie den Wind. Die Pappkiste kommt ihr unheimlich vor, weil sie Löcher hat und mit bunten Kabeln verschnürt ist. Sollten sich Terroristen nun schon neben Kuhweiden herumtreiben? Es ist alles möglich, man liest es jeden Tag in der Zeitung.

Aber Bomben und so 'n Zeug macht nicht Miau. Es klagt und maunzt nicht so zum Steinerbarmen.
»Das... das darf doch nicht wahr sein!«
Frau Sellmann hat ihr Rad an einen Baum gelehnt und den Karton geöffnet. Zwei kleine Katzen blinzeln verstummend in das über sie hereinbrechende Licht. Die eine beginnt sofort, an ihrem Arm hochzukrabbeln.
»Psch, psch, psch«, macht Frau Sellmann. »Willst wohl unter einen Trecker kommen?« Und sie schließt den Karton rasch.
»Eine Schande!« Sie sieht sich um. Der Schintz ist längst außer Rufweite. Der hat die Katzen nicht ausgesetzt. Bestimmt nicht. Ein Wunder nur, daß seine Kühe den Karton nicht zertrampelt haben.
»Da war wieder mal einer zu feige, die Tierchen zu töten«, vermutet sie. Sie verschnürt den Karton wieder, angelt nach ihrem Rad und legt den Karton in den Korb vor der Lenkstange. »Zu feige, ja. Aber auch zu geizig, den Tierarzt zu bemühen. Lieber wird so'n bißchen Leben dem Zufall überlassen.«
So schimpft Frau Sellmann.
Die beiden Kätzchen rappeln mit dem Schutzblech um die Wette, als sie weiterfährt. Sie protestieren lauter, nachdem sie die Luft der Freiheit geschnuppert haben.
»Ja, ja«, sagt Frau Sellmann. »Ein Weilchen geduldet euch noch. Wir sind gleich da. Und die Olga, die Olga Mattiesen, die wird schon für euch sorgen.«
Olga Mattiesen, die Mutter Dr. med. Karsten Mattiesens, ist seit 5 Uhr auf. Olga erlebt hier im ›Busch von Deekelsen-Dreekels‹ die Arztpraxis bereits in der dritten Generation. Ihr Schwiegervater hat sie gegründet, ihr Mann führte sie bis zu seinem tödlichen Jagdunfall weiter. Dann übernahm sie der Sohn – wofür er auf seine Hamburger Prominenten-Klientel verzichtete.
Jahrzehnte war Olga hier die Seele des Ganzen. Manchmal ist ihr jetzt der Stall ein angenehmerer Aufenthalt als das Arzthaus, und die Tiere sind ihr lieber als die Patienten. Karsten hat seine geschiedene Frau wiedergeheiratet. Seitdem ist das Verhältnis zwischen Mutter Olga und Sohn Karsten zeitweise getrübt.

Olga, gelernte Krankenschwester und Hebamme, beschäftigt sich vor Tau und Tag mit dem Pony Zwunsch, der obstinaten Ziege Ilse und dem Austragspferd Frieda.
»Die Frieda«, sagt ihr Stallhelfer, »die Frieda mag mich nicht.«
Der Stallhelfer ist der alte Hering, aber der ist kein Fisch, sondern astrologisch Widder – was gut zu ihm paßt, weil er sein Leben lang Schäfer war.
»Das ist's ja eben«, meint Olga – mit der Mähne des Ponys Zwunsch beschäftigt. »Du riechst nach Schaf, Hering, obwohl du nun im Altenheim bist. Und du red'st mit der Frieda-Friedelinda-Alceste wie mit'm Schaf. Das kann sie nicht haben, denn sie ist ein Klassepferd gewesen.«
»Ich red', wie ich red'«, sagt Hering, der Friedas Box ausgemistet und frische Streu aufgeschüttet hat.
»Du red'st mit jedem wie mit'm Schaf«, erklärt Olga.
»Ja. Auch mit Pfarrer Eckholm. Denn was der liebe Gott is' –«
»Wirst du mir nicht zu sagen brauchen«, unterbricht Olga. »Und wenn hier herum jemand die Leute wie Schafe behandeln darf, ist das der Pfarrer Eckholm. Der hat das Monopol.«
Hering schweigt.
Er bewundert die Arztmutter. Als er noch Hütejunge drüben auf dem gräflichen Gut war, hat er Olga als junges Mädchen gesehen, wenn sie zu ihrer Freundin Bea ins Schloß ging. Für ihn, der sein Geburtsdatum nicht kennt, ist die resolute Witwe noch immer wie damals: eine Gestalt aus einer anderen Welt, auch wenn sie hier miteinander im Stalldreck stehen.
Hering kommt gern in aller Frühe vom Altersheim getrottet. »Ein Toter braucht keinen Schlaf«, sagt er – und rührt höchst lebendig seine Arme.
»Wann ist der junge Doktor geschieden worden?« sinniert er.
»Ach, schweig bloß davon! Genau vor einem Jahr. Und ein paar Monate darauf hat er die gleiche Annemarie wiedergeheiratet.« Die Stimme Mutter Mattiesens klingt bitter.
»Ja. Hab' gehört. Wegen dem Baby!«
»Quatsch, Baby!« höhnt Olga. Sie geht zur Koppelseite aus dem Stall hinaus, um die Ziege anzupflocken. Als sie zurückkommt, sagt sie: »Das war 'ne schlimme Sache. Nun ist es

überstanden. Annemarie ist schließlich ein spätes Mädchen – und der ›ewig junge Doktor‹ ist im Herbst immerhin schon vierzig geworden.« Geräuschvoll schrubbt sie mit dem Stallbesen den Gang vor den Boxen. Das Baby – das ist der wundeste Punkt in ihrem Gemüt. Ein drittes Enkelkind (zwei erwachsene hat sie schon: Enkelsohn Eike, Enkeltochter Kerstin), ein letztes Kleines hätte ihr die Bitternis der Wiederverheiratung genommen.

»Und nun fühlst du dich wie der unnütze Austragsgaul hier?« fragt Hering.

Olga Mattiesen fährt herum und hebt den Besen. Aber da steht der alte Mann und sieht sie spöttisch an.

Olga läßt den Besen sinken. Sie lacht. »Na, ja. Aber ganz so ist's nun auch wieder nicht.« Dann kramt sie in der Schürzentasche. »Hier, dein Geld. Ich muß rüber. Frau Sellmann wird schon dasein.«

Sie geht durch die Doppelgarage, wo der robuste Kombi des Doktors und der sündhaft teure Schlitten der Schwiegertochter stehen. Annemarie ist durch ihre Erbschaft zu einer guten Partie geworden. Auch so ein Kapitel! Sie hat für den Ausbau des Wohnhauses und für die dringend notwendige Modernisierung der Praxis gesorgt. Selbst in Borsberg gibt's nirgendwo so viele Apparaturen und medizinische Spezialgeräte auf fünf Räume verteilt wie hier: Hier, am Alten Damm, jenseits der Bohlenbrücke über dem Dreekelsbach, hinter Holunder und Brennesselbusch, im Haus mit der grünlackierten Tür oberhalb der geschweiften Treppe.

Ja, ja. Mit ihrem Geld hat sie sich engagiert, die neue Schwiegertochter, hat sich rangeschmissen, um den geschiedenen Ehemann gleich nach einem halben Jahr wiederzuheiraten. Das Haus ist nach hinten, zum Obstgarten hin, erweitert worden.

»Frau Ratsherrin!«

Aus einem Fenster der Praxis guckt Frau Sellmann. Sie hat ihr Putzfrauentuch um die Haare und ist wohl schon eifrig in Fahrt.

»Ich bin keine Ratsherrin«, erwidert Olga. »Ich bin Bürgerschaftsrätin von Borsberg für den Ortsteil Dreekels. Wie oft soll ich das noch sagen? Was gibt's, Frau Sellmann?«

»Zwei Kätzchen! Im Waschhaus! Ich hab' sie gefunden.«
Olga nimmt sowieso den Weg durchs Waschhaus. Erstens, weil sie sich dort duschen und umkleiden kann, zweitens, weil der Herr Sohn es nicht liebt, daß eine schmutzige Tierpflegerin den Eingang für Menschen benutzt.
In dem Drahtkäfig, der früher ein Kaninchen beherbergte, purzeln die beiden Kätzchen übereinander. Auf dem Fußboden steht ein Schlabbernapf. Olga stellt fest, daß Frau Sellmann den Asylanten bereits ein Gemisch aus Sahne und Warmwasser verabreicht hat.
»So was Schnuckliges!« ruft Mutter Mattiesen angesichts der Tierchen. Sie nimmt sie – ein Weißes und ein graubraunes Gestromtes – heraus, legt sie sich in die Ellbeugen und streichelt sie Hand über Hand. »Nun, nun«, sagt sie zärtlich. »Ich werde euch aufpäppeln. Keine Sorge. Mag der Doktor zehnmal meinen, wir hätten genug Viecher!«
Sie duscht sich in der Kabine und zieht sich um. Dann deckt sie in der Küche den Frühstückstisch.
Die Küche ist ein stilvoller, praktischer und großer Raum, sozusagen der Plenarsaal des Anwesens. Im Ernst: Als das Gebäude errichtet wurde, gab es weder Zentralheizung noch elektrisches Licht. Besonders an den langen, kalten Winterabenden spielte sich das Familienleben um den stabilen Ausziehtisch herum ab, unter einer Petroleumlampe, in deren Schein Karstens Großvater sogar einmal eine Notoperation durchgeführt hat. Auch einem Baby verhalf Olga später an der Seite ihres Mannes hier zur Welt. Hier, in der Küche!
Tempi passati!
Heute steuert die Ölheizung die Wärme gradgenau bis in den letzten Winkel des Hauses. Belüfter und Feuchtigkeitsregler versorgen die Praxis sommers und winters mit den behördlich vorgeschriebenen Werten.
Trotzdem ist die Küche im hektischen Raus und Rein der ewig durcheinanderlaufenden Mattiesen-Sippe als Treffpunkt und Diskussionsstätte unentbehrlich. Hierher zieht man sich zurück, von hier aus saust man wieder in alle Richtungen auseinander. Die Mattiesen-Sippe: Zur Zeit besteht sie aus

Doktor med. Karsten Mattiesen, Arzt für Allgemeinmedizin,
Annemarie, seiner Frau,
Kerstin, beider Tochter, der es plötzlich einfiel, nach Hause zurückzukehren, um auf dem Borsberger Gymnasium ihr Abitur zu machen,
und *Olga*, Herrscherin in den Bereichen ›Gynäkologische Nachsorge und Bestrahlung‹.

Sohn Eike, nur noch mit seinem Zeug in der Dachkammer präsent, hat sich, scheint es, ganz vom Elternhaus gelöst. Er ist ein mathematisches Genie. Er wird eine entsprechende Karriere machen...
Der Bäckerjunge Molli hat den Beutel mit frischen Brötchen schon gebracht, und Olga schmiert sich eins mit Butter und genehmigt sich eine Tasse Kaffee im voraus.
Frau Sellmann blickt herein.
»Sind die Katzen nicht hübsch?«
»Goldig«, brummt Olga. »Ob Karsten auch der Meinung ist, wird sich zeigen.«
Frau Sellmann lacht. »Ach, der Doktor. Mit dem kann man doch reden!«
»Ja. Jeder kann mit ihm reden. Nur oft seine eigene Mutter nicht.« Olgas Gesicht verdüstert sich. »Wollen Sie auch 'ne Tasse?«
»Ja, danke. Nur ein paar Schlucke. Es ist nach acht, und ich bin noch nicht im Wartezimmer rum.«
»Nach acht!« sagt Olga verärgert. »Und das Fräulein Abiturkandidatin pennt noch. Durchsausen wird sie. Durchsausen wie'n Windei.«
»Die Schule beginnt heute um neun«, beschwichtigt Frau Sellmann. »Kerstin ist längst raus aus dem unteren Bad.«
»Und Ihre Hoheit, meine Schwiegertochter?« fragt Olga.
»Ist im oberen Bad. Kommt sicher auch gleich.«
»Gleich – und immer zu spät. Können Sie mir übrigens sagen, warum sie meinen Sohn wiedergeheiratet hat, aber trotz aller Vorsätze nicht in der Praxis mitarbeiten will?«
Frau Sellmann schweigt verlegen. Welche Karten hier unsichtbar auf dem Tisch liegen, weiß die ganze Gegend.

Des Doktors Ex- und ›Wiederfrau‹ hat ja geglaubt, sie bekäme ein Baby. Und alle Mattiesens (ja, auch Olga!) sind der Meinung gewesen, die ›junge Großmutter‹ würde sich dann ins Privatleben zurückziehen, um sich dem Neuzuwachs zu widmen.

Der Traum ist aus. Und nun ist eine Frau zuviel an Bord. Dabei braucht die ständig zunehmende Praxis jede Hand. Aber eben nicht die Hände zweier Mattiesen-Frauen, die sich am besten verstehen, wenn sie einander möglichst selten über den Weg laufen.

Frau Sellmann stellt die Tasse ab. »Will Ihre Schwiegertochter nicht wieder Lehrerin werden?« fragt sie, während sie Wasser in den Plastikeimer laufen läßt.

»Ha! Lehrerin!« schnaubt Olga. »Sie hat jahrelang nicht unterrichtet! Schließlich war sie ja auch Arzthelferin!«

Doch Mutter Mattiesen weiß, daß Annemarie eine Chance hat, im Englisch- und Deutschunterricht am Gymnasium einzuspringen und für einige Monate eine Lücke auszufüllen, weil dort eine Lehrerin ihr Mutterschaftsjahr wahrnimmt. Aber ein positiver Bescheid ist noch nicht da. Er würde eine Zwischenlösung für die Entspannung im Arzthaus bedeuten. Das ist sowohl Annemarie als auch Olga klar.

Frau Sellmann verschwindet mit dem Eimer im Sprechzimmer. Olga holt die Kätzchen in einem ausgepolsterten Kistchen aus dem Waschhaus.

»Ach, Oma! Sind die süüüß!« Der Aufschrei kommt aus dem Mund der taufrischen Enkelin Kerstin, die sich eben an den Frühstückstisch setzen will. »Zeig mal! Wo hast du sie denn gekauft?«

»Du bist völlig verstädtert«, erklärt die Großmutter. »Auf dem Lande kauft man Miezekatzen nicht, die findet man.« Sie stellt die Kiste ab. »Unter der Haube ist dein Frühstücksei.«

Als nächster betritt Dr. Karsten Mattiesen die Küche. Er hängt seinen schneeweißen Kittel an den Türhaken und weist auf der flachen Hand einen abgesprungenen Knopf vor: »Wenn die Kittel aus der Wäsche kommen, sollte geprüft werden, ob sie in Ordnung sind. Den Knopf hat mir Frau Sellmann nachgetragen.«

Das sagte er aber nur wie nebenbei, denn der Doktor ist ein stiller Typ. Er ist stattlich, locker in der Haltung. Die braunen Augen unter dem dichten Haar lassen ihn jungenhaft erscheinen. Sein Phlegma, das von gelegentlichen cholerischen Anfällen durchbrochen wird, darf nicht täuschen. Er besitzt die Fähigkeit, einen Sachverhalt schnell und gründlich zu erfassen. Leider bezieht sich das aber mehr auf seine Patienten als auf seine Familie.

»Guten Morgen«, fügt er seinen Worten ostentativ hinzu. Mutter und Tochter sind sonderbar abgelenkt. Auf der Anrichte schüttet Olga stubenwarme Milch in einen flachen Blechnapf.

»Ach so. Frühstück für Tiere! Aber für ein Pony scheint mir das Gefäß zu klein, Mutter.«

»Miau... miau... miau...«

Der Doktor läßt die Kaffeekanne in der Schwebe und sieht sich um: »Wir haben doch nicht etwa Katzen im Haus?«

»Doch. Sogar ganz süße!« ruft Kerstin. Sie steht auf und gibt ihrem Vater einen Kuß. »Denkt euch schon mal Namen für die beiden aus.«

»Denk du lieber daran, wie du mit deiner Fünf in Bio durchs Abi kommen willst«, murmelt der Vater.

»Ich hab' ab heute Nachhilfe bei Detlefsen!« Gleich darauf hört man draußen die Fahrradglocke und Kerstins lautes: »Tschüs, bis später!«

»Das Kind ist wenigstens fröhlich«, grollt Olga und stellt den Napf neben die Katzenkiste. »Ich wünschte, du wärst auch mal so vergnügt.«

»Wenn du auf der Erde herumkriechst, kannst du meine sonnige Physiognomie nicht sehen«, grinst ihr Sohn, mit der Quittenmarmelade beschäftigt.

»Ich mußte auch ohne die Katzen egalweg in der Küche herumkriechen«, kontert Olga. Sie taucht an der Tischkante auf wie eine Schwimmerin am Bootsrand. Indem sie sich hochzieht, fährt sie fort: »Meine Schwiegertochter, das Luxusweib, hat's nicht nötig, mir beim Frühstückmachen zu helfen.«

»Weil du dir nicht helfen läßt«, nimmt Karsten seine Frau seelenruhig in Schutz. »Sie will dir nicht im Weg stehen!«

»Ha!« zweifelt Olga.
Das Gespräch wird durch Annemaries Erscheinen unterbrochen. Wenn man sie so sieht, glaubt man wirklich nicht, daß sie hierher gehört. Sie wirkt wie eine jugendliche Direktrice, die »Urlaub auf dem Bauernhof« macht. »Ist Post da?« fragt sie, nach einem Brötchen greifend.
»Post! Post!« spottet Olga. »Hast du mal was anderes im Kopf als dein Gastspiel am Gymnasium? Post! Ich werd' dir 'ne Ansichtskarte vom Borsberger Lehrerkollegium schicken. Dann fragst du nie wieder!«
Karsten blinzelt Annemarie zu.
»Ich wollte ja heute meine Joghurtkur beginnen«, sagt Annemarie, »aber dieser köstliche Honig –« Sie stößt einen Schrei aus und springt auf. »Da hat mich was gebissen!«
»Gekratzt«, berichtigt Olga – nicht ohne Genugtuung. »Wärst du keine Stadtpflanze, könntest du einen Krallenkratzer von einem Biß unterscheiden.« Sie legt die Kätzchen in ihre Kiste zurück.
»Was, gleich zwei?« fragt Annemarie.
»Wohl nur vorübergehend«, meint Karsten diplomatisch.
»Nicht vorübergehend!« Die opalfarbenen Augen Mutter Mattiesens signalisieren Sturm. »Wenn sie groß und kräftig sind, kommen sie in den Stall. Da wimmelt's von Ratten.«
Karstens Kaffeetasse klirrt auf dem Untersatz: »Mutter! Gegen Freeses Kater hast du einen siebenjährigen Krieg geführt, weil er deine Küken gefressen hat. Das vergißt du und führst die Ratten ins Feld.«
»Willst du bestreiten –«
»Ja, und zwar mit Nachdruck.«
»Zankt euch nicht«, seufzt Annemarie.
»*Wir* zanken uns nie!« behauptet die Schwiegermutter kriegerisch. »Wir sagen uns nur die Wahrheit. Und die Wahrheit ist –«
»Daß wir keine Rattenfarm, sondern eine Arztpraxis sind«, unterbricht Karsten. »Hier wimmelt's von Hygienemaßnahmen, aber nicht von Seuchenträgern: *Das* ist es, was die Patienten wissen wollen. Koch dir deine Ratten sauer, den Rest übernimmt der von mir bezahlte Kammerjäger.«

Die Mutter öffnet den Mund, klappt ihn aber gleich wieder zu. Denn vom Flur her lugt die Arzthelferin Doris herein.
»Guten Morgen! Wollte nur sagen, daß ich da bin!«
»Wie spät ist's denn?« fragt Annemarie.
»Vor halb, und Frau Sellmann macht noch die Außentreppe. Es ist wegen der Arbeitseinteilung...«
»Schon gut!« Karsten lächelt. Es steht eine Überraschung ins Haus, die für die Praxis von Wichtigkeit ist. Er und Doris meinen, daß auch Olga sich darüber freuen wird.
»Um das Thema Tiere zu beenden«, wendet sich Karsten Olga wieder zu, »darf ich dich nur kurz an das Gewerbeamt erinnern.«
Nach der Modernisierung der Praxis ist eine Kommission auf dem Mattiesenhof gewesen – gemeinsam mit dem TÜV (wegen der neuen Geräte). Und plötzlich hat auf der Treppe das Pony Zwunsch gestanden, als wolle es zur Blutentnahme. Das ging dem Inspektor Meiners über die Hutschnur.
»Wollen Sie den Wundstarrkrampf direkt aus dem Stall in die Ambulanz liefern?« hat er sich empört. Pferde und Humanpraxis! Und er hat immer wieder »Skandal« gemurmelt, bis ihm Karsten das Wort abschnitt: »Sie sind kein Papagei, Herr Meiners. Und ich weiß, daß ich kein Tierarzt bin. Haus und Stall bleiben hübsch getrennt.«
»Keine Angst. Die Katzen werden deine Patienten nicht untersuchen«, beteuert Olga. »Die bleiben in Quarantäne!«
»Ach ja.« Der Doktor holt den Knopf aus der Tasche. »Ich wäre hinsichtlich der Patienten noch beruhigter, wenn mir jemand den Knopf an den Kittel nähen würde. Schlampigkeit in der Sprechstunde ist keine Empfehlung.« Er nimmt den Kittel vom Haken und reicht ihn der Mutter. »Bist du mal so freundlich?«
»Nein.« In Olgas Stimme schwingt Triumph. »Du vergißt, daß du deine geschiedene Frau wiedergeheiratet hast. Das ist ihre Sache.«
Annemarie zieht die Brauen hoch. Mit gespieltem Ernst sagt sie: »Karsten weiß, daß ich kein Hausmütterchen bin. Mit solchen Dingen soll er selber fertig werden. Oder bügelt er mir meine Blusen?«

In diesem Moment kommen zwei mädchenhafte Personen hereingestürmt. Sie sind etwas außer Atem – wegen der Überraschung. Die eine ist Doris. Die andere ist... Astrid. Astrid, monatelang Sprechzimmerperle, seit einem halben Jahr verheiratet mit einem jungen Arzt; der ist ans Borsberger Krankenhaus versetzt worden, und so kann Astrid ihren Dienst bei Mattiesen wieder aufnehmen. Das hat Karsten heimlich in die Wege geleitet.
»Astrid!« strahlt Karsten. Er denkt, Olga würde gleichfalls strahlen. Doch deren Gesicht verdüstert sich. »Ja, also«, erklärt Karsten munter. »Herzlich willkommen zu Hause, Astrid. Du kennst ja hier alle – und mit Doris bist du sowieso befreundet. Ich sehe keine Probleme.« Als er Astrid einen Kuß gibt, meint Annemarie: »He, he, nehmen Sie lieber eine Tasse Kaffee, die macht wenigstens nicht schwach.«
»Das hat Zeit«, fährt Karsten dazwischen. »Wichtiger ist mir eine kleine Testfrage! Astrid und Doris: Wer von euch beiden mag mich lieber? Wer würde mir den Knopf an den Kittel nähen?«
»Na ich!« ruft Doris.
»Ich auch!« ruft Astrid. »Geben Sie her. Ich weiß, wo ich Nadel und Faden finde.«
Die beiden schwirren ab. In der Küche herrscht auf einmal eine gespannte Stimmung. Sie geht von Olga aus. Mutter Mattiesen, sonst eine resolute Person, scheint auf einmal mutlos.
»*Das* ist es also!« murmelt sie. »Man hat die ganze Zeit nur so getan, als brauchte man mich noch. Und da werde ich mir nichts, dir nichts hintergangen. Der Betrieb lief mit Doris und mir ganz gut. Mit *zwei* jungen Dingern geht's natürlich besser. Ich verstehe. Ich verstehe.«
»Waaas...?« Der Doktor starrt sie an.
»Spar dir jeden Schmus!« ruft Olga. »Ich hab' kapiert. Keine Komödie, wenn ich bitten darf!«
Annemarie schiebt ihren Stuhl zurück. »Ich mach' mich lieber an den Schriftkram mit der AOK. Streitet euch gefälligst allein. Wenn ich mir das anhöre, ergreife ich Partei, und das ist in diesem Hause lebensgefährlich.« Sie geht rasch hinaus.
Karsten tritt ans Fenster. Er sieht die parkenden Fahrzeuge an

der Hecke. Auch auf dem Flur verraten mehr oder weniger laute Begrüßungen, daß der Vormittag ein volles Haus bringen wird. Und er zankt sich hier mit Olga!
»Mutter!« Seufzend wendet er sich ihr zu. »Die Praxis hat sich vergrößert. Ich brauche dringend eine dritte Kraft. Astrid kam mir wie gerufen.«
»Und wozu hast du deine Exfrau wiedergeheiratet?«
Die alte Leier, das alte Lied.
»Du weißt sehr gut, Mutter, daß ihr bei der Arbeit nicht miteinander auskommt. Es geht auf ständige gegenseitige Bevormundung hinaus.«
»Es geht darauf hinaus, daß ich zum alten Eisen geworfen werden soll!« ruft Olga anklagend. »Dieser Plan...«, sie spricht mit erstickter Stimme, »dieser Plan war die Basis eurer Wiederheirat.«
»Quatsch.« Wenn es hart auf hart geht, reden Mutter und Sohn wie alle anderen Hart- und Querköpfe dieser Gegend: grob und geradeheraus! »Altes Eisen! Das Kokettieren überlaß gefälligst den jungen Puten, die können das besser. Du bist topfit, falls du dich nicht dauernd übernimmst. Kein Mensch sieht dir an, daß du über sechzig bist. Du wirst hier gebraucht.«
Wie aufs Stichwort kommt Frau Sellmann herein. Sie bringt dem Doktor den Kittel mit dem angenähten Knopf: »Astrid läßt sagen«, meldet sie außer Atem, »daß da eine Patientin streikt. Eine Frau Storich. Sie will wieder gehen, wenn nicht Frau Mattiesen die Blutentnahme bei ihr vornimmt. Jemand anders läßt sie nicht an sich heran.«
»Soll sich nicht so haben«, brabbelt Olga. Doch sie erhebt sich sofort. »Ja, dann will ich mal... Wo ist mein Kittel?« Sie verschwindet in Richtung Waschhaus. »Sorgen Sie noch für die Küche, Frau Sellmann? Und passen Sie auf die Kätzchen auf.«
Gott sei Dank! Der Tag ist gerettet, denkt Doktor Mattiesen.

Der Tag ist gerettet, denkt auch seine Tochter, die in der ersten Stunde Biologieunterricht hat. Der Lehrstoff liegt ihr gar nicht, um so mehr aber der Lehrer: Oberstudienrat Detlefsen ist ein ruhiger, nachsichtiger Mann. Anfang/Mitte Dreißig, eher ein wenig schlaksig und unbeholfen. Der Lehrstoff bringt seine Augen zum Leuchten, die Schüler und Schülerinnen lassen ihn kalt.

Umgekehrt, was Kerstin betrifft, liegt der Fall anders. Seit sie im Borsberger Gymnasium ist, hat ihr Herz für den freundlichen, etwas ungeschickten Lehrer zu schlagen begonnen. Jetzt ist sie derart in Detlefsen verknallt, daß sie gar nicht merkt, wie sehr sie ihn sogar während des Unterrichts anhimmelt – und wie hämisch die anderen darüber kichern.

»Die ungenutzte Intelligenz bei den Primaten!« doziert Detlefsen sanftmütig, während er sein Bärtchen streicht. »Neueste Forschungen belehren uns darüber, daß zum Beispiel Gorillas ihre Fähigkeiten sonderbarerweise erst in der Gefangenschaft mobilisieren...« Er spricht und spricht. Kurz vor der Pause faßt er zusammen und stellt an Kerstin die Frage: »Welche Erklärung könnte es dafür geben?«

»Die Liebe!« ruft Anne Machonke prompt, als Kerstin mit rotem Kopf dasteht und kaum weiß, was Detlefsen eigentlich gefragt hat.

Die Mitschülerinnen lachen laut auf und stoßen einander an. Doch der Oberstudienrat blickt nur milde verweisend. Kerstin tut, als nehme sie die Frotzelei der Mädchen überhaupt nicht zur Kenntnis. Nach der Unterrichtsstunde geht sie nicht gleich mit den anderen aus der Klasse, sondern wartet, bis Detlefsen seine Eintragung beendet hat.

Fragend blickt er Kerstin an.

»Es bleibt doch dabei? Drei Uhr?« erkundigt sie sich.

»Natürlich.« Detlefsen lächelt. »Bist du sicher, daß es was nützt? Die Kommission wird sich für sehr abstraktes Zeug interessieren. Für *sehr* abstraktes, Kerstin.«

Kerstin lacht. »Ich weiß, Prüfungsstoff ist zum Speien.«
»Ehrlich bist du ja. Aber eigentlich gebe ich nur Nachhilfeunterricht, wenn Aussicht auf Erfolg besteht. Und du weißt, die Zeit drängt.«
»Nun kapitulieren Sie mal nicht so schnell«, sagt Kerstin, als sei *er* der Schüler. »Also, bis dann!«
Vergnügt pfeifend geht sie aus der Klasse, als habe sie sich mit dem Oberstudienrat zum Tennis oder Segeln verabredet.

Inzwischen ist mit Verspätung auf dem Mattiesenhof die Post eingetroffen. Die Arzthelferin Doris hat der jungen Frau Mattiesen ein Schreiben in die Bibliothek gereicht, wo sie mit Kassenformularen beschäftigt ist. Annemarie liest, daß sie in den nächsten Tagen zu einem Informationsgespräch ins Gymnasium kommen solle. Ihre Anstellung »auf Zeit« sei bewilligt.
Annemarie stürzt hinaus auf die Diele. Dort prallt sie mit Olga zusammen, die gerade aus dem Bestrahlungsraum tritt. »Hurra, hurra, hurra!« Sie wirbelt Olga herum und gibt ihr einen Kuß.
»Irrst du dich nicht in der Person?« raunzt Olga. »Ich bin deine Schwiegermutter!«
»Ich weiß, ich weiß! Heute küss' ich jeden! Ich darf in Englisch und Deutsch unterrichten! Am Borsberger Gymnasium! Ist das nicht toll?«
»Noch toller wäre es, wenn du mich losließest«, meint Olga. »Ich brauche ja wohl nicht mit in die Schule.« Während sie in die Küche rauscht, wendet sich Annemarie der Bibliothek zu, um die Nachricht noch mal zu lesen. Sie kann und kann es nicht fassen.
Im Sprechzimmer herrscht dagegen die übliche Routine. Der Altbauer Ferdinand Ötter streift sich mit zitternden Händen die Hosenträger über. Aus geröteten Augen starrt er auf Mattiesen, der sich seufzend an den Schreibtisch gesetzt hat.
»Was ist, Doktor?«
»Tja, Ötter. Damit muß ich dich in die Klinik überweisen.«
Der alte Mann erschrickt so sehr, daß er den Daumen unter dem Träger steckenläßt. »Was? Dann ist das wohl was Ernstes?«

Mattiesen blickt auf.
»Wir sind keine Spaßvögel. Du nicht, ich nicht.«
»Nee, Doktor. Stimmt. Und was ist es nu?«
»Ein Leistenbruch.«
»Ein... Was für'n Bruch?«
Mattiesen geht zum Anatomiebild, das groß an einer Wand hängt: »Hier. Ein Bruch dieser Leiste.«
Der Altbauer zieht mechanisch seine Jacke über, streckt den Hals aus dem Kragen und starrt auf das Plakat. »Wie kann man sich denn die Leiste brechen? Den Arm, ja. Auch das Bein, das Kreuz; meinetwegen jeden Knochen. Aber die Leiste?«
Karsten setzt sich wieder an den Schreibtisch. »Der Ausdruck hat sich so eingebürgert, Ötter. Eigentlich handelt es sich um die Einklemmung des Dünndarms durch eine Bruchpforte in der Bauchhöhlenwand. Es ist besser, wir lassen das operieren.«
»Operieren? Muß das sein? Ich war noch nie unterm Messer!«
»Die Chirurgen verstehen ihr Handwerk. Verlaß dich darauf.«
Der Doktor reicht dem Patienten den Einweisungsschein.
Das Telefon summt, und während Karsten den Hörer aufnimmt, fragt der Altbauer. »Und wenn ich mich nu weigere? Wenn ich 'ne Operation nicht will?«
»Dann kann es zu einem Darmverschluß kommen.« Mattiesen meldet sich jetzt am Telefon. »Ach du bist's, Eckholm! Schönen guten Tag, Herr Pfarrer. Was haben Sie auf dem Herzen?«
In der Landarztpraxis, hier im Dreekelser Busch, wird's gehalten wie im gesamten Umland: Mal duzt, mal siezt man sich, das ergibt sich je nach Lust und Laune und wechselt oft von Satz zu Satz. »Kleinen Moment. Ich verabschiede einen Patienten.« Mattiesen lächelt dem Altbauern aufmunternd zu: »Also, keine Angst, Herr Ötter, gehen Sie in die Klinik, dann sind Sie's los. Klar?«
»Klar«, murmelt Ötter unüberzeugt. Er verläßt das Sprechzimmer. Karsten nimmt den Hörer wieder ans Ohr. »Da bin ich, Pfarrer. Was soll's denn sein? Ein Mittel gegen Heiserkeit?«

Astrid, aus dem Behandlungszimmer I kommend, sieht, wie sich des Doktors Gesicht jäh verändert. »Pit Melsen?« fragt er rauh. »Ja... Aber wieso denn das?« Astrid horcht auf. Pit Melsen ist jahrelang die tragische Figur im Patientenkreis Mattiesens gewesen. Pit, früher ein reicher Bauer, wurde durch seine Geliebte zum Hanswurst und Habenichts. Hätte sich die Frührentnerin Thea Knohl seiner nicht angenommen, wäre er buchstäblich verhungert. Die Thea hat ihn wieder hochgebracht, einen neuen Menschen aus ihm gemacht. Das war wie ein Wunder.

Aber was ist nun?

Der Doktor scheint kaum zu glauben, was er da hört. Endlich sagt er: »Ja, ja, natürlich... Ja. Bis dann.« Er legt den Hörer auf, stützt das Kinn auf die verschränkten Hände und starrt vor sich hin.

»Was... was ist denn mit Pit Melsen?« wagt Astrid zu fragen.

»Er ist tot.«

»Der... der Pit?« Astrid setzt sich auf einen Stuhl. »War der nicht wieder topfit? Und wirtschaftlich obenauf?«

Ja, auch wirtschaftlich. Nachdem ihm seine ›Matrosenhure‹, der er hörig gewesen ist, Haus, Hof und Land mit zweifelhaften Typen in Hamburger Spielhöllen durchgebracht hat, nahm ihn die Frührentnerin Thea nicht nur an die Leine. Sie tat noch mehr. Sie durchstöberte seine Papiere und kam darauf, daß ein cleverer Geschäftemacher ihm das Besiedlungsgebiet für einen Pappenstiel abgeluchst hatte. Na, dem ist sie auf die Bude gerückt. Notariell konstruierte man einen ›Irrtum‹ daraus und zahlte kräftig nach. Pit konnte sein Gärtchen neben Theas schmuckem Haus zurückerwerben und auf dem Grundriß seiner letzten Hütte einen Bungalow errichten, klein, aber sein. Den Rest des Geldes brachte er auf Theas Geheiß zur Sparkasse.

Alles sollte seine Ordnung haben. Die Thea, eine stramme Person mit losem Maulwerk, wollte selber nicht ins Gerede kommen. Schicksal hat sie gespielt, die Thea, gehofft, der Pit würde sie über kurz oder lang sogar heiraten. Und nun?

Astrid erhebt sich. »Entschuldigung, Doktor. Aber das ging mir in die Glieder. Wie und wo ist's denn passiert?«

»Das ist es ja eben«, seufzt Mattiesen geschockt. »So was möchte man nicht für möglich halten.« Er kramt auf seinem Schreibtisch. »Überzeug dich mit eigenen Augen...«
Während er Aktenstücke und Formblätter durcheinanderschiebt und etwas sucht, kommt Annemarie strahlend hereingeschossen.
»Karsten!« jubelt sie. »Ich bin angenommen. Hier ist der Bescheid. Ich darf als Aushilfe unterrichten. Ist das nicht toll? Später mach' ich vielleicht 'ne kleine Privatschule auf, jedenfalls sehe ich da eine Zukunft.«
Sie begegnet Karstens trübem Blick.
»Was ist denn? Freust du dich nicht?«
»Ja. Sehr.« Karsten findet, was er gesucht hat. Es ist eine Ansichtskarte. »Hier, Astrid. Aus Tirol. Ein Gruß von Pit und Thea aus Tirol. Dort ist er abgestürzt.«
»Abgestürzt?« fragt Astrid. »Wobei denn? Wie denn?« Sie kann sich den Pit weder als Klettermaxe noch als Segelflieger vorstellen.
Frau Annemarie versteht überhaupt nichts. »Ich denke«, ruft sie, »ich denke, du gratulierst mir, denn ich beweise ja immerhin Initiative, um nicht dauernd mit deiner Mutter zusammenzustoßen. Und du hörst mir gar nicht zu.« Ärgerlich rauscht sie hinaus.
»Der Pfarrer sagt«, wendet sich Mattiesen an seine Arzthelferin, »Pit ist auf einer Wanderung verunglückt. Die Thea hat ihm telegrafiert.«
»Nun macht er in seinem ganzen Leben eine einzige Reise aus dem Dreekelser Busch hinaus...«, überlegt Astrid. »Tja, hilft nichts. Unsere Patienten warten.« Sie läßt den nächsten ein. Es ist der Schleusenwart Stöver.
»Sie werden immer dicker, mein Lieber«, begrüßt ihn der Doktor.
»Es ist nur, weil ich die gefütterte Jacke trage. Der Wind, wissen Sie?«
»So? Na, hier drin stürmt es nicht«, versucht Karsten zu scherzen. »Ich habe Radaraugen. Es ist der Bauch, und den wollten wir doch wegkriegen. Oder?« Astrid reicht ihm den Zettel mit den Laborwerten.

»Halten Sie sich an die Diät?« fragt der Doktor skeptisch.
»Werktags schon. Da kocht meine Frau.«
»Und am Wochenende?«
»Na ja.« Stöver wischt sich den Schweiß von der Stirn. »Da sind wir viel eingeladen. Mich kennt ja jeder, nicht wahr? Und da hau' ich vielleicht mal ein bißchen über den Tellerrand.«
»Mit schierem Fett?«
»Nö. Nur mit Butter.«
Mattiesen stöhnt. Es ist immer dasselbe mit diesen Querköpfen. Tüchtige Kerle, die sich nicht scheuen, zuzupacken. Aber was das Essen angeht, benehmen sie sich wie Figuren auf der Bauernbühne.
»Lassen Sie wenigstens das Bier weg.«
»Und was krieg' ich für 'ne Medizin?«
»Eine, die Ihren miserablen Werten entspricht«, sagte Karsten nunmehr scharf. »Im übrigen schicken Sie mir mal gelegentlich Ihre Frau her. So. Der nächste.«
Es folgt die Patientin Schivel, eine Marktfrau aus Borsberg.
»Na, Doktor«, grüßt sie gemütlich. »Sie gehören auch mal an die Sonne.«
»Erst, wenn ich Ihren Rücken untersucht habe!« Frau Schivel hat wegen eines Wirbelbruchs im Krankenhaus gelegen. Sie ist mit ihrem klapprigen Auto da und klagt über Beschwerden beim Angurten. Karsten führt sie in den Behandlungsraum II und läßt sich von Astrid die Röntgenbilder reichen.
»Alles okay, Frau Schivel. Angurten muß sein, aber vermeiden Sie ruckhafte Bewegungen.«
»Ja, und dann die Masseuse. Die Sie mir verordnet haben, behandelt mich immer so von oben herab.«
Karsten lacht. »Das muß sie, Frau Schivel, das muß sie. Vor der Masseuse liegt man nun mal auf dem Bauch.«
Bis zum Mittag behandelt der Doktor eine glatte Fraktur, eine Sehnenzerrung, stellt bei einem Zwillingspärchen Masern fest (die die Mutter mit Sonnencreme zu heilen versuchte) und diagnostiziert wieder zwei Fälle von Modeschmuck-Allergie. Mit einem Arbeiter aus der Baumschule hat er einen längeren Disput, weil der sich trotz einer heftig schmerzenden Schulter nicht krank schreiben lassen will.

»Zur Beobachtung? Das beobachte ich auch so«, meint er.
Allmählich leeren sich die Räume. Auch »in der Bestrahlung« ist für den Vormittag Schluß. Astrid und Doris ordnen in der Empfangsbox die Karteikarten. Frau Sellmann hilft Olga bei der Zubereitung des Essens (es gibt Buletten, Kartoffelpüree, Salat und zum Nachtisch Eingemachtes). Annemarie deckt verbissen schweigend den Tisch. Die Schwiegermutter ist noch grämlicher als am Morgen, da sie der Tod Pit Melsens tief getroffen hat.
»Wir werden künftig zum Stehimbiß übergehen«, brabbelt sie.
»Ein Zeitplan für dieses Haus wär'n Witzblatt.«
»Nur für die Katzen nicht«, bemerkt Karsten.
»Die sind im Waschhaus, und die kriegst du gar nicht zu sehen.«
»Wenn ich sie nicht zu essen kriege, bin ich schon still«, muffelt der Doktor.
Um 3 Uhr ruft Oberstudienrat Detlefsen an, es sei ihm sehr peinlich, aber seine Mutter habe sich offenbar den Fuß verstaucht. Ob Doktor Mattiesen nicht gleich mit zum Nachhilfeunterricht kommen könne? Er meine natürlich –«
»Ich weiß, wie Sie's meinen«, grinst Mattiesen. »Ich bringe Ihnen meine Tochter und schau' mir die Verletzung an.«
»Das trifft sich ja prima!« ruft Kerstin erfreut.
»Du bist genauso ignorant wie dein Vater«, bemerkt Annemarie spitz.
Wenigstens meteorologisch ist es draußen heiterer als drinnen. Die Wolken haben sich verzogen, die Sonne scheint, der Wind hat sich gelegt.
Im Kombi, Tochter Kerstin neben sich, rollt der Doktor über den Dreekelsbach auf den Alten Damm hinaus, vorbei an Brennnesselbusch und Holunder.
Der Alte Damm führt hoch und schnurgerade durch das Grün. Die versprengten Gehöfte von Deekelsen-Dreekels, die seit der Eingemeindung zu Borsberg gehören, sind keinen Autobahnanschluß wert. Der Berufs- und Ausflugsverkehr geht über die neue Bundesstraße nach Borsberg, an die Schlei, die Ostseeküste und zurück zur Hamburger Autobahn. Es ist ein kleines Gebiet auf der Karte. Für den Urlauber und in den Prospekten des

Borsberger Fremdenverkehrsamtes stellt es so etwas wie eine Oase der Erholung und Selbstvergessenheit dar. Dem Bewohner ist es die Welt, eine harte unerbittliche Welt, kein Sommertraum, kein Wintersportgebiet.

Wer wüßte das besser als Karsten. Trotzdem lebt und arbeitet er gern hier.

»Ist was mit Mami und dir?« forscht die Tochter.

»Was soll denn sein?«

»Ach, für mich brauchst du keinen Türken zu bauen«, vermahnt ihn Kerstin weise. »Ich habe Augen und Ohren. Außerdem bin ich erwachsen.«

»Du bist volljährig«, betont der Vater. »Das ist etwas anderes. Vergiß nicht, *wer* von uns beiden Nachhilfe braucht.«

»Nicht in Psychologie«, kontert die Tochter ungekränkt. »Wozu hast du Mami wiedergeheiratet, wenn du ihr vorm Wegfahren nicht mal einen Kuß gibst?«

»Man kann sich verstehen, ohne sich dauernd abzuknutschen.«

»Ja, allerdings«, sinniert Kerstin, aus reicher Erfahrung mit ihren abgehalfterten Freunden sprechend. »Aber bei Mami und dir fehlt... na ja... die innere Übereinstimmung.«

»Also, weißt du, Mädchen, du könntest tatsächlich als Gemütsmuhme gehen. Setz dich in einen hohlen Baum und warte auf Kundschaft; der Andrang wird riesig sein.«

»Dein Spott ist nur Flucht. Warum hast du Mami noch mal geheiratet, nachdem's das erstemal schiefgegangen war?«

»Weil ich sie liebe«, lächelt Mattiesen. »Liebe ist für dich doch wohl kein Fremdwort, oder?«

Die Tochter seufzt, als hätte sie es mit einem unreifen Schüler zu tun.

»Was hat dir an Mami so gefallen, als ihr jung wart?«

»Wir sind auch jetzt nicht alt. Sogar deine Großmutter ist für heutige Begriffe keine alte Frau. Ich kenne einsame Herren, die sie vom Fleck weg heiraten würden. Heute noch.«

»Ich spreche von Mama und dir. Was finden so verschiedene Menschen aneinander?«

Das ist eine ernste Frage, und der Doktor weicht diesmal nicht aus. Schon vor sich selber nicht.

»Tja, was hat mir an ›Annemie‹ gefallen?« Annemie ist seine Koseform für Annemarie. – »Erstens ihr Charme.«
»Na! Du machst Spaß. Dir gegenüber ist ihre Zunge oft wie'n Rasiermesser.«
»Charme ist eine Eigenheit, Kerstin, keine Eigenschaft.«
»Na gut«, meint die Tochter unwillig. »Was noch?«
»Ihr Temperament«, überlegt der Vater. »Das anregend Sprunghafte. Ihre Intelligenz, ihre Inkonsequenz, ihre Zärtlichkeit. Nicht zuletzt ihre Attraktivität – damals wie heute.«
Kerstin seufzt. »Du schwärmst, Papi. Vielleicht solltest du ihr das alles einmal selber sagen.«
»Hab' ich«, feixt der Vater. »Gestern abend erst.«
»Und du willst mir weismachen, sie hat gegurrt wie eine Taube?«
»Will ich, hat sie«, nickt Karsten.
Die Tochter verdreht die Augen und schweigt. Versteh' einer die erotischen Beziehungen seiner Eltern.
»Wo geht's jetzt lang?« fragt der Doktor sachlich. Sie haben das Rondell und Asmussens Kneipe hinter sich. Der Oberstudienrat wohnt nicht in der Neuen Siedlung, sondern tief im Dreekelser Busch. Kerstin lotst ihn an der Ruine der uralten Kühl-Eis-Fabrik vorbei. Das Auto rumpelt über verrostete Schienen einer lange schon eingestellten Werkbahn.
Aber auf der Lichtung, die ›Malergrund‹ heißt, ist's frühlingshaft schön. Hier hatte einst ein Maler seinen Sommersitz, und der hat wohl gewußt, warum. Nicht weit von den überwachsenen Trümmern wohnt Oberstudienrat Detlefsen mit seiner Mutter und dem vierjährigen Söhnchen Robert in einem solide modernisierten ehemaligen Werkshaus. Hier haben die alten Gleisanlagen einem üppigen Garten Platz gemacht. Im Gras blüht Vergißmeinnicht, neben dem Eingang leuchten Forsythien in voller Pracht.
Während Kerstin von Söhnchen Robert und vom Hirtenhund Schubiak krähend und bellend begrüßt wird, führt Peter Detlefsen den Arzt zu seiner kranken Mutter. Peter ist Witwer. Seine Frau starb bei Roberts Geburt. Nun führt ihm die Mutter nicht nur den Haushalt, sie muß auch den Jungen erziehen. Da kommt selbst der kleinste Unfall ungelegen.

»Ich habe ihr aus der Nachbarschaft eine Krücke besorgt«, sagt Detlefsen. »Aber das ist keine Lösung.«
»Gewiß nicht. Aber gehen Sie nur. Ich komme mit der Patientin schon zurecht.«
Frau Anna Detlefsen sitzt in einem Gartenstuhl unter dem Vorbau. Sie hat das Bein hochgelegt und empfängt den Doktor gleich mit einer ganzen Reihe von Entschuldigungen. »Peter hätte mich ja zu Ihnen fahren können, aber als er mir sagte, daß Ihr Fräulein Tochter zum Nachhilfeunterricht käme...«
»Schon gut.« Karsten lächelt. Die Frau hat ein gutes Gesicht. Sie ist keine Jammerjule wie so viele andere. Ganz gewiß nicht. »Jetzt wollen wir uns erst mal den Fuß ansehen...«
An der Hecke, umsprungen von Kind und Hund, sitzen inzwischen Kerstin und der Lehrer, der hier noch weniger ›oberstudienrätlich‹ wirkt als in der Schule.
»Wenn meine Mutter für ein paar Tage behindert ist, muß *ich* mich um Robert kümmern«, sagt er bedrückt. »Da verlieren wir wichtige Stunden. Jede Stunde ist jetzt wichtig, Kerstin. Ich fürchte sowieso, du schaffst es nicht. In Französisch stehst du auch auf der Kippe.«
»Das heißt?«
»Das heißt! Das heißt! Du rasselst mit Pauken und Trompeten durchs Abitur.«
»Na und?« Kerstin strahlt ihn so fröhlich an, als hätte er ihr eben das Gegenteil prophezeit. »Sie verschwenden Ihre Energie sowieso an eine biologische Niete. Ich glaube, Robert will schaukeln! Halten Sie den Hund fest.«
Als Mattiesen sich nach abgeschlossener Untersuchung nähert, sieht er seine Tochter mit dem Kleinen – und mit dem Hirtenhund – Ball spielen! Sichtlich von Gewissensbissen geplagt, steht der Lehrer dabei.
»Geht's gut voran in Biologie?« grinst der Arzt.
»Nun ja, für heute nehme ich natürlich kein Honorar«, sagt Detlefsen verlegen. »Was ist mit meiner Mutter?«
»Eine Verstauchung. Sie muß das Bein unbedingt ruhigstellen. Ich habe von Ihren Problemen gehört. Sehen Sie zu, daß Sie jemanden finden, der den Kleinen beaufsichtigt. He, Kerstin, ich erledige noch ein paar Krankenbesuche.«

Mattiesen geht zum Auto.
»Den Jungen betreue *ich*!« sagt Kerstin schlankweg zu Peter Detlefsen.
»Was? Während ich in der Schule bin?«
»Klar«, erwidert Kerstin munter. »Dann schwänze ich eben.«
»Schwänzen? Um das Kind deines Lehrers zu hüten? Ich glaube, du bist –«
»Bescheuert«, lacht Kerstin, »nennen Spießer das wohl. Und nun mach' ich erst mal Kaffee.«
»Ein nettes junges Ding«, meint Frau Detlefsen, während Kerstin in der Küche herumwirtschaftet. Ihr Sohn trägt Robert huckepack und wehrt den eifersüchtigen Hund ab. »Du siehst nicht gerade begeistert aus«, stellt die Mutter fest.
»Kann ich das geblümte Service nehmen?« hören sie Kerstin rufen.
»Ja. Und holen Sie bitte den Rest der Torte aus der Kühltruhe. Robert kriegt Apfelsaft.«
»Okay«, erwidert die Küchenstimme.
»Nett und hübsch, diese Arzttochter«, nimmt Frau Anna Detlefsen das Gespräch wieder auf.
»Leider lassen ihre Leistungen in Biologie zu wünschen übrig«, sagt Peter.
»Und das stört dich?«
»Na, hör mal! Schließlich bin ich ihr Biologielehrer!«
»Aber jetzt ist sie mein Kaffeegast«, entgegnet Frau Anna. »Außerdem eine freundliche Hilfe, und ich will kein saures Gesicht sehen, wenn ich Schmerzen habe.«
Kerstin deckt den Tisch. Zuletzt kommt sie mit dem triumphierenden Robert aus der Küche und bringt für ihn statt des Apfelsafts eine Extrakännchen Kakao: »Den Saft hat er im Stehen getrunken, und nun wollte er ›seinen Kaffee‹. Ich muß sagen, er versteht sich durchzusetzen.«
»Und du bist ziemlich flink«, murmelt Peter Detlefsen.
»Nicht in Bio, wie du's mir deutlich hinter die Ohren geschrieben hast«, entgegnet Kerstin spontan. »'tschuldigung. Jetzt hab' ich ›du‹ zu meinem Lehrer gesagt.«
»Bleib schon dabei, aber nicht in der Schule. Ich duze euch ja auch, obwohl ihr ein Recht auf das ›Sie‹ habt.«

»Können wir das Amtliche mal beiseite lassen?« fragt Frau Anna.
»Das tun wir morgen, wenn Ihr Sohn in der Schule ist«, erklärt Kerstin unbekümmert. »Ich habe Peter angeboten, daß ich schwänze, solange Sie krank sind! Ich mache Frühstück und Mittagessen und pass' auf den Kleinen auf.«
Peter Detlefsen stellt die Tasse ab, daß es klirrt. Ganz plötzlich verliert er die übliche Zurückhaltung. »Ich finde schon eine Hilfe, Kerstin. Sag mal, was stellst du dir eigentlich vor?«
»Aber...« Kerstin ist verdattert. Eine so scharfe Reaktion hat sie nicht erwartet. Peter, nun wieder der Oberstudienrat, wird noch schroffer: »Was meinst du, was passiert, wenn das rauskommt? Du als Hausmütterchen inmitten meiner Familie! Eifrig tätig zwischen Tisch und Bett deines Lehrers! Dazu noch die Schule schwänzen! Dann ist der Skandal aber fertig!«
»Ich sehe das nicht so eng«, meint Frau Anna ruhig.
»Aber ich!« Jetzt hat Peter sie regelrecht angeschrien, was sonst nie vorkommt. Darüber ist Klein-Robert so erschrocken, daß er hintenüberfällt und Kerstin die Tischdecke mit sämtlichem Geschirr auf den Schoß reißt. Triefend von Kaffee, Kakao und Milch steht sie da. Und der Hirtenhund untermalt die Szene akustisch...
Als der Doktor seine Tochter abholt, trägt sie ein großgeblümtes, hübsches, wenn auch nicht modisch geschnittenes Kleid. Es stammt aus der Hinterlassenschaft von Roberts Mutter, denn Kerstins eigene Klamotten sind fürs erste versaut. Der Zwischenfall hat befreiend gewirkt; trotz der Scherben lachen alle vier.
»Kinderfest...«, jubelt Klein-Robert. »Kinderfest!«
»Scheint mir auch so«, meint Mattiesen ahnungslos. Er ist froh, wenn er irgendwo mal eine lustige Stimmung antrifft.
Auf der Rückfahrt summt Kerstin weltvergessen vor sich hin. »Bees, bees, my heart is singing...«
»Bees, Bees«. Das bedeutet Bienen. Sie teilt den Bienen etwas mit. Auweh, dann ist sie schwer verknallt. Wenn sie noch von den Sternen sänge. Aber Bienen? Das klingt allerdings sehr nach Biologie...
Nach der Abendsprechstunde muß der Doktor zum Borsberger

Bahnhof, um Thea Knohl die Heimkehr zu erleichtern. Sie kommt mit makabrer Last, denn der Gepäckwagen befördert die sterbliche Hülle Pit Melsens in einem schmucklosen Transportsarg. Mattiesen hat dem Pfarrer Eckholm am Telefon versprochen, sich dem traurigen Empfangskomitee anzuschließen.

Der Bahnhof, zur Großväterzeit der Stolz der Stadt – denn hier kamen auch diverse Exzellenzen an, um in den Küstenbädern ihre ›Sommerfrische‹ zu genießen –, ist kümmerlich verwaist. Neben dem automatisierten und reduzierten Gebäude erinnert nur noch das zweckentfremdete Haus mit den alten Kastanienbäumen daran, daß hier ein stolzer und selbstbewußter Stationsvorsteher gewaltet hat, beneidet und gefürchtet von den kleinen Jungen der ganzen Gegend.

Massig und bäurisch steht Pfarrer Eckholm da, neben sich die spillrige Margarete, seine Wirtschafterin. Der Hafeninspektor Nölting hat sich eingefunden. Ebenso der Vize-Polizeichef Heitmann. Ein Wagen des Bestattungsinstituts hält auf der Laderampe. Wie große Raben wirken die beiden Träger. Alles Notwendige hat Pfarrer Eckholm veranlaßt.

»Danke, Doktor, daß du gekommen bist«, begrüßt er Karsten mit gedämpfter Baßstimme.

»Pit Melsen war mein Patient«, sagt der Doktor.

Der Zug ist pünktlich. Er entläßt ein paar Pendler, die grüßend vorbeitraben, nur wenige Fahrgäste von weit her. Und – die Thea.

Ganz verlassen steht sie da herum, verlassen und still. Sie hat wohl in Tirol einen schwarzen Hut gekauft, einen schwarzen Umhang, schwarze Strümpfe und schwarze Schuhe. Kein Wort bringt sie heraus, sie, die Plaudertasche, eine der beiden meistgehaßten Klatschtanten zwischen Kappeln und Schleswig (wie die Borsberger behaupten).

Pits Tod scheint sie der Sprache beraubt zu haben. Teilnahmslos nimmt sie die gemurmelten Beileidsworte der Wartenden entgegen. Ihre frühere Klatschgenossin Berta Solljes, die ganz am Ende des Bahnsteigs steht, nimmt sie überhaupt nicht wahr. Berta, die von Eckholms Wirtschafterin alles brühwarm erfuhr, hat gehofft, Thea würde auf sie zueilen, Thea würde

sich nach Pit Melsens Tod wieder mit ihr zusammentun. Aber nun stehen da die Offiziellen und umringen Thea Knohl. Berta sieht, wie Eckholm sie tröstend in den Arm nimmt, wie Doktor Mattiesen die Koffer ergreift. Jetzt reißen sie sich wohl darum, die Trauernde nach Hause zu fahren.
Enttäuscht besteigt Berta Solljes ihr Fahrrad. Ihr Ziel ist Asmussens Kneipe. Nach besonderen Ereignissen ist das alte Gasthaus am Dreekelser Rondell bevorzugter Treffpunkt für unterschiedliche Gäste. Nicht nur Personen wie Berta finden sich dort ein, hier sitzen auch so honorige Personen wie der Bürgermeister Schultes, der Apotheker Janssen, der ›Zeitungskönig‹ Fletsch und der Baumschulen-Bruß. Nach dem Motto ›Hier bin ich Mensch, hier darf ich's sein‹ reden sie, wie ihnen der Schnabel gewachsen ist. Die Männer reißen Witze, wiehern vor Lachen und handeln lauthals Themen ab, die sie in der Strandhalle oder in Bohms Goldhotel nicht einmal flüsternd erwähnen würden.
Heute sind sie schon frühzeitig angeheitert, weil Bruß wegen eines günstigen Abschlusses mehrere Schnapslagen spendiert hat.
Plötzlich sieht einer die Berta Solljes stumm an der Theke hokken. Beliebt ist sie bei keinem, aber als Zielscheibe für derben Spott kommt sie jedem zupaß.
»He, Asmussen«, regt Schultes an. »Gib doch mal der Berta einen Klaren und ein Bier, damit sie mobil wird.«
»Wieso?« fragt Janssen. »Berta ist doch nicht in Trauer! Pit Melsen steht nicht mehr zwischen ihr und Thea. Das Duo der Klatschweiber ist wieder komplett!«
Der Schnaps macht die Derbheit zur Roheit. Die nächste Lage baut eine weitere Hemmschwelle ab.
»Wenn sie zusammen herumklatschen, geht die Auflage deiner Zeitung zurück!« warnt Asmussen den Verleger glucksend.
Der Bürgermeister dreht sich um: »He, Berta! Du weißt doch immer alles. Wie ist der Pit so schnell ins Jenseits gelangt? Hat er sich beim Bergsteigen nicht richtig abgeseilt?«
»Oder hat ihm die Thea einen Stoß gegeben?« feixt Bruß.
»Nein«, sagt Janssen mit gespieltem Ernst. »So was macht die

Thea nicht. Aber wenn ich mir vorstelle, ich würde mit Thea in Tirol sein – nein, Freunde, da würde ich von selber in einen Abgrund springen.«
Der Wirt, der sich nicht erhoben hat, ruft mit wackelndem Bauch: »Nun gib doch auch mal deinen Kommentar zu diesem Krimi ab!«
Berta eilt mit verbiesterter Miene von der Theke herbei, nimmt Asmussens Bierglas und schüttet dem Verdutzten den Rest über den Kopf. Da hat er ihren Kommentar! Schweigend setzt sie sich wieder an ihren Platz. Die Männer brüllen vor Lachen. Mit seinem Taschentuch und einer zugereichten Serviette trocknet sich der Begossene ab und stimmt in die allgemeine Heiterkeit ein. Inzwischen sind Pfarrer Eckholm und Dr. Mattiesen in die Gaststube gekommen. Und während sie sich Stühle heranschieben, fragt der Pfarrer:
»Wie siehst du denn aus, Asmussen?«
»Ach, wir sitzen hier ganz friedlich und unterhalten uns über Pit Melsens Tod. Da kommt die Berta gelaufen und gießt mir den Rest Bier über den Kopf. Ist nicht mehr ganz dicht, diese Person!«
»So, so«, knurrt Eckholm. Er und der Doktor hatten das Bedürfnis, sich ein wenig zu entspannen. Aber daß Pit und Thea Knohl heute das Hauptthema bilden würden, hätten sie sich denken können. Lustlos schweifen Karstens Blicke durch den Raum.
Am neuen Geldautomaten steht der junge Fritze Friedrichsen von der Baumaterialienhandlung Hanusch. Der hat sich offenbar vorgenommen, sein Glück in barer Münze herauszufordern. Während ein paar junge Leute neugierig zugucken, flakkert Fritzes Miene im Wechsellicht der rotierenden Scheiben. Bing! Schnapp! Die Gewinnmulde bleibt leer. Fritze zahlt ununterbrochen nach. Ohne Erfolg...
Wenn das nur gutgeht, denkt Mattiesen, zu dessen Patienten Fritze zählt. Der Wirt serviert dem Stammtisch eine Lage. Man prostet sich zu.
»Pfarrer, erzähl mal!« Der Apotheker Janssen beugt sich vor. »Die Polizei in Tirol soll Thea ja vernommen haben...«
»Da weißt du mehr als ich«, erwidert Eckholm.

»Tja«, dröhnt Asmussen. »Die Weiber waren Pit Melsens Untergang. Er war eben zu nachgiebig. Eine weiche Pflaume war der... Nichts für ungut, Pfarrer. Ich meine ja nur. Man muß den Weibern von Anfang an klarmachen, wer das Sagen hat. Dann mucken sie nicht auf.«
Quer durch den Raum ertönt die Stimme seiner Frau: »Geh an deine Theke und schenk Bier aus, sonst führ' ich mal am Stammtisch vor, wie das ist, wenn *ich* aufmucke.«
Das war für Asmussen der zweite Guß an diesem Abend. Kleinlaut pariert er: »Ja, ja, Martha. Ist ja gut. War doch alles nur Spaß.«
Asmussen latscht zur Theke. Und der junge Friedrichsen, der kein Hartgeld mehr hat, hält ihm einen Fünfzigmarkschein hin:
»Machen Sie den bitte klein, Herr Wirt!«
Mattiesen beobachtet, wie sich Fritze mit den eingewechselten Münzen wieder an den Automaten stellt. Er erhebt sich und geht erst einmal zu Berta hinüber.
»Ach, Doktor, lassen Sie man«, wehrt sie ab. »Ich will nichts über die Thea hören.«
»Aber dein Beileid kannst du ihr aussprechen.«
»Ach – ihr? Sie hat mich im Stich gelassen. Mich, ihre beste Freundin! Ja! Verraten hat sie mich – mit einem Mann!«
»Der Mann ist tot! Du kannst Thea jetzt von dir aus nicht im Stich lassen.«
Berta beginnt plötzlich zu schluchzen. »Ich wollte ja...«, schnieft sie. »Ich war am Bahnhof. Aber da waren Leute, und ich... ich hab' mich dann doch nicht getraut. Ich habe ja mal vor ihr ausgespuckt. ›Schamlose Person‹ hab' ich sie genannt. Und sie hat zurückgespuckt.«
»Ihr seid keine Lamas, Berta. Vergeßt eure Art von feinen Umgangsformen. Vertragt euch wieder. Mach du den Anfang!«
»Mist...!« unterbricht Fritzes Wutschrei das Gespräch.
Der Doktor schlendert zum Automaten und stellt sich neben den glücklosen Spieler.
Fritze wirft ihm einen tückischen Blick zu. »Is was?« raunzt er.
»Nichts«, erwidert Karsten ruhig. »Nur, daß du verlierst.«

»Das merk' ich selber.«
»Es merken aber auch andere, wenn du ›Mist‹ schreist.«
»Schiet.«
»Und ähnliche Freudenlaute ausstößt. Hast du einen Dukatenesel zu Hause?« Der Doktor läßt sich nicht beirren. »Wenn du hier durchdrehst, kann ich Erste Hilfe leisten.«
Verbissen erwidert Fritze: »Keine Bange, Doktor. Die Pechsträhne täuscht. Ich hab' ein System. Ein todsicheres System.«
Ein todsicheres System, denkt Karsten. Das glaubt jeder zu haben. Mehr Tod als System.
Er läßt den Wagen stehen und geht durch die frische Nachtluft über den Alten Damm, nachdem er noch zwei Schinkenbrote aus Frau Asmussens Küche gegessen hat. Asmussens Schinken ist anerkannt gut.
Der Mattiesenhof liegt schon im Dunkeln.
In der Bibliothek des Vaters sitzt nur Annemarie noch über englischen Fachbüchern.
»Alles okay, Annemie?« begrüßt er sie.
Annemarie lächelt. »Ja, mein Brummbär. Ein kleiner Cognac gefällig!«
»Ich hab' zwar schon...«, Karsten zögert, »aber na, mit dir... gern.«
»Eike hat angerufen«, sagt sie, als sie ihm das Glas gereicht hat.
»Und?«
»Er kommt her.«
»Na, fein. Sehen wir unseren Herrn Sohn endlich auch mal wieder.«
»Er will sich dem Privatleben hingeben.«
»Waaas...?« Um ein Haar wäre dem Doktor das Glas aus der Hand gerutscht. »Eike? Das ist nicht wahr!«
»Warum soll es nicht wahr sein?« fragt Annemarie, die wieder einmal völlig anders reagiert, als man erwarten müßte. »Er hat gekündigt, sein Zimmer aufgegeben und hält sich bei Freunden in Hamburg auf.«
»Was ist denn passiert?«
»Was soll passiert sein?« erwidert Annemarie freundlich. »Gar

nichts. Eike meinte nur, er hätte den ewigen Streß satt. Er wolle mal richtig leben. Einfach nur leben!«

»Eike als Philosoph des süßen Nichtstuns!« sagt Karsten nahezu bestürzt. »Der Bursche muß krank sein. Da hab' ich mir jahrelang Sorgen darüber gemacht, daß mein Herr Sohn ein Bücherwurm war, ein ewiger Bester, ein Schatten mit Gehirn und Pflichtgefühl, und auf einmal...«

»Aber Klagen über Streß sind bei Jugendlichen natürlich!« meint Annemarie.

»Bei *Jugendlichen?*« betont Karsten fassungslos. »Du sprichst von einem erwachsenen jungen Mann. In seinem Alter –«

»Hattest du schon mich«, lächelt Annemarie.

»Streß! Eike und Streß!« Mattiesen braucht nun doch noch einen Cognac. »Weiß der Teufel, was das bedeutet! Unserer Tochter scheint das Abitur egal zu sein, und unser Herr Sohn, bisher ein lebender Computer, will sich zur Ruhe setzen!«

»Ich glaube, wir gehen auch erst mal zur Ruhe«, sagt Annemarie. »Du siehst aus, als hättest du's nötig.«

»Kein Wunder«, murmelt Karsten. »Dieser Mai fängt wirklich gut an. Wirklich!«

Das Umfeld der Landarztpraxis

Der folgende Morgen verspricht einen nahezu sommerlichen Tag. Olga hat Ziege, Pferde, Hühner und Katzen versorgt. Nach ihrer obligatorischen Verwandlung in eine Frau Saubermann fuhrwerkt sie in der Küche herum. Ihre Augen sind blitzblank, und alles geht ihr flink und ordentlich von der Hand. Nur mit etwas zu viel Aplomb, und das ist kein gutes Zeichen.

Olga ist in Braß.

Der Stallhelfer Hering hat ihr gesagt, sie soll das alte Pferd zum Abdecker bringen. Worauf sie erwiderte: »Zum Abdecker gehörst *du*, nicht das Tier!« Er warf ihr die Forke vor die Füße und sagte: »Wenn du meinst? Aber bei der Gemeindewahl kriegst du meine Stimme nicht; die laß dir von dem alten Pferd geben!« Dann ist er gegangen.

Aber der alte Hering hat ihr noch was gesagt, und das berührte eine nicht vernarbte Wunde: »Schaff dir lieber einen Hund an! Auf so'n einsamen Arzthof gehört 'n guter Hund!«

Und gerade einen Hund will Olga nicht, obwohl sie weiß, daß Hering recht hat. Die modernisierte Praxis birgt teuerste Apparaturen, mal ganz abgesehen von den kostbaren Erbstücken im Wohnteil und Annemaries Sportwagen in der Stallgarage. Ein Hund war schuld am Jagdunfall ihres Mannes, das vergißt Olga nicht. Jedenfalls würde sie seitdem eher eine Schlange im Hof dulden. (Gegen Hunde anderer Leute hat sie nichts.) Auf die Stimme des Alten bei der Gemeindewahl meint sie verzichten zu können. Aber ein Zettel auf dem Küchentisch hat ihren Zorn zum Sieden gebracht:

»Bin schon weg! Komme heute nicht zum Mittag! Kerstin.«

»Möchte wissen, für wen ich Essen koche«, wettert Olga beim Frühstück. »Und das ganze Haus voller Weiber, aber keins schält auch nur eine einzige Kartoffel.«

»Du läßt dir ja nicht helfen. Schon gar nicht in der Küche«, sagt Annemarie. »Übrigens hat sich dein Enkelsohn angesagt.« Damit – meint Annemarie – hat sie das Thema gewechselt.

»Und noch einer ohne Hände?« fährt Olga auf. »Bin ich eine Vogelmutter, die dauernd in den Wald fliegt, um Nahrung für aufgesperrte Schnäbel ranzuholen?«
»Eike wird für dich zum Einkaufen fahren«, beschwichtigte der Doktor. »Irgendwie findet sich schon ein Rhythmus. In heutiger Zeit kann man sowieso nicht dauernd vollzählig um einen Tisch herumsitzen wie zum Geburtstag.«
»Aber unnütz Lehrerin werden, vor dem Frühstück aus dem Haus sausen und hier Ferien machen, wann's einem paßt – *das* kann man!« ruft Olga. Das letzte ist auf Eike gemünzt. Sie fügt hinzu: »Ich mache heute *kein* Essen, ich muß mich mal wieder um die Gräfin Bea kümmern.«
»Na fein. Dann darf ich auch mal wieder kochen«, lächelt Annemarie. Olga nennt das ein ›giftiges‹ Lächeln. Aber sie gibt ihr Einverständnis.
Die Tür fliegt auf, Astrid schaut herein. »Anruf vom Krankenhaus«, sagt sie. »Die Fähre ist verunglückt. Ob Sie 'n paar ambulante Fälle übernehmen können?«
»Ich komme.« Wenige Minuten später heulen zwei Rettungswagen über den Alten Damm. Und die Praxis ist sowieso schon proppenvoll!
Die Angelieferten sind Arbeiter der Rapsölfabrik. Im Beisein eines Beamten der Wasserschutzpolizei nimmt Mattiesen die Selektion vor.
»Der muß sofort zurück zur Klinik, obwohl er gehfähig ist. Schlimme Verätzungen am Arm durch chemische Stoffe. Wie ist denn das gekommen?«
»Ein Kahn mit Fässern hat die Fähre gerammt. Näheres wird zur Zeit noch recherchiert.«
»Ich dachte, ich spring' lieber ins Wasser«, sagt der durchnäßte Verletzte.
»Sie wären vielleicht besser auf der Fähre geblieben«, meint der Doktor. Er verarztet die übrigen, die mit ein paar Schrammen und mit dem Schrecken davongekommen sind. Dann telefoniert er mit dem Krankenhaus. Er erfährt, daß es auch Gesichtsverletzungen gegeben hat. Die Betroffenen müssen per Hubschrauber nach Hamburg. »Ich habe Ihnen einen Fall zurückgeschickt«, sagt Karsten. »Der muß mit weg!«

Die Rettungswagen fahren wieder ab. Verständlicherweise sind die Patienten im Warteraum aufgeregt. Die schwatzen über das Fährunglück, als seien sie dabeigewesen.
»Eine Dame ist verärgert, weil ihr die Unfallverletzten vorgezogen worden sind«, meldet Astrid.
»Eine Dame, die eine Dame sein will, ist nie verärgert«, brummt Mattiesen. »Außer meiner Mutter natürlich.«
»Seit wann will Ihre Mutter eine Dame sein?« staunt Astrid.
»Seit meine Exfrau wieder meine Ehefrau ist«, belehrt sie der Doktor. »Lassen Sie die Patientin herein!«
Die Aufgerufene stelzt ins Sprechzimmer und bleibt steif und hoheitsvoll stehen. Sie ist das personifizierte Mißtrauen, dafür aber um so selbstbewußter.
»Horn mein Name. Ich wohne im Golfhotel.«
»Bitte, nehmen Sie Platz.«
»Das kann ich nicht. Ich bin gebissen worden«, entgegnet Frau Horn anklagend.
Astrid krümmt sich hinter ihr, als hätte sie Bauchschmerzen. Vom wilden Affen gebissen? liegt dem Doktor auf der Zunge, denn die Frau blickt ihn an, als trüge hier jemand die Verantwortung für ihr Pech.
»Eine ziemlich verwilderte Gegend, nicht?« meint Frau Horn. »Dabei wurde uns Bohms Hotel ausdrücklich empfohlen. Und billig ist es auch nicht gerade.«
»Das Reit-, Golf- und Tennis-Dorado gehört auf keinen Fall der Heilsarmee«, lächelt Mattiesen. »Das kann ich bestätigen. Aber wer, bitte, hat Sie denn da gebissen? Doch nicht etwa mein Freund Bohm?«
»Nein, ein Hund«, erwidert die Frau ernst. »Ich pflege früh aufzustehen und eine halbe Stunde im Schnellschritt zu gehen. Dabei unterlasse ich es nie, meinen Schirm mitzunehmen.« Sie hat ihn auch jetzt in der Hand. Es ist ein Patentschirm in einer Hülle mit Metallkante.
»Ja und?« forscht Mattiesen.
»Ich geriet in eine Schafherde und wollte ein Lämmchen streicheln. Dabei hat mich der Köter gebissen. Gleich zweimal.«
»Ach so. In – in die Kehrseite?«
»Ich denke, Sie kennen den medizinischen Ausdruck!«

»Dorsale Protuberanz«, sagt der Doktor, auf einen Schülerwitz zurückgreifend. »Aber wieso hat der Hund zweimal gebissen? Haben Sie denn nicht aufgehört, das Lämmchen zu streicheln?«
»Doch«, berichtet Frau Horn. »Aber da kam der Schäfer gelaufen. Ein unangenehm stinkender Mensch. ›Blöde Ziege, lassen Sie meine Herde in Ruhe!‹ schrie er mich an. Als ich ihm wegen der Beleidigung den Schirm über den Kopf schlug, biß der Hund wieder zu.«
Astrid räusperte sich, um das Lachen zu kaschieren.
»Was ist?« fragt Frau Horn – gelinde empört. »Glauben Sie mir etwa nicht? Schauen Sie ins Wartezimmer. Da sitzt der Schäfer!«
Der Doktor geht zur Tür und blickt hinaus. Da hockt der alte Wilhelm tatsächlich. Er hat die Wollmütze zurückgeschoben. An seiner Stirn prangt eine kirschrote Strieme. Offenbar die Wirkung der Metallkante des Schirmüberzugs.
In Astrids Beisein untersucht Mattiesen nun Frau Horns Kehrseite. Die Bisse haben lediglich blaue Flecken hinterlassen, keine offenen Wunden.
»Ich kann Sie beruhigen, Frau Horn«, erklärt der Doktor. »Der Hund hat Sie nur gezwickt, wie er das auch bei den Schafen tut.« Beinahe hätte er gesagt: Auch bei *anderen* Schafen. Er fügt hinzu. »Das Ganze scheint mir eher ein Fall für den Rechtsanwalt zu sein. Aber ich rate Ihnen, sich mit dem Schäfer zu einigen.«
»Ihre außermedizinischen Ratschläge brauche ich nicht«, weist ihn Frau Horn in die Schranken.
»Wie Sie wollen.«
»Und die Rechnung schicken Sie mir ins Hotel. Ich bin nicht kleinlich.«
»Ihr Popo ist ihr teuer«, sagt der Doktor, als Frau Horn draußen ist. »Am liebsten hätt' ich ihr eins draufgehauen.«
Astrid tupft sich die Lachtränen aus den Augen. »Wo bleibt Ihre medizinische Ethik, Doktor?«
Es ist wahr, die zitiert er oft. Aber bei manchen Patienten kann sie ihm vergehen. Als nächstes behandelt er den Schäfer. Inzwischen haben die Patienten im Warteraum das Thema ge-

wechselt. Was sie bewegt, ist Pit Melsens Tod, Thea Knohls einsame Heimkehr – und die Frage, was sie jetzt machen wird. Jemand, der eben erst gekommen ist, will sie vor der Kirche gesehen haben. Ja, sie sei auf das Portal zugestrebt und sogar hineingegangen.

Der Patient hat sich nicht geirrt, Theas Ziel war das Gotteshaus.
Am frühen Vormittag sitzt sie ganz allein auf der vordersten Bank in der alten Pfarrkirche von Borsberg. Daß sie nicht gekommen ist, um die weitgerühmte Kunst der Backsteingotik auf sich wirken zu lassen, kann sich Eckholm denken, als er nach dem Orgelspiel von der Empore kommt. Er nähert sich ihr, indem er sich bemüht, seine Schritte zu dämpfen. Und er hört: Sie hadert mit Gott, weil er ihr Pit Melsen genommen hat. Aber sie hadert auch mit sich selbst. Als sie den Pfarrer bemerkt, ist sie gar nicht verlegen. Eher erleichtert.
Sie erhebt sich rasch, steckt ihr Tüchlein in die Handtasche und sagt tonlos: »Gott, Herr Kirchenrat.«
»Den Kirchenrat lassen wir hier mal weg«, erwidert Eckholm freundlich. Er behandelt sie ohne Arg, obwohl sie ihn mehr als einmal nach Strich und Faden verleumdet hat. Aber sein Bauerngemüt kann viel vertragen, von Natur aus und von Amts wegen.
»Ich mache mir solche Vorwürfe... Ich hab' ja nie darüber gesprochen, daß ich gesehen hab', wie er sich voriges Jahr vergiften wollte, und was danach alles war.«
»Etwas deutlicher mußt du schon werden, Thea«, mahnt Eckholm.«
»Na ja«, schnieft Thea Knohl. Sie kramt ihr Taschentuch wieder hervor. »Als ihn seine Grete verließ und er so am Boden war, hab' ich die Lage ausgenutzt. Ich hab' mich in Pits Herz geschlichen – wie man so sagt. Etwas... etwas erpresserisch.«
»Thea«, mahnt Eckholm wieder.
»Ich meine nur so. Ich hab' zwar viel für ihn getan, eigentlich alles, was möglich war. Ich wollte den Pit behalten, obwohl ich gespürt hab', daß er seine Grete nicht vergessen konnte. Er hat mir nie gesagt, daß er mich ein bißchen lieb hat.«

»Ohne ein bißchen Liebe fährt keiner mit dir nach Tirol«, entfährt es dem Pfarrer. »Es sei denn, in Ketten.«
Thea Knohl wirft ihm einen Blick zu, in dem er mehr Zorn als Trauer sieht.
»Nun ja«, beschwichtigt Eckholm schmunzelnd. »Denk daran, wie du immer über andere geredet hast.«
Jetzt lächelt sie sogar ein wenig: »Ich will versuchen, mich zurückzuhalten. Obwohl...«, ihre Miene drückt jetzt wieder Trostlosigkeit aus, »obwohl mein Leben keinen Sinn mehr hat.«
»Das sagt man nicht. Nicht einmal in der ersten Verzweiflung«, entgegnet Eckholm väterlich. »Aber ich sehe, du bist völlig erschöpft. Na, komm, wir gehen ins Pfarrhaus und trinken eine Tasse Tee.«
Solchen Zuspruch hat die Thea nicht erwartet, erst recht keine Einladung von seiten des Herrn Kirchenrats.
»Oh, gern«, haucht sie dankbar. »Gern... Wenn das Ihr Ernst ist.«
»Es ist mein Ernst«, erklärt Eckholm nachdrücklich.
Eine kleine Geste nur. Für manche Leute wäre sie eine Schlagzeile in der Ortszeitung wert.

Das Wetter hat gehalten, was es am Morgen versprach. Es liegt etwas Pfingstliches in der Luft, obwohl es bis zum Fest noch etliche Wochen sind. Am Hauborgdamm knospen die windschiefen Krummbäume, die wegen ihres Alters und ihres abenteuerlichen Wuchses zu den Sehenswürdigkeiten zählen und am Wochenende wieder viele Ausflügler anlocken werden. Außer dem Raps, der seine goldenen Wellen erst Ende Mai entfalten wird, blüht alles, was nur blühen kann: die Kirschen, die Birnen, die Äpfel. Die Kastanien haben ihre Kerzen aufgesteckt. Überall aus dem schon hohen Gras leuchtet der Löwenzahn.
Kerstin, schuleschwänzend, betätigt sich im Haus und Garten ihres Biolehrers, der davon keine Ahnung hat. Kerstin ist nämlich erst mit ihrem Rad hinter der Hecke hervorgekommen, als sie Peters kleines Auto – eine ›Ente‹ – davonfahren sah. Söhnchen Robert und der Hund sind an ihr hochgehopst, während Frau Detlefsen meinte: »So springen kann ich ja nun nicht,

aber ich freue mich genauso, daß du da bist, mein Kind.« Sie behandelt Kerstin familiär. Sie ist froh, ein so nettes junges Ding um sich zu haben.
Während sie auf dem Gartenplatz sitzen und Gemüse putzen (die Patientin hat den Fuß gehorsam hochgelegt), sagt Frau Detlefsen: »Mein Sohn ist seit dem Tod seiner Frau regelrecht abgestumpft. Er sorgt zwar für mich und für den Kleinen; wir sind sein ein und alles, und es wäre unrecht, zu klagen. Sonst aber interessiert ihn außer seinem Lehrstoff nichts. Überhaupt nichts. Dabei ist er noch zu jung, um sich einzuigeln. Er lebt am Leben vorbei.«
Kerstin nickt schweigend. Was Frau Detlefsen da sagt, ist ihr längst klar. Um zu merken, was mit Peter los ist, braucht man keine Eins in Bio. Sie bringt Gemüse und Kartoffeln ins Haus und macht sich am Herd zu schaffen, auf dem schon der Gulasch bruzzelt. Kerstin versteht es prima, etwas Nützliches zu tun und sich Robert vom Leibe zu halten, ohne daß sich der Kleine zurückgesetzt fühlt.
Aber was nützt das alles?
Mittags ist der Tisch im Garten picobello gedeckt. Das Essen ist fertig, Wein und Selters, für eine erfrischende Schorle, stehen im Kübel, und Kerstin ist gerade dabei, geeignete Gläser zu holen. Da kommt der ahnungslose Oberstudienrat von der Schule heim. »Tag, Robert!« sagt er und hebt seinen Sohn auf. »Tag, Mutter!«
Dann sieht er den gedeckten Tisch. Er setzt Klein-Robert ab. Sein Gesicht verdüstert sich. Nun fällt sein Blick auf Kerstin, die mit den Gläsern kommt. Sein Gesicht verdüstert sich noch mehr.
»Kerstin hat mich gebadet und neu gemacht.« Robert trägt frische Sachen. Außerdem hat Kerstin ihm die Haare geschnitten. »Aber Oma hat sie nicht gebadet«, plappert Robert munter weiter.
Der Vater denkt nicht daran, über die kindliche Komik zu lachen.
»Waren wir uns nicht einig, die Schule nicht zu schwänzen?« fragt er mürrisch.
»Stimmt. Du hast sie ja auch nicht geschwänzt«, erwidert Ker-

stin. Sie holt das Tablett mit den Schüsseln heraus. Frau Anna versucht zu beschwichtigen: »Kerstin hat mir das geliehene Kleid zurückgebracht.«

»Das war doch wohl nicht so eilig.«

»Und es kann in der Schule auch nichts so Wichtiges gewesen sein, wenn dir nicht auffiel, daß Kerstin fehlte!« meint Frau Detlefsen weiter. »Außerdem hat Kerstin zugegriffen, wie du siehst. Du kannst mir so schnell keine Hilfe besorgen.«

»Ich werde mich bemühen«, sagt Peter. Er wendet sich an Kerstin: »Du solltest lieber Biologie lernen, als mir Essen zu kochen. Besonders wenn du keinen offiziellen Unterricht in Bio hattest – wie heute.«

»Kerstin hat für mich und Robert gekocht«, erklärt Frau Anna ruhig. Sie beginnt damit, die Portionen aufzulegen.«

»Hunger!« kräht Robert, mit dem Löffel an den Tellerrand schlagend.

»Ja, ja. Und dein Papi kriegt auch was ab, wenn er artig ist«, sagt Frau Anna ungerührt. »Oder soll er ins Hotel Bohm fahren?«

»Warum so kompliziert?« mischt Kerstin sich ein. »Peter ißt hier. *Ich* gehe. Was zu essen krieg' ich wohl noch zu Hause.« Ohne die Beleidigte hervorzukehren, verabschiedet sie sich von Frau Anna, nimmt ihr Rad und schiebt es zur Gartenpforte.

Peter schenkt Robert Saft ein. Frau Anna schweigt, als wolle sie zu verstehen geben: Das hast du nicht sehr fair gelöst. Er spürt, was sie denkt. Und plötzlich platzt er heraus: »Kannst du das nicht verstehen, Mutter? Die ganze Klasse lacht schon, so selbstvergessen schmachtet sie mich an.«

»Mich auch«, echot Robert, ohne zu verstehen.

»Sie nimmt sich nicht einmal die Mühe, sich zu beherrschen«, klagt Detlefsen hurmorlos. »So was führt zu Autoritätsverlust.«

»Bei ihr?« lächelt Frau Anna.

»Bei mir«, ärgert sich Peter. Er reicht dem Söhnchen die für ihn zubereitete Portion. »Kerstin ist anscheinend alles egal. Alles!«

»So sieht sie aber ganz und gar nicht aus. Sie weiß, was sie will. Übrigens ist sie kein kleines Mädchen mehr.«

»Wie ich hörte, kommt ihre Mutter ab Montag an unsere Schule«, sagt Detlefsen. »Auch das noch! Ihre Mutter in unserem Kollegium!«
»Und welchen Zusammenhang siehst du da?« fragt Frau Anna.
»Ach!« Peter schweigt verbockt. Aber da erblickt er an der Wand Kerstins Schultasche. Die hat sie doch tatsächlich bei ihrem würdevollen Abgang vergessen! Er springt auf.
»Trag sie ihr nur nach«, sagt Frau Anna. »Und laß dir Zeit. Wenn's sein muß, komm' ich mit Robert schon zurecht.«
Er zögert.
»Nun geh schon«, ermuntert ihn Frau Anna amüsiert.
Peter Detlefsen schwingt sich in seine ›Ente‹ und klappert den Weg an der Fabrikruine entlang. Kurz vor der Einmündung in den Alten Damm überholt er die radelnde Kerstin. Mit der Schultasche springt er aus dem Wagen.
Kerstin hat auch angehalten. Sie erwartet ihn nicht gerade erfreut.
»Wie willst du ohne deine Schulbücher arbeiten?« eröffnet er ungeschickt das Gespräch.
»Danke.« Sie nimmt die Tasche und klemmt sie auf den Gepäckständer, während Peter die Lenkstange festhält.
»Meine Mutter hält mich offenbar für einen Flegel«, redet er weiter.
»Ach ja? Warum?« fragt sie ausdruckslos.
So viel zur Schau getragene Gleichgültigkeit irritiert ihn. Hat er doch eben noch davon gesprochen, daß sie sich nicht beherrschen kann. Und er müßte ein Stein sein, wenn er dieses Mädchen nicht entzückend fände.
»Hör zu«, sagt er spontan. »Es ist ja nicht so, daß ich dich nicht mag...«
»Prima Botschaft«, meint Kerstin spöttisch. »Danke. Läßt du jetzt mein Fahrrad los? Mein Herr Lehrer Detlefsen hat nämlich gesagt, ich solle schleunigst Bio lernen.«
»Leg dein Rad da hinter den Busch«, schlägt er vor – und er brauchte sich nicht einmal einen Ruck zu geben. »Fahr mit mir ein paar Minuten zum Strand runter. Da reden wir ein bißchen.«

»Über Bio?«
»Über uns!«
»Wozu?« Kerstin seufzt. »Ich verstehe schon. Du magst mich! Magst! Magst mögen!«
»Also willst du nun, oder willst du nicht?« drängt Peter. Plötzlich lacht ihn Kerstin an. Sie strahlt. Das Rad landet samt Schultasche hinter dem Busch. Und beide – Peter und sie – klappern in der alten ›Ente‹ zum Ostseestrand.

Auf den Weiden liegen behaglich wiederkäuend die Kühe. Die drei Tannen ›Im Hohl‹ zeigen ihre grünen Triebe. Am Sensbach putzt ein Pulk Enten sein Gefieder und stürzt sich schnatternd ins Wasser, als Olga vorbeigeradelt kommt. Olga biegt in die Buchenallee ein. Sie fährt auf das Schloß zu, denn sie hatte sich ja vorgenommen, ihre alte Freundin, die Gräfin Bea, zu besuchen. Bea herrscht allerdings nicht mehr im architektonischen Kleinod ihrer Ahnen. Sie hat einen Teil der Leibrente – nämlich das Wohnrecht – an den Heimatpfleger abgegeben und ist mit den geringen baren Monatsbezügen in das einstige Gesindehaus übergesiedelt. Daß der Großgemeinde Borsberg-Deekelsen-Dreekels das mehr als recht war, verwundert niemanden. Aber was hat sich die Gräfin Bea dabei gedacht?
»Ich will nicht länger Gast im Schloß meiner Vorväter sein, denn dann spuke ich da womöglich noch nach zweihundert Jahren als Geist durch die Gänge«, meinte sie augenzwinkernd. In Wahrheit fühlte sich sich nur noch geduldet, seit die Gemeindeväter die Regie im Schloß übernahmen – für Tagungen, Sommerkonzerte und offizielle Unterbringung durchreisender Minister. Das Gesindehaus aber ist ihr eingetragenes Eigentum geblieben, samt dem verwilderten Gelände, auf dem es steht. Das Gesindehaus ist jetzt das ›Schloß‹ der einst so Verwöhnten. Von hier kann sie keiner vertreiben.
Olga trifft sie beim Mittagessen am Wackeltisch auf der Holzrampe an, vor der das Unkraut schon kräftig sprießt.
Bea, sonst immer die ›geborene Dame‹, macht einen puppenlustigen Eindruck.
»Olga, schön, daß du kommst. Ich habe eben eine Flasche Bier geöffnet. Warte, ich hole dir ein Glas.«

Olga zieht sich einen kippligen Gartenstuhl heran. Sie trinkt einen kräftigen Schluck, denn sie hat Durst nach der Fahrt.
»Bea, Bea. Nimm's mir nicht übel, aber das ist ja heiße Suppe!«
»Weil ich keinen Kühlschrank habe.« Beas Lustigkeit ist plötzlich weg, als hätte sich eine Wolke vor ihr Gemüt geschoben. »Na ja, in Saus und Braus lebe ich nicht. Das Schloß war bis übers Dach mit Hypotheken eingedeckt. Und du weißt, daß ich froh über die Rentenlösung sein muß. Ich brauche nicht viel, ich komme schon über die Runden. Das einzige, was mir fehlt, ist Aktivität.«
»Du hast doch das Land hinterm Haus«, überlegte Olga.
»Soll ich da Raps anbauen?« lächelte Bea.
»Nein. Aber Blumen.«
»Um sie in der Stadt zu verkaufen? Ach, Olga, ich gäbe eine tölpelhafte Marktfrau ab. Ich brauchte einen Transporter, einen Standplatz, Verkaufstische, Gefäße... Wie soll ich das ohne Hilfe schaffen? Aber denken wir nicht an meine Zukunft. Ich habe heut was Bestimmtes vor, und dabei kannst du mich begleiten.«
»Was hast du denn vor?« fragte Mutter Mattiesen.
»Eier klauen!« erwiderte die Gräfin.
»Eier klauen?« Olga ist baff.
Bea läuft ins Haus und kommt mit einer alten Tragetasche zurück.
»Du hast dich nicht verhört«, sagt sie vergnügt. »Auf dem alten Henninghof liegen täglich genügend Eier herum, die keiner abholt. Komm! Querbeet ist's nur ein Katzensprung dorthin!«
Olga hat's die Sprache verschlagen. Schweigend stapft sie neben der abenteuerlustigen Freundin her. Schließlich schnauft sie: »Eier stehlen! Hast du noch alle Tassen im Schrank? Wenn das jemand mitkriegt! Ehemalige Schloßbesitzerin als jämmerliche Diebin.«
»Nicht jämmerlich, sondern begeistert«, lacht Bea. »Sollen die Eier vergammeln? Die Hennings sind lange weg, aber Hühner wimmeln da in Mengen herum.«
Sie wandern über die Bachbrücke.

»Als Kind durfte ich nie zu den Hühnern, sondern nur immer mit dem Reitknecht in den Pferdestall«, plaudert die Gräfin, als sie dem Elstergrund zustreben. »Anfangs dachte ich, Eier kämen aus der Fabrik. Ich – ein Landkind.«

»Ein Landkind warst du nie«, bestreitet Olga. »Nur jetzt – ich meine, was dies betrifft – es ... es kommt mir kindisch vor.«

»Ach, sei nicht albern. Verdirb mir nicht den Spaß. Du wirst sehen. Ab und zu kommt so 'n junger Mann auf den alten Hof, füttert das Federvieh und fährt mit seiner Klapperkiste wieder ab. Die Eier läßt er liegen.«

»Als Bürgerschaftsrätin darf ich dich darauf aufmerksam machen, daß der Hof verkauft ist«, mahnt Olga. »Soweit ich mich erinnere, an eine Art Genossenschaft.«

»So! Na, dann sollte die sich mal der Eier erinnern!« Die Gräfin Bea läßt sich nicht bremsen. »Siehst du, da sind wir. Jetzt nehmen wir uns ein paar, und dann back' ich uns zum Kaffee knusprige Pfannkuchen.«

Aber kaum sind die beiden Frauen mit Beas Beute glücklich aus dem Gehöft heraus, sehen sie zwei schrottreife Fahrzeuge über den Hauptweg heranschaukeln. Das eine ist ein offener Lastwagen mit allerlei Hausrat, das andere ein vollbeladener Pkw. Soviel man auf den ersten Blick erkennt, besteht die anreisende Gruppe aus etwa sechs Personen!

»Ach du Donner!« ruft Olga erschrocken. »Die Besitzer! Nun mach dein Testament, Bea!«

Doch Bea lacht und lacht und winkt den Ankömmlingen zu. Und die winken fröhlich zurück. Der rostige Personenwagen stoppt sogar, eine junge Frau steigt aus und stellt sich vor, wobei Olga sofort sieht, daß sie hochschwanger ist. »Ich bin Silvia«, sagt die junge Frau munter. »Gelernte Pädagogin. Und die anderen: ein Ingenieur, ein Sozialarbeiter, ein Rentner, ein Friseur und eine technische Zeichnerin. Wir ziehen hier ein. Wir haben all unser Geld in den Hof gesteckt und wollen biologischen Feldanbau betreiben.«

»Den einen von den Leuten hab' ich schon gesehen«, flüstert Bea.

Mutter Mattiesen fragt die schwangere Silvia: »Verstehen Sie denn etwas von der Landwirtschaft?«

Wieder spricht die junge Frau völlig unbekümmert: »Nein. Das heißt, nicht von der Praxis. Wir haben Fachbücher gelesen. Wahrscheinlich werden wir aus unseren Fehlern lernen müssen.«
»Na, dann – gute Lust!« entfährt es Olga. Doch sie fängt sich wieder: »Entmutigen soll man niemanden. Aber hoffentlich rechnen Sie nicht mit Gewinnen?«
»Gewinnen?« erwidert Silvia. »Wir wollen von unseren Erträgen leben. Das ist alles. Übrigens«, sie dreht sich noch einmal um, »ich werde bald einen Arzt brauchen. Kennen Sie einen, der nicht so weit weg wohnt?«
»Tja...«, weicht Olga verlegen aus. Doch Bea gibt ihr einen Rippenstoß. »Empfiehl deinen Karsten.«
»Mein Sohn ist Arzt«, erklärt Olga, innerlich über ihren Schatten springend. »Wir wohnen gleich vorn am Alten Damm, da, wo Sie abgebogen sind. Das erste Haus rechts. Mattiesen.«
»Mattiesen«, wiederholt Silvia. »Danke! Na, hoffentlich kriegen wir bald Telefon. Auf Wiedersehen, meine Damen. Und vielen Dank.
Die Gräfin Bea und Mutter Mattiesen sprechen erst wieder miteinander, als sie die Bachbrücke hinter sich haben.
»Wie peinlich!« brabbelt Olga. »Du – mit dem Diebesgut in der Hand, und das arme Ding bedankt sich noch!«
»Eine nette junge Frau«, sinniert Bea. »Tapfere Leutchen, das muß man sagen. Denen würde ich mich gern anschließen.«
»Nachdem du sie beklaut hast? Oh Gräfin, Gräfin! Mir scheint, bei dir kommt das Strauchrittertum deiner Vorfahren durch. Ich erkenne dich nicht wieder.«
»Du lernst mich jetzt erst richtig kennen«, behauptet die Freundin.
Im Gesindehaus aber greift Olga tüchtig mit zu, um aus den geklauten Eiern leckere Pfannkuchen zu machen. Dabei besprechen die beiden so dies und das.
»Und wie geht's Karsten?« erkundigt sich Bea.
»Der macht Krankenbesuche«, sagt Olga, den Teig quirlend.
»Ich meine nicht, was er im Augenblick macht. Ich dachte an seine zweite Ehe mit seiner ersten Frau. Kriselt es da etwa schon wieder?«

Olga widmet sich schweigend dem alten Herd, bevor sie antwortet. »Ach, weißt du, die arrangieren sich. Karsten geht völlig in der Praxis auf, und Annemarie wirft sich auf ihren neuen Job. Da bleibt für Ehekräche keine Zeit.«
»Soso. Aber was ist mit *dir*? Du machst ein Gesicht, als hättest du lieber eine hübsche kleine Krise! Da könnte sich Karsten wieder bei dir ausweinen, und du wärst als Trösterin in deinem Element.«
Olga räuspert sich. Das Thema paßt ihr nicht. »Reich mir mal die Pfanne und stell die Teller zurecht«, lenkt sie ab. In ihrem Eifer überhören die beiden Frauen die Ankunft eines Autos. Plötzlich ertönt eine amüsierte Stimme in der Tür: »So lob' ich mir das! Zwei kleine Mädchen üben Kochen!«
Es ist Karsten, der da grinsend steht.
»Kochen ist was anderes, du Hotelarzt«, kontert Olga, und die Gräfin fragt: »Was willst du denn, Doktor? Ich denke, du machst Patientenbesuche? Bei uns ist keiner krank!«
»Ich schaff's einfach nicht, an Ihrem neuen Schloß vorbeizufahren, Euer Gnaden!« Karsten feixt von einem Ohr zum anderen. »Besonders dann nicht, wenn ich meine verehrte Mutter hier vermute.«
»Nu mach einen Punkt!« ruft Olga. »Du wirst nicht mal im Scherz behaupten wollen, daß du mich verehrst!«
Karsten nähert sich dem Herd. »Was qualmt denn da so appetitlich? Ah, Pfannkuchen! Mein Leibgericht!«
»Alles Eßbare ist dein Leibgericht, wenn man die Waage befragt. Hau ab, Freundchen! Annemarie soll dir deine Pfannkuchen backen!« Doch die ersten goldgelben Scheiben liegen schon auf dem Teller, und Karsten schnappt der Mutter eine weg.
»Mit den Pfoten!« entrüstet sich Olga. »Wo dir doch deine Frau so gute Manieren beibringt.«
»Die ist jetzt ex obligo. Sie wandert im Stall herum und übt englische Dialoge mit sich selber.«
»Ich dachte mit den Tieren«, sagt Mutter Mattiesen.
»Setz dich doch, Karsten«, fordert Bea ihn auf. »Mein Kaffee ist durchaus trinkbar.«
»Danke, danke. Sehr nett. Aber ich muß weiter. Was ich sagen

wollte: Morgen früh ist Pit Melsens Beisetzung. Es trifft sich, daß es ein Mittwoch ist. Mein freier Tag. Soll ich Sie abholen, Gräfin?«

»Natürlich«, seufzt Bea. »Schließlich habe ich den Pit jahrzehntelang gekannt. Er war das lebende Beispiel dafür, wie schnell reiche Leute auf den Hund kommen. Sieh nur mich an.«

»Ich bemerke hier keinen Hund«, protestiert Olga gegen den Vergleich. »Du kommst schon rund, Bea, das hast du vorhin erst versichert. Und der Pit war auch wieder im Aufwind. Gegen Unfälle ist keiner gefeit!«

»Also denn...« Der Doktor stibitzt noch ein Stück Pfannkuchen und verschwindet.

»In seiner natürlichen Art kann man ihn richtig liebhaben«, sagt Bea nachdenklich. »Wirklich, Olga, du hast einen prächtigen Sohn.«

»Meine Schwiegertochter hat einen prächtigen Mann«, betont Olga.

Zur Beerdigung Pit Melsens auf dem Bethanien-Friedhof haben sich viele Menschen eingefunden. Die meisten aus ehrlicher Anteilnahme, etliche aber auch aus reiner Neugier. Pfarrer Eckholm, der bereits in der Kirche gesprochen hat, findet am offenen Grab noch einmal würdige, aus dem Herzen kommende Worte. Er scheut sich auch nicht, sich selber und die Gemeinde an Versäumtes zu erinnern, an die Gleichgültigkeit einem Mitmenschen gegenüber, als er ins Unglück geraten war. Thea Knohl ist am Ende ihrer Kräfte, so daß der Doktor sie stützen muß. Da steht sie an der Gruft des einzigen Menschen, den sie je geliebt hat, und als der Sarg heruntergelassen worden ist, kann sie gerade noch die kleine Schaufel mit Erde ergreifen, um ihre allerletzte Pflicht zu tun. Dann muß Mattiesen sie auffangen und zu einer Bank geleiten. Bürgermeister Schultes, Olga als Abgeordnete des Rates und andere offizielle Teilnehmer erweisen dem Toten ihre Reverenz, gefolgt von Eckholms Schwiegersohn Mark Bohm und Frau, der Pfarrerstochter Inken. Daß er einmal so viele Blumen wert sein würde, hätte der verlassene Pit ganz sicher nicht geglaubt: Buketts mit rosa Ger-

bera und weißen Margeriten, herrliche Rosen- und viele farbenprächtige Nelkengestecke und wunderschöne Kränze aus Frühlings- und frühen Sommerblumen.
Hinter einem Fliederbusch steht Theas einstige Vertraute, die Berta Solljes mit dem Freundin-Feindin-Herzen; auch sie weint. Und auch sie hält einen Strauß in den zitternden Händen.
»Danke, Doktor, es geht schon wieder«, seufzt Thea. Sie lehnt es strikt ab, in die Praxis gefahren zu werden. Sie möchte nach Hause, in die vertraute Umgebung. Dorthin, wo ihr Garten an das Gärtchen Pit Melsens grenzt, wo alles an den lebenden Pit erinnert – und nicht an den Toten. Der Bäcker Stöhr führt sie durch die Reihen der Trauernden hindurch zur Bethanienstraße, wo sein Auto steht. Er fährt sie zum Zeisigweg zurück.
Aber das, was einige Stunden später folgt, kann kein Zufall sein. Da muß einer die Hand im bösen Spiel gehabt haben – und sei's ein ganz spezieller Teufel unter den Einheimischen. Und wie es sich zeigen wird, hat der Betreffende auch nicht die ganze Wahrheit telegrafiert, sondern hauptsächlich darauf aufmerksam gemacht, daß es bei Pit Melsen wieder was zu holen gibt. Daß es die Hinterlassenschaft eines Toten ist, davon war wohl nicht die Rede.
Denn sonst könnte die Grete nicht so forsch nach Pit Melsen rufen, als sie mit ihren Koffern aus der Taxe gestiegen ist. Die Grete: Das Weibsbild, dem der Pit total hörig war und für das er sich um Haus, Hof, Ländereien und Glanzrappenzucht gebracht hat. Im vorigen Jahr ist sie ihm mit einem Zuhältertyp aus Hamburg abgehauen, die kreischende Beschimpfung auf den Lippen: »Du Versager. Mich siehst du nie mehr …«
Und nun steht sie doch wieder da.
»Pit! He, wo bist du? Deine Grete ist hier!« Pits Anwesen hat sich zum Vorteil verändert. Die Grete sieht es mit Erleichterung. Denn was sie braucht, nachdem der Hamburger Typ sein Auge auf ein junges Mädchen geworfen hat, ist ein Dach überm Kopf. Ein Dach, das keinen Regen durchläßt. Und das Haus hier ist zwar sehr klein, aber doch nicht mehr mit der Bettelhütte von damals zu vergleichen.
PIT MELSEN steht auf dem Türschild.

Seufzend wendet sie sich dem Nachbarhaus zu. Eben setzt sich Thea Knohl im Vorgarten apathisch auf eine Bank. Es kümmert sie nicht, was um sie herum vorgeht. Ausdruckslos blickt sie auf die Grete, die sich ihr nähert. Die Grete? Das Miststück? Ob das Täuschung oder Realität ist – der Thea soll es egal sein. Den Pit macht ihr keiner mehr lebendig.
»Hallo«, ruft Grete. »Wo ist denn der Pit?«
»Was?« Thea blinzelt müde. Sie glaubte, die Person wollte zur Beerdigung kommen und hat sich verspätet. Jetzt merkt sie: Die weiß nichts!
Die Grete nimmt ungeniert neben ihr Platz. Sie versucht noch immer, so eine Art Dame von Welt zu spielen, nachdem aller Wohlstand in obskuren Etablissements versickert ist.
»Eine Erholung auf dem Lande täte mir gut«, plappert sie. »Der Typ in Hamburg hat mich enttäuscht. Ein Schuft. Ein Halsabschneider.«
»Das freut mich«, giftet Thea schwach.
»Waaas...?« Die feine Grete macht sich steif. Sie hört wohl nicht recht? Aber schon schnattert sie weiter: »Der Typ, mit dem ich zusammen war, hat schon andere bezirzt. Seine Methode: Zuckerbrot und Peitsche! Ein Martyrium, sage ich Ihnen...«
»Und wo wollen Sie jetzt hin?« fragt Thea.
»Wer?«
»Na, die Koffer – und Sie!«
»Zurück zu Pit, wohin denn sonst? Pit Melsen hat mich immer verstanden. Er hat mich geliebt.«
So erschöpft sie ist – in Thea regt sich Empörung: »So? Und weil er sie geliebt hat, haben Sie ihn bis aufs Hemd ausgezogen und sein Geld verjubelt. Einen Penner haben Sie aus ihm gemacht!«
Die Grete springt auf. »Na, das is'n Ding!« ruft sie schrill. »Was geht *Sie* das an? Sie sind in Trauer, wie ich sehe. Sonst würde ich Ihnen eine runterhauen. Also, was ist? Hat Pit gesagt, wohin er geht, wann er wiederkommt? Ich habe keinen Schlüssel für die Haustür!«
Der Thea geht es gar nicht gut. Aber für diese Genugtuung rafft sie sich auf.

»Ich kann Sie ja zu ihm bringen«, sagt sie, »wenn Sie unbedingt darauf bestehen. Dazu brauchen Sie allerdings noch mal 'ne Taxe.«
»Ist er so weit?«
»Wie man's nimmt.«
»Wie man's nimmt«, wiederholt die Grete schnippisch. »Na schön. Ich habe keine Wahl, ich brauche den Schlüssel.« Sie schleppt ihre Koffer über den Möwensteig zu Asmussens Kneipe. Thea schwankt neben ihr her, nur mühsam auf den Beinen. Aber diesen Gang, den will sie durchhalten. Das schwört sie sich alle zehn Schritte.
Krüger Asmussen macht große Augen. Pits ›Verflossene‹ hat auch er hier nicht mehr erwartet. Thea flüstert ihm etwas zu. Er nickt und tut freundlich. Er begreift. »Ich fahr' euch«, sagt er. Aber er sagt nicht, wohin. Der feinen Grete erklärt er bündig: »Die Koffer kannst du so lange hierlassen.«
Und dann steuert er sein Auto mit den beiden Weibern zum Bethanien-Friedhof. Die Grete ist so ahnungslos wie ein Fisch, der sich dem Angelhaken nähert.
»Ach, ist der Pit jetzt da draußen Friedhofsgärtner?« fragt sie lebhaft. Das Schweigen fällt ihr nicht auf. »Nicht schlecht, wenn's wenigstens ein Dauerposten ist.«
»Ein *Dauerposten* ist es!« betont Thea verbittert.
Die beiden Frauen steigen aus, und der Kneipenwirt macht, daß er davonkommt. Was nun folgt, will er lieber nicht miterleben.
»Dort entlang!« sagt Thea, als sie in den Hauptweg einbiegen.
Auf einmal ist die Grete irritiert. Sie bleibt stehen. »Was soll das?« Ihre Stimme klingt nicht mehr so frisch.
»Nur weiter, nur weiter!« drängt Thea.
Der Grete wird beklommen zumute, das zeigt ihre Miene deutlich genug.
»Wohin führen Sie mich?«
»Zu Pit Melsen, denn zu dem wollen Sie ja«, erwidert Thea kalt. »So. Da sind wir.« Sie weist auf das frische, blumengeschmückte Grab, das so kurz nach der Bestattung weder Kreuz noch Stein ziert. Grete wirft Thea einen Blick voller Argwohn zu. Treibt diese Person einen üblen Scherz mit ihr? Sie bückt

sich und dreht eine Kranzschleife um. Da liest sie es in großen Lettern:
Dem lieben Pit zum Abschied
»So, nun wissen Sie, wo er ist«, sagt Thea hart. Sie wendet sich zum Gehen und läßt die erstarrte Grete allein am Grab zurück.
Aber es scheint so, als solle Thea nach dem schweren Tag keine Ruhe finden. Am Friedhofsportal steht Berta Solljes mit dem Fahrrad. Sie läßt sich nicht abwimmeln, schiebt das Rad neben Thea her.
»Ich hab's ja kommen sehen«, beginnt Berta.
»Was?«
»Daß du eines Tages wieder allein sein würdest, so oder so. Deine Freundin abzuhängen, dich so spät noch an einen Mann zu klammern. Thea! Es wäre auch ohne den Unfall nicht gutgegangen.«
»Sag nichts gegen Pit, sonst vergess' ich mich!«
»Ich mein's ja nur gut«, beteuert Berta. »Aber sieh mal, wir beide waren doch ein Herz und eine Seele. Wenn wir uns zusammentun wie früher, könnten wir wieder über Land fahren, Gemeindezettel verteilen, unseren Spaß mit den Leuten haben. Und in der Saison machen wir vielleicht am Strand einen Kiosk auf.«
Thea ist nicht in der Stimmung, hier und heute die alte Klatschtantengemeinschaft mit Berta Solljes neu zu begründen.
»Warum so abweisend, Thea?« Berta läßt nicht locker. »Du hast *mich* im Stich gelassen, nicht ich *dich*. Und das für eine Affäre mit einem Mann! Dabei waren wir uns doch so einig, daß die Kerle allesamt nichts taugen. Wenn du sagst, daß es dir leid tut, will ich mich wieder mit dir versöhnen.«
»Ich möchte nur wissen, wer dem Miststück Grete einen Wink gegeben hat, so Hals über Kopf zurückzukommen, noch dazu heute«, überlegt Thea düster.
»Ich nicht«, beteuert Berta. »Nicht mal die Polizei hat ihre Adresse gewußt, das kann ich beschwören. Aber jetzt ist sie da, und du hast den Ärger. Daran kannst du sehen, was du falsch gemacht hast.«
Thea kann ihre Tränen nicht länger zurückhalten.

»Nichts habe ich falsch gemacht«, sagt sie schluckend. »Ich werde mich immer zu Pit bekennen. Auch wenn er tot ist.«
Berta Solljes bleibt am Straßenrand mit ihrem Fahrrad stehen. Stumm blickt sie ihrer früheren Freundin nach...

Abends ist in Asmussens Kneipe Hochbetrieb. Am Stammtisch sitzen, wie immer, die bevorzugten Einheimischen. Diesmal ist auch Heitmann dabei, der Stellvertreter des Polizeichefs von Borsberg und dem Umland Deekelsen-Dreckels.
In der Ecke, stark ›angegangen‹, steht Fritze Friedrichsen wieder am Geldautomaten. Er hat sich aus der Bürokasse seines Chefs – des Baumaterialienhändlers Hanusch – ein paar Silberstücke und einen Geldschein ›geborgt‹, und er meint, den ›kleinen Betrag‹ könnte er durch sein ›System‹ im Handumdrehen hereinbringen. Woher er das Geld hat, weiß nur er, aber daß er verliert, kann jeder sehen. Doch außer den umstehenden jungen Leuten achtet niemand auf ihn.
Am Stammtisch gibt's nur ein Thema: Die Rückkehr der feinen Grete und ihre Begegnung mit Thea Knohl. Später kommen Eckholm und Mattiesen hinzu, und Asmussen erzählt noch einmal, wie er die beiden Frauen zum Friedhof gefahren hat.
»Wo ist die Grete jetzt?« fragt Eckholm.
»Na, bei mir nicht«, grinst Asmussen. »Noch ist dies ein ordentliches Lokal und kein Puff – entschuldige schon, Herr Pfarrer. Sie hat sich mit ihren Koffern zum *Schwarzen Anker* gerollt.«
Der *Schwarze Anker* ist eine düstere Absteige am Borsberger Hafen.
»Und was macht Thea Knohl?« fragt der Doktor.
»Meine Frau hat ihr Schinken, Butter und Brot rübergeschickt«, erwidert der Wirt. »Sie mußte ihr ja sowieso Pit Melsens Vogelkäfig mit dem Hansi zurückbringen. Als die beiden verreist waren, haben wir den Vogel gehütet.«
»Ich habe ihn gehütet«, ruft Frau Asmussen von der Theke her. »Du hast mit deinem Vogel im Kopp genug zu tun.«
Heitmann und Janssen lachen.
Das Gespräch wendet sich wieder dem Hauptthema zu. Einer

meint: »Es ist fast 'n Glück, daß der Pit nicht mehr lebt. Wenn ich bedenke, daß die Matrosenhure wieder aufgetaucht ist! Pit hätte sich doch von der noch mal ausnehmen lassen, so hörig, wie er der war! Die ganze Tragödie wäre von vorn losgegangen.«

»Lästert nicht«, brummt Eckholm.

»Hätten wir keine Fehler, brauchten wir dich nicht, Pfarrer«, entgegnet Heitmann gelassen.

Fletsch, der Druckereibesitzer und Zeitungsverleger, lenkt ab. Zu Mattiesen sagt er: »Wie man hört, gibt deine Annemarie nächste Woche ihre erste Unterrichtsstunde!«

»Im Gymnasium«, lächelt der Doktor. »Zu Hause traktiert sie bereits Olgas Katzen mit ihren Englischlektionen.«

»Und deine Mutter ist bereit, im Herbst bei der Bürgermeisterschaftswahl zu kandidieren?« feixt Bürgermeister Schultes. »Ihr führt ein reges Haus, Doktor. Alle Achtung.«

Karsten ist nicht sehr gesprächig. Er hat gedacht, sich an seinem freien Tag ausruhen zu können. Aber dann mußte er gleich nach Pits Bestattung einem abgestürzten Fassadenarbeiter Erste Hilfe leisten – draußen bei Beas früherem Besitz. Ausgerechnet heute fordert die Klinik einen Zusatzbericht über die Verätzung im Zusammenhang mit dem Fährunglück. Und schließlich hatte er zwei schlimme Fälle im Altenheim, dessen Vertragsarzt er ist.

Das Stammtischgespräch rauscht an seinen Ohren vorbei.

Er sieht – und das macht ihn ein wenig wacher –, wie Fritze Friedrichsen am Spielautomaten Münze um Münze verliert. Den Geldschein hat er längst gewechselt. Verbissen starrt er auf die sausenden Ziffern und Symbole und die wechselnden Blinkzeichen. In der Gewinnmulde rasselt es mager, und der Fritze opfert gleich wieder alles seinem ›System‹.

Es hat keinen Zweck. Der Fritze ist blank.

Er kann es einfach nicht begreifen. In seiner Wut dreht er durch und trommelt mit den Fäusten auf den Automaten ein.

»He, he ...!« Der Wirt steht auf, packt den strampelnden Burschen und setzt ihn vor die Tür. »Nix trinken, aber randalieren. Das hab' ich gern!« (Wobei er vergißt, daß Fritze gleich zu Anfang ein paar Schnäpse auf sein ›System‹ gekippt hat.)

Mattiesen verabschiedet sich. Zu Hause wartet Annemarie auf ihn. Und er hat sie nicht wiedergeheiratet, um sie kaum je zu sehen.
Als er in sein Auto steigen will, hört er ein Scheppern. Da wirft doch einer Steinchen gegen das blecherne Reklameschild? Richtig. Es ist der Unglücksrabe Fritze. Er hockt auf dem Bretterstapel und reagiert seine Verzweiflung ab.
Mattiesen tritt an ihn heran. »Hast wieder alles verloren, was?«
Fritze schweigt verbockt.
»Auf die Dauer gewinnt nur der, der nicht spielt!«
»Sprüche!« schnaubt Fritze verächtlich.
Unbeirrt mahnt der Doktor: »Eines Tages verlierst du mehr, als du hast.«
»Schon passiert«, murmelt der junge Bursche.
»Hör mal, wenn das ein Zwang bei dir ist, solltest du mal zu einem Therapeuten gehen.«
»Zu Ihnen, was?« klingt es trübe-höhnisch zurück.
»Ich zwinge dir meine Hilfe nicht auf«, erklärt Karsten.
»Das freut mich aber mächtig, Doktor«, sagt Fritze stur.
Mattiesen hat die Nase voll. Grußlos geht er zu seinem Auto.
Aber kaum ist er abgefahren, da packt Fritze der große Katzenjammer.
Es regnet, als der Doktor zwischen Holunder und Brennesselbusch über die Bohlenbrücke in den Mattiesenhof einfährt. Gegessen hat er ›in Familie‹, bevor er zum Altenheim gerufen wurde. Er ist müde.
Später, nach der Dusche, geht er wohlig gähnend ins Schlafzimmer, das Annemarie zu Beginn der zweiten Ehe so geschmackvoll eingerichtet hat. Allerdings sieht er nichts, denn er scheut sich, Licht zu machen. Er will sie nicht stören. Peng, klirr! Verflixt, das war die Vase vom Wandbord.
»He?« Sie knipst die Nachttischlampe an. Trotz des Mißgeschicks bemerkt er, wie entzückend Annemarie aussieht. Erwartungsvoll blinzelt sie ihm entgegen.
»Entschuldige«, sagt er, sich impulsiv nach den Teilen des kostbaren Stücks bückend. »Kaum bin ich da, zerschlage ich Porzellan.«

Annemarie lacht leise. »Das ist doch nichts Neues.«
»Ich habe kein Licht gemacht, um dich nicht zu wecken.«
»Ich habe noch nicht geschlafen. Ich habe nachgedacht. Ernsthaft.«
»Ernsthaft?« fragt er.
»Wie ich sagte!«
»Worüber denn?« erkundigt er sich, den Fuß der zerbrochenen Vase in der Hand.
»Laß die blöden Scherben und komm ins Bett«, fordert sie zärtlich. Sie knipst das Licht aus. Als er zu ihr unter die Decke kriecht, schmiegt sie sich an ihn.
»Ich habe über uns beide nachgedacht«, flüstert sie ihm ins Ohr.
»Das ist lieb, aber etwas geheimnisvoll«, seufzt Karsten.
»Ich meine, früher haben wir uns immer gezankt. Neuerdings vertragen wir uns – trotz des Wirbels im Hause.«
»Nun, vielleicht gerade deshalb«, meint Karsten.
»Vielleicht! Vielleicht! Das ist kein Resultat. Ich liege hier und bemühe mich um Resultate.«
»Könntest du mir diese Resultate bitte morgen mitteilen?« Mattiesen gähnt. »Du weißt, Annemie, wie mein freier Tag heute aussah. Ich bin hundemüde. Da waren ja noch die beiden Fälle im Heim. Und eben hatte ich es noch mit einem ausgeflippten Automatenfreak zu tun.«
»Ich will nur wissen: Wie ist unsere Ehe?« beharrt sie. »Bereust du den Neuanfang?«
»Ich denke doch – nein!«
»Du denkst?« Sie richtet sich auf wie eine Schlange.
Er zieht sie sanft in die Kissen zurück. »Annemie, ich kann dir jetzt kein Ständchen bringen. Mein Vokabular ist für heute erschöpft.«
»Es wird noch reichen, mir zu sagen, ob wir glücklich sind oder ob wir noch glücklicher sein *könnten*? Wir haben wenig Zeit füreinander.«
»Wir werden noch weniger Zeit haben, wenn du im Schuldienst bist«, murmelt er. »Aber das ist *dein* Entschluß, und ich denke, du hast ihn gründlich bedacht.«
»Mein Temperament braucht Abwechslung«, meint Annema-

rie. »Nur nicht, was dich betrifft: Du bist mein ruhender Pol.«
»Das freut mich. Im Augenblick bin ich eher ruhe*bedürftig*.«
»Karsten, ich liebe dich so sehr!«
»Ich dich auch, Annemie.«
Sie atmet freudig auf, während er mit einem hörbaren Schnarcher in Schlaf versinkt.
Beiden ist nicht klargeworden, daß sie sich so rührend-naiv benommen haben wie vor zwanzig Jahren, wie in den ersten Tagen ihrer ersten Ehe.
Ein Glück, daß Olga nichts davon wußte. Sie hätte den Teufel an die Tür gemalt.

Wenn Karsten gehofft hat, der nächste Tag würde ihm ein wenig Leerlauf bringen, so hat er sich getäuscht.
»Es ist das Wetter«, erklärt Olga. »Die Leute hoffen mit dickschädeliger Beharrlichkeit, der Mai zaubert ihnen die Sonne des Südens auf ihr bißchen Gehirn. Jedes Jahr hoffen sie das. Und wenn's dann stürmt und regnet, sind sie mallekrank.«
Am Nachmittag klart es auf. Trotzdem ist die Praxis voll.
»So. Das reicht«, stöhnt der Doktor zum Schluß. Olga, Annemarie und Kerstin sitzen schon am Abendbrottisch. Er hängt seinen Kittel an den Türhaken und wirft sich ächzend auf einen Stuhl.
»Was hast du?« fragte Annemarie. »Du greifst an deine rechte Bauchseite!«
»Sein Blinddarm zwickt ihn wieder«, vermutet Olga. »Aber der Herr Doktor will's nicht wahrhaben. Na ja. Er ist Arzt, er muß wissen, was er hat.«
»Und was tust *du* so den lieben langen Tag?« wendet Karsten sich an seine Tochter.
Kerstin beugt sich tiefer über ihren Suppenteller. »Ich war bei Frau Detlefsen«, sagt sie.
»Frau Detlefsen«, betont der Doktor. »Da war ich nach der Vormittagssprechstunde auch. Es geht ihr recht gut. Dich treiben jetzt eher biologische Gründe, nehme ich an?«
»Sei nicht zynisch«, vermahnt Olga ihren Sohn. Sie reckt den Hals und blickt zum Fenster. »Da kommt ein Auto. Haaach!«

Erfreut springt sie auf. »Das ist Eikes Wagen! Eike ist da! Mein Herr Enkel!«

»Wollte Eike nicht erst am Wochenende kommen?« fragt Karsten.

»Ich hab' ihn so verstanden«, erwidert Annemarie.

»Tut nicht so, als hätten wir kein Futter für ihn«, sagt Olga. Sie ist erfreut, legt geschäftig zusätzlich ein Gedeck auf.

Bevor Eike im Haus ist, stürmt die Arzthelferin Doris herein.

»Doktor! Die Thea ist zusammengebrochen. Ein Anruf von der Polizei. Sie möchten schnellstens kommen!«

»Weshalb schafft man sie nicht in die Klinik?« Mattiesen verschlingt hastig noch ein Stück Schinken. »Die Thea! So was dachte ich mir beinahe. Sie hatte schon bei der Beerdigung einen Schwächeanfall.«

In der Tür prallt er mit Eike zusammen.

»Herzlich willkommen und auf Wiedersehen«, ruft der Doktor.

»Es ist etwas ganz Dringendes«, erklärt Annemarie, ihren Sohn umarmend.

»Was uns nicht hindern soll, die Ruhe zu bewahren«, mischt Olga sich ein. »Dies ist ein Arzthaushalt. Hier geht das Leben weiter. Setz dich, Eike.«

»Tag, Brüderchen«, strahlt Kerstin. »Prima siehst du aus!«

»Das macht die Ruhe«, erwidert der ältere Bruder. »Ich bin voll auf Entspannungskurs.«

»*Du*?« ruft die Schwester ungläubig. »Du, die verkörperte Pauke? Eine Lernmaschine? Der geborene Forscher?«

»Grundlegender Wandel«, sagt Eike lässig. Er löffelt Olgas Suppe mit sichtlichem Appetit. »Bei mir ist gewissermaßen ein Vorhang vom Fenster gefallen. Zähes Roboten führt zur Verkümmerung. Man muß sich auch mal durchhängen lassen.«

Annemarie lacht. »Fragt sich nur, was dein Vater davon hält. Hattest du dich nicht eigentlich für Tübingen entschieden?«

»Kann schon sein. Wie gesagt – fürs erste: Entspannungskurs.«

»Nun überfallt den Jungen nicht gleich mit Fragen«, steht Olga ihrem Enkel bei. »Laßt ihn in Ruhe essen...«

Eikes Vater befindet sich nicht auf Entspannungskurs. Wie soll er auch? In seinem Wirkungskreis, bei seiner Art von Patienten! Er fährt den Alten Damm entlang und überlegt, warum es die Polizei war, die ihn rief. Was kann da passiert sein?
Ja, was ist passiert? Die Thea und die feine Grete sind aneinandergeraten. Aber woher soll der Doktor das wissen?
Pits ›Ehemalige‹ hat sich nicht still aus dem Staube gemacht, wie einige vorschnell glaubten. Daß die Grete von Pits Tod nichts ahnte, steht fest. Und wenn sie einen anonymen Wink bekam, so doch wohl nur einen reichlich unklaren im Hinblick auf Pits gebesserte Vermögenslage.
Von Theas Rolle und von Pits Tod – das soll sich bestätigen – hat die Grete keinen Schimmer gehabt. Aber sie besaß während all der Zeit ihrer Abwesenheit eine Trumpfkarte. Und sie hat sich den ganzen Tag über umgehorcht, ob die noch sticht. Im vergangenen Jahr, ein paar Tage vor ihrer fluchtartigen Abfahrt, war der Pit nämlich beim Notar und hat ein Testament zu ihren Gunsten gemacht: ein Verzweiflungsschritt, denn was hatte er seinerzeit noch? Die Grete hat ihm ins Gesicht gelacht und ist ihm trotzdem davon gerannt.
Ja, und heute ergeben ihre Sondierungen, daß sie nicht etwa Schulden erben wird, sondern die kleine, winterfest gemachte Hütte – dazu das Restsümmchen von der Rückerstattung des Spekulanten! Das wird reichen, sich eine Weile auf die faule Haut zu legen! Und was sie über die Thea gehört hat . . . na, das reicht ihr auch, und zwar auf schlagende Weise!
Sie borgt sich ein Rad im *Schwarzen Anker* und fährt zum Zeisigweg hinaus. Die Pfützen spritzen hoch auf, so sehr tritt sie in die Pedale. Den Schlüssel von Pits Hütte will sie haben, den Schlüssel, den ihr die Thea – dieses Aas – unterschlagen hat. Den Schlüssel zu ihrem rechtmäßigen Eigentum!
Sie lehnt das Rad an einen Baum.
»Aufmachen!« kreischt sie. »Hier ist Melsens Grete!« O ja – so sehr sie außer Atem ist, kreischen kann sie wie ein ganzer Möwenschwarm. Sie drückt den Daumen auf den Klingelknopf, anhaltend. Und die arme Thea muß sich da drinnen vorkommen wie in einer Feuerwehrstation. Aber sie öffnet nicht. Da kann sich Grete den Daumen wunddrücken.

»Verstecken hilft Ihnen nichts!« schreit Grete mit unveränderter Keifstimme. Als ›feine Dame‹ bleibt sie jetzt noch beim ›Sie‹. Als sie zwei, drei Schritte zurücktritt, um ihre flinken Blicke an der Hauswand entlanggleiten zu lassen, sieht sie, wie sich eine Gardine bewegt. Das beflügelt ihre Wut.
»Machen Sie auf! Ich sehe Sie!« Sie jagt wieder zur Haustür, um mit den Fäusten dagegen zu trommeln. In ihrem Eifer entgeht ihr, daß sich auf dem Weg ein Zeuge eingefunden hat. Es ist der Tierpräparator Vollquard, der angesichts der tobenden Person seinen Spaziergang unterbricht.
Herr Vollquard steht wie angewurzelt. Jetzt trommelt die rasende Frau an die Fensterscheibe, und als das nichts nutzt, haut sie mit dem erstbesten Harken- oder Besenstiel gegen den Rahmen. Jetzt rutscht sie nun doch ins abschätzige ›Du‹. »Mach auf, du Schlampe! Ich will den Schlüssel! Ich weiß, daß du ihn hast!« Danach rutscht der Schlagstiel vom Holz ab und trifft die Fensterscheibe.
Glassplitter fliegen ins Zimmer.
»Mörderin! Du hast meinen Pit auf dem Gewissen!« gellt es aus Gretes Mund. Das ist für Vollquard das Signal. Er läuft los, quer über die Wiese, dem Lindenweiher zu, denn dort, bei der Bushaltestelle, ist die Telefonzelle. Die Polizei muß her! Am Zeisigweg bahnt sich eine Katastrophe an. Und mit den beiden Hyänen will der Präparator nicht ins Handgemenge geraten.
Als er die Polizeistation über Notruf verständigt hat, jagt er zurück. Vor dem Haus beginnt inzwischen der zweite Akt des Dramas.
Thea Knohl steht entgeistert im Rahmen der geöffneten Tür.
»Na endlich!« schreit die andere. »Du wirst mir das Diebesgut rausrücken. Wo ist der Schlüssel? Was hast du beiseite geschafft? Das da«, sie weist auf die Nachbarhütte, »– und Pits Geld ist rechtlich meins!«
Thea scheint nicht zu wissen, wie ihr geschieht. Wohl nahm sie's mit der Wahrheit nie so genau, was ihr manche Anzeige wegen übler Nachrede eintrug. Schlimm genug, ja, aber geklaut hat sie nie. Der Rest des Geldes, das Pit von dem Spekulanten zurückbekam, liegt auf seinem Konto bei der Sparkasse.

»Da bist du stumm, wie?« höhnt die Grete. Sie nestelt ein zerknittertes Papier aus ihrem Jäckchen und hält es Thea vor die Nase. »Das Testament!«
Thea wird wachsbleich. Sie schweigt nun erst recht.
Die feine Grete lacht höchst unfein. Jetzt ist sie ganz obenauf. »Hast gedacht, ich komm' dir nicht auf die Schliche! Da mußt du früher aufstehen. Ich hab' mich umgehorcht. Ich weiß jetzt, daß du's mit meinem Pit getrieben hast. Du Schlampe, du Luder! *Alle* wissen es! Ihr wart zusammen in Tirol!«
Wahrhaftig, die feine Grete ist nicht müßig gewesen an diesem Tag!
Aber nun überzieht sie ihren Triumph: »Hast du ihn den Abhang runtergestoßen? Hast du ihn umgebracht, meinen armen Pit?«
»*Deinen?*« japst Thea. Die Beschuldigung und der Besitzanspruch dieser Herumtreiberin machen sie auf der Stelle rasend.
»Du verheucheltes Drecksstück«, schreit sie.
»Halt!« brüllt Vollquard, über den Graben springend. »Halt!« Die Frauen überschreien einander. Sie bemerken ihn nicht.
»Ich – den Pit ermordet?« In der Wut ergreift Thea einen schweren Holzpflock und hebt ihn hoch. Doch bevor sie damit ausgeholt hat, bricht sie zusammen. –
»Was ist los?« ruft Karsten, als er am ›Tatort‹ eintrifft. »Warum holt ihr mich – und nicht den Rettungswagen?«
»Weil sie nach dir verlangt hat«, erklärt der Polizeichef Karlsen mürrisch. Da Vollquards Telefonat nach Mord und Totschlag klang, hat er sich selber mit dem Vize Heitmann herbegeben. Aber das Ganze war wohl eher ein Gänsekampf.
Thea lehnt in sitzender Haltung an der Hauswand. Neben ihr kniet Herr Vollquard. Heitmann vernimmt die feine Grete. Vollquard steht auf und macht dem Arzt Platz.
»Pit hat ihr alles vererbt«, haucht Thea kaum hörbar. »Er war zu schwach.«
»Jetzt bist *du* schwach«, unterbricht der Doktor. »Bist du gestürzt? Habt ihr euch geschlagen?«
Eben sagt die Grete patzig zu Heitmann: »Quatsch. Ich habe sie gar nicht berührt.«

»Und die kaputte Scheibe? Und dieser Knüppel hier?«
»Mit dem Knüppel wollte sie auf *mich* los«, empört sich die feine Grete. »Aber ich bin rechtmäßig hier. Ich bin Erbin.«
»Soso«, mischt sich der Polizeichef ein. »Zur Beerdigung waren Sie jedenfalls nicht. Und Ihre Zweitadresse ist seit Monaten unbekannt.«
Vollquard gibt Mattiesen Auskünfte. Der Doktor hat Thea auf Prellungen untersucht. Er fühlt ihr den Puls. Dann zieht er seine Tasche heran und macht eine Spritze fertig.
»Die Weiber haben geschrien und gequiekt wie gewisse Viecher im Stall«, kommentiert Vollquard. »Ich dachte wirklich, eine von beiden bleibt auf der Strecke.«
»Ich habe nur geschrien, weil sie mit dem Pflock auf mich los ist«, behauptet Grete. »Dabei war ich völlig korrekt.«
»Korrekt?« wiederholt der Polizeibeamte Heitmann. »Als wir eintrafen, kamen Sie aus Theas Haus. Was hatten Sie da zu suchen?«
»Diesen Schlüssel zu meinem Haus«, erwidert die Grete, das begehrte Stück hochhaltend. Sie hat ihn nicht gutwillig rausgerückt. Sonst wäre mir der Ärger erspart geblieben.«
Herr Vollquard schüttelt den Kopf.
»Nehmen Sie ihr den Schlüssel weg«, lallt Thea. »Schwindel... Irrtum...«
»Ruhig, ruhig«, mahnt der Doktor. »Reg dich jetzt nicht auf.«
»Es wird alles geprüft werden«, versichert Heitmann grimmig.
Kraftlos beharrt Thea: »Das Haus gehört Pit.«
»Sie wird's noch lernen«, spottet Grete. »Was Pit gehört hat, ist jetzt mein. Laut Testament bin *ich* die Erbin, nicht die bleiche Kröte da!«
»Verhaften Sie diese Viper, Herr Heitmann«, keucht Thea. »Die diebische Elster!«
»Hier fühlt man sich als Tierpräparator direkt wie in Fachkreisen«, murmelt Vollquard sarkastisch.
»Du sollst dich nicht aufregen, Thea«, sagt Mattiesen mit Nachdruck. »So, wir tragen dich jetzt ins Haus.«
Heitmann und Vollquard helfen, die Thea auf ihre Couch zu legen.

Der Polizeichef Karlsen ist jetzt drüben bei der Grete, der Präparator empfiehlt sich, und der Doktor holt aus dem Bad ein angefeuchtetes Tuch. Im Vorübergehen wirft er einen Blick in die Küche.
»Du scheinst seit Tagen nicht richtig gegessen zu haben«, meint er, nachdem er der Patientin das Tuch auf die Stirn gelegt hat.
»Wie kann man essen, wenn das Herz kaputt ist!«
»Wann hast du zuletzt eine volle, warme Mahlzeit zu dir genommen?« forscht Mattiesen. »Wahrscheinlich noch in Tirol?«
»Ja. Danach hab' ich kaum was runtergekriegt. Wie denn auch? Wo doch Pit –«
»Um den Pit kannst du auch trauern, wenn du was Warmes im Magen hast«, unterbricht Karsten.
Die Spritze scheint ein wenig geholfen zu haben. Die Patientin bittet um ein Kissen.
»Nein, laß mal den Kopf schön unten. Du mußt tief lagern. Du hattest einen Kreislaufkollaps, Thea.«
»Darf ich Frau Knohl ein paar Fragen stellen?« erkundigt sich Heitmann amtlich. »Ist der Sturz ursächlich auf die Einwirkung Ihrer Nachbarin zurückzuführen?«
»Meiner Nachbarin?« japst Thea. »Die war seit vorigem Jahr 'ne Nachbarin in einem Hamburger Hurenhaus. Sie hat kein Recht, hier wieder Nachbarin zu spielen.«
»Wie's scheint, hat sie doch das Recht«, brummt Heitmann. »Nun gut. Herr Vollquard hat den Streit mit angesehen und den Vorgang bezeugt.« Er steckt sein Notizbuch ein. »Gute Besserung. Tschüs, Doktor.«
Heitmann geht hinaus. Gleich darauf blickt sein Vorgesetzter durch die zerbrochene Fensterscheibe. »Eine Posse, was?« sagt er verärgert. »Tagaus, tagein schlägt man sich mit Possen herum. Possen!«
Das Polizeiauto fährt ab.
Possen, denkt Mattiesen. Ja. Damit hat auch er genug zu tun. Aber die Betroffenen sehen das anders. Für die ist manche ›Posse‹ Schicksal.
»Ich schaue in ein, zwei Stunden noch mal nach dir«, sagt er zu

Thea. »Frau Asmussen wird dir warmes Essen bringen. Und wenn ich den Glaser noch erwische, sorge ich dafür, daß er dir gleich morgen früh 'ne neue Scheibe einsetzt. In Ordnung?«
Die Thea nickt.
»Und bleib liegen. Provozier die Frau da drüben nicht. Laß dich auch nicht provozieren. Versprochen?«
Wieder nickt die Thea.
Der Doktor steigt in sein Auto. Die beiden Weiber werden sich wohl heute abend nicht mehr in die Wolle kriegen, denkt er. Wenn nur ihre Häuser nicht so gefährlich nahe beieinanderlägen.

Neue Verwicklungen

Auf dem Mattiesenhof versorgen Olga und ein Helfer aus der Nachbarschaft die Tiere, denn der alte Herr Hering kommt nur morgens. Annemarie scheint irgendwo im Haus über ihren Büchern zu brüten. Karsten telefoniert in der Diele mit dem Glaser. Frau Asmussen hat er auf der Rückfahrt verständigt.
Etwas erschöpft betritt er die Küche.
Dort findet er Kerstin und Eike vor. Kerstin spielt mit den Kätzchen, Eike sitzt lässig auf der Bank, die Arme hinter dem Kopf verschränkt.
Mattiesen nimmt sich ein Bier aus dem Kühlschrank.
»Na, wie geht's meinem hoffnungsvollen Sprößling?« leitet er die Unterhaltung ein.
»Wenn du mit hoffnungsvoll auf Karriere anspielen solltest«, erwidert Eike, »bist du schief gewickelt. Damit hab' ich nichts mehr am Hut.«
Der Vater setzt sich neben ihn. Bevor er auf den flapsigen Ton reagieren kann, erscheint Olga. »Was ist mit Thea?« ruft sie.
»Keine Lebensgefahr. Sie hatte Streit mit Melsens Grete.«
»Waaas? Pit Melsen liegt unter der Erde. Seine Grete gibt's nicht mehr! Hast du Gespenster gesehen?«
»Leider nein, Mutter«, seufzt der Doktor. »Pits Lady ist zum günstigsten Zeitpunkt heimgekehrt, der einer Hexe nur einfallen konnte. Dabei wußte sie weder etwas von Pits Tod noch von seinem Verhältnis mit Thea.«
»Du lieber Gott... Haben sie sich geprügelt?«
»Schlimmer. Giftpfeile aufeinander abgeschossen.«
»Na, das wird was werden, die zwei Miststücke Zaun an Zaun und Pits Schatten immer darüber«, brabbelt Olga im Hinausgehen. Karsten wendet sich wieder dem Sohn zu. »Deine Mutter machte eine Andeutung, du wolltest dich zeitweilig zur Ruhe setzen. Ist das nicht ein bißchen früh?«
»Es ist nie zu früh«, behauptet Eike. »Bis zum Herbst spanne ich aus.«
»Aber dann verlierst du ein halbes Jahr.«

»So sehe ich das nicht«, belehrt Eike seinen Vater milde. »Ich verliere nichts, ich gewinne. Ich lebe.«
»Und wo, wenn man fragen darf?«
»Wo? Bei Freunden an der Elbe. Wirklich, es geht mir gut. So lange ich denken kann, war ich leistungsorientiert. Nun mach' ich mal total auf Entspannung.«
»Ach, ja? Und wovon lebst du?«
»Ich komme schon klar.«
»So? Na.« Mattiesen blickt auf seine Tochter, die immer noch versonnen mit den Kätzchen spielt. »Und du, Kerstin? Du kommst auch klar?«
»Auch«, erwidert die Tochter nur.
Der Doktor steht auf. »Zwei rundum glückliche Kinder?« fragt er mit leisem Galgenhumor.
Ernsthaft versichern beide wie aus einem Munde: »Ja.«
Mattiesen bittet seine Frau zu einem kleinen Spaziergang hinaus. Es ist ein heller, aber kühler Abend. Annemarie hüllt sich in ihre Stola.
»Kurz und bündig«, beginnt er. »Was ist mit Eike los?«
»Mit Eike?« fragt sie erstaunt. »Was soll mit ihm los sein? Er besucht uns und fährt morgen oder übermorgen zurück. Eike ist kein Bummeltyp. Der fängt sich wieder.«
»Aber im Moment tut er so, als ließe es sich von Luft und Liebe leben. Da steckt doch was dahinter?«
»Je weniger Druck wir machen, desto eher geht er von selbst aus sich heraus«, meint Annemarie. Das ist ein überlegener weiblicher Rat, dem er sich gern beugen würde. Gleich aber zeigt sich wieder das Sprunghafte in ihr.
»Karsten, ich dachte, du hättest etwas Zeit für *meine* Probleme. Ich war heute bei Oberstudiendirektor Böhm zur Kontaktaufnahme im Gymnasium. Es bleibt dabei, am Montag fange ich an. Nun wollte ich gern meine Konzeption mit dir durchsprechen.«
»Welche Konzeption?«
»Wie ich mich den Schülern präsentiere!«
Er lächelt. »Na, so wie du bist! Was willst du denn für Verrenkungen machen?«
»Sei nicht so unsensibel. Ich habe zwar meine Examina und die

Lehrbefugnis. Aber du weißt genau, daß mir vier Jahre Praxis fehlen. Ich werde gleich vor pädagogische Entscheidungen gestellt werden. Wie löse ich die?«

»Situationsbedingt, denke ich«, erwidert Karsten.

Während die Eltern wie Studenten problematisieren, sitzen ihre Kinder im Haus und diskutieren auf eigene Weise.

Eike erklärt: »Wenn ich Vater sehe, wie der sich so schindet... Ein tierischer Streß! Was hat der Mann vom Leben?«

Kerstin läßt das eine Kätzchen krabbeln und nimmt das andere hoch. »Papi ist immerhin Arzt.«

»Trotzdem. Es gibt genug Mediziner, die auch gern eine Chance hätten. Immer diese Hektik! Ewig rund um die Uhr. Warum macht er das? Mami hat viel Geld!«

»Vielleicht liebt man einen Beruf nicht nur aus Geldgründen«, belehrt Kerstin ihren Bruder.

»Beruf gleich Berufung? Ich sehe das nicht so«, lächelt Eike überlegen.

Aber nun pfeift ihn Kerstin an: »Bisher hast du's so gesehen! Du hast dich beinahe bemacht vor Angst, nicht immer und überall der Beste zu sein. Welcher Bus hat dich denn gestreift?«

Eike läßt sich nicht erschüttern: »Schwesterchen, über diese Dinge kann man nur mit Menschen sprechen, die über dem Alltag stehen.«

»Ach, du Quatschkopf!« Kerstin springt wütend auf: »Über dem Alltag! Du hast wohl mit beiden Beinen von der Startbahn abgehoben!«

»Siehst du?« lächelt Eike. »Eine typische Streßreaktion. Du bist auch schon verkrampft. Ich mach' dir einen Vorschlag. Du fährst am Sonnabend mit mir nach Hamburg und orientierst dich mal an meinen Freunden! Da kriegst du Durchblick, sag' ich dir!«

Kerstin zögert. Die Detlefsens sind alle drei am Sonntag in Kiel. Und als ›Hinterbliebene‹ will sie ihre Nase nicht die ganze Zeit in Biologiebücher stecken. Eine Abwechslung wäre nicht schlecht. Außerdem ist sie neugierig auf Eikes Freundeskreis. Genauer: auf seine Freundin.

Wie abgemacht, fahren die Geschwister am Sonnabend nach Hamburg. Eike achtet gewissenhaft auf den Verkehr; aber er macht ein Gesicht, als lenke er keinen VW, sondern eine Wolke.
»Was grinst du so debil?« fragt die Schwester.
Eike, souverän, geht auf ihre Stichelei nicht ein. Er summt einen Hit, der gerade ›in‹ ist.
Und Kerstin hat Zeit, an Peter Detlefsen zu denken. Auf dem Dünenspaziergang neulich ist es zu harmloser Zärtlichkeit zwischen ihnen gekommen. Aber Peter ist und bleibt spröde. Er ist wohl einfach zu scheu, ihre Liebe zu akzeptieren. Denn daß sie ihn liebt, und zwar mit der ganzen Kraft ihres jungen Herzens, muß er begriffen haben. *Hat* er begriffen. Trotzdem behandelt er sie mit seinen 35 Jahren eher wie ein Kind. Er sperrt sich, der Dummkopf. Das ist es, was Kerstin so ratlos macht.
Der Bruder gibt inzwischen eine Philosophie zum besten, als hätte er einen kleinen Mann im Ohr. Und immer wieder fällt der Name Hilke Frentsen. In Hamburg fährt er Kerstin die Elbchaussee entlang, an Villen vorbei, die einst von Patriziern und Handelsherren für die Ewigkeit errichtet wurden. Durch das schmiedeeiserne Tor des imposantesten Anwesens lenkt er so selbstverständlich wie in den heimischen Hof.
»Na, wie gefällt dir der Schuppen?« lächelt er.
Kerstin sieht rund um das ›Palais‹ herum gepflegte Wege, gestutzte Rasenflächen, wunderbare Gewächse, Bäume aus Übersee. Es fehlen nur die kanadischen Tiere.
»Super, was? Schweißige Sache.«
Kerstin kapiert natürlich, daß er das Gegenteil meint. Der Schweiß, der hier investiert wurde, ist längst, längst verdampft. Er ölt das Ganze gewissermaßen per Fernheizung: historisch und organisatorisch . Aber wie kann der Bruder eine so kindische Rechnung aufmachen? Er, Mathematiker, Ökonomiker, gelernter Durchblicker, geborener Geistesriese!
»Du mußt das nicht aus der Froschperspektive sehen«, sagt Eike. »Es ist eine legitime Lebensform innerhalb der Pluralität. Mami könnte uns etwas davon ebenfalls verschaffen.«
»Aber –«
»Was aber? Das ist doch ein Angle, wie?«

»Ein was?« fragt Kerstin irritiert.
»Ein Angle! Heißt soviel wie Blickwinkel.«
»Warum sagst du das dann nicht?«
Eike würdigt sie eines milden Lächelns. »Komm, Schwesterchen, steig aus. Man übernachtet hier nicht im Auto!«
Kerstin folgt seiner Aufforderung. Sie mustert das Palais und die tollen gärtnerischen Arrangements. »*Hier* wohnt deine Freundin?«
»Warum nicht? Keine Angst. Du wirst sie mögen.«
Ein hübsches junges Mädchen kommt über den Rasen. Es ist Hilke Frentsen, wie man Eikes Miene entnehmen kann.
»Hallo!« ruft sie temperiert. Ein süßes Ding, stellt Kerstin fest. Schließlich ist Kerstin nicht aus Dummsdorf. Sie sieht, daß Hilke ihre sündhaft teuren Klamotten so natürlich trägt, als sei sie damit auf die Welt gekommen. Hilke gibt Kerstin flüchtige Wangenküsse und haucht Eike einen Kuß auf den Mund.
Ein wenig spät stellt Eike vor: »Meine Schwester Kerstin.«
»Ist ja hip«, erwidert Hilke, ohne weiter auf Kerstin einzugehen. Sie berichtet über Stimmung und Anwesende: »Echt chaky, Eike! Bernd, Düsi, Sarah und Bonny sind auch schon in der Location. Come on...« Und schon strebt sie dem Park zu.
Eike und Kerstin folgen ihr. Eike schaut die Schwester an, als erwarte er, daß sie nun vor Begeisterung ausflippen würde.
Auf dem riesigen, echt englisch kurzgestylten Rasen sieht man Wägelchen mit Klappverdecks; die aber beherbergen keine Babys, sondern Getränke aller Art, Eis, Früchte, Sandwiches, Kuchen, Kekse und manches mehr. Kerstin fühlt sich an die Bilder einer Präsidentenparty erinnert.
Düsi, Bernd, Sarah und Bonny lungern entspannt herum. Der als Düsi Bezeichnete schwenkt seinen Squash-Schläger kurz durch die Luft, um eine Fliege zu verscheuchen, führt sein Getränk an die Lippen und grüßt Eike, kaum aufguckend: »Hey!«
»Hey!« sagt Eike, sich anpassend.
»Hey!« knautscht Bonny mit Eis im Mund. Ein Teil ihrer Portion fällt auf den Rasen. Sie holt sich ein neues.
»Hey«, tönt es gleichgültig aus Bernds und Sarahs Richtung.
»Tag«, sagt Kerstin. Diese Yuppies, diese Schicki-Micki-Typen

stellen ihre Langeweile lässig zur Schau. Sie tragen ihre superteuren Klamotten wie ihre eigene Haut, und offensichtlich reichen ihre Sprachfetzen aus, sich mühelos zu verständigen. Eike ist überhaupt nicht wiederzuerkennen. Er benimmt sich, als sei er hier seit Jahren zu Hause. Er balanciert ein Cocktailglas und führt mit Hilke so etwas Ähnliches wie ein Gespräch. Mit einem Becher Eis setzt sich Kerstin zu den beiden auf die Bank. Aber die haben sich doch vom richtigen Leben abgekapselt, denkt sie. Sie sehnt sich nach Detlefsens Garten, nach Peter, Anna und Robert Detlefsen.

Eben spricht Hilke von einer gewissen Pitty. »Du! Die hat ja potenzmäßig nicht viel zu bieten.«

»Ich weiß auch nicht, warum Mack sie so ansoftet«, meint Eike kopfschüttelnd.

»Man kann es trendig nicht fassen«, fährt Hilke ernsthaft fort. »Übrigens, was Mandy betrifft...«

»Ja?« Eike zieht die linke Braue hoch.

»Mandy ist mit einer Arbeiterdüse nach Mallorca geflogen«, berichtet Hilke.

»Oh, nein!« stöhnt Eike. »Solo?«

»Weiß nicht. Na ja, die war ja schon immer square.« Hilke wendet sich an Kerstin: »Und du? Sonderst du keine Meinung ab?«

Kerstin fragt ein wenig bestürzt: »Was?«

»Ob du nicht auch mal was sagst«, hilft Eike.

»Danke für die Übersetzung«, erwidert Kerstin mißmutig. »Danke. Nein, ich höre gebannt zu.«

Ein hochgewachsener, etwas zu jugendlich gekleideter Herr schreitet soeben, umspielt von Windhunden, gefolgt von einem Butler, an der Rückfront des Palais entlang. Er grüßt flüchtig herüber.

»Hilkes Vater«, erläutert Eike. »Ultimativst! Immobilien, Öl, Kaffee.«

Der Herr verschwindet im Gebäude. Hilke entschwebt mal kurz zu Düsi, Bonny und den anderen.

Verklärt blickt ihr Eike nach. »Na? Die ist doch quintessentiell, oder?

»Ja. Wenn nicht sogar hip. Da du dich hier eingenistet hast,

kannst du auf mich verzichten«, sagt Kerstin. »Ich will nicht stören.«
»Aber bau doch keinen Unterstand, Schwesterchen. Sei nicht sleepy. Hier gilt, leben und leben lassen! Das ist Stil. In der Cabin – da – ist Platz genug. Es fällt nicht auf, wenn einer zusätzlich Residenz macht.«
»Das fällt bei uns auch nicht auf.«
Eike schnippt mit Daumen und Zeigefinger. »Meridianer Vergleich! Du mußt dich entkrampfen. Ihr alle da draußen habt Entkrampfung nötig. Olga, Vater, Mami – alle.«
»Wir sollen den ganzen Tag über den Rasen wandern? Sag mal, bist du noch zu retten?«
Eike schnippt wieder. »Durchhängen lassen, Kerstin. Das kann man auch im kleinen Rahmen. Basical.«
Kerstin steht auf. »Du hast ja Fieber, Junge! Du bist krankhaft verknallt! In deine Hilke und in ihr Milieu! Wie kann denn einer so plötzlich zum Affen werden? Eike! Eike, komm zu dir!«
»Du siehst das zu nocky«, erwidert der Bruder, nicht im geringsten beleidigt.
»Na, dann Tschüs.«
»Wohin gehst du?« fragt Eike zerstreut.
»Unter Menschen«, sagt Kerstin. »Du redest wie im Tiefschlaf. Ich will dich nicht wecken. Bleib ruhig sitzen. Ich komm' schon irgendwie nach Hause. Vielleicht bleib' ich über Nacht bei 'ner Hamburger Freundin.«
Mit energischen Schritten verläßt sie das märchenhafte Gelände.

Aber nicht nur Eike und Kerstin sind ›in love‹. In der von Eike plötzlich verleugneten ›Kleinen Welt‹ des väterlichen Wirkungskreises bahnt sich Verwirrendes an. Praktisch ist einiges bereits am Vortage passiert, als Eike auf der Koppel herumwanderte und – benebelt vom Gedanken an Hilke – blicklos in die Gegend blinzelte. Als Kerstin vormittags in der Schule und nachmittags wieder bei Detlefsen war.
Schuld ist das Wetter gewesen. Hätte es geregnet oder gestürmt wie sonst so oft in dieser launischen Zone zwischen den Meeren – dann wäre manches nicht geschehen. Dann wäre der

würdige Herr Pfarrer Eckholm kaum in eine peinliche Lage geraten. Dann wäre auch Melsens Grete in der ihr unverhofft wieder zugefallenen Behausung geblieben. Und die trauernde, von den Vorgängen des letzten Abends noch gezeichnete Thea hätte sich auf ihrer Couch in eine Decke – und in ihre Gedanken an ihren verlorenen Pit gehüllt.

So aber...

Schon morgens ist es warm und windstill wie im Hochsommer. Der Raps im Umland leuchtet golden weithin. Früh ist Doktor Mattiesen schon bei der Thea gewesen, noch vor seiner Sprechstunde.

»Du bist noch schwach, aber sonst okay«, hat er gemeint. »Schone dich, Thea. Und reg dich über nichts und niemanden auf.« Aber er konnte nicht ahnen, daß sich die heimgekehrte Grete nackt (oder doch fast nackt) auf einer Matratze sonnen würde, beinahe in Reichweite von Theas Küche. Denn die Grundstücke grenzen ja so dicht aneinander. Als der Glaser die Scheibe des Wohnzimmerfensters eingesetzt hat, beginnt die Show in Gretes Garten. Mit Musik aus einem Minirecorder. Nicht etwa mit Trauermusik, sondern mit Produktionen der heißesten Bands. Der armen Thea ist zumute, als hätte sich die Schlange direkt auf ihre Füße gelegt. Fassungslos steht sie vor diesem ruchlosen Bild.

»Hallo!« ruft Grete munter. Die feine Grete, obzwar nicht mehr ganz frisch, ist ein leichtes Mädchen. Leicht in jeder Beziehung. Sie nimmt alles leicht, vergißt auch leicht – und sie würde sich auch leicht und schnell mit der Thea versöhnen.

Sie hat die Rechnung ohne Thea gemacht. Der Thea kommt nicht in den Sinn, das nackte Paket zu grüßen, wo doch der Pit noch keinen Grabstein hat.

»Schämen Sie sich nicht?« ruft sie. Ihr Atem flattert. Sie denkt nicht an die Ermahnung des Doktors.

»Weshalb sollte ich das?« provoziert die andere.

Anklagend jammert Thea: »Pit liegt kaum den dritten Tag unter der Erde! Und Sie? Sie suhlen sich schamlos hier herum...«

»Ach so?« Die Stimme der feinen Grete wird scharf. »Soll ich um ihn trauern, wo er mich mit Ihnen betrogen hat?«

»Betrogen?« japst Thea. »Mit mir? Mit mir, die ich ihn gerettet habe? Jawohl, das hab' ich! Er brauchte eine Stütze.«
»Ha!« lacht die andere.
»Wollen Sie mich beleidigen?« ruft Thea. »Sie... Sie...« Aber ihr fehlen ausnahmsweise die Worte. Sie ist nicht in der Lage, dem Miststück die Meinung zu geigen. Mit Tränen in den Augen rennt sie ins Haus. Dort packt sie einige notwendige Dinge in eine große Tasche. Nun schluchzt sie hemmungslos. Einmal blickt sie auf das Foto, das sie von Pit hat machen lassen und das gerahmt auf dem Wandbord steht.
»Ach Pit, was soll ich tun? Ich ziehe aus. Das gemeine Weib – nein, ich ertrag's nicht. Ich muß erst einmal raus hier. Am liebsten käm' ich ja zu dir.«
Mit dem Vogelkäfig in der einen, mit der Tasche in der anderen Hand strebt sie dem Weg zu.
»Der Vogel gehört mir!« ruft Grete patzig.
»Der in Ihrem Kopf!« schreit die Thea zurück. »Pits Kanari ist tot, und den Wellensittich hab' *ich* ihm geschenkt.«
Der Gedanke an die schamlose Grete gibt der Thea die Kraft, mit ihrem seltsamen Gepäck erst auf den Friedhof und dann in die Kirche zu gehen. Zur Zeit ist hier außer dem orgelspielenden Pfarrer kein Mensch. Still sitzt sie in der ersten Bank, ganz allein, und weiß nicht, was sie tun soll.
Der Herr Kirchenrat Eckholm ist sehr erstaunt, als er von der Empore kommt, durch den Seiteneingang hinaus will und ein Vogelzwitschern vernimmt. Er stutzt, sieht sich irritiert um – und erblickt die Thea, dieses Häufchen Elend.
Eckholm räuspert sich schuldbewußt. Es fällt ihm ein, daß er sich nach Pits Bestattung um die Thea hätte kümmern sollen. Das Vogelgezwitscher an diesem Orte überhört er geflissentlich. Aber angesichts des Käfigs und der Tasche müßte er sich eigentlich Gedanken machen. Daß er dies nicht tut, ist sein Pech.
Mit Fassung schreitet er auf Thea zu. »Du suchst hier Trost«, beginnt er freundlich. »Das ist recht.« Seufzend fährt er fort: »Für manche bedarf es eines Unglücks, um den Weg zur Kirche zu finden. Früher habe ich dich sehr selten hier gesehen, Thea.«

Die Thea beginnt zu schluchzen.
Rasch sagt er: »Das sollte kein Vorwurf sein. Es war eine Feststellung. Denn welcher Pfarrer freut sich nicht, gelockerte Bande zu festigen? Der Herrgott lenkt. Und in diesem Hause ist Platz für jeden.«
»Und für wie lange?« fragt die Thea, als hätte sie eine Idee. Verdächtig schnell setzt ihr Schluchzen aus. Plötzlich ist sie hellwach. »Für wie lange?« wiederholt sie.
Eckholm blickt sie sprachlos an. Hat er irgendwas Mißverständliches gesagt? »Du meinst, wie lange der Herr sein Haus für dich offen hat?« will er sich vergewissern. »Nun, so lange es dich zur Besinnung drängt, zum Gebet, zur Einkehr.«
»Einkehr!« Thea spricht das Wort so realistisch, als handle es sich um einen Wirtshausbesuch. Das ist ihre Art – denkt Eckholm. Schließlich ist Thea Knohl ja alles andere als eine Stiftsdame.
»Für Vertriebene aus Haus und Garten ist kein Platz?« jammert Thea in einem Ton, in dem moralischer Anspruch mitzuschwingen scheint.
»Für wen...? Der Pfarrer glaubt nicht recht zu hören.
Und nun legt die Thea los, ungeachtet der Umgebung. Schmerz, Wut und Beredsamkeit vereinigen sich. »Vertriebene aus Haus und Garten, hab' ich gesagt. Jawohl, Herr Pfarrer. Und Sie können sich denken, wer die Vertriebene ist!«
»Aber Thea, nein, das überrascht mich alles ein wenig. Ich weiß nicht –«, versucht Eckholm zu beschwichtigen.
Doch Thea ist nun mal in Fahrt. »*Ich*, Herr Pfarrer! *Ich* bin die Vertriebene. Das hätten Sie erleben sollen.«
Im Käfig auf der Kirchenbank beginnt der Wellensittich zu keckern. Lauter und immer lauter. Dem Tierchen gefällt die ungewohnte Resonanz. Thea macht das weniger aus als dem verwirrten Pfarrer.
»Die Grete, die sich ›Melsens Grete‹ nennt, die liegt im Bikini vor meinem Küchenfenster«, ereifert sich die Thea. »Stellen Sie sich vor!«
Eckholm will sich das nicht vorstellen. Die Szene wird ihm immer peinlicher.
»Soso«, murmelt er, sich heftig die Stirn reibend. »Soso...«

»Und dazu hört sie Rockmusik. Laut! Demonstrativ!«
»Das ist allerdings...«
»Der Gipfel!« hilft ihm Thea. Und weiter geht es ohne Punkt und Komma: »Wo doch der Pit kaum unter der Erde liegt. Noch sind die Blumen auf seinem Grab nicht verblüht, da suhlt sie sich fast nackend auf seinem Grund und Boden. Sie will ihn verhöhnen, wie sie ihn immer verhöhnt hat, als er noch lebte! Und mich will sie beleidigen. Mich und meine Gefühle. Ich war dem Pit eine Stütze in der Not. Keiner hat das Recht, mich herabzusetzen.«
»Nein, nein«, beschwört sie der Pfarrer. »Beruhige dich. Niemand wird einen Stein auf dich werfen.«
»Aber wer nimmt eine Flüchtende auf?«
»Wie?«
»Na, ich sage doch dauernd, ich bin auf der Flucht!« Theas Stimme bekommt einen Beiklang von Ungeduld.
»Ja, aber wohin denn?« Eckholm scheint die Konsequenzen nicht zu begreifen.
»Das weiß ich nicht.« Die Thea läßt zwar nicht den Vogel aus dem Käfig, aber doch – im sprichwörtlichen Sinn – die Katze aus dem Sack: »Sie sagten vorhin, in diesem Haus sei Platz für jeden.«
Ist die Thea naiv – oder stellt sie sich nur so? Das weiß man bei ihr nie. Daran ändert auch ihre Gekränktheit nichts. Eine Spur von Berechnung würde ihr selbst die nächste Sintflut nicht abwaschen können.
Eckholm weiß nicht aus noch ein. Er begreift nur, daß die Thea Kirche und Pfarrhaus miteinander identifiziert. Natürlich will sie nicht als Kirchenmaus unter dem hohen Dach verhungern. Mit dem Haus, das ihr Platz bieten könnte, meint sie das Dienst- und Wohngebäude.
Nicht nur Füchse, auch gutwillige geistliche Herren können in eine Falle geraten. Dem guten Eckholm dämmert, daß er schon mittendrin steckt.
»Ja, ja«, versucht er sich aus der Klemme zu befreien. »Die Frage ist nur, ob du nicht gesundheitlich aufgepäppelt werden mußt. Ich denke da an unseren Doktor Mattiesen. Vielleicht wäre sogar ein Klinikaufenthalt in Erwägung zu ziehen.«

»Ich brauche menschliche Wärme, Herr Pfarrer, keine Medizin«, unterbricht die Thea vorwurfsvoll. Sie blickt ihn flehend an.

Der Herr Kirchenrat seufzt. »Nun gut. Wenn's not tut, hab' ich für dich und den Vogel die Dachkammer. Es wäre eine vorübergehende Zuflucht. Also komm.«

Seine Haushälterin ahnt nicht, was für ein Problem der Pfarrer ihr da in Gestalt der Thea anschleppen wird.

Es ist ja auch kaum zu fassen.

Eckholm bringt die erschöpfte Thea erst einmal im Erkerzimmer unter. Dort steht ein mächtiges Sofa, auf dem sie ruhen kann. Die Haushälterin Margarete, im täglichen Umgang kurz Marga genannt, ist noch im Supermarkt.

Der Pfarrer geht auf Zehenspitzen hinaus und sucht seine Bibliothek auf, um die komplizierte Lage zu überdenken.

Schneller als ihm lieb ist, kommt die Haushälterin zurück. Sie will mit der Einkaufstasche in die Küche. Gleich auf dem Flur bleibt sie stehen und schiebt den Hals aus dem Kragen. Sie kennt im Pfarrgebäude jedes Geräusch: das Knacken einer ausgedörrten Diele, das Vibrieren eines Fensterrahmens bei Wind, das Knistern im Dachgebälk bei Hitze oder Frost. Sie hört auch am Husten ihres Dienstherrn, ob er erkältet oder nur nervös ist – denn dann hustet er ebenfalls. Und im Zorn wird sein Husten zum Bellen.

Doch was jetzt an ihr Ohr dringt, ist unzweifelhaft das Zwitschern eines Vogels. Sie stellt die Einkaufstasche auf den Küchentisch, eilt zurück in den Flur und lauscht. Sollte sich ein geflügeltes Wesen ins Erkerzimmer verirrt haben? Unmöglich, denn bevor die Marga das Haus verläßt, schließt sie alle Fenster.

Was sich da im Erkerzimmer bemerkbar macht, ist kein Sperling, keine Lerche und kein Fliegenschnäpper. Das scheint überhaupt nichts Einheimisches zu sein, denn es zwitschert zwar, aber es bringt auch Laute hervor, als spräche es vor sich hin; zuweilen meckert es richtig. Nun hat die Marga eine Kusine in Kiel, die einen Wellensittich besitzt, und so ahnt sie, was das für ein Tierchen sein kann.

Doch wie kommt ein Wellensittich in das Erkerzimmer des Pfarrhauses?
Marga öffnet die Tür. Ihr Blick fällt aber nicht zuerst auf den Käfig, sondern auf das Sofa.
Blitz und Donnerschlag!
Da liegt in seligem Schlummer kein geflügeltes Wesen, am wenigsten ein Engel, da liegt die in Stadt und Land gefürchtete Klatschtante Thea Knohl!
Im ersten Schreck schließt Marga die Tür gleich wieder. Heftig atmend hastet sie über den Flur. Schon tritt ihr von der Flurtreppe her der Pfarrer entgegen.
»Ach, Marga«, tut er zerstreut. »Da ist etwas, das ich dir mitteilen wollte.«
»Ich... ich hab' schon gesehen!« schnaubt die Haushälterin. Sie weist mit dem Daumen über die Schulter, Richtung Erkerzimmer. »Was soll das da?« fragt sie streng.
»Ein Fall, der praktische Nächstenliebe erfordert«, versucht Eckholm die Überrumpelung zu stilisieren, und zwar erstens die, deren Opfer er selber ist, zweitens die, die er der ahnungslosen Haushälterin beschert. Sehr wohl ist ihm nicht, und das bemerkt die Marga. Sie folgt ihm wie ein Kometenschweif in die Küche, wo er seine Erklärung fortzusetzen gedenkt.
»Ein kräftiges Süppchen würde ihr nicht schaden«, sagt er fürsorglich. »Die Thea hat viel durchgemacht. Und sei so gut: Bezieh ihr das Bett in der Dachkammer!«
»Was?« Die spillrige Marga wird zum Eiszapfen. »Ich soll *die* bedienen? Ich soll *der* ein Bett bereiten?«
»Es ist unsere Pflicht, wie ich schon sagte.« Eckholm schaut in die Einkaufstasche, als sei darin eine Lösung zu finden. »Fürs erste werden wir sie aufnehmen.«
»Über Nacht?«
»Über mehrere Nächte«, hüstelt der Pfarrer.
»Ich falle tot um«, japst Marga.
Eckholm richtet sich zu seiner ganzen Größe auf. Hier gilt es, die Würde zu wahren. »Du wirst dich beherrschen, Marga. Thea Knohl bleibt bei uns, bis sie wieder auf dem Posten ist.«
Jetzt taut die Haushälterin auf. Nicht nur das, sie gerät ins Sieden. »Herr Pfarrer!« ruft sie. »Darf ich fragen, ob Sie sich den

Kopf gestoßen haben? Ist Ihnen klar, daß Sie dieselbe Thea aufnehmen, die Sie so oft verleumdet hat? Die ihr schmutziges Maulwerk –«

»Ich bitte!«

»Die Sie verleumdet hat«, wiederholt Marga, ohne die Stimme zu dämpfen. »Sie – und mich! Es gibt kaum einen in der Gemeinde, den sie *nicht* mit übler Nachrede verfolgt hat!«

»Das ist mir bekannt«, sagt Eckholm tönend. »Was Nächstenhilfe angeht, darf es keine Einschränkung geben. Und nun mach der Thea was zu essen.«

»Nie im Leben!«

Das Bauerngesicht des Kirchenrats beginnt sich zu röten. Das schreckt Marga nicht: »Ich bin *Ihre* Haushälterin, nicht die von Thea Knohl!« Sie sieht ihm sehr genau an, daß er vor Zorn zu platzen droht. So ein cholerischer Anfall käme ihr zupaß, denn dann müßte er zwangsläufig seine Würde fahrenlassen, und sie könnte ihm einiges an den Kopf werfen. Zum Beispiel, daß er wenig Nächstenliebe bewiesen hat, als es sich um seine eigenen Töchter handelte. Und daß er neuerdings reichlich oft spazieren geht.

Jawohl! Der Herr Kirchenrat wandelt auf Abwegen. Da würde Marga ja mit der Muffe gebufft sein, wenn sie das nicht in der Nase hätte. Neulich hat er »O sole mio« gesungen, und das ist bekanntlich kein Kirchenlied. Auch ist er in letzter Zeit so eigen mit seinem prächtigen Haarwuchs. Irgendwo will er den Löwen hervorkehren, aber bei welchem Löwenweibchen wohl? Natürlich nicht bei der Thea, so viel ist längst klar.

»Meine liebe Marga«, lenkt Eckholm plötzlich ein. »Ich wäre beinahe mit dir ins Gericht gegangen. Ja, ich wäre böse geworden. Zum Glück sehe ich, du hast Salat gekauft, den ich mit Freude selber zubereiten werde. Der Fisch kommt in die Kühltruhe. Ich mache höchstpersönlich eine wunderschöne Nudelsuppe. Wenn du inzwischen die Kammer herrichtest...«

Schweigend verläßt Marga die Küche. Und der Pfarrer betätigt sich als Koch. Als Witwer hat er lernen müssen, sich zu verköstigen. Da bleiben gewisse Kenntnisse haften. Munter geht er ans Werk. Er scheut sich auch nicht, die Suppe und den Salat gleich für drei Personen zu bemessen.

Als die Haushälterin mißtrauisch hereinschaut, sagt er munter: »Wir essen hier in der Küche. Mach den Tisch frei und nimm drei Teller heraus.«
»Für wen soll der dritte Teller sein?« stellt sich Marga dumm.
»Für unseren Gast«, erklärt Eckholm geduldig.
»Ich sehe keinen Gast. Oder meinen Sie den Vogel im Erkerzimmer?«
»Du weißt, daß ich die Thea meine«, sagt Eckholm.
»Die pennt noch auf dem Sofa.«
»Dann wecke sie. Aufstehen kann sie ja.«
»Wenn sie aufstehen kann, soll sie sich nach Hause scheren!«
»Es wäre eine seelische Grausamkeit, Thea jetzt der Nachbarschaft dieser pietätlosen Grete auszusetzen«, erklärt Eckholm autoritär.
»Eine seelische Grausamkeit wäre für mich, mit der Thea an einem Tisch zu sitzen«, kontert Marga zungenfertig. »Sie hat mich mal als einen buckligen Hausdrachen bezeichnet.«
»Bucklig wäre übertrieben«, grinst der Pfarrer verstohlen.
»Wie? Einen buckligen Drachen, der Dreck und Feuer spuckt!«
»Eine dichterische Metapher«, schwächt Eckholm ab. Er stellt zwei Suppenteller auf den Tisch und greift in den Küchenschrank, um einen dritten herauszuholen.
Marga nimmt ihm den dritten Teller aus der Hand und stellt ihn wieder hinein.
Eckholm holt den Teller von neuem aus dem Schrank.
Marga grapscht nach dem Teller. Klirr, ist er wieder drinnen.
Raus, rein... Raus, rein... Raus, rein... So geht's ein paarmal, als wollten die beiden einen Sketch einüben.
»Sie brauchen nur zwei Gedecke, wenn Sie mit der Thea essen!« sagt Marga bebend. »Mir hat es sowieso den Appetit verschlagen. Ich lege mich ein Stündchen hin.«
So holt denn der Pfarrer die Thea zu einem improvisierten Essen in die Küche. Herzensleid hin, Geschwächtsein her: Thea Knohl wäre keine Klatschtante, würde sie nicht sofort die dicke Luft im Pfarrhaus spüren. Eben hat sie noch zufrieden geschlummert; aber kaum hat sie die Augen offen, da fällt ihr natürlich sofort das Fehlen der Haushälterin auf.

»Setz dich, Thea«, brummt Eckholm. »Niemand soll mir nachsagen, daß ich ein schlechter Wirt sei!«
»Ach, Herr Pfarrer…« Thea strahlt ihn über den dampfenden Suppenteller hinweg an. »Mir geht's schon besser. Allein das Gefühl der Geborgenheit, hier, bei Ihnen…«
»Christenpflicht«, wehrt Eckholm ab.
»Aber Ihre Marga«, tastet sich die Thea behutsam vor, »Marga wird sicher nicht erfreut sein. Wo ich doch hier so hereingeplatzt bin.«
»Iß!« brummt Eckholm.
Thea löffelt schweigend. Sie tut, als käme sie sich aufdringlich vor. »Für Marga bestimmt keine angenehme Überraschung, daß Sie mir Quartier gaben.«
»Mmm… Na ja…« Eckholm piekt sich ein Salatblatt aus der Schüsseln.
»Eifersüchtig?« geht die Thea aufs Ganze.
Dem Pfarrer bleibt das Salatblatt zwischen den Lippen stecken. Er kaut heftig und raspelnd. »Wer? Was? Wieso?« fragt er schluckend.
Thea glaubt, sie hat einen Treffer gelandet. »Ich kenne doch die Marga«, stößt sie nach. »Aber ich könnte ihr ja zur Hand gehen. Im Haushalt helfen. Mich im Garten nützlich machen.«
Eckholm kämpft vor Verblüffung mit einem Hustenanfall. »Du hast selbst ein Haus und einen Garten«, ächzt er mit tränenden Augen. Er tastet hastig nach seiner Serviette. »Äh – weißt du, Thea, wenn du wieder fit bist –«
»Pack ich erst einmal hier zu. Das gebietet der Dank, meine ich. Die Marga ist sowieso überfordert! Die Räume, die Flure, die alten Stiegen! Im Erkerzimmer müssen die Gardinen abgenommen werden, die sind nämlich grau. Und was den Pfarrgarten betrifft…« Die Thea fährt auf vollen Touren.
Dem Herrn Kirchenrat reicht es. Aber er kann nicht mit der Faust in die Suppe schlagen. Wer ist denn schuld an der Situation? So begnügt er sich damit, zu murmeln: »Deine Hilfsbereitschaft in Ehren, Thea. Doch habe ich dich nicht als Putzhilfe aufgenommen.«
Er schreitet zur Tür und ruft: »Marga!«
Mit demonstrativer Verzögerung erscheint die Haushälterin.

»Marga«, bemüht sich Eckholm um einen Ton, der Widerspruch nicht zuläßt. »Zeig jetzt bitte unserem Gast die Dachkammer. Thea wird dort mit ihrem Vogel der Ruhe pflegen. Die nötigen... hm... Bequemlichkeiten sind oben vorhanden.«
Marga lacht sich eins über die gestelzte Rede. Die verrät nur seine Unsicherheit. Aber sie geleitet die Thea ohne Protest hinaus.
»Ich selber«, dröhnt Eckholms Stimme den beiden nach, »gedenke im Anschluß an meine Siesta einen dienstlichen Gang zu unternehmen.«
Eine Stunde später schreitet der Herr Kirchenrat seitlich durch den Garten auf den Weg hinaus. Er wendet sich nach links, Richtung Marktplatz.
Nicht nur die Haushälterin beobachtet seinen zügigen Abmarsch. Hinter dem Fenster des Gastzimmers lugt auch die ›ruhebedürftige‹ Thea an der zurückgeschobenen Gardine vorbei. Der angekündigte ›dienstliche Gang‹ hatte gewissermaßen keinen reinen Klang, nicht den reinen Klang, den der Pfarrer beispielsweise auf der Orgel anzustimmen versteht. Die rätselhaften Gänge sind seiner Haushälterin ja schon öfter aufgefallen.
Und der Thea, die oben hinter der Gardine lugt, fällt auf, daß Marga ebenfalls den Garten verläßt. Das tut sie zwar auch zügig, aber sichtlich verstohlen. Dafür hat die Thea einen geübten Blick.
Des Pfarrers Margarete, die Marga, schleicht ihrem Dienstherrn nach!
Eckholm überquert den Marktplatz rasch, erwidert respektvolle Grüße und strebt zwischen schönen, alten Kontorgebäuden der Strandpromenade zu. Die Marga ist ihm mit Abstand auf den Fersen, da ihr aber ein vorbeifahrender Reisebus die Sicht genommen hat, steht sie einen Moment unschlüssig, wohin sich der Verfolgte gewendet haben könnte. Von unerwarteter Seite wird ihr Hilfe zuteil. Im Kiosk hilft eine Person beim Zeitschriftenverkauf aus, eine Person, die als Klatschtante einst Thea Knohls Ergänzung war, nun aber allein ihrer Neugier frönen muß. Es ist die Berta Solljes. Berta begreift genauso flink

wie die abtrünnige Thea: Des Pfarrers Haushälterin ist auf den Spuren ihres Brotgebers. Fast im Reflex deutet sie auf die Kontorstraßenecke, und die Marga eilt dankbar nickend an ihr vorbei.

Der Pfarrer hat die Strandpromenade fast erreicht. Zur Sicherheit blickt er über die Schulter zurück. Und wen sieht er da vom Marktplatz her in die Gasse einbiegen? Dieses hinterhältige Stück, seine ach so zuverlässige Wirtschaftsperle!

Schnell tritt er in eine Einfahrt.

»Spielst du Versteck, Herr Pfarrer?« ertönt die Stimme eines kleinen Jungen.

»Pssst!« Der Herr Kirchenrat tippt mit dem Zeigefinger auf die Lippen.

»Wer sucht dich denn?« schreit der Kleine begeistert.

Die Marga muß schon ganz nahe sein.

»Pssst!« macht Eckholm verzweifelt. Er geht in die Knie und hält dem Jungen den Mund zu. »Ja, ich spiele Versteck«, flüstert er augenzwinkernd. Dann lugt er um die Mauer und sieht zu seiner größten Erleichterung, daß die Verfolgerin den Rückzug antritt. Sie hat ihn aus den Augen verloren und ist unsicher geworden. Er kann seinen Weg fortsetzen.

»Ich weiß! Du hast dich vor dem lieben Gott versteckt!« kräht ihm der Junge freudig nach.

Es war wie ein Schuß in den Rücken. Dem Herrn Kirchenrat gibt's innerlich einen Ruck. ›Kindermund‹, tröstet er sich dann, ›Kindermund‹. Und alsbald schreitet er wieder sieghafter aus. Er ist ja auf der Pirsch. Auf der Pirsch nach edlem Wild.

Im Schutz der Strandhalle blüht schon der Goldregen. Die Promenade säumen Kübel mit frischgepflanzten Blumenbüschen in herrlichen Blütenfarben, raffiniert geschützt durch Rankenwände. Seewärts zieht das schneeweiße Ausflugsschiff *Neptun*. Was für ein Tag!

Der Pfarrer späht dorthin, wo eine Reihe von Bänken zwischen Hecken stehen. Es ist noch Vorsaison, der Wochenendsturm setzt erst morgen ein, so sieht er das lauschige Plätzchen leer.

Doch nicht ganz. Das edle Wild, das der Schwarzrock auf Grünrock-Weise beschleicht, befindet sich auf der Lichtung. Hier muß gesagt werden, daß der Pfarrer natürlich nicht im Talar erschienen ist, den Schwarzrock auch nicht auf andere Weise hervorkehrt. Er trägt ein neutrales Jackett, wie es ihm nicht verboten ist. Und das Reh ist eine adrette, sehr hübsche – und noch junge Frau. Auf alle Fälle mag sie zwanzig Jahre jünger sein als der Herr Kirchenrat.

Ei je... Wenn seine Töchter wüßten... Andererseits, er ist Witwer. Seine Frau starb bei der Geburt der Jüngsten, die den Hotelier Bohm vom Goldhotel geheiratet hat. Opa ist er auch. Aber er ist ein rüstiger Mann, eine von Haus aus familiäre Natur. Was sich ›in Grenz und Ehren hält‹, wie's im Liede heißt, das ist ihm wohl gestattet.

Die junge Frau auf der Bank liest ein Buch. Sie ist auch im Witwenstand, und das achtjährige Mädchen, das da mit einer Puppe herumhopst, ist ihre Tochter. Beide sind erst kürzlich zugezogen. Die Mutter heißt Ina Albers, das Kind Steffi. So viel weiß Eckholm schon. Trotzdem gibt er sich den Anschein des Spaziergängers, den der Zufall vorbeiführt.

»Ach«, sagt Ina erfreut. Sie läßt ihr Buch sinken. »Da sind Sie ja! Meine Steffi hat schon nach Ihnen gefragt.«

»Der Onkel ist da!« verkündet das Mädchen strahlend seiner Puppe.

»Macht deine Puppe auch nicht in die Hose?« scherzt Eckholm ungeschickt. Intellektueller Humor ist nicht seine Sache.

»Bei Höschenwindeln ist das nicht so schlimm«, belehrt ihn die Kleine ernst.

»Setzen Sie sich doch«, fordert Ina den stattlichen Spaziergänger auf.

»Wenn es erlaubt ist?« Eckholm verbeugt sich mit schüchternem Lächeln, bevor er Platz nimmt.

Ina Albers ist eine lebenstüchtige und überlegene Frau. In ihrer natürlichen Herzlichkeit hat sie es nicht nötig, sich zu zieren. »Lesen kann ich auch abends, wenn Steffi schläft«, erwidert sie, das Buch zuklappend. »Sie stören nicht. Im Gegenteil. Sehen Sie – die Heckenrosen blühen schon. Alles kommt sehr früh in diesem Jahr. An schönen Tagen ist's hier zauberhaft.«

»Zauberhaft«, wiederholt Eckholm. »Ja. Das finde ich auch. Und wenn ich Ihnen etwas beichten – ich meine, etwas verraten darf... Ich hatte beinahe gehofft, Sie hier zu treffen.«

»Beinahe?« fragt Ina.
»Rund heraus: Ich hoffte es sehr«, sagt der Pfarrer kühn.
Ina Albers lacht. Die kleine Steffie lacht – und läßt mit verstelltem Stimmchen auch ihre Puppe lachen. Eckholm gestattet sich ebenfalls ein Lachen, obwohl ihn Inas Charme verwirrt. Nach einer Weile sind sie miteinander in heiterem Gespräch. Steffie will ihrer Puppe erklären, wie der winzige Springbrunnen inmitten des Heckenplätzchens funktioniert. Eckholm liefert die nötige Wissensgrundlage dafür.
»Sie können gut mit Kindern umgehen«, meint Ina.
»Ach, eigentlich nicht«, murmelt Eckholm, dessen Gesicht allmählich die Farbe einer reifen Tomate anzunehmen droht. Er hat sich lange nicht so glücklich gefühlt. Dabei sitzt er auf glühenden Kohlen. Er braucht ja nur daran zu denken, daß seine Haushälterin mit dem Schrei »Ach, hier sind Sie!« durch die Hecke brechen könnte. Oder daß der Strandhauptmann auf einer der Bänke sein Tabakspfeifchen rauchen möchte: »Tag auch; wie geht's, Herr Kirchenrat?«
Ina Albers ist so neu hier. Sie kennt ihn nicht. Oder sie bringt seine Erscheinung nicht mit dem Bild des Mannes auf der Kanzel zusammen. Er will doch auch einmal Mensch sein. Besonders nach dem Nervenkrieg mit den beiden Weibern im Pfarrhaus!
Inas Blick fängt ihn wieder ein. Und ihre Stimme verscheucht jede angstvolle Anwandlung – betäubt aber auch sein schlechtes Gewissen …

Ein Psycho-Fall und eine Steißgeburt

Dr. Karsten Mattiesen ahnt nicht, was ihm erspart geblieben ist. Er hat nicht den geringsten Schimmer davon, daß er sich bei der Thea bedanken müßte. Denn die bestand ja in ihrer Zähigkeit darauf, im Pfarrhaus Zuflucht zu suchen und sich nicht an ihn, den Doktor, weiterreichen zu lassen.

Die turbulente Woche ist vorüber. Am Samstag hat Mattiesen die letzte offizielle Vormittagssprechstunde, eine Notwendigkeit im abgelegenen Gemeindeteil Deekelsen-Dreekels, der allgemein der ›Dreekelser Busch‹ genannt wird.

Das Wetter sah frühmorgens gar nicht gut aus, Karsten fürchtete schon, seine vorgezogenen Angelpläne verschieben zu müssen. Sonst übt er sein Hobby meist sonntags aus. Diesmal aber drängt es ihn schon heute an den stillen See; der Himmel ist wieder klar. Wenn das Wetter so bleibt, hat er einen Tag zum Angeln gewonnen.

Während Eike mit Kerstin in Hamburg ist, um sie mit seiner Schicki-Micki-Freundin Hilke Frentsen bekannt zu machen, kurvt der Doktor samt Angelzeug im Kombi dem geliebten Zeitvertreib entgegen.

Annemarie wandert meditierend und repetierend um den Stall herum. Da der Montag unerbittlich näher rückt, bereitet sie sich immer hektischer auf ihre erste Unterrichtsstunde vor. Sie ist genausowenig ansprechbar wie Olga, die sich den Tieren widmet.

Dem Doktor kann das nur recht sein. So vermißt ihn keiner. So fühlt sich niemand vernachlässigt.

Singend und pfeifend fährt er über das rapsgoldene, frischgrüne Land. Er sieht die windschiefen, bizarr verformten Bäume, die ihm in seiner Kindheit Angst einjagten, wenn sie im Nebel vielarmigen Gespenstern glichen. Die große Trauerweide wirkt wie sorgfältig gekämmt. Mit ihren jungen, hellen Blättern entspricht sie ihrer Bezeichnung weniger denn je. Hier biegt Mattiesen in den Feldweg ein. Vor sich sieht er schon den kleinen Wald am See.

Daß ihm auf dem Alten Damm ein Motorradfahrer folgte, hat er nicht bemerkt. Es ist Wochenende, da zieht auch über jene Straße die übliche Blechkarawane zum Ostseestrand, zur Schlei, nach Kappeln – und zu den vielen binnenwärts gelegenen Campingplätzen.
Der Motorradfahrer biegt hinter dem Doktor in den NUR FÜR BEFUGTE gekennzeichneten Weg ein, aber auch das kümmert den Doktor nicht. Das Angeln ist sowieso nur Ortsansässigen mit erworbenen Verdiensten gestattet. Und der Fischereiaufseher läßt nicht mit sich spaßen.
Mattiesen parkt den Wagen an der gewohnten Stelle und sucht sich mit seinem Angelzeug ein schattiges Plätzchen am See.
Irgendwo ruft ein Kuckuck. Er ruft besonders ausdauernd, findet Karsten. Natürlich melden sich auch andere Vogelstimmen. Der Doktor würde sie gern heraushören und still für sich vermerken, wenn nur der Motorradfahrer nicht wie ein Elefant durch das Unterholz stapfen würde. Der Bursche hat seine Klappermühle irgendwo gelassen und scheint etwas Bestimmtes zu suchen.
Vielleicht will er ein paar Fotos machen.
Aber dann scharrt und schurrt und knackt und knickt es in den Eichen hinter ihm. Krach! Ein morscher Zweig bricht ab und fällt nicht weit von Mattiesen zu Boden.
»He!« Der Doktor läßt Angelzeug Angelzeug sein, geht auf die Bäume zu und blickt empor. In der gewaltigen Krone einer Eiche sitzt ein Bursche. Es ist der Motorradfahrer, wer wohl sonst?
Es dauert eine Weile, ehe Karsten ihn erkennt. Den Helm hat er zwar unter den Baum ins Gras geworfen, aber das Laub ist schon dicht und der Stamm sehr, sehr hoch. Als der Klettermaxe einmal sein Gesicht nach unten neigt, sieht Mattiesen, wer er ist. Der Fritze! Fritze Friedrichsen, angestellt in Hanuschs Baumaterialienhandlung. Der Automatenfreak aus Asmussens Kneipe!
Fritze, der verhinderte Glücksritter! Was macht der denn im Geäst der Eiche? Mimt er da den Pleitegeier?
»He, du!« ruft Karsten. »Der Baum trägt keine Früchte! Was treibst du da oben?«

»Kümmern Sie sich nicht um mich!« tönt es mürrisch zurück. »Ich dachte, hier in der Nähe ist kein Mensch.«
»So?« Mattiesen überlegt. »Dachtest du? Na und? Ist das ein Argument? Sei nicht kindisch. Oder willst du dir das Genick brechen?«
»Ja.«
»Was sagst du?« Karsten wird immer wachsamer.
»Ja, hab' ich gesagt!« schreit Fritze Friedrichsen. Es klingt, als hätte er das Leben satt.
»Hör mal, Junge!« mahnt der Doktor. »Damit macht man aber keinen Spaß!«
»Ist ja auch keiner.«
Fritze blufft vielleicht. Er ist eine haltlose Natur, die zu allen Mitteln greift. Dem Doktor dämmert, daß der Bursche ihm gefolgt ist, um das Theater regelrecht zu inszenieren. Der will vielleicht nur Geld. Anderseits: Wie stünde der Arzt da, wenn Fritze Ernst machte! Ein Blick auf das Wurzelwerk belehrt ihn darüber, daß der Kerl nicht weich fallen würde. Wenn er dann da läge – Schädelbruch oder Wirbelfraktur –, müßte Karsten über Funk den Notarztwagen der Klinik rufen. Und was würden die Kollegen in Borsberg fragen? »Warum haben Sie tatenlos zugesehen? Weshalb haben Sie den Selbstmord nicht verhindert? Ein moderner Arzt weiß doch, was in solchen Situationen zu tun ist.« Das würden sie fragen.
Also: Ruhig bleiben. Verhandeln.
»Hast du denn wirklich alles verloren?« stellt sich Karsten Anteil nehmend.
»Dreihundert Mark. Davon hundertsechzig aus Hanuschs Bürokasse«, kommt es weinerlich von oben.
»Das ist kein Grund. Sag deinem Chef, du wirst das Geld zurückerstatten. Dann reißt er dir den Kopf nicht ab.«
»Nein, aber feuern wird er mich!« klagt Fritze Friedrichsen aus der Baumkrone herab. »Ich hatte dieselbe Story ja schon mal bei einem anderen Arbeitgeber. Da bin ich rausgeflogen! Und der Hanusch hat ein Auge zugedrückt und mich genommen, vorausgesetzt, meine Pfoten bleiben sauber.«
Als sei das alles nicht so schlimm, sagt Karsten: »Komm erst mal runter.«

»Im freien Fluge!« erwidert Fritze.
Das ist deutlich. Der Bursche sieht keinen Ausweg, weil Hanusch die Bürokasse zum Wochenende überprüft haben dürfte. Spätestens am Montag wird die Anzeige fällig sein, falls sie nicht bereits erstattet worden ist.
»Ich geb' dir das Geld!« ruft der Doktor. »Dann läßt sich die Sache noch geradebiegen. Eine Anzeige kann zurückgezogen werden.«
»Sie wollen mich bloß runterlocken«, zweifelt Fritze.
»Will ich nicht. Ich mein's ernst«, beharrt Mattiesen.
»Ich auch!«
Nur nicht die Fassung verlieren, denkt der Doktor. Keine Schwäche zeigen! Verständnis heucheln, auch wenn man aus der Haut fahren will.
»Kein Wort glaub' ich Ihnen«, heult Fritze Friedrichsen.
»Du Idiot!« wird Mattiesen grob. Und fügt eindringlich hinzu: »Ich schwör's! Du kriegst das Geld!«
Nach einer Weile kommt Fritze herabgeklettert. Er springt auf den Erdboden, richtet sich auf und blickt den Doktor mit Jammermiene an. Olga hätte gesagt: »Den haben sie wohl durchs Sieb gerührt!«
Schweigend holt Mattiesen seine Jacke, entnimmt seiner Brieftasche 160 D-Mark und hält dem Unglücksraben die Scheine hin. Er läßt sie noch nicht los, als Fritze danach greift.
»Erst dein Wort, daß du keinen Automaten mehr anrührst.«
»Versprochen«, schluckt Fritze. Und als er das Geld eingesteckt hat, sagt er aufatmend: »Sie sind ein Mensch.«
»Das hoffe ich«, grinst der Doktor.
»Ohne Sie wär' ich jetzt tot.«
»Oder querschnittsgelähmt«, entgegnet Karsten, rasch wieder ernst. »Da hättest du sehr, sehr lange Muße gehabt, über deine Eselei nachzudenken.«
»Ich vergesse es Ihnen nie.«
»Vergiß nicht, einen Bogen um Spielautomaten zu machen.«
»Wie werd' ich!« versichert Fritze bewegt. »Aber von der Sache hier, ich meine –«
»Das erfährt keine Seele«, lächelt Karsten. »Und nun hau ab. Du vergraulst mir noch die Fische!« Er sieht, wie sich Fritze

zum Sandweg trollt und den Sturzhelm aufsetzt. Dann hört er das alte Motorrad abknattern. Erleichtert geht er zum See zurück und wirft erneut die Angel aus. Endlich noch ein Erfolgserlebnis! Diesen jungen Burschen – den hat er gerettet. Ohne Spritze, ohne Mund-zu-Mund-Beatmung, sondern einfach so. Nur durch Geduld und ein kleines Opfer. Das macht ihn richtig glücklich. Dabei ahnt er nicht, wie sich dieser Fritze innerlich vor Lachen schüttelt, weil der Doktor ihm auf den Leim gegangen ist. Fritze mag ein glückloser Spieler sein, daß er ein blendender Schauspieler ist, hat er eben wieder bewiesen. Nur schade, daß er sich dessen nicht öffentlich rühmen darf.
Mattiesen träumt zufrieden über seiner Angel. Die Woche war turbulent, doch durch ihren gelungenen Abschluß fühlt er sich voll entschädigt.
Hoffentlich bringt der Sonntag eine Ruhepause *ohne* Zwischenspiel.

Doch da hat er sich getäuscht. Was Fritze betrifft, ist er einer üblen Farce aufgesessen, ohne daß er es weiß. Aber der ersehnte Ruhetag wird ihn vor eine echte Bewährungsprobe stellen. Vielleicht die schwerste seines Berufslebens.
Bis in den Vormittag hinein läßt man ihn ausschlafen. Als er runterkommt, findet er die Küche leer, keinen Teller, keine Tasse auf dem Tisch.
»Das ist heiter, nicht mal 'ne Brotrinde für den Chef!« trompetet er in die Diele.
Sogleich ist Olga da. »Sachte, sachte mit den jungen Hühnern!« beschwichtigt sie. »Wir haben auf der Veranda gefrühstückt. Da findest du dein Gedeck.«
»Ach so...« Mattiesen blickt in den Hof. Er sieht, wie der Wind die Hecken und Büsche zaust.
»Kerstin ist aus Hamburg zurück. Sie hat Sturmwarnung mitgebracht.«
»Fliegen die Möwen binnenwärts?« fragt der Doktor naiv. Er legt den Kopf schief und betrachtet die jagenden Wolken.
»Quatsch. Ich meine es im übertragenen Sinn. Ihr gefällt Eikes Kreis nicht. Nach ihrer Ansicht müssen diese Schicki-Mickis allesamt 'ne Mattscheibe haben. So, nun komm.«

Auf der zur Gartenseite ausgebauten Veranda toastet ihm Annemarie das Weißbrot, der Kaffee aus der Thermoskanne ist heiß und aromatisch, und der Anblick der Marmeladenauswahl läßt ihn behaglich schmunzeln. Die drei Generationen der Mattiesen-Frauen umgeben ihn beim späten Frühstück.
Olga und Annemarie haben was zu berichten, Kerstin hüllt sich vorläufig in Schweigen.
»Also, ich weiß nicht«, beginnt Olga. »Ich war vorhin in der Kirche. Mit Pfarrer Eckholm muß etwas los sein.«
»Wieso? Hatte er einen Blackout?« fragt der Doktor.
»Im Gegenteil. Er sprach zu Herzen.«
Annemarie lacht: »Das klingt so fremd aus deinem Mund, Olga. Wo du Eckholm doch nie über den Weg getraut hast.«
»Ich bin als kleines Mädchen mit ihm zur Schule gegangen«, erinnert Olga. »Der war immer ein Rauhbauz. Aber heute sprach er davon, daß verschiedene Menschen unter einem Dach leben und sich vertragen müssen. Und daß das Herz ehrlichere Wege geht als der Verstand. Außerdem sah ich Thea Knohl neben seiner Haushälterin auf der Kirchenbank.«
»Na, wie schön«, wirft Kerstin gelangweilt ein.
»Sie sahen aber aus, als wollten sie sich beißen«, meint Olga.
»Ich werd' ihnen die Nasen schon wieder annähen«, witzelt Mattiesen.
»Gib mir lieber eine Beruhigungspille«, seufzt Annemarie. »Morgen habe ich die erste Unterrichtsstunde.«
»Eine sanfte Behandlung mit dem Holzhammer tät's auch«, sagt die Schwiegermutter im freundlichsten Ton. »Wer kommt denn auf die Idee, sich im Gymnasium zur Zielscheibe zu machen?«
»Wir sprechen nachher in Ruhe über alles«, schlägt Karsten seiner Frau vor. Er streicht flüchtig über ihre Hand. »Und wie wär's, wenn ich dich heut abend ausführen würde? Zum Essen – und einem guten Tropfen in Bohms Hotel?«
»Na prima. Inzwischen kann ich mich um Bea kümmern«, erklärt Olga.
»Ich hab' auch was vor«, sagt Kerstin. »Das heißt, ich komm' wahrscheinlich erst, wenn ihr abgefahren seid.«
»Deine Pläne hängen sicherlich mit Biologie zusammen«, wen-

det sich Mattiesen der Tochter zu. »Aber sag mal, wollte Eike dich nicht wieder herbringen?«
»Ach.« Kerstin zuckt nur die Achseln.
»Was sind denn das für Leutchen, dieser neue Kreis von Eike?« forscht der Vater.
»Frag nicht so planetarisch, wo du sonst so klug bist. Ultimativst!« erwidert Kerstin spöttisch. »Sie haben Eike entführt.«
»Entführt?«
»Ins Reich der ›Milden Sorte‹. Die reden wie Papageien, die das Vokabular von Krabbelkindern mit Fremdwörtern vermischen. Keine Location für mich.«
»Keine... waaas?« fragt Annemarie.
»Location. Eikes Hilke ist quintessentiell, gar nicht square, hat potenzmäßig einiges zu bieten. Eike softet sie an. Punktativ!«
Der Doktor blickt scheinbar gelassen über seine Kaffeetasse. Olga kann sich nicht äußern, denn sie ist hinausgegangen. Aber Annemarie macht ein so verständnisloses Gesicht, daß Kerstin schließlich laut auflachen muß. »Nun guck nicht so, Mami! Ich weiß, es ist trendig nicht zu fassen! Eikes Freunde sind Yuppies. Die reden so. Man kann sie nicht schildern, man muß sie erlebt haben.« Sie steht auf. »Eh' ich zu Detlefsen radle, kümmere ich mich um die Kätzchen.«
»Ums Spargelschälen«, greift die zurückkehrende Olga ein.
»Es ist trendig nicht zu fassen...«, wiederholt die immer noch verdutzte Annemarie Kerstins Worte.
Bevor sich der Doktor dazu äußern kann, scheucht ihn seine Mutter hoch. Eben hat nämlich ein Altbauer angerufen, Nachbar des aufgelassenen Henninghofs, wo vor Tagen die Ökogruppe eingezogen ist. Jemand von den jungen Leuten hat ihm über den Zaun zugerufen, er soll Dr. Mattiesen verständigen.
»Ja, und?« fragt Karsten. »Hat man Näheres gesagt?«
»Du weißt doch, wie der Altbauer ist! Der läßt keinen zu sich rein ans Telefon. Er hat nur weitergegeben, daß du kommen möchtest. Zu den Neuen, da – im Elstergrund.«
Olga druckst verlegen herum. »Ich hatte noch keine Zeit, dir's zu sagen. Ich hab' der Schwangeren versprochen, daß du nach ihr sehen würdest, wenn die Wehen einsetzen.«
»Wer ist Hebamme, du oder ich?« scherzt Mattiesen brummig.

»Wo ist die Tasche? Bleib als Telefonwache im Haus, falls die Patientin schon ins Krankenhaus muß.«

Den alten Henninghof im Elstergrund kennt der Doktor gut. Beim Uropa Hennig hat er als Kind auf dem Leiterwagen gesessen, kaum daß er laufen konnte. Die Obstplantage war ein Schlaraffenland. Tja, nun sind die letzten Hennings weg. Und künftig will eine Gruppe von Aussteigern den verrotteten Hof bewirtschaften. Gehört hat Karsten davon. Aber er kann sich nicht vorstellen, wie das aussieht.

Er soll es gleich erleben.

Schon von weitem bemerkt er, daß ein Teil des niedrigen Wohnhauses von wucherndem Grünzeug befreit worden ist. Auch hat man einige Fensterrahmen eingesetzt und gesprungene Scheiben ausgewechselt. Auf dem tiefhängenden Stalldach leuchten erneuerte Ziegel. Aber das ist nur der Anfang eines kümmerlichen, wenn auch wohl fleißig betriebenen Flickwerks. Weniger malerisch wirken der alte Kleinlaster und die Pkw-Rostlaube.

An der linken Hecke, die einem Verteidigungswall gleicht, sitzt ein etwa 65jähriger Mann auf einem Küchenstuhl und läßt sich von einem Jüngeren die Haare schneiden. Dabei hat der Verschönerungssüchtige schon fast eine Glatze.

Die beiden stellen sich dem Doktor als »Rentner Oskar« und »Ex-Friseur Manfred« vor. Ein zottliger Hund, drollige Promenadenmischung, bellt und zeigt die Zähne, wird aber von einer jungen Frau festgehalten. Sie nennt sich Heidrun, wie Mattiesen erfährt. Und sie versucht, dem Hund Blacky gleichfalls die Haare in Ordnung zu bringen, nur daß das schwieriger ist als bei Oskar.

Aus dem Fenster neben der Tür guckt ein bleicher junger Mann: »Sind Sie der Arzt?«

»Das ist Ferdi, Sozialarbeiter«, erläutert Heidrun. Sie nennt ihren eigenen Vornamen und ihren erlernten Beruf: »Technische Zeichnerin.«

»Tja, was ist los?« fragt Karsten. »Ich hab' gehört, hier kriegt jemand ein Kind.«

»Die Silvia. Vom Flur aus gleich rechts«, sagt Heidrun. Noch amüsiert sich Karsten. Es macht ja alles einen originellen, idyllischen Eindruck. Doch als er das Zimmer betritt, steht er fassungslos. Die Patientenstube scheint ein Mittelding zwischen Werkstatt und Geflügelstall zu sein. Motorteile liegen zur Reparatur herum, ein Huhn flattert kreischend aus dem Fenster. Auf einer eisernen Bettstelle, die allerdings eine Matratze und ein Laken hat, erblickt er die kreißende Silvia, ein graugesichtiges, in Schweiß gebadetes Persönchen.

Ein besorgt dreinschauender junger Mann, Diplomingenieur Hannes, ist der Vater des zu erwartenden Babys. Des Babys, das nicht kommen will. Er hält die Hand der Stöhnenden. Nun steht er rasch auf und erklärt: »Silvia dachte, sie schafft es selbst.«

»Ihr habt Mut«, sagt Karsten. Er sieht den Bottich mit schwach dampfendem Wasser, die bereitgelegten Tücher. Rasch, doch nicht hastig, beginnt er Silvia zu untersuchen.

»Wann waren Sie zuletzt bei der Beratungsstelle?«

Die Kreißende muß erst einen Wehenschub überstehen, bevor sie antworten kann.

»Gar nicht«, ächzt sie.

»Was?« Der Doktor blickt zu Hannes auf. »Ihr seid seit Dienstag hier, wenn ich nicht irre. Warum wart Ihr nicht in der Klinik? Warum habt Ihr sie nicht noch heute vormittag hingebracht?«

»Aus Prinzip«, erwidert Hannes.

»Dann wart ihr wohl überhaupt noch nie zur Ultraschalluntersuchung?« fragt Karsten ahnungsvoll.

»Noch nie!«

»Es ist unnatürlich«, preßt Silvia zwischen den Zähnen hervor. »Man muß ein Kind auch so kriegen können.«

Inbegriffen Säuglingssterblichkeit, denkt Mattiesen. Aber er schweigt. Er horcht die Herztöne des Kindes im Mutterleib ab. Was er schon befürchtete, bestätigt sich. Das Kind befindet sich in der gefürchteten Steißlage.

»Was ist?« fragt Hannes.

Am liebsten würde Mattiesen diesem werdenden Vater ein paar runterhauen. Aber er hat Wichtigeres zu tun. Während er sich bereit macht, den Geburtsvorgang einzuleiten, schießen ihm verschiedene Gedanken durch den Kopf. Soll er über Funk

den Notarztwagen rufen? Aber wer weiß, wann das Fahrzeug hier ist. Der Alte Damm ist voll vom Hin und Her der Ausflügler. Und die Zeit drängt. Selbst ein Hubschrauber käme zu spät. Nein, er muß allein mit dem Fall fertig werden.
»Querlage wäre schlimmer«, murmelt er.
»Silvia sprach immer von spontaner Geburt«, sagt Hannes.
»Bei Falschlagen auch? Lieber Freund, manche Lagen gelten als absolut geburtsunfähig. Als Aussteiger brauchen Sie nicht gleich aus dem Verstand auszusteigen. In welcher Zeit leben Sie denn? Bei Ihrer Silvia wäre ein Kaiserschnitt angebracht.«
»Was nun?« fragt Hannes mit bebender Stimme. Sein Freund Ferdi steht wachsbleich neben der Tür. Heidrun kommt herein. Hoffentlich hat sie sich die Hände gewaschen! Draußen bellt der Hund wie besessen.
»Was nun?« Hannes schluckt.
»Ich muß es versuchen«, sagt Karsten. »Das Baby will raus.« Um bestätigt zu finden, daß es tatsächlich eine Steißgeburt ist, braucht er jetzt kein Instrument mehr.
»Glotzt nicht nur, macht euch nützlich!« herrscht er die anderen an. »Paßt auf, wenn ich was will. Und haltet die Schnäbel.«
Eine günstige Voraussetzung bietet ihm Silvia. Sie hat ein breites Becken. Außerdem ist sie zäh. Nicht zuletzt auch voller Vertrauen zu ihm, dem Arzt. Karsten weiß, was sein Großvater und sein Vater hier im Busch für Geburtsfälle erlebt haben. Es ist ja auch Olgas ständig wiederkehrendes Thema. Im Winter, bei Schneeverwehungen, blieb der Schlitten stecken, die Pferde schafften es nicht – im Nebel verfehlten sie die Wege. Oft erreichten Arzt und Hebamme einen abgelegenen Hof, indem sie das letzte Stück auf allen vieren krochen. Manchmal ist die Situation auch heute noch hoffnungslos, trotz Schneeräumer oder Hubschrauber, dann nämlich, wenn die weißen Böen über die Ebene fegen.
Aber das Netz der medizinischen Vorsorge- und Beratungsstellen auf dem platten Lande ist enger geworden. *Das* begreifen viele Leute nicht. Und diese Gruppe hier baut auf den Segen der Ursprünglichkeit! Wäre Silvia gleich bei der Ankunft in die Klinik gegangen, wäre ihr Fall Routinesache.

Karsten hat ihr eine Injektion gemacht. Sein Hemd ist bereits schweißnaß: Er ist sich des hohen Risikos einer Steißgeburt bewußt. Es besteht immer die Gefahr einer Einklemmung der Nabelschnur und damit die Gefahr des Sauerstoffmangels, wenn zuerst der Steiß aus dem Geburtskanal hervortritt. Bei einer Drehung des Babys kann der Arzt ein Beinchen quetschen, ein Ärmchen. Er kann ein irreparables Hüftleiden verursachen, falls er nicht sicher, zu ungeduldig – und ab einer bestimmten Phase nicht rasch genug ist.

Während der Doktor sich konzentriert und all seine Aufmerksamkeit auf die Sensibilität seiner Hände richtet, vergißt er die Umgebung, die Zeit, sich selber. Endlich hält er das abgenabelte Baby in Händen. Er wäscht es; soviel er sieht, ist es körperlich völlig normal. In ein Tuch gehüllt, reicht er es dem Vater, der nichts anderes zu sagen weiß als: »Ein Junge!«

»Heißes Wasser!« befiehlt Mattiesen der Heidrun. Und dem Ferdi: »Kaltes brauch' ich auch.« Er muß sich um die Mutter kümmern. Ihr geschwächter Zustand bedarf einer Gegeninjektion. Dann nimmt er das Baby wieder aus dem Tuch. Es ist blaß und still. »Heißes Wasser und kaltes!« ruft er alarmiert. »Schnell! Ein Wechselbad!«

Das Gesichtchen beginnt sich zu röten. Das winzige Etwas regt sich. Und endlich, endlich stößt es den ersten Schrei aus.

Nun sind auch Oskar und Manfred im Raum. Silvia öffnet die Augen: »Wo... wo ist mein Baby?«

»Gleich kriegen Sie's«, sagt Karsten. Und alle hören ihm die Erleichterung an. »Es muß gewogen und gemessen werden. Das ist keine Formalität. Ich muß wissen, wie groß und wie schwer er ist.«

Ferdi dient ihm mit einem Zollstock. Heidrun bringt die Küchenwaage.

»Besser als nichts«, murmelt Karsten. »Tja, Glück gehabt, Freunde. Keine abnorme Länge, kein Unter- oder Übergewicht. So. Aber nun frische Bettwäsche. Habt ihr so was? Tummelt euch!«

Eifrig kümmern sich alle um die Wöchnerin, als hätten sie sich vorher nicht benommen wie die ersten Menschen. Karsten ist geschafft. Im Haus eine Steißlage, draußen Glatzen- und Hun-

defriseur: Das ist noch im nachhinein – wie hat Kerstin die Schicki-Micki-Sprache charakterisiert? – das ist wahrhaftig trendig nicht zu fassen.
Silvia liegt in sauberer Wäsche, das Baby im Arm. Sie erholt sich erstaunlich rasch.
»Morgen geht's zur Sicherheit in die Klinik«, sagt Karsten, als er sich gewaschen hat.
»Wir holen Sie schon, wenn's nötig ist«, lächelt Silvia.
»Was dieses Zimmer betrifft, wird gleich einiges nötig«, erklärt der Doktor. »Geburtshelferregeln und Gesundheitsvorschriften streben nicht ›zurück zur Natur‹ wie ihr. Ich schicke nachher meine Mutter vorbei. Die ist gelernte Hebamme. Sie wird euch auf Trab bringen.«
Vom Hunde Blacky freudig umsprungen, geht er ans Auto, um Olga über Funk zu verständigen.
»Hör zu, Olga«, sagt er. »Da hast du mir eine schöne Steißgeburt aufgehext. Zum Glück ist alles okay.«
»Na, dann ist's ja gut«, tönte Olgas ungerührte Stimme zurück. »Da sieht man mal, was du von mir gelernt hast.«
»Vor allem hab' ich gelernt, daß man einen solchen Fall beobachten muß«, spricht Karsten grinsend ins Funkgerät. »Deshalb wirst du herkommen und bei der Wöchnerin Wache schieben. Ich hab's versprochen.«
»Na, prächtig«, tönt es begeistert zurück. »Werd' ich doch mal wieder gebraucht? Gut. Ich nehme das Rad. Übernachten kann ich später bei Bea. Und – hallo?«
»Ja?«
»Den Spargel haben wir gegessen. Hättest dich früher melden sollen.«
»Das ist nun der Lohn«, sagt Karsten. »Angeln kann ich nun auch nicht mehr.«
Er geht in die Küche des alten Hauses und setzt sich erschöpft auf einen wackligen Stuhl. Ferdi erkundigt sich: »Möchten Sie Kaffee?«
»Wir haben nur Ziegenmilch«, stellt Manfred richtig.
Heidrun bringt ihm eilig ein Glas.
Oskar ist zu Tränen gerührt, als hätte *er* das Baby gekriegt. Karsten wendet sich an ihn, da Oskar der Älteste ist. »Wie habt

ihr euch das weiter gedacht? Ein Säugling ist keine Arbeitskraft.«
»Silvia wird das schon schaffen«, mischt sich Heidrun ein.
»Trotzdem. Wie stellt ihr euch das Leben hier vor?«
»Na, das wissen Sie doch«, sagt Oskar. »Wir wollen biologischen Feldanbau betreiben. Ganz ohne Chemie.«
»Und wie lebt ihr bis zur Ernte? Ihr könnt Gemüse anpflanzen, Salat, Tomaten, ja. Obst gibt's jede Menge, Kirschen, Äpfel, Birnen, Johannis- und Stachelbeeren. Aber das muß doch alles erst reifen!«
»Rhabarber haben wir schon«, schwärmt Heidrun. »Der wächst hier wild. Und die Hühner –«
»Die ersetzen den Zucker zum Rhabarber nicht«, unterbricht Karsten. »Ist der Hof hypothekenfrei?«
»Ja«, erwidert Oskar stolz.
»Dann könnt ihr vielleicht etwas Geld aufnehmen«, überlegt der Doktor. »Denkt an die Öfen! Den Kamin! Stellt euch den Spätherbst und den Winter vor!«
»Da haben Sie recht«, murmelt Oskar. »Wir brauchen einen Plan.«
»Und ob!« Karsten blickt noch einmal in das Zimmer der Wöchnerin. Das Baby schläft. Hannes sitzt auf dem Bettrand. Während Karsten das Geburtsformular ausfüllt, fragt Silvia: »Wie heißen Sie, Doktor?«
»Mattiesen.«
»Nein, mit Vornamen.«
»Karsten.«
»Dann werden wir das Baby Karsten nennen.«
»Soll ich das auf dem Geburtsschein vermerken?« feixt der Doktor. »Übrigens wird sich meine Mutter freuen, ein zweites Baby dieses Namens betütern zu können. Also dann!«
Als er abfährt, läuft der komische Hund ein Stück hinter dem Wagen her und vollführt Sprünge, als freue er sich über die glücklich verlaufene Geburt.

Kurz vor dem Alten Damm trifft Karsten Mutter Olga auf ihrem Fahrrad. Sie macht bereits ihr ›Dienstgesicht‹. Er bremst und lehnt sich aus dem Wagenfenster.

»Danke dir, mein Sohn, daß du mir einen beruflichen Auftrag verschafft hast«, sagt sie huldvoll.
»Für 'n Appel und 'n Ei«, grinst Karsten. »Vielmehr für 'n Becher Ziegenmilch. Wirst dich wundern.«
»Ich hab' die Gruppe neulich gesehen«, erwidert Olga unbeeindruckt. »Aber *du* wirst dich bald wundern. Wolltest du nicht mit deiner geliebten Annemarie in Bohms Nobelrestaurant zu Abend speisen? Sie hat es sich anders überlegt, weil sie sich auf die Schule vorbereiten will. Und da deine Tochter mit ihrem Lehrer Detlefsen auf der Ostsee segelt, bleibt auf dem Mattiesenhof die Küche heute kalt.«
»Was? Auch kein warmes Abendessen?« ruft Karsten. »Wovon soll ich eigentlich leben?«
»Von der Liebe zu deiner ab morgen berufstätigen Ehefrau Annemarie«, erwidert Olga gespreizt. Lauthals lachend radelt sie weiter.
Daheim findet der Doktor nur die Tiere auf der Koppel vor sowie den Bruder des Bauern Schintz, der sich um sie kümmert.
»Annemarie?« Er blickt in die Küche, sieht gebrauchtes Kaffeegeschirr und einen Kuchenteller auf dem Tisch. Er aber hat jetzt einen ›Brand‹ auf kühles Bier. Er nimmt eine Dose aus dem Kühlschrank und setzt sich auf eine der Bänke vor der Eingangstreppe. Nach einer Weile kommt Annemarie heraus.
»*Hier* bist du? Ich hab' das Auto nicht gehört. Entschuldige.«
Er sieht sie aus vergnügten Augen an und findet sie reizend. So jugendlich, fast mädchenhaft. Aaaah... Der kühle Schluck tut ihm gut! Nach allem, was er hinter sich hat, könnte er die ganze Welt umarmen. Annemarie setzt sich auf die andere Bank. Karsten bemerkt ihre Nervosität nicht.
»Unsere Tochter segelt mit Detlefsen?« fragt er.
»Wie? Ja. Ich denke. Sie hat bei Frau Detlefsen angerufen. Die sagte ihr, Peter sei im Hafen. Da ist sie schnurstracks hingeradelt.«
»Ach, Annemie...« Karsten reckt die Arme, schwenkt die Bierdose. »Du glaubst nicht, wie leicht ich mich heute fühle. Wirklich, als hätte ich die Steißgeburt selber ausgetragen. Wäre die junge Frau nicht so robust, hätt' ich jetzt zwei Tote auf der Seele. Was die mir da zugemutet haben...«

Annemarie hört ihm gar nicht zu. »Ich bin völlig down«, erklärt sie. »Jetzt hab' ich alle meine Sachen durchgesehen und weiß immer noch nicht, was ich anziehen soll.«
»Wie?«
»Na, für die Schule«, sagt sie gereizt. »Ich hab' doch morgen meine Premiere!«
»Und ich hatte *meine* Premiere heute. Es war die erste Steißgeburt, die ich allein ausführen mußte. Unter solchen Umständen! Du kannst dir gar nicht vorstellen...« Er trinkt einen Schluck Bier.
»Ich kann an diesem Gymnasium nicht overdressed oder underdressed auftreten. Eine neue Lehrerin wird mit Argusaugen betrachtet«, überlegt Annemarie. »Auch nicht zu modisch. Das wäre vielleicht unsolide.«
»Das Baby macht einen gesunden Eindruck«, sagt der Doktor. »Trotz seiner ›biologischen Alternativ-Geburt‹.« Mattiesen lacht. »Karsten wollen sie's nennen. Das ist sozusagen mein Honorar.«
»Ich wähle was Sportliches«, meint Annemarie. »Es kann ruhig ein wenig passé sein. In der Schule, denke ich, macht das nichts.«
»Als ich in das Zimmer der Wöchnerin kam, traf mich fast der Schlag«, sinniert Mattiesen weiter. »Da flatterte ein Huhn herum. Es entwischte durchs Fenster.«
»Karsten!« sagt Annemarie scharf.
»Ja?«
»Du hörst mir überhaupt nicht zu! Ich sterbe vor Lampenfieber; morgen habe ich meine Bewährungsprobe, und du redest dauernd von einer Steißgeburt.«
»Aber Annemie! Das ist doch nicht zu vergleichen!«
»Eben, das meine ich ja!« Sie hat ihren nervösen Rappel, das macht sie ungerecht, beinahe kindisch. Wenn er nicht wüßte, daß das lediglich Temperamentssache ist...
»Du hast«, sagt er gemütlich, »zum zweitenmal ein- und denselben Mann geheiratet. Mich – den Landarzt. Du hast gewußt, welche Probleme mich hier bewegen. Keine Modearzt-Probleme in einem feudalen Seebad, sondern Fälle im dörflichen Milieu.«

»Entschuldige.« Sie fängt sich rasch und setzt sich neben ihn. »Aber schau, Karsten, ich brauche nun mal eigenen Freiraum. Nur so als Handlangerin – mit Olga unter einem Dach, das führt zu nichts.«
»Ich weiß.« Er legt einen Arm um sie. »Und dein ›Freiraum‹ soll uns nicht trennen. Wir leben zwar auf dem Land, aber nicht mehr mit den Auffassungen unserer Großeltern.«
Sie gibt ihm einen Kuß. »Schön, daß du das so siehst.«
»Also zieh irgendwas Praktisches für die Schule an«, lächelt er, »und laß den Schmuck deiner seligen Frau Mama in der Kassette.«
»Trinken wir nachher ein Glas Wein?« fragt sie.
»Erst, wenn du mir ein Kotelett in die Pfanne gehauen hast.«
»Männer von heute sind ihre eigenen Hausmütterchen!«
»Vor unserer Wiederheirat sprachst du anders, du Schlange«, grinst er.
Wenigstens müssen sie nun beide lachen.

An diesem Sonntagnachmittag haben viele Männer ihre Arme um die Schultern ihrer – oder anderer – Frauen gelegt, so wie Karsten es bei Annemarie tut. Dennoch legte sich ein Arm zuviel um eine Schulter, und dieser Arm – sozusagen – wird Folgen zeitigen. Wie das?
Es handelt sich um den Arm des Oberstudienrats Detlefsen. Die Schulter gehört Karstens und Annemaries Tochter Kerstin.
Tatort: Segeljolle. Schauplatz: Ostseebucht vor Borsberg zwischen Kappeln und Kiel, offenes Wasser und bewohnter Küstenhügel. Auf der sanften Anhöhe mit Seeblick steht nämlich das Haus Dr. Böhms. Dr. Böhm ist der Direktor jenes Gymnasiums, in dem Annemarie morgen ihre erste Unterrichtsstunde geben soll.
Der Oberstudiendirektor steht auf der Terrasse. Durch ein Fernglas beobachtet er das bunte Durcheinander der Wasserfahrzeuge an diesem außergewöhnlich schönen Nachmittag im Wonnemonat Mai. Seine Frau Hedwig hat es sich im Liegestuhl bequem gemacht. Geduldig lauscht sie den Kommentaren ihres Mannes.

»Eine Rennyacht der Königsklasse!« vermerkt er. »Phantastischer Anblick. Wie ein Schwan! Kommt aus Dänemark. Aber für die Surfer müßte die Tabuzone erweitert werden. Meinst du nicht auch, Hedwig?«

»Gewiß«, erwidert seine Frau.

»Andererseits wagen die sich viel zu weit raus! Und Jahr für Jahr vermehrt sich die Typenvielfalt. Was da allein an Schlauchbooten alles herumkurvt! Und an Motorflitzern. Immer schneller werden die. Immer schneller.«

Der Herr Gymnasialdirektor richtet sein Fernglas auf eine tolle Touringyacht. »Aus Schweden«, murmelt er. »Wo die nur das Geld für solche Pötte herhaben, möchte ich wissen.«

»Auch mir ist das schleierhaft«, meint Frau Hedwig.

Weiter läßt Dr. Böhm seine Blicke schweifen. Plötzlich stutzt er. »Das ist doch... das ist...«, er dreht mit hastigen Fingern an der Schärfeneinstellung, »die Jolle von Detlefsen...«

»Vom wem?«

»Na, von meinem Oberstudienrat! Detlefsen, Peter Detlefsen.«

»Ach, dem Witwer mit dem Kind?«

»Von Kind seh' ich nichts«, sagt Böhm. Detlefsen hat ein kompliziertes Segelmanöver ausgeführt, eine sogenannte ›Halse‹. Dabei ist seine Begleiterin gestolpert, so daß er sie auffangen mußte. Schützend legt er seinen Arm um sie. Der Herr Oberstudiendirektor weiß nicht, daß die Schülerin Kerstin sich zu der Segelpartie selber eingeladen hat und daß Detlefsen sie nicht gerade überschwenglich begeistert mitnahm. Die treibende Kraft bei dieser Lehrer-Schülerin-Beziehung (die nicht ›Verhältnis‹ genannt werden kann) ist Kerstin, nicht der zurückhaltende Lehrer.

Doch was der Direktor sieht, das sieht er. Und das soll ihm seine Frau bestätigen. »Hedwig, komm her! Schau mal durch! Dorthin! Was siehst du da?«

Die Gemahlin fummelt am Fernglas herum.

»Weiter rechts! Neben dem Zweimaster!« drängt Böhm. »Nun, was erkennst du?«

»Das Boot von Detlefsen.«

»Und wer ist darauf?« forscht der Direktor.

»Na, Detlefsen.«
»Wer noch, meine ich!«
»Ein junges Mädchen«, entgegnet Frau Hedwig. »Ich weiß nicht, wer das ist.«
Böhm reißt ihr das Glas weg. »Aber ich! Das ist Kerstin. Die Tochter von Frau Mattiesen, der Gastkollegin, die morgen ihren Dienst bei uns antritt!«
Er sieht Detlefsen und Kerstin lachend aneinandergeschmiegt in der Jolle, die jetzt gleichmäßig vor dem Wind läuft.
»Nicht zu fassen! Wirklich, nicht zu fassen!!«
»Was? Daß die beiden segeln?«
»Natürlich nicht. *Das* nicht!« Oberstudiendirektor Böhm setzt das Fernglas ab. »Dann stimmen die Gerüchte also doch«, überlegt er. Er wendet sich seiner Frau zu: »Ich habe mich bisher zurückgehalten, Hedwig. Aber jetzt werde ich als Weisungsbefugter eingreifen. Denn hier besteht der Verdacht auf Unzucht mit Abhängigen.«
Über Annemaries Premiere als Lehrerin zieht sich drohend ein Gewitter zusammen.

Nicht nur Dr. Böhm, auch andere müssen ihre Beobachtungen gemacht haben. Denn als Kerstin (noch vor ihrer Mutter) im Gymnasium erscheint, tuscheln einige Schüler und Schülerinnen auf dem Flur. Sie streifen die Mattiesen-Tochter mit bezeichnenden Blicken. Eine gewisse Gaby tut sich besonders hervor:

»Kerstin, dein Schatz kommt!« ruft Gaby frech. Sie und ihre Trabantinnen Tippsy und Gudrun kichern, als Detlefsen vorbeigeht. Detlefsen lächelt nur nachsichtig. Er gibt Kerstin einen kleinen Stups, als wolle er sagen: »Nimm's nicht krumm«, und strebt einem Klassenraum zu. Gaby, Tippsy und Gudrun begleiten seinen Abgang mit höhnischem Applaus. Da aber läßt die Oberstudienrätin Dr. Timpe ihren Schritt verhalten. Frau Dr. Timpe ist ein säuerlicher Typ.

»Was ist denn hier los?« fragt sie unwillig. »Wem gilt diese Ovation?«

»Der Kerstin, Frau Dr. Timpe«, gibt Gaby mit sanfter Stimme zur Antwort. »Die kriegt ihre Streicheleinheiten jetzt sogar schon in der Schule.«

»Love is a wonderful thing«, summt Tippsy.

»Ja, die Liiieeebe, die Liiieeebe«, kräht eine Schülerin im Hintergrund.

»Toujours l'amour, toujours l'amour«, flötet Gudrun unfroh (denn sie ist in Detlefsen verknallt).

»Ihr singt miserabel«, stellt Frau Dr. Timpe fest. Sie mustert Kerstin unfreundlich. Daß sie so ungerührt bleibt, gefällt ihr nicht. Frau Timpe ist eine ehrgeizige Lehrkraft, aber ein kontakt- und humorloser Mensch. Überdies hegt sie einen stillen Groll gegen die Familie Mattiesen, der noch dadurch geschürt wird, daß ausgerechnet Kerstins Mutter heute in das Kollegium eintreten soll.

»Für den Schulchor seid ihr ungeeignet«, fertigt sie die Mädchen ab.

»Aber der Text stimmt!« erklärt Gaby hämisch.

»In die Klasse!« befiehlt Frau Dr. Timpe. »Mal sehen, ob ihr noch so übermütig seid, wenn ich euch die Hefte zurückgebe.«
Frau Timpe sucht vor Unterrichtsbeginn noch den Schulleiter auf. Ihr Groll läßt ihr keine Ruhe. Kerstins Vater hat ihr einmal recht grob von einem bestimmten Medikament abgeraten, das empfand sie als Bevormundung. Kerstins bloße Anwesenheit ist für sie eine Provokation – noch dazu, wenn sie an Olga denkt, die – nach wie vor – dem Bürgerschaftsrat angehört. Und nun, nahezu unerträglicher Gedanke, wird Annemarie Mattiesen hier Lehrkraft werden!
»Herr Direktor«, beginnt sie ohne Umschweife, »die Sache mit der Schülerin Mattiesen nimmt nun doch langsam Ausmaße an –«
»Ich weiß!« unterbricht sie Oberstudiendirektor Dr. Böhm. »Ich weiß, verehrte Kollegin. Ich habe auch nicht die Absicht, dem noch länger tatenlos zuzusehen. Das darf ich Ihnen versichern!«
»Was mich beruhigt«, sagt die Timpe spitz.
Sie entschwebt in ihre Klasse.
In der ersten Hofpause steht Detlefsen mit Kerstin einen Moment lang etwas abseits des Getümmels.
»Nimm dir die Albernheiten dieser Gaby-Clique nicht zu Herzen«, sagt er.
»Tu' ich ja auch nicht«, behauptet Kerstin.
»Wirklich nicht?«
»Na ja...«
»Das sind doch ganz unreife Dinger – im Vergleich zu dir«, tröstet Detlefsen.
Kerstin lächelt ihn an.
Vom Fenster des Lehrerzimmers aus muß der Oberstudiendirektor ausgerechnet diese harmlose Szene erblicken. Sie bekräftigt seinen Verdacht. Ein Teil des Kollegiums befindet sich im Raum, zum Frühstücken und zur Präparation auf die folgende Stunde. Da öffnet sich die Tür, und die ahnungslose ›Neue‹ tritt ein: Frau Annemarie Mattiesen.
»Guten Morgen«, grüßt sie munter.
»Ach ja...« Dr. Böhm schnellt herum und erwidert den Gruß

durchaus freundlich. Mehr noch, er zeigt sich von seiner liebenswürdigsten Seite.
»Verehrte Kolleginnen und Kollegen«, beginnt er diplomatisch-herzlich. »Darf ich Sie mit unserer neuen Gastlehrerin bekannt machen? Sie springt für Frau Kelch ein, die das ihr zustehende Babyjahr wahrnimmt. – Frau Mattiesen!«
Und nun nennt er die einzelnen Titel und Namen: »Frau Oberstudienrätin Dr. Timpe, Studienrat Mill, Studienrat Borck...«
Alle reagieren mit den üblichen Floskeln: »Auf gute Zusammenarbeit... Sehr erfreut... Wenn Sie einen Rat brauchen... Viel Glück...«
»Einige Kollelgen werden Sie später sehen«, bemerkt Dr. Böhm. »Oberstudienrat Detlefsen ist auf dem Schulhof...«
»Herrn Detlefsen kenne ich schon«, sagt Annemarie unbefangen.
Frau Dr. Timpe und Studienrat Borck werfen sich Blicke zu. Da die Schulklingel das Ende der Pause verkündet, verlassen die Lehrerinnen und Lehrer nach und nach den Raum. Nur Annemarie bleibt, um ihre Anweisungen entgegenzunehmen.
»Ach, Frau Dr. Timpe!« ruft Böhm der Oberstudienrätin nach. »Kollege Detlefsen möchte dann kurz bei mir hereinschauen!«
»Ich sage es ihm«, tönt es bereitwillig zurück.
Als der Direktor mit der neuen Lehrkraft allein ist, legt er ein kurzes Schweigen ein. Dann beginnt er wieder sehr verbindlich: »Bevor Sie sich mit Ihrer Klasse im Sinne unseres Vorgesprächs vertraut machen, die Zwölfjährigen erst einmal motivieren, sozusagen lockern...«
»Ja?« hilft ihm Annemarie.
»Nun, ich habe eine wichtige Bitte privater Natur. Es ist mir nicht besonders angenehm, Sie gleich zu Beginn damit behelligen zu müssen, aber Sie werden es, hoffe ich, verstehen.«
Annemaries Temperament neigt zu seltsamen Sprüngen. Doch einschüchtern oder in Verlegenheit bringen läßt sie sich nicht.
»Vorläufig verstehe ich gar nichts«, sagt sie.
»Wir haben hier einigen Kummer wegen des Kollegen Detlef-

sen«, fährt der Direktor fort. »Er scheint sich Ihrer Tochter – wie soll ich sagen …? Er scheint sich Ihrer Tochter – auf eine ganz besondere Art anzunehmen.«
»In Biologie?« fragte Annemarie.
Böhm, der noch gestern grimmig entschlossen war, das Übel bei der Wurzel zu packen, beginnt sich innerlich zu winden. »Biologie. Ja. Das wohl auch. Aber eben *nicht nur*!«
»*Nicht nur*?« Annemarie runzelt die Stirn. In solchen Fällen geschieht das, was Olga das ›Annemariesyndrom‹ nennt. Der Gesprächspartner kommt sich bekloppt vor.
»Ja. Sehen Sie, Frau Mattiesen, es ist natürlich mehr dem Kollegen Detlefsen vorzuwerfen, daß sich da etwas abspielt, was nach den Regeln eines störungsfreien Schulbetriebs nicht akzeptabel ist. Aber Sie können vielleicht mal mit Ihrer Tochter sprechen …«
»Tja – ich verstehe noch immer nicht ganz«, entgegnet Annemarie. »Falls Sie aber wirklich recht haben sollten: Meine Tochter ist volljährig.«
»Gewiß, gewiß«, bestätigt der Direktor. »Wenn ich Sie trotzdem bitten dürfte?«
»Ich spreche mit ihr«, sagt Annemarie.
Nachdem ihr Dr. Böhm freundlich zugenickt hat, geht sie hinaus. In der Tür begegnet sie Peter Detlefsen.
»Guten Morgen, Frau Mattiesen«, lächelt er.
Sie erwidert herzlich: »Morgen, Herr Detlefsen.«
Und dann sind Böhm und Detlefsen unter sich. Der Direktor ist plötzlich bedeutend unverbindlicher.
»Kommen wir zur Sache. Ihre Beziehung zu Kerstin Mattiesen bringt Unruhe in die Schule.«
»Es ist der *Verdacht*, der diese Unruhe verursacht«, entgegnet Detlefsen gelassen. »Der Verdacht ist keineswegs gerechtfertigt.«
»Behaupten Sie! Ich bin anders informiert.« Böhms Ton wird scharf. »Ich erwarte, daß Sie dieses Verhältnis beenden. Oder wollen Sie leugnen, daß die Schülerin sogar zu Ihnen ins Haus kommt?«
»Ich habe ihr ein paar Nachhilfestunden gegeben.«
»Auch auf dem Segelboot?« fragt der Direktor anzüglich.

»Sicher nicht«, pariert Detlefsen. »Im Rahmen des Sportkurses nehme ich auch andere Mädchen – und Jungen – mit.«
»Mit denen liegen Sie aber nicht in enger Umarmung am Ruder«, spielt Böhm seinen Trumpf aus. »Ja, Herr Kollege, ich habe Sie gesehen, als ich gestern auf meiner Terrasse stand. Ich bin bereit, Sie *nicht* gesehen zu haben, wenn die Sache ab sofort ein Ende hat.«
Detlefsen bleibt reserviert, er blickt nur ein wenig überrascht auf seinen Chef. Dieser versucht es jetzt auf die väterliche Tour.
»Sie machen sich doch lächerlich, Detlefsen! Sie geben auch Kerstin der Lächerlichkeit preis. Darüber hinaus erschweren Sie ihrer Mutter den Einstieg in den Dienst.«
Ruhig erwiderte Detlefsen: »Ich habe keine intimen Beziehungen zu Kerstin Mattiesen.«
Abrupt richtete sich der Direktor auf. Er wirkt nun nicht mehr väterlich.
»So?« fragt er knapp. Und fügt kurz hinzu: »Um so leichter wird es Ihnen fallen, den Anschein zu vermeiden. Das war's.«
Detlefsen nickt schweigend und will zur Tür.
»Ach, noch etwas.« Böhm hält ihn zurück.
»Ja?«
»Hat er Erfolg, der Nachhilfeunterricht?«
»Nein«, sagt der Lehrer geradeheraus.
»So!« Der Direktor wippt auf den Fußspitzen und verschränkt die Hände auf dem Rücken. »Dann lassen Sie auch den wegfallen. Zumal das Schulgesetz Nachhilfeunterricht für Schüler der eigenen Klasse verbietet.«
Detlefsen gerät auch jetzt nicht aus der Fassung. Er bemerkt lediglich: »In der Praxis wird das stillschweigend toleriert.«
»Ist mir bekannt«, nickt Böhm. »Doch im vorliegenden Fall ist das nicht möglich. Haben Sie verstanden?«
Wieder nickt Detlefsen schweigend. Er geht so gelassen zur Tür, als habe ihn das Gespräch kaum berührt.

Mattiesen würde sich wundern, sähe er seine Frau beim Unterricht im Gymnasium. Der Auftakt war ja alles andere als motivierend. Aber Annemarie muß nur gefordert werden, dann ist

sie voll da. Vor den Schülern und Schülerinnen steht heute nicht die gleiche Frau, die am Vorabend noch Tränen wegen der läppischen Kleiderfrage in den Augen hatte.
Den Leistungsstandard der Klasse kennt sie theoretisch. Mit dem Lehrstoff hat sie sich vertraut gemacht. Jetzt geht es darum, die individuelle Reaktion der einzelnen kennenzulernen, ihre Beteiligungsbereitschaft zu erkunden.
Direktor Böhm kommt leise herein und verfolgt eine Weile wortlos den Unterricht der ›Neuen‹.
Zuletzt fragt Annemarie die Kinder: »Na, habt ihr gemerkt, daß ich nicht beiße?«
»Als Arztfrau dürfen Sie das ja gar nicht!« ruft ein Mädchen frech.
Daß sie auch hier als Arztfrau angesprochen wird, verdunkelt Annemaries Triumph ein wenig. Und später muß sie sich dem Hauptproblem Detlefsen/Kerstin stellen. Sie wartet in ihrem Wagen auf dem Parkplatz, bis sie den Biolehrer auf seine Ente zugehen sieht. Dann steigt sie aus: »Herr Detlefsen!«
Er lächelt. »Na?« fragt er unbefangen. »Wie war der erste Tag?«
»Soweit erfreulich. Mit den unteren Klassen werde ich wohl ganz gut zurechtkommen. Ja... Ich – ich habe auf Sie gewartet.«
»Nett von Ihnen«, antwortet Detlefsen. »Wir müssen wohl miteinander reden.«
»Oberstudiendirektor Böhm«, beginnt Annemarie, »hat mich ersucht, auf Kerstin einzuwirken.«
»Dacht' ich mir«, sagt Detlefsen. »Aber vielleicht müssen Sie gar nicht auf Kerstin einwirken. Ich breche die Kontakte ab.«
»Also hatten Sie welche?« fragt Annemarie.
»Freundschaftliche. Sagen wir: herzliche.«
Wieder würde sich Dr. Mattiesen wundern, wie hellhörig und überlegen seine Annemarie sein kann. »Herzliche Kontakte«, wiederholte sie. »Und die brechen Sie nun ab?«
»Nicht, weil Böhm es will«, versicherte Detlefsen. »Ich tue es Kerstins wegen.«
»Das heißt, Kerstin ist *sehr* verliebt in Sie!« sagt ihm Annemarie auf den Kopf zu.

Peter Detlefsen lächelt ein wenig. »Ich will's mal so formulieren: Kerstin möchte mehr in diese Freundschaft einbringen, als ich ihr dafür wiedergeben kann.«
»Dafür sind Sie nicht verantwortlich zu machen«, meint Annemarie einsichtig. Sie findet Detlefsen überaus sympathisch in seiner Ehrlichkeit. Er spricht ohne Emotion, schlicht, überzeugend.
»Ich habe ein Kind, und ich bin über den Tod meiner Frau noch nicht hinweg. Kerstin, das gebe ich zu, war in ihrer unkomplizierten und keineswegs oberflächlichen Art wie eine Therapie für mich.«
»Moment«, unterbricht Annemarie. Nachdenklich wiederholt sie: »... in ihrer keineswegs oberflächlichen Art.« Sie sieht Peter Detlefsen voll an. »Ist das Ihre wahre Meinung?«
»Meine volle Überzeugung«, erwidert der Lehrer erstaunt. »Zweifeln Sie an Ihrer Tochter? Nun, meine Mutter kennt Kerstin auch. Seit ich Kerstin kenne, sagt sie, *lebe* ich wieder.«
»Und das wollen Sie gar nicht: *leben*? Deshalb brechen Sie den Kontakt ab?«
»Ich bin Kerstin auf eine verzwickte Art nicht gewachsen«, gibt Detlefsen zu. »Sie ... sie überollt mich einfach. Es ist vielleicht der Altersunterschied. Rechnen Sie zwei Jahre dazu, und sie könnte meine Tochter sein. Ich dachte, daß Ihnen mein Entschluß entgegenkommt.«
»Aber wie soll ich etwas begrüßen, das Kerstin weh tut?« meint Annemarie. »Ich spreche jetzt als Frau, nicht als Mutter.«
»Und für mich ist eine Frau kein Spielzeug«, murmelt Detlefsen, der offenbar an die Verstorbene denkt. »Bitte, machen Sie Kerstin klar, aber nicht mit Druck, der Gegendruck erzeugt, was sie im Grunde selber weiß: daß es nichts werden kann. Sie soll auch nicht mehr zur Nachhilfe kommen, nicht versuchen, mich umzustimmen.«
»Gut, Herr Detlefsen«, sagt Annemarie, durchaus nicht überzeugt. Aber was soll sie sonst sagen? Sie wahrt die Form und verabschiedet ihn freundlich.
Seufzend steigt sie in ihren Wagen. Nun steht ihr die Aussprache mit ihrer Tochter Kerstin bevor.

Der Doktor ist an diesem Tage schon in aller Herrgottsfrühe (noch vor der Sprechstunde) in der Stadt gewesen. Er hatte einen Krankenbesuch zu machen. Auf dem Markplatz traf er Pfarrer Eckholm und Bürgermeister Schultes im Gespräch.
»Die Morgennebel heben sich über zwei prominenten Tratschköpfen«, grüßt er launig. »Was gibt's denn?«
»Ich hab' den Pfarrer gefragt«, grinst Schultes, »ob's stimmt, daß die Thea jetzt bei ihm wohnt.«
»Wohnt! Was heißt hier wohnt?« poltert Eckholm. »Asyl hab' ich ihr gewährt für ein paar Tage.«
»Hahaha«, lacht seine Haushälterin hinter ihm.
»Du wolltest Brötchen holen!« erinnert sie der Pfarrer unwirsch.
»Mit deiner geistlichen Hilfe scheint Thea Pits Tod schnell zu überwinden«, sagt Schultes.
»Ohne den ironischen Ton kommst du der Sache näher.«
»Schon gut.« Schultes wendet sich zum Gehen: »Wenn du meinen Rat hören willst, Pfarrer –«
»Will ich aber nicht!«
»Setz die Thea schleunigst an die Luft«, sagt Schultes unbeirrt. »Die Thea ist eine Schlange! Eine ganz, ganz üble Giftschlange!«
»Na, was hört man denn da?« Auch Karsten muß grinsen. »Der Herr Pfarrer mit zwei Frauen unter einem Dach!«
»Du sei ganz still mit deinem Hühnerstall. Ich bin Seelsorger. Die Thea hab' ich in meine Obhut genommen, weil sie Trost brauchte. Sie hielt es in der Nachbarschaft von Melsens Grete nicht aus.«
»Aber sonst geht's ihr gut?« erkundigt sich der Doktor.
»Zu gut«, murrt Eckholm. »Am liebsten würde sie meine neue Haushälterin werden. Kaum dreh' ich den beiden den Rücken – schon gibt's eine Beißerei.«
»Mir scheint«, lacht Karsten, »du hast dir mit der Thea ein Kuckucksei ins Nest gelegt. Paß nur auf.«
Eben kommt Fritze Friedrichsen auf seinem alten Motorrad daher.
»Morgen!« grüßt er verlegen. Er muß einen Moment vor der Ampel warten, und der Doktor ruft ihm zu: »Vergiß nicht, ei-

nen weiten Bogen um einarmige Banditen zu machen.» (Womit er Spielautomaten meint.)
»Nö, nö, is' schon klar!« erwidert Fritze im Davonfahren.
Eckholm sieht ihm finster nach. »Ein ganz durchtriebener Kerl, dieser Fritze.«
»Na ja. Er spielt. Das ist wie eine Suchtkrankheit.«
»Das mein' ich nicht«, sagt der Pfarrer. »Er läßt andere dafür zahlen, der raffinierte Betrüger. Gestern tat er so, als wollte er sich von der Plattform des Kirchturms stürzen, weil er bei Hanusch in die Kasse gegriffen hat. Ich alter Dussel lauf' ihm nach und brülle den Treppenschacht hoch, er soll runterkommen, ich würd' ihm das Geld geben. Was soll ich sagen? Er steckt meine neunzig Mark mit überschwenglichen Redensarten ein: Ich hätt' ihm das Leben gerettet und so. Ein paar Stunden später erfahre ich zufällig, daß er neulich beim Großbauern Fössen auch so 'ne Schau abgezogen hat. Dort wollte er sich allerdings erschießen.«
Karsten ist verblüfft. Er fühlt sich bis auf die Knochen blamiert, weil er ja auch dem Fritze auf den Leim gegangen ist und sich als Lebensretter gesehen hat.
»Na, das ist ja ein Hammer...«, entfährt es ihm.
»Hat er dich etwa auch getroffen, der Hammer?« fragt Eckholm. »Du bist auf einmal 'n bißchen blaß um die Nase, Doktor!«
»Wie? Nein, nein«, sagt Karsten schnell. »Mir fiel nur ein, daß ich los muß. Meine Sprechstunde... Also dann!«
Er setzt sich in sein Auto. Wut beherrscht ihn, als er über den Alten Damm heimwärts fährt. Der Fritze, dieser Filou, hat ihn mit seinem Selbstmordtheater glattweg düpiert. Ihn, den Arzt, der eigentlich etwas von Psychologie verstehen sollte. Eine bittere Lektion!
Und nun kommt er auch noch zu spät in die Praxis.
Zu spät kommt auch Fritze Friedrichsen in das Büro der Baumaterialienhandlung Hanusch im eingemeindeten Ortsteil Dohl. Dort befindet sich auch Hanuschs Freigelände mit den gewaltigen Kränen, Bulldozern und diversen Riesenmaschinen. Fritze ist in der Ersatzteilausgabe beschäftigt. Kleinere Beträge – bis zu 300 Mark – verwaltet er selber in einer Extra-

kasse. Um diese Kasse geht es. Fritze hat Beträge elektronisch zu registrieren, die der Computer im Hauptbüro vermerkt. Am Wochenende war Herr Hanusch an der Kontrolle verhindert. Heute holt er sie nach. Er öffnet Fritzes Kasse, in der ganze 250 Mark sein müßten. Er findet aber nur Kleingeld, Zehnpfennigstücke, Pfennige, einige Briefmarken und einen Packen Lieferscheine.

»Na warte, mein Junge«, knurrt Hanusch heftig atmend, »jetzt geht es dir an den Kragen.« Aber zunächst muß er mit seinen Monteuren eine Maschinenreparatur auf dem Gelände besprechen. Inzwischen kommt Fritze mit seinem Motorrad. Fritze stellt das Vehikel ab, huscht ins Lager und steckt 250 Mark unter die Lieferscheine in der Kasse. Es ist genau der Betrag, den er dem Doktor und dem Pfarrer abgeknöpft hat. Dann eilt er an ein Schrankfach und zieht seinen Arbeitskittel an.

Plötzlich erscheint Hanusch in der Tür.

»Morgen, Chef«, grüßt Fritze betont munter.

Hanusch schweigt bedeutungsvoll.

»Ist was?« fragt Fritze.

»Ja!« erwidert Hanusch düster. »Du bist fristlos gekündigt.«

»Warum denn?« fragt Fritze mit Unschuldsmiene.

»Weil Geld fehlt. Genau zweihundertfünfzig Mark! Öffne mal die Kasse!«

Fritze befolgt Hanuschs Weisung, wobei er sehr erstaunt tut. »Zweihundertfünfzig Mark, Chef? Na, hier sind sie doch!« Er zieht die Geldscheine unter den Lieferzetteln hervor. »Da haben Sie wohl nicht richtig nachgeguckt?«

»Das kann ich mir kaum vorstellen«, brummt Hanusch. »Hm. Na, dein Glück. Ich hätte dich rausgeschmissen und bei der Polizei angezeigt. Nun los, an die Arbeit!«

»In Ordnung, Chef!« sagt Fritze beflissen.

Aber es ist nur scheinbar in Ordnung – und das wird er zu spüren kriegen...

Einschließlich der anliegenden Patientenbesuche hat der Doktor einen gedrängten Vormittag hinter sich. Dem Baby auf dem Hennighof, dessen ›Namenspatron‹ er ist, geht's ausgezeichnet. Ebenso der Silvia. Das entschädigt ihn für manchen

Ärger. Olga war der Bio-Gruppe in der Nacht eine resolute, aber wertvolle Hilfe, wie er hört. Als er vor dem Essen nach Hause kommt, begrüßt sie ihn mit den Worten: »Na, ist das Baby nicht viel zu hüsch, um Karsten zu heißen? Es sieht ja wie ein Mensch aus. Dagegen warst du ein kleiner Bär.«
»Bei so einer Bärenmutter...«, grinst Karsten. Er geht ins obere Bad, um zu duschen. »Ist Annemarie aus der Schule zurück?« ruft er über die Schulter.
»Nein!« gibt Olga lauthals Auskunft. »Die scheinen sie wegen Unfähigkeit eingesperrt zu haben. Deine Tochter ist längst hier.«
Keiner von ihnen weiß ja, daß Annemarie mit Peter Detlefsen nach Schulschluß eine längere Unterredung gehabt hat. Endlich fährt Annemaries Auto in den Hof, gerade, als Kerstin ihr Rad aus dem Waschhaus schiebt.
»He!« ruft Olga aus dem Küchenfenster. »Wohin willst du vor dem Essen?«
Das gleiche fragt Annemarie, eilig aus dem Auto steigend.
»Willst du mir nicht erst mal sagen, wie dein Unterricht geklappt hat?« fragt Kerstin ahnungslos zurück. Dann erklärt sie kurz: »Ich fahre zu Detlefsen. Da hab' ich letzte Woche öfter gegessen.«
»Aber Frau Detlefsen ist wieder gesund!«
»Was hast du denn?« Kerstin lehnt ihr Rad an die Hauswand und starrt die Mutter an.
»Nun, wie soll ich's dir beibringen?« Annemarie legt den Arm um ihre Tochter und geht mit ihr an der Hecke entlang. »Ich habe in der Schule einiges erfahren.«
»Über Peter und mich?«
»Ja«, sagt Annemarie freundlich, aber geradezu. »Herr Detlefsen möchte, daß du nicht mehr kommst.«
Kerstin setzt sich sprachlos auf die Bank unter dem Goldregenstrauch. Als sie den ersten Schreck einigermaßen überwunden hat, fragt sie heiser: »Will er das, weil die Schule darauf besteht?«
»Mein Eindruck ist eher, daß er es selber will«, erklärt Annemarie ruhig. Sie setzt sich neben die Tochter. »Ermahnungen des Direktors sind wohl nur der äußere Anlaß.«

»So. Das ist dein Eindruck. Und du bist mit Peters Entscheidung einverstanden?«
Annemarie macht es sich nicht leicht. Sie hat erkannt, daß ihre Tochter über die Phase bloßer Schwärmerei hinweg ist. Dies hier ist eine ernste Sache. Sie muß behutsam angegangen werden. »Peter meint, daß er dir nicht geben kann, was du zu geben bereit bist. Er glaubt, der Verantwortung nicht gewachsen zu sein, weil du... weil du zu jung bist.«
Kerstin springt auf. Sie ist im Innersten getroffen. Die schmerzhafte Enttäuschung mündet in einen Wutanfall: »Dieser Angsthase! Dieser Feigling! Er hat ja nur Schiß vor seinen Gefühlen. Alles muß bei ihm unter Kontrolle sein. Und weil er fürchtet, die Kontrolle zu verlieren, macht er Schluß!«
Olga erscheint auf dem Treppenabsatz vor dem Eingang. Besorgt ruft sie: »Ist was?«
Annemarie gibt ihr ein Zeichen, lieber zu verschwinden.
Kerstin tobt weiter: »Als du Papi geheiratet hast – warst du da nicht ungefähr in meinem Alter? Und hast du Papi jemals aufgegeben? Nun, du hast ihn dir jedenfalls nach der Scheidung zurückgeholt. Hättest du auf jemanden gehört, der dir abgeraten hätte? Nein! Siehst du? Männer sind nun mal dußlig. Ich gebe diesen komischen Herrn Oberstudienrat nicht auf. Niemals!«
Aber sie fährt nicht weg, sondern rennt ins Haus. Annemarie und der Doktor prallen im Eingang aufeinander.
»Was hat sie denn?« fragt Karsten.
»Liebeskummer.«
»So.« Der Doktor begreift die Tragweite dieser Eröffnung nicht. »Wie war der Unterricht?« erkundigt er sich.
»Ganz prima. Aber der erste Tag ist nicht entscheidend. Mich bewegt was anderes. Mit Kerstin und Detlefsen, das ist ein ernstes Problem. Was machen wir denn da?«
»Willst du da was *machen*?« fragt Karsten, als hätte er nicht recht gehört. »Deine Tochter hat deine Art geerbt. Wenn die sich was in den Kopf gesetzt hat –«
»Mahlzeit!« tönt Olgas Stimme aus der Küche.
Es gibt Matjesheringe in Sahnesoße, dazu Pellkartoffeln mit Butter, ein Lieblingsgericht des Doktors. Doch ihm scheint der

Appetit vergangen zu sein, obwohl sich Kerstin bereitgefunden hat, am Essen teilzunehmen. Lustlos stochert sie auf dem Teller herum. Den Doktor zwickt es nicht nur in der Seite (sein Blinddarm meldet sich wieder), ihn zwickt auch das Gewissen. Er hat, wenn auch unwissentlich, der Spielsucht Fritze Friedrichsens Vorschub geleistet. Und die Sache hat überdies einen juristischen Aspekt. Nach allem, was er von Eckholm weiß, ist er da in einen kriminellen Wiederholungsfall verstrickt, dessen Geschädigter letzten Endes der Baumaterialienhändler Hanusch sein könnte. Das bereitet ihm Kopfschmerzen.
»Da kommt ein Auto!« sagt Olga. Sie blickt aus dem Fenster. »Mitten in meine Hühner rein!« Man hört schrilles Gackern, sodann das Geräusch einer Vollbremsung.
»Das ist Eike!« meldet Olga. »Eike mit einer flotten Biene. Na, die fährt aber ein tolles Cabrio!«
»Hilke Frentsen!« seufzt Kerstin. »Diese Plastikpuppe hat mir gerade noch gefehlt!«
Es handelt sich tatsächlich um Eike und seine Schicki-Micki-Freundin aus Hamburg. Das superschnelle Cabrio hat sie erst am Vormittag bekommen, und sie hat Eike den Gefallen getan, die Probefahrt in die ländliche Heimat seiner Familie zu verlegen. Obwohl sie seine Bitte eher komisch fand. Sie meinte: »In die finsterste Provinz? Kirche, Turnhalle, Dorflinde? Na, du bist vielleicht square! Ich wollte mir eigentlich einen Kaschmir-Schal kaufen, weil ich den alten in der Disco vergessen hab'. Außerdem müßten wir dich mal richtig dressen, sonst paßt du nicht in unsere Crew. Statt dessen soll ich deinen Papi kennenlernen! Weißt du, das Ultimativste bist du ja wirklich nicht. Aber okay, vielleicht wird es nicht unlocker!« Und sie hat ihn vergnügt geküßt. Denn Hilke sieht nicht ein, warum sie nicht aus allem eine lustige Cascade machen soll. »Na ja, ist ja schon roger!«
Eike erscheint mit erhitztem Gesicht in der Küche.
»Hey!« grüßt er souverän. »Große Dinnerparty?«
»Pellkartoffeln, wenn du das meinst«, erwidert Olga.
Nun zeigt sich auch Hilke. Kein Zweifel, ein süßes, lustig blikkendes Persönchen. Sie ist lässig gekleidet, das bedeutet in ihren Kreisen gleichzeitig: sündhaft teuer.

»Wolltet ihr Olgas Hühner ermorden?« fragt der Doktor boshaft. »Oder funktionieren eure Bremsen nicht?«
Hilke lacht. »Bei dem Schlitten? Der ist quintessentiell!«
»Soso«, brummt Mattiesen. »Nicht sermonal?«
»Kommt, Kinder«, fordert Annemarie die beiden auf. »Steht nicht so rum. Setzt euch. Platz ist hier genug.«
Hilke Frentsen zeigt sich keine Spur befangen. Sie lacht – und spricht dabei wie jemand, der noch kein richtiges Deutsch kann. Umgebung und Personen nimmt sie kaum wahr. Sie gibt auch niemandem die Hand.
»Tja«, räuspert sich Eike. »Das ist also Hilke Frentsen.«
»Ja, Eike meinte, ich soll mal in seine Guerilla reinkonvertieren. Info inhalieren. Trotzdem düsen wir nur durch. Wir wollen uns hier nicht ansoften.«
»Was meint sie?« fragt Olga den Doktor. Annemarie bleibt gelassen und demonstriert damit, daß sie keinen Ärger schüren will. Doch Kerstin ist anderer Ansicht. Sie spielt die Szene hoch.
»Also, nun seht ihr, wie Eikes Freundin ist. Schildern konnte ich sie nicht.«
Hilke lacht ungekränkt: »Ganz schön shaky!«
»Shaky? Bin auf dem Ego-Trip«, erklärt Kerstin unfreundlich.
Eike, aus allen Wolken seiner Verknalltheit fallend, blickt irritiert umher: »Sagt mal, seid ihr irgendwie schlecht drauf heute?«
»Ach was«, sagt der Doktor. »Es war nur eure Vollbremsung. So kommen hier manchmal schwere Fälle an, obgleich das für die Patienten nicht gerade vorteilhaft ist.«
»Vater meint das nicht so«, versucht Annemarie zu beschwichtigen.
»Ich muß an die frische Luft!« Kerstin steht auf.
»Nicht zu Detlefsen, bitte«, flüstert Annemarie.
»Was habt ihr?« fragt Eike. »Irgendwie sperrt sich mein Telecom! Ehrlich: Ich fass' es trendig nicht.«
Da platzt Kerstin heraus: »Mensch, Eike red nicht so einen Schicki-Micki-Scheiß, nur um dieser Tüte zu imponieren. Bis vor kurzem warst du doch noch ganz normal.«

»Meint sie mit ›Tüte‹ *mich*?« fragt Hilke.
»Mich hat sie nicht gemeint«, murmelt Olga.
»Du stehst ihr bei? Accidentell!« ruft Eike.
»Schon gut, schon gut«, grinst Karsten.
Eike hat sich erhoben. »Komm, Hilke, irgendwie ist das heute keine Location für uns.«
In der Küchentür erscheint, völlig unerwartet, die Gräfin Bea.
»Störe ich?« ruft sie fröhlich.
»Du nicht!« lacht Olga. »Du kommst mir wie gerufen.«
Bea blickt dem davonstürmenden Pärchen nach: »War das nicht Eike?«
»Er sah so aus!« betont Kerstin. »Vielleicht fängt er sich mal wieder. Zur Zeit ist er balla-balla!«
»Jeder soll sich an die eigene Nase fassen«, seufzt der Doktor. »So, ich hab' auch ein Problem. Entschuldigt mich.« Als er durch den Vorraum in sein Sprechzimmer will, fährt Pfarrer Eckholm vor. Der kommt ihm wie gerufen, denn mit dem hat er was zu besprechen.
»Gehn' wir in den Garten, Pfarrer. Im Haus ist die Hölle los.«
»Und bei mir erst!« ächzt Eckholm. »Weißt du, Doktor, es war wie 'n kleiner Wink, daß ich dich heute morgen traf. Mir fiel ein, ich könnte ein bißchen Trost finden bei dir.«
»So?« Doktor und Pfarrer setzten sich an der Rückwand des Hauses auf Gartenstühle. »Und wer tröstet *mich*, mein lieber Herr Kirchenrat?«
»Dich?« Eckholm blickt sich um. »Der Obstgarten ist ein reines Paradies! Nur Vogelzwitschern! Sonst himmlische Ruhe! Bei mir dagegen? Grundgütiger! Da liegen sich die Marga und die Thea in den Haaren wie in einem Raubtierkäfig.«
»Schick die Thea nach Haus, und du hast deine Ruhe«, meint Karsten. »Hier ist alles komplizierter. Da spielen die Kinder plötzlich verrückt, Annemarie halst sich ohne Not beruflichen Streß auf – und Olga schwankt zwischen Mitgefühl und Schadenfreude.«
»Aber du liebst deine Familie doch!«
»Das ist's ja!« ruft Karsten. »Ich liebe sie alle. Ich liebe Annemarie, ich liebe Olga, ich liebe Sohn und Tochter. Wer alle liebt, ist ein schlechter Hausmeister.«

»Wie meinst du das?« fragt Eckholm stirnrunzelnd.
»Keine Sorge, Pfarrer. Ich bin kein Menschenfeind. Na, das weißt du ja. Ich meine nur, wenn man liebt, neigt man dazu, sich unterbuttern zu lassen. Wenn einem jemand gleichgültig ist, hat man's leichter. Da verschafft man sich schneller Respekt.«
»Hm...«, Eckholm sinnt vor sich hin, »da magst du recht haben. Deshalb fällt es mir wohl auch so schwer, zu Hause durchzugreifen.«
Mattiesen horcht auf: »He, Pfarrer, was sagst du da? Du liebst doch nicht etwa die Thea?«
»Ach, Quatsch!« Eckholm macht eine Bewegung, als wolle er eine Wespe verscheuchen. »Doch nicht die Thea!«
»Dann vielleicht – deine Haushälterin?« fragt Karsten mit verstecktem Spott.
Wieder fährt Eckholm mit der Hand abwehrend durch die Luft. »Doktor, du unterstellst mir Dinge... Nein, aber wirklich, das ist ein bißchen toll.«
»Ein bißchen toll?« Der Doktor legt den Kopf schief. »Pfarrer, mir kannst du nichts vormachen. Du hast so einen abwesenden Blick. Außerdem zeigt deine Gesichtsfarbe ein überaus gesundes Rot. Zwischendurch lächelst du so selbstvergessen. Mit dir ist doch was los?«
»Mit mir? Nein, ja...« Eckholm steckt den Zeigefinger zwischen Hals und Kragen, als sei ihm plötzlich heiß. »Du hast es erfaßt, Doktor. Ich leugne es nicht. Es handelt sich um eine Person, die du nicht kennst. Aber ich kann noch nicht darüber sprechen. Es ist alles noch... zu zart, weißt du? Zu zerbrechlich.«
»Aha«, grinst Karsten. »Ahnte ich's doch.«
»Du wirst der erste sein, dem ich Näheres sage, wenn es soweit ist. Ich rechne mir nicht allzu viele Chancen aus.«
»Aber du bist doch eine gute Partie!«
»Ja? Findest du?« fragt Eckholm lebhaft.
Mattiesen versucht einen weiblichen ›Schmachtblick‹ zu imitieren: »Also, wenn ich eine Frau wäre...«
Nun lacht der Pfarrer dröhnend. »Doktor, du Spitzbube! Dich über einen armen Geistlichen lustig zu machen!«

Aber die gute Laune ist so plötzlich vorüber, wie sie gekommen ist. Denn Mattiesen schneidet das Thema Fritze Friedrichsen an.
»Wir sind beide an die Schweigepflicht gebunden«, sagt er. »Ich als Arzt, du als Pfarrer. Aber ich weiß seit heute durch dich, daß sein Selbstmordversuch kein einmaliger Trick war. Der Bursche ist spielsüchtig und bringt sich so über die Runden. Die Frage ist: Wie lange geht das gut – und was tun wir?«
»Du hast ihn doch gewarnt?«
»Ich?«
»Hast du denn Fritze heute morgen nicht zugerufen, er soll einen Bogen um einarmige Banditen machen?« erinnert Eckholm.
»Ach so. Ja. Ich hab' ihn übrigens schon am Samstag ins Gebet genommen, um in deiner Sprache zu reden.«
Der Kirchenrat erhebt sich. »Verstehe. Du meinst, wir sollten ihn beide gründlich und nachhaltig ins Kreuzfeuer nehmen? Du als Arzt, ich als Pfarrer? Leuchtet mir ein. Treffen wir uns heute bei Asmussen? Da ist Fritze Dauergast. Sehen wir zu, was wir tun können.«

Asmussens Kneipe kennt keine Montagsruhe mehr. Der Mai wird von anhaltend schönem Wetter beherrscht, was für den Durst und die Geselligkeit sehr förderlich ist. Zudem ist die gute Jahreszeit zwischen den Meeren so und so recht kurz. Es gibt keine Wintersaison, und Asmussen muß sehen, wo er bleibt. Am Abend ist wieder Hochbetrieb. Sogar im Anbau klappern die Würfel, werden die Skatkarten auf die Tische gedroschen.
Die vereinsamte Klatschtante Berta Solljes zwängt sich als Bedienerin zwischen den Stühlen hindurch. Der Wirt, seine Frau und seine Nichte bewältigen den Andrang ohne Hilfe nicht. Allerdings kann man Asmussen nur als halbe Kraft ansehen, da er selber zu seinen besten Gästen zählt. Er hockt am Stammtisch. Dort sitzt Bürgermeister Schultes, Apotheker Janssen, Zeitungsverleger Fletsch und Baumschulen-Bruß.
Pfarrer Eckholm erscheint nach der Abendsprechstunde.
»Ist der Doktor schon hier?« fragt er hastig.

»Wieso? Bist du krank?« lacht Fletsch, sein Bierglas schwenkend.

Frau Asmussen gestikuliert von der Theke her. »Herr Pfarrer! Herr Pfarrer!«

Eckholm weicht der Berta und ihrem Schnapstablett aus. »Was ist?« fragt er die Wirtin.

»Doktor Mattiesen hat angerufen. Er kommt später.«

Eckholm seufzt. Es ist schon spät genug, der Fritze Friedrichsen – von Zuschauern eingekeilt – steht längst am Automaten. Es gib ja viele Automaten, am Strand und im Umland. Aber der hier, Asmussens Neuerrungenschaft, hat's dem Fritze besonders angetan. Angetan – in jeder Beziehung. An diesem einarmigen Banditen hat Fritze bisher immer alles verloren. Den betrachtet er als seinen persönlichen Feind, den will er endlich bezwingen.

Der Pfarrer schiebt sich in den Pulk der Umstehenden.

»Laß nach, Fritze«, raunt er. »Es ist zwecklos! Du siehst es doch!«

Ja, Fritze sieht es nur zu gut. Der Automat schluckt Münze um Münze, er blinkt und klickt und wechselt sauseschnell seine Zahlen und Symbole. Doch ein Gewinn bleibt aus. Fritze schnieft und schluckt, seine Augen sehen den Pfarrer nicht. Seine Ohren sind taub für jeden Zuspruch.

»Fritze«, beschwört ihn Eckholm. »Wenn's wieder schiefgeht, gibt dir keiner mehr was. Dein Trick hat sich herumgesprochen!«

Fritze schweigt verbockt. Er wechselt den nächsten Zwanzigmarkschein und spielt weiter. Er scheint zu wissen, daß es dem Pfarrer verboten ist, öffentlich zu mahnen. Eckholm darf gar nicht deutlicher werden. Wenn nur der Doktor käme! Der Pfarrer trinkt an der Theke ein Bier. Da lacht ihn die Berta so schadenfroh an.

»Hör mal, Berta«, sagt der Pfarrer. »Du könntest dich um die Thea kümmern. Ihr wart doch früher so dicke miteinander. Fahrt zusammen über Land, tragt die Kirchenzeitung aus, Supermarktprospekte... Damit sie wieder an die frische Luft kommt.«

»Die Luft im Pfarrhaus behagt ihr mehr!« erwidert Berta spitz.

»Und *Sie* haben sie aufgenommen, wo sie *mich* doch verstoßen hat!«
Schwer atmend gesellt sich Eckholm zu der lärmenden Stammtischrunde.
»Ich hab' gehört, du wohnst jetzt in einem Frauenhaus?« fragt der Apotheker Janssen.
Fletsch brüllt vor Lachen. »Wenn einer so ein stattlicher Mann ist wie du...«
»Ich wollte, ich wäre weniger stattlich«, erwidert Eckholm humorlos, »dann hätte ich nicht soviel Zuspruch bei den Frauen.« Er sieht sich unruhig nach Fritze um. Dabei entdeckt er an einem Seitentisch ein nicht mehr junges Pärchen.
»Wer ist denn das?« fragt er. »Die Frau, die kenne ich doch?«
»Na, das ist doch die glückliche Erbin!« grinst Asmussen. »Pit Melsens davongelaufene und wiedergekehrte Grete!«
»Ach so. Aber Pit hat noch immer keinen Grabstein.« Der Pfarrer schüttelt den Kopf. »Und wer ist der Kerl, der da so... so intim mit ihr tut?«
»Das ist der Automatenentleerer«, erklärt Asmussen. »Der, der den Gewinn aus dem Ding einsackt. Er freut sich, daß Fritze so viel reinsteckt, bevor er Kasse macht.«
»Der Fritze ist wohl nicht mehr zu retten«, meint Eckholm sorgenvoll. »Warum himmelt die Grete den Automatenentleerer so an?«
»Na, warum wohl!« läßt sich Schultes vernehmen. »Die Melsen-Grete ist doch immer auf Männerjagd. Und ob sie nun geerbt hat oder nicht: Geld kriegt die nicht über! Wahrscheinlich glaubt sie, was der Kassierer nachher aus dem Automaten holt, ist seins!«
Der Pfarrer blickt über die Schulter, dorthin, wo Fritze sein Geld und seine Seele zu verlieren scheint. Er wendet sich an Asmussen: »Sag mal, Wirt, kannst du das nicht unterbinden? Der Fritze ist doch fertig.«
»Tut mir leid«, erwidert Asmussen. »Dies ist eine Kneipe und keine Kirche. Hier gilt 'ne andere Hausordnung.«
»Da hat er leider recht, Pfarrer«, sagt Schultes. »Solange ein Gast keinen Anstoß erregt –«
»Und wenn er was konsumiert«, fällt Asmussen ein, »kann er

spielen, solange er will. Rausschmeißen darf ich nur einen Krakeeler, 'nen Volltrunkenen oder einen, der nichts bestellt.«
Eckholm erhebt sich rasch, weil er den Doktor eintreten sieht. Er fängt ihn ab: »Die Sache läuft, Doktor. Fritze ist voll auf Touren.«
»Ich konnte nicht früher«, entgegnet Karsten müde. »Es gab auch noch Ärger zu Hause. Meine Tochter will nicht mehr zur Schule.«
»Was machen wir mit Fritze?« drängt der Pfarrer.
»Ich knöpfe ihn mir vor.« Mattiesen schiebt die Umstehenden zur Seite und tritt zu Fritze Friedrichsen an den Automaten.
»Du weißt doch, was du mir geschworen hast?« sagt der Doktor.
»Nun pinkeln Sie mich auch noch an«, schnauft der Bursche. Er ist fast am Heulen. »Ihr – mit eurer beschissenen Moral. Ich spiele, wenn's mir Spaß macht.«
»Spaß? So siehst du nicht aus.« Mattiesen dämpft die Stimme, fragt aber scharf genug: »Wo hast du das Geld her?«
»Das geht Sie gar nichts an.«
Richtig, das geht den Doktor gar nichts an. Er ist nicht von der Kripo, und es hat ihm keiner befohlen, Fritze zu observieren. Fritze Friedrichsen könnte das Geld ja diesmal von seiner Tante geschenkt gekriegt haben.
Das Geld! Plötzlich hat er keins mehr. Nicht eine müde Mark. Er weint und schneuzt sich in sein Taschentuch. Karsten überwindet Enttäuschung und Ärger, zieht ihn zur Seite.
»Mensch, Fritze! So geht das doch nicht! Hast du denn gar nichts anderes im Kopf? Kein Mädchen? Kein Hobby – außer diesem dämlichen Banditen? Versuch doch mal, deinen Willen zu mobilisieren!«
»Tu' ich. Keine Angst, Doktor. Mich sehen Sie hier nicht wieder.«
»Fritze. Nun aber mal von Mann zu Mann. Von jetzt an keine Dummheiten mehr, versprochen?«
»Hoch und heilig«, schluchzt Fritze Friedrichsen. Er löst sich aus Mattiesens Griff und strebt zur Tür.
Am Stammtisch wird der Doktor mit dem üblichen Begrüßungslärm empfangen.

»He!« ruft der Apotheker Janssen. »Dein Sohn ist heute mit einem Supergirl in einem Superwagen gesehen worden.«
»Die Fuhre war 'n paar Millionen Mitgift wert«, meint Baumschulen-Bruß.
»Ach, hört bloß auf.« Der Doktor winkt ab.
»Und Berta Solljes verbreitet, deine Tochter habe ein Verhältnis mit ihrem Lehrer!« sagt Bürgermeister Schultes. »Da ist doch nicht etwa was dran?«
»Bring mir ein Bier, Asmussen«, biegt Mattiesen das Thema ab. »Ich bin hier, um in Ruhe ein Glas zu trinken, klar?«
»Der Doktor wird energisch«, grinst Janssen.
Eckholm beobachtet inzwischen, wie der Mann, der bei der Melsen-Grete gesessen hat, den Automaten entleert. Die Geldstücke prasseln in einen Sack. »Das dürfte Fritze Friedrichsens Dummheit in bar sein«, meint Eckholm.
»Pastor!« neckt ihn Janssen. »Nun erzähle auch mal was. Ist's wahr, daß deine Haushaltsperle und Thea sich prügeln?«
»Und zwar um *dich?*« fügt Schultes hinzu.
»Nun hört auf, ihr Quatschköppe«, poltert Eckholm.
Während die anderen sich einem neuen Opfer ihrer Spottlust zuwenden, raunt der Pfarrer dem Doktor ins Ohr: »Hast du ihm die Leviten gelesen?«
»Dem Fritze? Ja.«
»Was hat er gesagt?«
»Hoch und heilig.«
»Na, dann ist's gut. Mit so was spaßt man nicht«, murmelt Eckholm.
»Das ist die Frage, Pfarrer, das ist die Frage. Aber wie geht's nun weiter?«
Die Antwort darauf erhält der Doktor am folgenden Morgen. Noch hat die Dienstagssprechstunde auf dem Mattiesenhof nicht begonnen, als Olga aus der Diele zum Oberstock emporschreit: »Du mußt zur Firma Hanusch!«
Mißmutig kommt der Doktor die Treppe herunter. »Was ist los? Ich hab' noch nichts im Magen.«
»Denk nicht immer ans Futtern. Hanusch hat angerufen. Dringender Fall. Die Rettungswagen sind im Autobahneinsatz. Die Unfallstation hat ihn an dich verwiesen.«

Es ist ein düsterer Morgen. Tiefhängende Wolken lassen die Sonne nicht durch. Feuchtkalter Wind zaust Strände, Büsche und Hecken.
Mattiesen wirft den Unfallkoffer in den Wagen. Frau Sellmann und Olga stehen mit wehenden Haaren vor dem Eingang.
»Du weißt, wo's ist?« ruft Olga. »Firma Hanusch, Im Dohl!«
Der Doktor fährt zwischen Holunder und Brennesselbusch über die Bohlenbrücke auf den Alten Damm stadtauswärts. Vorbei am Schintzhof, vorbei an Freeses Karpfenteichen. Zur Firma Hanusch mit ihrem Freigelände führt eine schmale Betonpiste, weil die Baugeräte hier sonst versacken würden. Schon von weitem sieht man die Giraffenhälse der Kräne, die von Hanusch verkauft, vermietet oder repariert werden. Ein Arbeiter, kenntlich am Schutzhelm, steht am Ende der Piste und hebt den Arm: »Zum zweiten Kran, Doktor, gleich hinter der Baracke.«
Einige von Hanuschs Männern tragen noch keine Montur. Sie sind wohl eben erst eingetroffen und wissen nicht, was passiert ist – *wie* es passiert ist.
Der Firmenchef kommt auf Mattiesens Wagen zu, sichtlich außer sich. »Haben Sie alles dabei, Doktor? Der muß sich sämtliche Knochen gebrochen haben. Verdammt, ich habe das nicht gewollt!«
»Wer?« fragt Karsten. »Was – und wo?«
»Der Fritze. Er kann nicht mehr aufstehen. Da, unterm Kran!«
Die Männer machen dem Doktor und dem Firmenchef schweigend Platz. Auf dem Kies liegt ein Bündel Mensch. Ein junger Mann, dessen schmerzverzerrtes Gesicht Mattiesen kaum als das von Fritze Friedrichsen erkennt.
Der Doktor kniet sich hin und tastet den Verunglückten zunächst mit Blicken ab. Da Fritze die Beine bewegt, kann er das Rückgrat nicht gebrochen haben.
»So. Und was ist passiert?« wendet er sich an den Nächststehenden.
»Er war auf dem Kran da – ganz oben! Einen Auftrag hatte er nicht. Als Vorarbeiter muß ich das wissen. Fragen Sie den Chef.«

Aber Hanusch glotzt nur und wartet sprachlos auf den Befund.
Der Doktor blickt an dem Baukran empor: »Von ganz oben ist er runtergestürzt? Von *dem* Ding? Unmöglich! Dann wäre er tot.«
»Ich bin ja tot, halbtot«, wimmert Fritze.
»Er ist auf den Planwagen gefallen, dann erst auf die Erde«, meldet sich der verschreckte Chef wieder zu Worte. »Außerdem hatte ich ihn schon überredet, runterzuklettern. Am Stützring ist er ausgerutscht.«
»Er ist regelrecht gesegelt«, fügt der Vorarbeiter hinzu. »Die Plane hat ihn aufgefangen und auf den Kies gefedert.«
»Das ist allerdings was anderes«, sagt Mattiesen. »So, Fritze. Was tut dir weh?«
»Mein Fuß, Doktor. Mein rechter Fuß.«
»Der ist gebrochen, Fritze. Und sonst?«
»Der Kopf. Wenn ich den Kopf bewege...«
»Bewege ihn lieber nicht. Hm...« Der Doktor tastet Fritzes Nacken ab, den Schädel. »Auf der linken Gesichtshälfte hast du 'ne tüchtige Schramme. Sprechen kannst du auch nicht richtig?«
»Nein.«
»Scheint ein Kieferbruch zu sein. Ich mach' dir einen Kinnstützverband.«
»So, Männer«, sagt Hanusch aufatmend. »Steht hier nicht länger rum. Ihr habt ja nun gehört, was los ist.« Während Mattiesen das Dreiecktuch aus dem Koffer nimmt, geht der Chef ins Büro. Er will nachfragen, ob jetzt ein Unfallwagen zur Verfügung steht. Denn ins Krankenhaus muß der Fritze, da hilft alles nichts.
»Oi, oi, oi«, stöhnt Fritze. »Ist das eine Folter.«
»Du wirst's überleben, mein Junge«, sagt der Doktor.
Hanusch kommt zurück. »Der Wagen ist unterwegs. Aber mich trifft wirklich keine Schuld, Doktor. Gestern hatte ich schon den Eindruck, Fritze hat in der Bürokasse was manipuliert. Plötzlich war das Geld dann da. Aber als ich heute früh kontrollierte, fehlte alles – und der Fritze saß auf dem Kran.«
»Aha«, murmelt Karsten.

»Er wollte runterspringen, weil ich ja nun die Polizei rufen würde. Er habe das ganze Geld aus der Kasse in den Spielautomaten gesteckt, sagte er. Ich habe ihn beschworen, vernünftig zu sein. Ich wollte ihm noch 'ne Chance geben. Ich bin der letzte, der einen Menschen unglücklich machen würde. Glauben Sie mir, Doktor.«
Aber nun kommt ein Krankenhauswagen, und der begleitende Arzt nimmt Mattiesens Befund entgegen. Für ihn und den Sanitäter scheint klar zu sein: Betriebsunfall.
»Ah...«, stöhnt Fritze, als man ihn auf die Trage legt.
»Tja, Fritze«, raunt ihm Karsten zu. »Ein bißchen Strafe muß sein, nicht? Wer nicht hören will, muß fühlen...«
Hanusch und Mattiesen sehen dem abfahrenden Wagen nach. Mit gemischten Gefühlen – jeder auf seine Weise.
»Ich hätte ihm nicht gekündigt«, wiederholt Hanusch. »Wirklich, ich bin kein Unmensch. Aber als was soll ich das jetzt melden? Als Arbeitsunfall oder als Selbstmordversuch?«
»Als Arbeitsunfall? Wo doch der Vorarbeiter sagte, daß Fritze auf dem Kran nichts zu tun hatte? Der Bursche ist bei Ihnen als Lagerist angestellt, nicht als Möwe!«
»Das kommt davon, wenn man so gutmütig ist!« Hanusch gerät in Wut. »Wie stehe ich nun da?«
»Warten Sie ab, was Fritze zu Protokoll gibt«, rät der Doktor. »Im Krankenhaus befragen sie ihn genau nach der Ursache. Da wird er nicht schwindeln können.«
Mattiesen packt seine Sachen ins Auto. »Ach, übrigens, Herr Hanusch!«
»Ja?«
»Sie wußten, daß Fritze spielte. Sie kannten seine Vorgeschichte, als Sie ihn einstellten?«
»Natürlich. Aber meine Gutmütigkeit –«
»Die hätte nicht so weit gehen dürfen, ihm die Bürokasse anzuvertrauen«, unterbricht der Doktor. »Na, nichts für ungut. Ich muß in die Sprechstunde...«

Mattiesen hadert auf der Rückfahrt mit sich selber. Er hatte gut reden! Ein Spielsüchtiger beschafft sich seine Einsätze so oder so. Ob er eine Kasse vor der Nase hat oder nicht. Es war anmaßend von ihm, den Moralprediger zu spielen. Überhaupt verbucht er den Fall Fritze als eine Niederlage. – Und das auf nüchternen Magen!

Diagnose: Liebeskummer

Auch für Annemarie ist der Dienstbeginn alles andere als erfreulich. Der erste Tag ihrer Lehrtätigkeit war bereits durch das Kerstin/Detlefsen-Problem getrübt. Heute muß sie dem Direktor vorschwindeln, daß ihre Tochter krank ist.
Dr. Böhm lächelt verständnisvoll.
»Ich nehme an, Frau... Frau Kollegin« (das Wort Kollegin kommt nur schwer über seine Lippen) »ich nehme an, es handelt sich eher um eine Maßnahme Ihrerseits, Kerstin zur Besinnung zu bringen. Nun, schön.«
Besinnung! denkt Annemarie. Es handelt sich im Gegenteil um Trotz und Wut. Kerstin will überhaupt nicht mehr in die Schule. Das Abitur solle ihr gestohlen bleiben, erklärte sie noch am Morgen.
»Ferner bin ich Ihnen sehr dankbar«, fährt Böhm fort, »daß Sie gestern unverzüglich mit dem Kollegen Detlefsen sprachen. Das ist... hm... nicht unbeobachtet geblieben. Sicher haben Sie auch auf ihn eingewirkt, die Freundschaft zu beenden.«
»Im Gegenteil. Oberstudienrat Detlefsen hat von sich aus alle Kontakte abgebrochen. Kerstin will ihn deshalb künftig meiden.«
Oberstudiendirektor Dr. Böhm sieht Initiativen im Gange, die zwar seinen Zielen entsprechen, aber nicht ausschließlich auf seine Autorität zurückzuführen sind. Geschmeidig kommt er auf den Punkt: »Alles in allem eine erfreuliche Entwicklung, die Ihnen Ihre Lehrtätigkeit hier sehr erleichtern wird, Frau Mattiesen. Was aber das Abitur betrifft...«
»Ja?« fragt Annemarie wachsam.
»Sie wissen, daß Ihre Tochter in Biologie sehr schlecht ist, und wir haben nicht mehr viel Zeit bis zum Abitur. Die Frage ist deshalb, ob Sie Kerstin nicht lieber offiziell von der Anstalt abmelden sollten.«
»Ich werde darüber nachdenken«, entgegnet Annemarie.
»Tun Sie das«, sagt Dr. Böhm.
Annemarie, von Zeit zu Zeit ein Nervenbündel (und laut Olga

eine Nervensäge dazu), ist fest entschlossen, sich zu behaupten und nicht gleich das Handtuch zu werfen. So meistert sie ihre Unterrichtsstunden bei den Jüngeren bewundernswert geduldig und verständnisvoll.

Auch Oberstudienrat Detlefsen hat es an diesem Vormittag nicht leicht. Als er in seiner Abiturklasse den Platz von Kerstin unbesetzt sieht, blickt er einen Moment verdutzt. Gabi und Tippsy stoßen sich an und lachen. Das wirkt ansteckend. Schließlich lachen alle Schülerinnen und Schüler.

»Frau Mattiesen hat ihre Tochter krankgemeldet«, weiß Tippsy zu berichten.

»Diagnose: Liebeskummer!« kräht Gaby.

Detlefsen reagiert leicht verstört. Aber ihm fällt nichts anderes ein, als »so, so« zu sagen.

Tippsy ruft frech: »Hoffentlich werden Sie nun nicht auch krank.«

Detlefsen fängt sich wieder. »Krank werde ich, Tippsy, wenn ich an die nächste Arbeit und das vermutliche Ergebnis denke. Es ist die letzte Klassenarbeit vor dem Abitur!«

Da schweigt Tippsy...

In der letzten Stunde hat Annemarie in der Turnhalle die Aufsicht über das Volleyballspiel zweier Mädchenriegen. Als sie sich nach dem Abpfiff wieder umgekleidet hat und auf den Schulhof hinaustritt, sieht sie sich Peter Detlefsen gegenüber.

»Kerstin ist krank?« beginnt er unvermittelt.

»Ja!«

»Etwas Ernstes?« Peters Frage klingt erstaunlich engagiert. Fast ein wenig aggressiv. Wie soll Annemarie auch wissen, daß seine Mutter ihm Vorhaltungen gemacht hat, weil er im Hinblick auf Kerstin eine Schneckenhauspolitik betreibt?

»Nein, nichts Ernstes«, beantwortet Annemarie seine Frage.

»Dachte ich mir«, sagt Detlefsen ungewöhnlich eifrig. »Aber stimmen Sie mir zu, daß es eine falsche Reaktion wäre, wenn... wenn Kerstin nun gleich gar nicht mehr zur Schule käme?«

»Da stimme ich Ihnen zu!« bestätigt Annemarie prompt. »Doch wenn es so wäre, könnte ich es nicht ändern. Die Entscheidung liegt bei ihr.«

»Es wird die richtige sein, hoffe ich. Sie ist ja nur in Biologie schlecht. In Französisch droht ihr keine Katastrophe.«
»Ich weiß.«
»Wenn sie in Bio wenigstens auf eine Vier käme, könnte sie's schaffen«, meint Peter. »Sie hat ja Ausgleichsfächer, in denen sie sehr gut ist.«
Annemarie ist verblüfft über Detlefsens Sinneswandel, der eine bisher vermißte persönliche Anteilnahme bekundet. Sie zeigt Peter ihr Erstaunen nicht. Freundlich sagt sie: »Ich werde also doch versuchen, Kerstin zu beeinflussen, Herr Detlefsen. Aber versprechen kann ich natürlich nichts.«
»Ein Versuch wäre immerhin schon etwas.« Detlefsen lächelt in seiner netten, ungekünstelten Art. »Bis morgen dann.«

Aber inzwischen hat Olga schon Schicksal gespielt. Sie hat Kerstin in den Stall geschickt, nach Eiern zu fahnden. Und dann ist sie, während der Doktor Sprechstunde hat, mal eben auf die Liebe zu sprechen gekommen.
»Ich hab' meinen Biologielehrer auch geliebt.«
»Ach nee...« Kerstin muß trotz ihrer gedrückten Stimmung lachen.
»Ich bin eine Frau wie du, weder alt noch auf den Kochherd fixiert«, sagt Olga. »Man hat mich auch nicht als Moorleiche aus der Wikingerzeit geborgen.«
»Aber Oma!«
»So denkt ihr doch immer. Ich habe die Praxis hier geschmissen, und ich bin noch immer Bürgerschaftsrätin. Und auch zu meiner Zeit gab's ein Abitur.«
»Daran zweifelt keiner, Oma.«
»Ich war als Schülerin noch verliebter, glaube mir. Mit Wucht und Verzweiflung, mein Kind, denn damals gingen die Gefühle tiefer!«
»Glaub' ich nicht«, seufzt Kerstin.
»Kannst dir meinen alten Biologielehrer ja mal ansehen. Der lebt noch«, fährt Olga listig fort. »Er ist alt, sehr alt – aber was für ein Mann! So. Nun muß ich noch mal Kaffee machen. Dein Vater schreit bestimmt gleich danach.«
Doch Kerstin zappelt schon am Angelhaken. Sie will Näheres

über Olgas ›wuchtige‹ und ›verzweifelte‹ Liebe wissen. »Hat dein Lehrer deine... deine Gefühle erwidert?«
»Nein«, sagt Olga trocken.
»Aber –«
»Er wußte nichts davon. Niemand wußte es. Ich konnte mich beherrschen. Ich dachte, er wird es schon merken, wenn ich lerne. Wenn ich die Beste bin. Dann wird er mich beachten, dachte ich.«
»Waaas?«
»Na, ich dachte, dann wird er mich lieben.«
»Hat er nun – oder hat er nicht?« ruft Kerstin ungeduldig.
»Nicht!« erklärt Olga. »Aber der Einsatz war nicht vergeblich.«
»Du machst mir Spaß!« Kerstin ist empört. »Nicht vergeblich! Für den einen zu büffeln, um einen anderen zu kriegen.«
»Aber ich habe mein Abitur bestanden«, betont die Großmutter.
»Hm... Komisch...« Kerstin tritt nachdenklich ans Fenster. »Du hast wie 'ne Verrückte gelernt, weil du verliebt warst – und *mich* blockiert das: Ich kann mich in dem Zustand nicht zusammennehmen. Rasend gern würde ich mich in Bio konzentrieren, rasend gern. Aber ich bin wie gelähmt, wenn ich Peter nur ansehe.« Unvermittelt fragt sie: »Dein Lehrer lebt noch, sagst du? Wo? In Flensburg?«
»Nein, ganz in der Nähe. Mein Vater hat ihm seinerzeit hier ein Sommerhaus empfohlen. Am Wieker Weg. Er muß an die Neunzig sein, der alte Schnittker. Trotzdem, geistig ist er voll auf Draht.«
»Ach, der Kauz, der Bienenzüchter! Gesehen habe ich den noch nie. Würde mich aber interessieren, dein wuchtiger Liebesschwarm...«
»Du kannst ihm heute nachmittag etwas Harz von unserem alten Pflaumenbaum vorbeibringen. Er bat mich darum, als ich ihn neulich mit Bea besuchte«, erinnert sich Olga prompt und zeitlich paßgerecht.
»Was will er denn mit Harz?«
»Oooch, er experimentiert. So. Aber dafür machst du vorher mit mir Küchendienst«, verfügt die Großmutter. Sie lacht still

in sich hinein. Karsten hat sie öfter intrigant genannt. Mag stimmen. Es gibt Intrigen, die positiv zu Buche schlagen. Sie wird mit dem alten Professor noch ein Telefonat führen müssen. Der ›Kauz‹ ist übrigens nicht nur ein ›Pussler‹ mit Harz – und ähnlichem –, er ist, allerdings unter anderem Namen, ein weltbekannter Fachgelehrter.

Mattiesen, im Arztkittel, kommt in die Küche und sieht Kerstin eben durchs Waschhaus verschwinden. Im Stehen schlürft er seinen Kaffee.

»Was war bei Hanusch?« fragt Olga.

»Nichts Lebensgefährliches. Fritze Friedrichsen ist gestürzt. Näheres später. Aber sag mal, Mutter, was hast du aus Kerstin rausgekriegt? Will sie wirklich nicht wieder zur Schule?«

»Keine Ahnung.« Olga schenkt sich ebenfalls eine Tasse ein. »Irgendwie wird sich's fügen. Wenn deine Frau Gemahlin ihre Lehrkünste auf Kerstin konzentriert hätte, statt sie an fremder Leute Kinder zu verschwenden...«

»Spar dir deine Vorwürfe. Es ist alles verquer genug. Eike ist liebestoll mit seiner Heia-Heia-Mieze, spricht nur noch Stuß und hängt seinen Verstand an goldene Nägel. Kerstin flippt aus und wird am Ende auch Asyl bei Eckholm suchen. Liebe! Dieser Wonnemonat Mai ist wie ein Brennesselbad.«

»Eike sehen wir so schnell nicht wieder«, mutmaßt Olga.

»Wir haben ihn beleidigt«, meint Karsten. »Aber wer hätte geglaubt, daß er mit so einer Schicki-Micki-Attrappe auftauchen würde. Trendig nicht zu fassen. Er hat doch sonst einen wachen Verstand. Weshalb erkennt er den Hohlraum nicht, der sich hinter dem Blabla verbirgt?«

»Du mußt es ja wissen!« sagt Olga grob. »Du hattest auch immer einen wachen Verstand. Trotzdem warst du letzten Sommer in eine Formel-II-Rennfahrerin verknallt.«

»Ach, hör damit auf!« Der Doktor geht wieder in sein Sprechzimmer. Seine Arzthelferin Astrid meldet ihm einen gewissen Herrn Graffert.

»Sie sind fremd hier?« fragt Mattiesen. »Aber ich habe Sie schon irgendwo gesehen.«

»Ganz recht. Bei Asmussen. Ich bin Spielautomatenkassierer. Betreue an die hundert Automaten in dieser Gegend.«

»So, so. Also, wo fehlt's, Herr Graffert?«
»Ich habe ein Schmerzgefühl im Mund, wenn ich was Heißes esse, Herr Doktor. Außerdem tränen meine Augen.«
»Ich schreibe Ihnen was zum Spülen und Augentropfen auf«, sagt Mattiesen, als er den Automatenmann untersucht hat. »Offenbar sind Sie Allergiker. Aber verwechseln Sie die Mittel nicht.«
Herr Graffert nimmt das Rezept entgegen, beugt den Kopf und schaut es sich an. Mattiesen bekommt die Glatze des Patienten voll in den Blick. »Moment mal, was ist denn das...?«
Die Glatze weist häßliche graubraune Flecken auf. Richtige Flatschen. Karsten geht um den Schreibtisch herum und betrachtet das Phänomen intensiv.
»Och, das ist nur vom Einreiben, Herr Doktor.«
»Vom *Einreiben?* Womit?«
»Mit einem Sud«, erklärt Graffert bereitwillig. »Roßkastanienextrakt und alle möglichen Kräutersäfte. Hat mir ein Naturdoktor verordnet, der da auch mal in der Kneipe war. Hinnerksen heißt er.«
»Aha.« Mattiesen weiß Bescheid. Die unausrottbare Quacksalberkonkurrenz im Busch. »Das hat er Ihnen gegen Haarausfall empfohlen?« Der Doktor grinst. »Das brennt nicht?«
»Und wie! Aber es ist was Natürliches. Oder meinen Sie, es hilft nicht?«
»Dem Hinnerksen hilft es gewiß«, erwidert Mattiesen trokken.
Graffert kapiert nicht. »Wieso denn Hinnerksen?«
»Ja, was zahlen Sie denn dafür?«
»Ein Fläschchen kostet über zwanzig Mark. Aber was soll man machen, wenn man eine Glatze hat?«
»Am besten nichts«, sagt der Doktor. »Wie lange leben Sie denn schon ohne Haare?«
»Lange, ach, sehr lange...«, gesteht Graffert unverblümt. »Die Sache ist nur die, daß ich jetzt eine Frau kennengelernt habe, eine hübsche alleinstehende Frau... Sie verstehen?«
»Die Melsen-Grete. Ich verstehe. Und die lehnt Männer mit Glatze ab?«
»Das nehme ich an.«

»Sie wissen es gar nicht?«
Herr Graffert zuckt die Achseln.
»Dann fragen Sie sie doch mal«, sagt der Doktor. »Vielleicht können Sie sich dann diese Tortur ersparen. Und das Geld dazu.«
Als Graffert gegangen ist, wendet sich Mattiesen an Astrid: »Ist so was möglich? Läuft der Bursche herum wie ein skalpierter Indianer, weil er sich in ein Weibsbild verguckt hat. Würdest du so was tun?«
»Ihretwegen schon«, lacht Astrid. »Wenn ich nicht verheiratet wäre. Und wenn Sie nicht zweimal geheiratet hätten.«
»Präzise: zum zweiten Mal dieselbe Frau«, sagt der Doktor. Er muß nun auch lachen. Astrid wird rasch wieder dienstlich.
»Übrigens, ich soll Sie daran erinnern, daß Sie nach der Sprechstunde zu Ihrem Patenkind rausfahren wollten.«
»Patenkind?«
»Zu dem kleinen Karsten auf dem Ökohof.«
»Richtig. Ein Lichtblick an diesem trüben Tag!«
Das Telefon summt. Doris meldet sich aus dem Empfangsraum. »Herr Doktor, da ist das Krankenhaus. Eine Nachfrage wegen des Absturzes heute früh, bei Hanusch...«
»Ja. Kannst durchstellen, Doris.«
Am Apparat ist die Krankenhausverwaltung.
»Nur eine Formsache«, tönt es an Mattiesens Ohr. »Es handelt sich um Fritz Friedrichsen. Sie haben die Notversorgung geleistet?«
»Ja«, sagt Mattiesen wachsam.
»Geschah der Unfall im Firmenbereich?«
»Im Firmenbereich, ja, schon...«
»Danke, das ist alles. Das deckt sich mit den Angaben des Herrn Hanusch und des Patienten. Die Verrechnung geht den üblichen Weg.«
Mattiesen legt den Hörer auf. Sollte Fritze, der trickreiche Pechvogel, diesmal Glück im Unglück haben?
Nach der Sprechstunde, bevor Annemarie zurück ist, will der Doktor zum ehemaligen Henninghof starten.
»Hallo«, hält Olga ihn auf, »ich habe ein paar alte Jacken, Hosen und so 'n Zeug rausgesucht. Das können die Leutchen da

bestimmt gebrauchen. Und hier ist 'n Paket Pampers für das Baby!«

»Wenn wir dich nicht hätten, Olga«, grinst Karsten. »Wenn wir dich nicht hätten!« Er packt alles in den Wagen. Das Wetter ist immer noch trübe. Dunkle Wolkenfetzen fliegen in geringer Höhe südostwärts. Auffällig viele Möwen kurven über Weiden und Äcker. Ein Sturm, gar ein Orkan, würde die Neubauern auf dem Ökohof empfindlich treffen.

Bei der Ankunft springt ihm der Zottelhund Blacky entgegen.

»Ihr müßt dem mal 'n Schild umhängen, wo bei ihm vorn und hinten ist!« ruft der Doktor.

»Wer ihn angreift, merkt das schon«, lacht Heidrun, die frühere Technische Zeichnerin. »Ich mache gerade einen Plan fürs Wohnhaus. Sie wollen zu Silvia?«

»Klar. Oder kriegen Sie auch ein Baby?«

»Schön wär's.«

Der Doktor holt die alten Sachen aus dem Kofferraum. »Textilien wachsen auch auf Biohöfen nicht«, erklärt er. »Meine Mutter dachte –«

»Ach, Olga, das Prachtstück!« lacht Heidrun. »Ferdi, komm mal her!«

Der frühere Sozialarbeiter naht mit einer Mistgabel. »Prima, Doktor. Können wir gebrauchen. Wir nehmen überhaupt alles, was der Arbeit nützt. Auch kaputte Maschinen; die versuchen wir zu richten. Ob Sie irgendwo an einen alten Mähdrescher kommen?«

»Werde mich umhorchen.« Der Doktor geht ins Haus und findet Silvias Zimmer entrümpelt und sauber vor. Die junge Mutter hat das Baby eben gewickelt. Hannes, der Vater, ist dabei, die Fenster zu verkitten.

»Es zieht hier wie Hechtsuppe«, erklärt er.

»Wir sind gesund, wie Sie sehen«, lächelt Silvia. »Der kleine Karsten schreit besonders nachts. Hier, nehmen Sie ihn mal.« Der Doktor legt den Packen Pampers auf einen Schemel und schaukelt das Baby in seinen muskulösen Armen. »Ein musterhaftes Kuscheltier. Wenn euch alles so gut gelingt...«

»Das hoffen wir doch«, meint Silvia sachlich. Sie nimmt ihm das Baby wieder ab und bettet es in eine improvisierte Wiege.

Karsten tritt ans Fenster. »Habt ihr auch anderen Zuwachs? Vierbeinigen, meine ich jetzt? Ich sehe zwei Ziegen und eine Kuh.«
»Die waren in unserer Rechnung schon drin«, sagt Hannes. »Auch ein paar Schweine.«
»Hm. Land habt ihr genug. Und Obst jede Menge. Darüber sprachen wir schon...« Zu seiner Erleichterung sieht Karsten, daß der Himmel heller geworden ist. »Wie steht's denn mit der Hypothek?«
»Darum kümmern wir uns später«, entgegnet Hannes. »Sie ahnen nicht, was wir zu tun haben.«
»Das ahne ich nicht nur, das weiß ich«, sagt der Doktor. »Ich bin in dieser Gegend geboren. Von der Hand in den Mund lebt heute hier herum keiner mehr. Ihr werdet einen Teil eurer Ernte zum Markt bringen müssen.«
»Kommt Zeit, kommt Rat«, befindet Silvia. Sie gibt dem Doktor einen Kuß auf die Wange. »Sie bekommen ihr Honorar in einwandfreien Naturalien.« Sie horcht auf. »Was ist da draußen los? Der Blacky bellt wie verrückt.«
»Es sind *zwei* Hunde!« meint Hannes. »Da wird ein fremder Hund unter unsere Hühner gefahren sein.«
Doktor Mattiesen ist solche Vorfälle gewohnt. Er spricht weiter mit Silvia und erteilt ihr Ratschläge für das Baby und für ihr Verhalten in den nächsten Tagen.
Plötzlich hört man draußen einen Hilfeschrei und aggressives Gebrüll.
»Oskar wird angegriffen!« vermutet Silvia. »Sieh doch mal nach, Hannes!« Der Babyvater geht hinaus, und Karsten folgt ihm, weil das Zetern und Schimpfen nicht aufhört. Vor dem Hof ist ein Jagdhund offenbar von Blacky aus dem Feld geschlagen worden. Das edle Tier trollt sich hinkend. Manfred und Heidrun halten den angriffslustigen Blacky zurück, der ein blutiges Ohr hat.
Die beiden Hauptkämpfer aber sind ein Mann in Jägerjoppe und der Rentner Oskar. Ferdi hat seine Mistgabel hingeworfen und versucht die beiden zu trennen. Der Knotenstock des Fremden treibt ihn zurück.
Jetzt erkennt Karsten den Mann: Es ist der Landwirt und Jagd-

aufseher Häcker, ein Anlieger, der da den armen Oskar bedrängt. Die Männer sind etwa gleichaltrig, aber Häcker ist stärker. Außerdem schwingt er den Stock.
»Herr Häcker!« ruft der Doktor.
Häcker zieht Oskar den Stock über die Stirn: »Das machen Sie nicht noch mal – Ihren dreckigen Köter auf meinen Rassehund hetzen!«
»Und wenn Ihr blöder Rassehund unsere Hühner totbeißen will!« schreit Oskar. Er weicht dem Stock aus und wehrt sich mit Tritten. »Warum lassen Sie Ihr Stinktier hier frei rumlaufen!«
»Häcker!« ruft Mattiesen noch einmal. Er geht auf die Kämpfenden zu. »Sind Sie verrückt? Werfen Sie den Knüppel weg! Auseinander! Auseinander, sage ich!«
Häcker hört nicht. Er läßt den Stock niedersausen, aber der Schlag geht diesmal ins Leere, weil Oskar sich geduckt hat und um den Gegner herum gesprungen ist. Oskar gibt Häcker einen Tritt. Das hat zur Folge, daß der eine nach vorne fällt – und der andere hintenüber.
Beide liegen am Boden. Ferdi und Hannes springen hinzu, um ihnen aufzuhelfen.
»Ihr Idioten!« sagt der Doktor. »So, nun setzt euch auf die Bank da. Ich muß euch wohl verarzten.« Er holt seinen Koffer aus dem Auto.
Häcker und Oskar hocken nun beisammen. Aber Häcker schimpft weiter: »Das werden Sie mir büßen!«
»Büßen müssen Sie auch, lieber Freund«, herrscht Mattiesen ihn an. »Zeigen Sie mal! Platzwunde am Hinterkopf! Und Oskars Stirn sieht wie eine Pizza aus!« Er macht sich daran, die beiden zu versorgen. Jeder kriegt zur Sicherheit eine Tetanusspritze. Stumm stehen die Neubauern im Halbkreis. Silvia erscheint in der Tür: »Es traf sich gut, daß Sie gerade hier waren, Doktor!«
»Das glaube ich auch«, murmelt Mattiesen.
Häcker gibt noch immer keine Ruhe: »Wenn mein Hund stirbt, bringe ich euren Mistköter um!«
»Na, na, na«, beschwichtigt Karsten.
»Wo ist mein Harro überhaupt?« brüllt Häcker in plötzlichem

Schreck. »Der darf dieser Bestie nicht zum Opfer fallen.« Er springt schwankend auf. »Die Bestie zerreißt ihn.«
»Sehen Sie, was die Bestie macht!« lacht Hannes.
Einige Meter entfernt liegen die beiden Hunde aneinandergeschmiegt und lecken sich gegenseitig ihre Wunden.
»Das ist doch...« Häcker kann es nicht fassen. »Weg da, Harro! Der Köter zerfleischt dich!« Aber als er seinen edlen Liebling von dem ›Mistköter‹ trennen will, zeigt ihm der eigene Hund die Zähne! Der eigene Hund!
Harro und Blacky haben Freundschaft geschlossen.
Häcker steht starr.
»Tja, Herr Häcker. Sympathie geht seltsame Wege«, grinst der Doktor. »Ihr Harro scheint froh über den Verlauf. Nur, fürchte ich, der Verlierer sind *Sie!* Die Rechnung werde ich *Ihnen* schicken.«
»Ja, ja. Tun Sie das«, sagt der Landwirt, noch immer fassungslos.
Plötzlich piepst es in Karstens Brusttasche: sein Rufgerät. Es zeigt an, daß ihn jemand über Funk sprechen will. Er läuft zum Wagen. Seine Mutter meldet sich.
»Hallo, Karsten! Willst du bei Silvias Baby Wurzeln schlagen?«
»Wäre mir nicht unlieb, Olga. Aber ich hatte zwei Erste-Hilfe-Fälle.«
»So. Na. Wollte nur sagen, daß wir schon gegessen haben. Annemarie kann dir deine Portion aufwärmen. Ich bin auf der Koppel bei Frieda und Zwunsch.«
»Grüß die Pferde schön, vergiß aber die Ziege Ilse nicht«, feixt der Doktor. »Ende.«
Als er sich umdreht, sieht er Herrn Häcker in sachlichem Gespräch mit den Neubauern. Häcker weist mit dem Stock auf die Scheune. »Auf das Dach müssen noch ein paar Bretter rauf. Teerpappe drüber für den Anfang. Und zwar schleunigst! Sie haben noch keinen Dauerregen hier erlebt!«
Die Hunde liegen noch immer aneinandergeschmiegt.
Der Doktor verstaut seinen Koffer und fährt ab.

Auf dem Mattiesenhof angelangt, nimmt Karsten sein verspätetes Essen ein, während Annemarie von den Geschehnissen in der Schule berichtet.

»Ich wäre ja glücklich mit meinem Job«, teilt sie ihm mit. »Aber die Sache mit Kerstin demotiviert mich. Detlefsen meint auf einmal, sie würde es trotz allem schaffen, Böhm rät, sie von der Schule zu nehmen. Kerstin selber äußert sich nicht.«

»Sie hat deinen Querkopf«, seufzt Karsten.

»*Meinen ...?*« fragt Annemarie provokativ.

Inzwischen bildet sich Kerstin ein, *Olgas* Querkopf zu haben. Mit dem Harz im Gepäck radelt sie an Freeses Karpfenteich vorbei zum Wieker Weg. Sie will Olgas alten Biologielehrer besuchen. Der haust da ganz entzückend in seinem Sommerdomizil. Kerstin sieht Bienenstöcke, Fliederbüsche, Heckenrosen und blühende knorrige Apfelbäume. Auch der alte Schnittker ist knorrig. Erst scheint es, er habe das Sprechen verlernt. Gleichmütig mustert er das Mädchen durch seine randlose Brille, läßt sich die Büchse Pflaumenharz überreichen und tut so, als wolle er wieder zu seinen Bienen.

»Ist noch was?« fragt er barsch.

»Ich... ich... Sie waren Olgas Lehrer?«

»Ja. Grüß sie schön. Deine Großmutter ist eine gute Schülerin gewesen.«

»Ich bin nicht gut in Biologie«, gesteht Kerstin.

»Dann taugt dein Lehrer nichts. Biologie versteht jeder.«

Kerstin schluckt. »Meiner taugt wohl was. Aber ich bin eine Niete.«

»Na, das möcht' ich mal genauer wissen«, sagt der Alte. Seine Schroffheit ist nur äußerlich. Olga hat schon mit ihm telefoniert. Was Kerstin nicht ahnt – und wovon man auch in ihrer Schule nichts weiß – ist dies: Der alte Schnittker lebt hier unter seinem richtigen Namen – als Fachkapazität von Weltrang führt er das Pseudonym Carlo Bens. Er hat an einigen Universitäten gelehrt oder Gastvorlesungen gehalten, Abhandlungen über das Thema ›Gibt es Leben im Weltall?‹ geschrieben und die Ausstellung ›Life in Universe‹ in Washington eröffnet. Das wichtigste aber im vorliegenden Fall: Er ist Mitverfasser der Biologiebücher für die Oberstufe, die auch an Kerstins Gymnasium verwendet werden.

Er kann natürlich nicht schummeln, das heißt, er kann der Schülerin keine direkten Vorteile verschaffen. Aber er kann sie testen.
In seinem Sommerstudio, das eine einzige Bücher- und Manuskriptkammer ist, unterhält er sich mit Kerstin. Seine Fragen sind inquisitorisch, und seine Ausdauer grenzt – gemessen an seinem hohen Alter – an ein Wunder. Nach drei Stunden kommt er zu dem Schluß: »Du bist total verschusselt, Kleine. Völlig unkonzentriert. Du weißt mehr, als dir klar ist. Aber du bist unfähig, es in den Fokus zu bringen.«
»Wohin, bitte?«
»Ach.« Der Professor winkt ab. »Mach uns Tee!«
Kerstin läßt sich das nicht zweimal sagen. Der alte Herr imponiert ihr, ungeachtet seiner Schroffheit. Sie kann sich jetzt vorstellen, daß Olga einst in ihn verschossen war.
»Hm«, brummt Schnittker, als er die angeschlagene Tasse in eine Lücke zwischen den Papierstößen abstellt, »wenn deine Leistungen in Biologie so gut wären wie dein Tee, nun, dann würdest du das Abitur schaffen.«
»Am Freitag ist die letzte Klassenarbeit vor dem Abi. Die würde ich glatt verhauen. Es hat keinen Sinn. Ich schaffe es nicht.«
Schnittker mustert sie durch seine randlose Brille. »Wenn du die Arbeit aber einigermaßen bewältigen könntest? Dann wäre viel gewonnen.«
»Aber wie?« Kerstin wird aufmerksam.
»Eine Klassenarbeit richtet sich meist nach dem, was ihr gerade behandelt«, sagt Schnittker. »Sie ist eine Art Bestandsaufnahme.«
»Ach, ja«, Kerstin seufzt. »Molekurlartheorie der Evolution.«
Der Professor zeigt nicht, daß er sich amüsiert. »Darüber steht genug in deinen Büchern. Und wenn du mir zwischendurch mal immer eine Tasse Tee machst, kannst du täglich ein paar Stunden herkommen. Das müßte mit dem Teufel zugehen, sollte es mir nicht gelingen, dich auf eine lumpige Arbeit vorzubereiten. Und du wirst dich gefälligst konzentrieren. So, wie seinerzeit Olga.«

»Die hat Sie auch geliebt!« platzt Kerstin heraus.
»Was?« Schnittker blickt verdutzt über seine randlose Brille.
»Geliebt hat sie Sie!«
»Dummes Zeug! *Mich?*«
»Sie hat es mir gestanden.«
»So.« Der Professor lacht trocken. »Nun, bei dir dürfte die Gefahr nicht bestehen, was *mich* betrifft. Ich bin ja nicht... Wie heißt er? Richtig, Detlefsen!«
Jetzt ist die Katze aus dem Sack.
Olga hat den alten Schnittker telefonisch eingeweiht, denkt Kerstin, und der weiß nun alles – in jeder Beziehung.
»Unsere Geheimnisse werden niemandem verraten, hörst du?« schärft der Gelehrte der Schülerin ein. »Komm, ich zeig' dir meinen Garten. Da reden wir weiter...«

»Wo ist eigentlich Kerstin?« fragt der Doktor, als er die Nachmittagssprechstunde hinter sich hat. Olga füttert in der Küche die Kätzchen. Annemarie sitzt am Tisch und macht sich Notizen. Mattiesen hockt sich einen Moment dazu. »Kerstin weicht mir aus, damit ich ihr keine Fragen wegen des Abis stelle. Wo sie steckt, weiß wohl niemand?«
»Doch. Ich«, sagt Olga. »Sie ist beim alten Schnittker.«
»Will sie Bienen züchten?«
»Frag sie selber«, erwidert Olga maulfaul.
»Ich mache mir nicht nur Sorgen um Kerstin«, erklärt Annemarie. »Schließlich haben wir auch noch einen Sohn.«
»Den *du* rausgegrault hast!« behauptet Olga.
»*Ich?*« verwahrt sich Annemarie. »*Ich* habe kein Wort gesagt. *Du* – du hast sein Mädchen angeguckt, als hätte er eine Wasserleiche mitgebracht. Und du auch, Karsten. Du fingst gleich mit mokanten Bemerkungen über Autobremsen und Hühnermord an.«
»Harmlos«, meint der Doktor. »Richtig ausfallend war nur Kerstin. Red nicht so einen Schicki-Micki-Scheiß, hat sie ihn angeblafft. Und: Willst du dieser Tüte imponieren? – oder so.«
»Kerstin muß man das nachsehen«, verteidigt Annemarie die Tochter. »Sie hatte Kummer – wegen Detlefsen.«

Mattiesen zuckt zusammen, aber nicht, weil seine Frau für Kerstin eintritt, sondern weil er wieder dieses Ziehen in der rechten Seite spürt.
»Aha!« Annemaries Stimme klingt vorwurfsvoll-besorgt. »Dein Blinddarm läßt grüßen!«
Der Doktor tut, als sei nichts – und als habe er den Einwurf nicht gehört. »Man glaubt immer, wenn die Kinder groß sind, hat man keine Sorgen mehr.«
»Wieso?« fragt Olga anzüglich. »Du bist doch auch groß! Warum gehst du nicht mal zum Internisten?«
Karsten steht auf. »Ein harmonisches Gespräch war das wieder! So. Ich fahre jetzt zur Visite ins Altenheim.«
»Tu das!« sagt Olga. »In deinem Horoskop steht, daß du abends eine Überraschung zu erwarten hast.«
»Ich lese keine Horoskope«, erklärt der Doktor mürrisch.
»Aber ich!« ruft ihm Olga nach.
Im Altenheim am Lindenweiher bleibt Karsten keine Zeit zum Grübeln, hier verblassen die eigenen kleinen Sorgen. Die Menschen, die von ihm betreut werden, haben ein moralisches Recht darauf, den vergleichsweise noch so jungen Doktor in positiver Verfassung zu sehen. Als er das Heim verläßt, erscheinen ihm seine häuslichen Probleme kaum der Rede wert.
Vor dem Portal begegnet ihm Pfarrer Eckholm.
»Tag, Doktor«, keucht der Geistliche.
Mattiesen bleibt stehen. »He, Herr Kirchenrat! Wie siehst du denn aus? Sonnenbrand an diesem bewölkten Tag? Oder ist's der Blutdruck? Solltest mal in meine Sprechstunde kommen!«
»Laß den Kirchenrat«, raunzt Eckholm. »Ich fühle mich wie ein Verfolgter und ein Racheengel in einer Person.«
»Was ist denn los?«
»Was ist mit Fritze Friedrichsen?« weicht der Pfarrer aus. »Ich hörte, er sei verunglückt?«
»Sagen wir, er hat Schwein gehabt, untheologisch formuliert. Aber warum guckst du dich dauernd um?«
Der Pfarrer strafft sich. Mit dem Versuch, zu amtswürdiger Haltung zurückzufinden, erklärt er sonor: »Ich sah mich leider gezwungen, der Thea ins Gewissen zu reden.«

Pause.
Dann grinst der Doktor: »Soll das heißen, du hast sie rausgeschmissen?«
»So ist es«, brummt Eckholm. »Aus Gnade und Barmherzigkeit hatte ich das Weibsbild aufgenommen. Wer sich aber kräftig genug fühlt, mit meiner Haushälterin einen Wischlappenkampf auszufechten, der ist mehr als gesund, der kann auch wieder bei sich zu Hause wohnen.«
»Einen... verstehe ich richtig: Kampf mit Wischlappen? Thea hat sich mit deiner Haushälterin geschlagen? Worum ging's denn?«
»Um mich!« gesteht Eckholm düster. »Eifersucht.«
»Die beiden waren doch nicht etwa darauf aus, dich zu heiraten?«
»Spotte nur!« Eckholm dämpft seine Stimme: »Ich deutete ja schon einiges an, Doktor, etwas Neues, Ernsthaftes. Kurz: Es ist eine anständige jüngere Witwe, die ich kennengelernt habe. Sie wohnt noch nicht lange in der Siedlung hinter dem Strand, hat ein achtjähriges Mädchen mit Namen Steffi. Ach ja: Sie heißt Ina Albers. Ist blond, freundlich, äußerst adrett...«
Witwe mit Kind! Karsten denkt an seine Tochter, die einen Witwer mit Kind liebt. Tod und Liebe kennen keine Barrieren. Aber der Geistliche hat zwei verheiratete Töchter und ist bereits Großvater. Eine dieser Töchter – Inken – ist die Frau des Golfhotelbesitzers, wohnt in Eckholms Gemeinde.
»Was sagt denn Inken dazu?« fragt Mattiesen folgerichtig.
»Die weiß noch nichts.«
»Wenn du die Thea rausgeschmissen hast, weiß es bald der ganze Landkreis.«
Eckholms Gesicht, eben noch strahlend, verdunkelt sich wieder. »Ich springe nicht wie ein alter Bock einer Ziege nach –«
»Du wandelst auf romantischen Liebespfaden.«
»Mit dem Ziel einer Ehe, Doktor. Durchaus ehrbar, durchaus. Aber...«
»Aber?«
»Doktor! Die Thea und meine Wirtschafterin lagen sich zwar in der Wolle. Doch beim Spionieren waren sie ein Herz und eine Seele. Die sind mir heute nachgeschlichen, als ich mich

mit Ina Albers traf. Und sie haben mir eine höllische Szene gemacht: ›Doppelleben‹, ›heimliches Verhältnis‹, ›außerehelicher Vater der kleinen Steffi‹, ›unwürdig als Geistlicher‹, ›heimlich liiert seit acht Jahren mit einer verworfenen Person‹ ...«

»Und da bist du explodiert?«

»Ja!« Eckholm hält nun mit nichts mehr hinterm Berge: »Ich habe auf den Tisch geschlagen. Glaube mir, die Faust schmerzt noch immer. Meiner falschen Haushaltsperle drohte ich mit Kündigung. Und die Thea habe ich samt Koffer und Vogelkäfig nach Hause gejagt. So. Nun weißt du's.«

Mattiesen muß lachen, als er sich die ›höllische‹ Szene im Pfarrhaus vorstellt. Schließlich lacht der Pfarrer auch. Er ist jetzt sichtlich erleichtert.

Bevor der Doktor auf sein Auto zusteuert, sagt er: »Du, Pfarrer! Nimm die Thea nicht auf die leichte Schulter. Als sie den Pit hatte, war sie friedlich. Jetzt hatte sie sich vielleicht Hoffnungen auf dich gemacht.«

»Wenn schon!«

»Und du hast sie verschmäht!« betont Karsten. »In diesem Punkt ist mit der Thea nicht zu spaßen. Da wird die auf einmal antik! Nimm dich in acht!«

»Ich werde ihr nie meinen Trost vorenthalten, sollte sie dessen bedürftig sein«, entgegnet Eckholm amtsbewußt. »Wiedersehen, Doktor!«

»Wiedersehen, Herr Kirchenrat!«

Im Auto, auf dem Alten Damm, lacht Karsten still vor sich hin. Dieser Pfarrer, dieser stattliche alte Löwe! Aber er ist ein vortrefflicher Gemeindehirte, der jedem Grobian unter den Landleuten, Stadtbürgern und Schiffern gewachsen ist. Einen bläßlichen Bücherwurm kann man hier auch nicht gebrauchen. Eckholm imponiert sogar der Jugend.

Als der Doktor zwischen Holunder und Brennesselbusch über die polternde Bohlenbrücke in den Mattiesenhof einbiegt, sieht er einen parkenden Volkswagen.

Annemarie kommt eilig aus dem Haus, die Steintreppe herunter. »Karsten! Karsten!«

Was gibt's denn nun schon wieder?

Der Doktor steigt aus, auf Schlimmes gefaßt.
»Eike ist wieder da!« berichtet Annemarie ein wenig atemlos.
»Na, wie schön. Allein – oder mit seiner Schicki-Mieze?«
»Allein! Da kommt er mit Olga aus dem Stall!«
Olga macht ihr vergnügtestes Gesicht. Eike schlendert weltmännisch, er versucht, sich cool und locker zu geben.
»Hallo, Mam, hallo, Paps...!«
»Hei, old boy«, begrüßt ihn Karsten ironisch. »Wechselst du die Location?«
»Nicht doch!« zischt Annemarie. »Der Junge hat was.«
Mattiesen provoziert weiter: »Oder düst du hier nur tangential vorbei?«
»Quatsch«, mischt sich Olga ein. »Er wird mit uns biederen Spießern zu Abend essen. Haben wir eben abgemacht. Nicht wahr, Eike?«
»Ja«, bestätigt Eike, verlegen lächelnd. »Ich habe mein Gepäck mit. Darf ich ein paar Tage im Dachgeschoß wohnen?«
»Solange du willst«, entscheidet Olga. »Nimm dein Zeug aus dem Wagen und komm.«
»Was hat er denn?« fragt Karsten verblüfft.
»Sein Playgirl hat ihn abgehängt«, flüstert Annemarie. »Er ist völlig am Boden. Liebeskummer.«
»Ach, du große Neune!« ächzt Karsten. »Goethes Werther, Neuausgabe! Am Ende erschießt er sich noch!«
»Damit treibt man keine Späße!« vermahnt ihn Annemarie.
»Nein«, murmelt der Doktor. Er fühlt ein Stechen oberhalb der rechten Leiste. »Nein, nein, nein...«

Prüfungen

Was auch immer sein mag, es ist Mittwoch. Und diesmal will der Doktor sich seinen freien Tag nicht verderben lassen. Der leichte Regen stört ihn nicht. In wetterfestes Zeug gehüllt, sitzt er auf der moosbewachsenen Holzbrücke nahe der Schleuse und angelt. Wohl hört er Motorengeräusch hinter sich bei der Schranke. Fritze Friedrichsen kann's nicht sein, denn der liegt im Krankenhaus. Es war auch kein klappriges Krad, was da kam, sondern ein Auto.
Gutgelaunt schickt Karsten einen Kinderspruch über das regenblinde Wasser:

Fische laßt mich nicht im Stich,
sonst mach' ich mich lächerlich.
Beißt auch nur ein einz'ger an,
gelte ich als Fischersmann.

»Tag, Paps«, sagt neben ihm Eike. Der Vater kommt sich dämlich vor, weil er wie ein Dorftrottel vor sich hingesprochen hat. Doch der Sohn ist mit sich selber beschäftigt.
»Wollte mal nach dir sehen!«
»Nett von dir.« Karsten blickt hoch. »Was hat man dir da Komisches angezogen?«
»Olgas Sturmklamotten.«
Eike setzt sich neben den Vater. Er blickt auf den See, als sei darin ein Buch der Erkenntnis verborgen, das man nicht hochholen kann.
»Beißen die Fische bei Regen an?« fragt er uninteressiert.
»Es hat aufgehört, wie du siehst«, entgegnet der Doktor. Er streift die Kapuze zurück.
»Ich dachte immer, angeln wär' was für alte Leute«, beginnt Eike.
So? Der Vater wird hellhörig. Generationsphilosophie! Der Junge sucht eine Aussprache.
»Meinen Bart hänge ich noch längst nicht in den See«, grinst

der Doktor. »Und für viele meiner Patienten bin ich nicht trokken genug hinter den Ohren.«
»Verstehe, Provinz!«
»Gewiß. Und wie steht's in Hamburg?«
Eike macht den Versuch, einen weltmännischen Ton anzuschlagen: »Alles okay, Paps.« Nach einer Pause gesteht er: »Nix ist okay, Vater. Im Gegenteil. Ich bin ziemlich angeschissen.«
Ungerührt meint Karsten: »Aha. Ein exklusiver Zustand. Aber dafür hältst du dich eigentlich recht gut.«
»Findest du?« forscht Eike. »Nun mal von Mann zu Mann, Vater.«
»'türlich, was sonst?« Karsten spuckt wie ein geübter Fischer in den See. »Schieß los!«
»Was hältst du von ihr?« fragt der Sohn. »Von Hilke, meine ich.«
»Das düsige Mädchen? Die Kunstfigur? Tja. Ist die, 'tschuldige, nicht eher ein Schmalspurmensch?«
»Das frage ich mich auch.« Eike wird eifrig. »Die geht mir manchmal so auf den Keks, daß ich davonlaufen möchte. Und was passiert?«
»Sie läuft *dir* davon!«
»Ja. Plötzlich fliegt sie nach Nizza, um mit ein paar Typen auf 'ner Playboy-Yacht zu schippern. Ich soll samt Dienerschaft in der Hamburger Location bleiben. Ist hip, nicht? Und ich darf keine Meinung absondern. Das frustriert, sag' ich dir. Da packt einen das heulende Elend. Was macht man da?«
»Nichts«, sagt der Vater.
»*Nichts?*«
»So ist es«, erklärt der Doktor. »Du würgst so lange an dem heulenden Elend herum, bis es dir zum Halse raushängt. Dann erledigt sich das irgendwann von selbst.«
»Ja?« fragt Eike skeptisch.
»Ja«, nickt Karsten.
Der Sohn ist erleichtert, so viel Verständnis zu finden. Offenherzig gibt er zu: »Du meinst, Hilke ist ein Schmalspurmensch. Eigentlich seh' ich das noch enger. Sie ... sie hat überhaupt keine Substanz. Alles ist Lifestyle, blasierte Attitüde.«

»Falsch getrimmt, sagen die Schiffer«, lächelt Mattiesen.
»Ja. Kein Gefühl ist echt. Immer nur flotte Einbildung. Oberflächlich, unfertig, aufgesetzt. Aber ich liebe sie.«
»Hm.«
»Ich könnte mich ohrfeigen, Vater«, fährt Eike lebhaft fort. »Pausenlos ohrfeigen. Ich erkenne das alles, aber, wie gehabt, ich *liebe* sie. Woher kommt das bloß? Was hat sie an sich?«
»Sex«, sagt der Doktor trocken.
»Nur das? Das allein schmeißt einen so anhaltend um?«
Mattiesen lächelt wieder. »Du meinst, Sex ist eine zu billige Erklärung für einen so komplizierten Vorgang? Junge, ich bin Mediziner. Unsereiner ist gewohnt, 'ne Krankheit auf den kürzesten Nenner zu bringen. Außerdem war ich vor Mamis Zeiten – in eine kleine Ziege verliebt, der ich Rotz und Wasser nachgeheult habe. Ich kenne das.«
Eike atmet auf. »Freut mich, daß du mich verstehst. Wegen Hilke habe ich mich aus der Bahn katapultiert. ›Mach doch eine Change‹, hat sie gesagt. Und ich Trottel tue das. Einer wandelnden Cashmere-Collection wegen. Übe mir die blöden Sprachchiffren der Subkultur ein. Ich denke sogar schon im Jargon der kultivierten Langeweile. Gibt's dagegen kein Rezept?«
»Doch. Abstand. Zeit. Du fängst dich hier wieder ein und gehst dann nach Tübingen. Okay?«
»Okay, Vater.«
»So. Nun packen wir zusammen. Die Fische sind heute auch nicht ultimativst. Haben offenbar die Location gewechselt. Nich' gerade hip, was?«
Eike lacht.
»Weißt du was?« Der Doktor tut, als fiele ihm das gerade ein. »Du könntest dich um Kerstin kümmern. Ich habe da was von einer letzten Klassenarbeit vor dem Abi läuten hören ...«
Diese Anregung nimmt Eike geradezu dankbar auf.
Fünf Abende lang, wenn seine Schwester vom alten Schnittker zurück ist, büffelt er nach dem Essen noch eine Stunde mit ihr in der Bibliothek.
Am Sonntag sagt er: »Ich weiß nicht, was du willst. So doof bist du doch gar nicht.«

Kerstin stöhnt.
»Kleine Verschnaufpause?« fragt der Bruder. Er gießt ihr ein Glas Saft ein. »Wenn du auf dem Punkt bleibst, auf dem du bist, verhaust du die Arbeit nicht. Vorausgesetzt, der Themenkreis stimmt.«
»Der stimmt sicher. Aber anderes liegt schief.«
Was da schief liegt, erfuhr Eike von der schlauen Olga und – natürlich – von seiner Mutter.
»Weißt du«, lenkt Kerstin ab, »es tut mir leid, daß ich dich neulich so angeblafft habe. Scheiß-Schicki-Micki – und so. Hätt' ich mir verkneifen sollen, als du mit Hilke hier warst. Ich konnte nicht anders. Ich bin einfach geplatzt.«
»Vergiß es«, sagt Eike großmütig.
»Bist du noch sehr verschossen in... in das Mädchen?«
»Tüte hast du sie genannt«, erinnert Eike friedlich.
»'tschuldige. Ich hatte an dem Tag Probleme.«
Aufrichtig erklärt Eike: »So unrecht hattest du ja gar nicht. Lassen wir das. Du weißt, wie leicht man in so was reingerät. Aktuell ist dein Bruch mit Detlefsen. So heißt dein Biolehrer doch? Mit dem hast du also Schluß gemacht?«
Kerstin runzelt die Stirn. »Da bin ich gar nicht so sicher.« Bevor sie etwas hinzufügen kann, kommt Annemarie herein. »Störe ich?«
»Ja«, erwidert die Tochter.
Annemarie blickt auf die Menge Bücher, Hefte und Zettel. »Kind«, meint sie besorgt, »wird das nicht zuviel? Tagsüber arbeitest du mit dem alten Schnittker – und abends mit Eike. Das überfordert dich doch glatt.«
»Mit Eike ist's halb so wild«, beruhigt Kerstin die Mutter. »Wir gehen nur alles noch mal kurz durch.«
Annemarie setzt sich auf die Sesselkante. Zögernd erklärt sie: »Deine sprunghafte Art war nicht sehr hilfreich für dich, mich – und Detlefsen. Das Lehrerkollegium hat dich wohl schon abgeschrieben. Dein Kranksein betrachtet man nur als Vorwand, dem Unterricht fernzubleiben. Keine günstige Ausgangsposition für den Endspurt, nicht?«
»Du tust so, als sei Kerstin bekloppt, Mami«, kommt Eike der Schwester zu Hilfe.

Annemarie steht brüsk auf. »Darf ich daran erinnern, daß Oberstudiendirektor Böhm sagte, es wäre besser, Kerstin würde vor der Prüfung abgehen?«
»Wieso? Wenn sie die Abiturklasse bereits erreicht hat?« begehrt Eike auf. »Versager läßt man gewöhnlich nicht in die Zielgerade. Was wollt ihr denn? Falls Kerstin sich in Französisch zusammennimmt, besteht bei ihren Ausgleichen keine Gefahr! Und in Biologie schleifen wir sie durch.«
»Na, dann schleift mal schön«, seufzt Annemarie im Hinausgehen.
Am Montag sieht der Oberstudienrat Detlefsen die Schülerin Kerstin wieder auf ihrem Platz sitzen. Wegen der anstehenden Klassenarbeit herrscht ungewohnte Ruhe. Selbst Gaby, Gudrun und Tippsy sind nicht von Spottlust, sondern von Besorgnis erfüllt.
Da Detlefsen ja alles andere als ein feuriges Temperament hat, reagiert er mit Verzögerung. Er blickt eine Weile zu Kerstin hinüber, bevor er ruhig fragt: »Du bist wieder gesund?«
»Ja«, erwidert Kerstin klar und deutlich. »Ich bin gesund.«
Detlefsen beißt sich auf die Lippen. Er läßt die Hefte austeilen. Dann räuspert er sich. Ein wenig unsicher beginnt er: »Wir... Wir schreiben eine Klassenarbeit... über... über die MOLEKULARTHEORIE DER EVOLUTION.«
»Ja?« entfährt es Kerstin beinahe triumphierend.
Detlefsen weiß nicht, wie er das deuten soll. Wieder räuspert er sich.
»Die erste Aufgabe lautet: ›Welches sind die drei Grundmerkmale alles Lebendigen?‹ Jeder der gesuchten drei Begriffe soll so ausführlich wie möglich erläutert werden.«
Verstohlen blickt Peter Detlefsen zu Kerstin. Was wird sie machen? Gelangweilt aus dem Fenster gucken? Die Stirn runzeln, um angestrengtes Nachdenken zu mimen? Oder gar – Männchen malen?
Nichts von alledem.
Kerstin schreibt...

Eike hat Olga zum Einkaufen gefahren. Doktor Mattiesen bewältigt die Sprechstunde mit Doris und Astrid. Wobei ihnen

Olga in der Bestrahlung fehlt, denn es gibt immer noch Patienten, die sich nur von Olga ›behandeln‹ lassen und dabei mit ihr über ihre Beschwerden schwatzen wollen.
Der Doktor ärgert sich darüber, aber Doris und Astrid haben etwas zum Kichern. Das lockert die Atmosphäre etwas auf, denn gleich in der Früh passierte etwas Schreckliches. Ein Mann kam in den Hof gefahren und fiel gleich beim Aussteigen um. Seine Tochter sagte, er habe sich unwohl gefühlt. Mattiesen konnte nur noch den Tod feststellen. Polizei, Protokoll, Transport zur Obduktion...
Danach Routinefälle, Alltägliches. Ein Urlauber besteht darauf, sich beim Baden eine Algenvergiftung zugezogen zu haben. Er will unbedingt eine toxikologische Untersuchung. Der Doktor schickt den laut schimpfenden Mann zum Apotheker. Als er endlich glaubt, den Montags-Andrang hinter sich zu haben, sagt Astrid:
»In der Küche sitzt noch der Hinnerksen.«
»Was? Der alte Kräuterpfuscher? Und wieso in der Küche?«
»Ein Wunderheiler darf doch bei einem richtigen Arzt nicht gesehen werden!« erinnert ihn Astrid. »Das schadet seinem Ruf!«
»Richtig, klar. Aber meinem Ruf schadet es wohl nicht, wenn der Kerl wie ein Dieb in mein Haus schleicht?«
Der Kräuterdoktor Hinnerksen blickt fortwährend argwöhnisch über die Schulter, als er das Sprechzimmer betritt.
»Keine Angst, die Patienten sind weg«, sagt Mattiesen. »Willst du mir einen Sud gegen Glatzenbildung aufschwatzen? Bei meiner Mähne ist das verlorene Liebesmühe, das weißt du doch.«
»Ich komme ja auch manchmal mit medizinischen Anliegen«, erwidert der Wunderheiler bescheiden. »Zum Beispiel wegen der Nieren.«
»Ach ja. Da hatten wir die Werte ermittelt. Die waren in Ordnung. Wo fehlt's sonst?«
Hinnerksen nimmt dem Doktor gegenüber Platz. Er druckst herum. »Es ist nicht wegen der Werte. Aber vielleicht sind es Steine.«
Mattiesen lacht. »Auch nicht, du Wunderdoktor. Laß dich vom

Vollmond nachts auf der Kuhweide durchleuchten. Wirst sehen: Das Ergebnis bleibt das gleiche. Du hast keine Steine. Nicht mal ein Brett vorm Kopf hast du. Denn du verstehst die Leute auszunehmen. Ich bin an feste Sätze gebunden.«
Mit seiner von Tinkturen gefärbten Hand reibt Hinnerksen sich das Kinn. »Also muß ich dir die Wahrheit flüstern: Es geht nicht um mich. Es geht um mein Muttchen.«
»Die alte Kräuterfee?« Beinahe hätte der Doktor Kräuter*hexe* gesagt. Denn das Muttchen ist ihrem Sohn gegenüber eine Bestie. Und der Motor des Geschäfts. Sie verarbeitet alles, was der Erdboden an Wildwuchs hergibt, zu Arznei. Darin ist sie den Medizinmännern aus Großvaters Indianerbüchern voraus.
»Mein Muttchen«, berichtet der Kräutermann mit gedämpfter Stimme, »hat Koliken. Sehr heftige Koliken! Fast täglich. Nix schlägt mehr an, keine Birkenblätter, keine Wacholderbeeren. Nix.«
»Tja«, sagt Mattiesen. »Dann mußt du mir dein Muttchen mal herschicken.«
»Aber Doktor! Wie denkst du dir das?«
»Nierensteine? Flinke Beine!« entgegnet Karsten. »Ganz einfach. Will sie ihr Leiden loswerden, muß sie zum Arzt!«
Hinnerksen verlegt sich aufs Bitten. »Doktor! Du kennst doch mein Muttchen. Die is' nich' so mit Kompromissen, so wie ich. Sieh mal!«
Und nun wird er treuherzig: »Ich bin vernünftig. *Ich* schleiche hin und wieder hintenherum in deine Arztpraxis rein. Aber mein Muttchen? Die tut das nie! Die nich'. Nein. Die hat Charakter.«
»Charakter nennst du das?«
»Ja. Hat sie! Richtige Ärzte – wie du – sind ein rotes Tuch für sie.«
»Na, und wenn ich ›rein zufällig‹ bei euch reinschaue?«
Hinnerksen wehrt erschrocken ab: »Dann krieg' ich Prügel! Du weißt nicht, wozu mein Muttchen fähig ist! Nein, nein. Die will 'n Arzt nicht mal von ferne sehen. Lieber stirbt sie.«
Mattiesen weiß nicht, ob er lachen oder stöhnen soll. Aber einen Landarzt dürfen solche Fälle nicht aus der Fassung bringen.

»Tja, Hinnerksen, da bin ich überfragt.«
»Ich nicht!« sagt der Wunderheiler schnell. »Gib mir eine richtige Medizin. Am besten ein Pulver, das schütte ich ihr in den Kräutertee.«
»Ohne Diagnose kann ich kein Rezept ausschreiben.«
»Drum sag' ich ja, daß *ich* es an den Nieren habe! Sei ein Mensch, Doktor. Mein Muttchen leidet so.«
»Na, dann bin ich zur Abwechslung ein Mensch...« Mattiesen entnimmt seinem Wandschrank eine Packung. »Hier. Dreimal täglich zwei Tabletten.«
Hinnerksen springt auf. »Danke, Doktor. Danke. Die zerdrück' ich und misch' sie in den Birkentee. Was kriegen Sie?« Er tut jetzt offiziell: »Was bin ich Ihnen schuldig, Herr Doktor?«
»Nichts. Das ist ein Ärztemuster.«
In der Tür wendet Hinnerksen sich noch einmal um. »Ich bringe Ihnen einen Tee für Ihre Blinddarmreizung!«
»Für meine... waaas?« Mattiesen steht wie vom Donner gerührt.
»Blinddarm!« erklärt der Kräuterdoktor. »Na, das sehe ich doch! Sie haben einen gereizten Blinddarm! Ganz typisch, die Pupillen...«
Hinnerksen eilt davon. Mattiesen tritt an den Spiegel und betrachtet eingehend seine Pupillen.
»War was?« fragt Astrid.
»Wie? Ach nein, dieser Scharlatan hat wieder seinen Unsinn verzapft«, entgegnet der Doktor.

Zum späten Mittagessen findet sich die Mattiesenfamilie vollzählig in der Küche ein.
»Es gibt Pizza«, verkündet Olga. »Eike hat den Laden entdeckt, den der Italiener aufgemacht hat: ›Oma, Oma, Pizza Margherita, Bolognese, Romana – und da – cum pampi!‹«
»Con scampi«, verbessert Eike. »Toll, sag' ich euch! Auf Riesenblechen, lecker, lecker. Und für jeden etwas!«
»Ultimativst?« grinst der Vater.
»Käse, Tomate, Paprika«, grinst der Sohn zurück. »Was für dich, Vater. Pizza Margherita!«

»Aber darf man vielleicht erst einmal wissen, ob du die Klassenarbeit verhauen hast?« wendet sich Mattiesen an die Tochter.
»Das Resultat erfahre ich erst in ein paar Tagen«, entgegnet Kerstin. Doch sie ist zuversichtlich. »Eine Fünf wird's nicht.«
»Das möchte ich dem alten Schnittker auch geraten haben«, sagt Olga.
»Schnittker zensiert die Hefte nicht«, lächelt Annemarie. »Und Detlefsen darf erst recht nicht fünfe gerade machen. Wie ich Detlefsen kenne, wird er sich doppelt und dreifach mit Unbestechlichkeit wappnen.«
»Und warum strahlst du dann so debil?« fragt Olga ihre Schwiegertochter.
»Amtsgeheimnis.« Natürlich hat Detlefsen schon einen Blick in Kerstins Arbeit geworfen. Annemarie gegenüber äußerte er nur: »Offenbar hat Kerstin das Thema ausgiebig behandelt. Ob falsch oder richtig, werden wir sehen.« Aber das genügte, der Mutter Hoffnung zu machen.
»In der Stadt ist wieder was los«, berichtet Olga. »Die Thea hat ihre Jammerphase hinter sich. Sie wirft sich verstärkt ins volle Leben.«
»So?« fragt der Doktor. »Was tut sie denn?«
»Rumhorchen, tratschen, verleumden!« murrt Olga. »Was sonst?«
»Klatschtante bleibt Klatschtante«, lacht Kerstin.
»Sie versorgt den Lokalreporter Dröge mit Neuigkeiten«, erklärt Olga bedeutungsvoll. »Thea im Dunstkreis des Pressehauses? Danke! Das ist schlimmer als ein Fackeltanz um offenes Benzin.«
»Hast du was von Melsens Grete gehört?« fragt der Doktor.
»Bei der wohnt immer noch der Glatzkopf. Der Automatenkassierer. Die sind ganz dicke miteinander. Das steigert Theas Wut.«
Annemarie stellt den Schokoladenpudding auf den Tisch. »Habt ihr keinen anderen Gesprächsstoff als diese Typen?« fragt sie seufzend.
»Doch! Den Pfarrer!« erwidert die Schwiegermutter anzüglich.

»Oma hat seine Haushälterin getroffen«, erläutert Eike. »Da wurden ihre Ohren so lang wie Antennen.«
Ungekränkt fügt Olga hinzu: »Die Berta lief mir auch über den Weg. Die hat 'ne neue Taktik, seit sie nicht mehr mit der Thea zusammen ist: Immer noch eins drauf. Bei der wandeln Eckholm und seine ›Verlobte‹ schon in der Hölle.«
»Olga, das ist geschmacklos«, sagt Annemarie.
»Was? Der Pudding? Dann tu' dir einen Schuß Eierlikör drüber!«
»Keine schlechte Idee!« meint die Schwiegertochter. »Ich nehm 'ne tüchtige Portion – auf Kerstins Biologiearbeit!«
Da Donnerstag Christi Himmelfahrt und bis Montag schulfrei ist, gibt Oberstudienrat Detlefsen die zensierten Hefte bereits am Mittwoch zurück. So erfährt Kerstin das Ergebnis früher als gedacht. Dabei lauert auf sie eine unangenehme Überraschung. Diese Überraschung heißt Dr. Timpe, und es ist die Frau Oberstudienrätin, deren Verhältnis zur Familie Mattiesen mit Vorurteilen gespickt ist. Morgens hat sie Detlefsen scheinheilig gefragt: »Wie ist denn Ihre Klassenarbeit ausgefallen?«
Peter antwortete in seiner gelassenen Art: »Hätte im Schnitt besser sein können.«
»Verstehe. Solche wie diese Kerstin drücken das Niveau.«
»Kerstin hat eine Drei.« Und damit hat Detlefsen die Timpe stehenlassen. Noch vor Unterrichtsbeginn war die Lehrerin beim Direktor: »Offensichtlicher Fall von Begünstigung! Man hat sich nicht an Ihre Ermahnung gehalten, Herr Böhm, das allein untergräbt schon Ihre Autorität. Kollege Detlefsen sagt mir glatt ins Gesicht, daß seine bisher schlechteste Schülerin urplötzlich eine Drei geschrieben hat. Ich fühle mich nicht nur persönlich brüskiert und verhöhnt, es ist ein Affront gegen uns alle – in unserer Eigenschaft als Behörde! Detlefsen hat ein Verhältnis mit dem Mädchen, das ist bekannt! Es wäre ein Skandal, wenn wir zuließen, daß er sein Liebchen offiziell honoriert.«
Oberstudiendirektor Dr. Böhm nickt. »Sollte Detlefsen der Schülerin gezielte Informationen zugespielt haben«, sagt er düster, »wäre das allerdings –«
»Kriminell!« ruft Frau Timpe.

»Bitte!« mahnt der Direktor. »Wir bleiben besonnen, ja? Bitte.«
»Aber wir müssen *handeln.* Morgen ist Feiertag. Wenn Kerstin bis zum Montag Zeit hat, sich zu präparieren, erschwert sich ein Nachweis!«
Dr. Böhm greift zum Telefon. Sein Gespräch hat zur Folge, daß der Biologielehrer vom Brickstedter Gymnasium umgehend nach Borsberg kommt. Um 11 Uhr ist er da, um 11.15 Uhr wird Kerstin mit ihrer zensierten Klassenarbeit ins Direktionszimmer gerufen.
Frau Dr. Timpe steht am Fenster. Der Direktor und der hinzugezogene fremde Lehrer unterhalten sich flüsternd.
»Ah, Kerstin...« Böhm gibt sich betont freundlich. »Dies ist Herr Dr. Stein vom Gymnasium in Brickstedt. Wir haben ihn gebeten, Ihre Biologiekenntnisse zu prüfen. Eine Formalität. Würden Sie ihm bitte Ihr Heft mit der zensierten Klassenarbeit aushändigen?«
Kerstin folgt seiner Aufforderung. Aber sie versteht überhaupt nichts. »Was ist denn nun schon wieder los?« fragt sie verdattert.
Böhm reibt sich verlegen die Stirn. »Ich sagte ja, eine Formalität. Wenn Ihre Benotung mit rechten Dingen zustande gekommen ist, haben Sie nichts zu befürchten.«
»Heißt das, ich soll die Bioarbeit wiederholen?« Kerstin fällt aus allen Wolken.
Nun muß Böhm Klartext sprechen. »Schwerpunktmäßig, ja. Wenn auch nicht schriftlich. Es ist eher ein Test. Denn es wurde der Verdacht geäußert, daß... daß Oberstudienrat Detlefsen Sie vielleicht begünstigt hat. Aus... aus persönlichem Interesse.«
Kerstin blickt Frau Timpe an und ruft spontan: »Da kann nur dieser Drachen dahinterstecken!«
Bevor die Lehrerin zu einer Bemerkung fähig ist, greift der Direktor entschärfend ein. Hier zeigt sich die Überlegenheit des erfahrenen Schulleiters, mit brisanten Situationen fertig zu werden.
»Nicht doch, nicht doch«, sagt er väterlich. Und zu Frau Timpe: »Wir haben einen unbescholtenen Kollegen und eine

unbescholtene Schülerin einer... hm... unerhörten Unkorrektheit beschuldigt. Sehen wir Kerstins Reaktion also unter diesem Aspekt. Aggressionen bringen uns nicht weiter. Beginnen wir lieber mit dem Test.«
»Aber ich bin nicht vorbereitet«, stammelt Kerstin.
Böhm lächelt: »Das sollst du auch nicht sein, sonst wäre das Ganze ja unsinnig!« Bei den erwachsenen Schülern hält der Direktor sich an die allgemeine Sitte: Einmal spricht er mit ›du‹, einmal mit ›Sie‹ an.
»Dr. Stein setzt sich an meinen Schreibtisch. Und du, Kerstin, nimmst ihm gegenüber Platz. Frau Timpe und ich halten uns im Hintergrund.«
»Ich werde Sie nicht fressen, Fräulein Mattiesen«, sagt der Prüfer. »Ich stelle keine Fangfragen. Ich grabe auch keine Fallgruben. Ich greife nur einiges aus dem Pensum heraus, streng sachlich. Ist das klar?«
»Ja, schon. Aber...«
»Dann fangen wir an«, erklärt Dr. Stein gelassen. Er hat die Arbeit bereits flüchtig durchgesehen. Das aufgeschlagene Heft legt er vor sich hin. »Also: Was ist Darwins wesentliche Idee, von der er in seinem Werk ausgeht?«
Kerstin hat ein Gefühl, als wäre ihr Kopf vollkommen leer. Sie bleibt stumm.
»Wissen Sie es nicht – oder fällt es Ihnen nicht ein?«
»Es... es fällt mir nicht ein«, erwidert Kerstin heiser.
Im Hintergrund wird Böhm in seinem Sessel unruhig. Frau Timpe wirft dem Chef triumphierende Blicke zu. Hat sie es nicht klar erkannt? Die Drei unter der Klassenarbeit war eine empörende Gefälligkeit! Schon bei der ersten Frage muß die Schülerin passen!
Dr. Stein bleibt gelassen: »Sie kennen das Werk, von dem ich spreche?«
»On the Origin of Species«, sagt Kerstin.
»Ja. Von der Entstehung der Arten«, nickt Dr. Stein.
»Ach, natürlich!« besinnt sich die Schülerin. »Klar, jetzt weiß ich auch die Idee: Das Prinzip der natürlichen Auslese.«
Der Direktor lockert sich, während Frau Timpe die Lippen aufeinanderpreßt. Böhm will natürlich keinen Skandal an seiner

Schule, während die Lehrerin sich vor einer persönlichen Blamage fürchtet.

»Machen wir gleich einen kleinen Sprung«, fährt der Prüfer fort. »Nehmen wir die Molekulartheorie der Evolution und die Grundmerkmale des Lebendigen.«

»Ich protestiere!« wirft Frau Timpe ein. »Das sind Axiome, die sich die Schülerin eingeprägt haben kann. Sie entsprechen dem Thema der Klassenarbeit.«

Ruhig weist Dr. Stein den Einspruch zurück: »Eingeprägt ist eingeprägt, Frau Kollegin. Im übrigen kennt die Schülerin meine Detailfragen ja gar nicht! Also, Fräulein Mattiesen: Wie viele Grundlagen des Lebendigen gibt es?«

»Zwei!«

»Nur zwei?« Dr. Stein lächelt. »Seien Sie nicht so geizig.«

»Ja – also drei. Die soll ich jetzt wohl nennen?«

»Ich bitte darum!«

Kerstin runzelt die Stirn: »Metabolismus – Selbstreproduktivität –«

»Moment«, unterbricht Frau Timpe wieder. »Weiß die Schülerin überhaupt, was Metabolismus ist?«

»Formenveränderung durch äußere Reize«, sagt Kerstin. »Ja, und die dritte Grundlage wäre Mutation.«

»*Mutabilität!*« betont Dr. Stein. Er sieht seinen Prüfling lange an. »Nicht nervös werden. Also weiter. Zu den zentralen Problemen der Biologie gehört die Frage nach dem Zusammenhang von Gesetz und Zufall. Von welcher Prämisse gehen die Untersuchungen aus?«

Kerstin beginnt zu stottern. »Ja, daß – daß also die Analyse selber – nein, daß – daß –«

Die Oberstudienrätin Dr. Timpe erhebt sich. »Wollen die Herren Kollegen mir zumuten, fortwährend ›daß, daß, daß‹ anzuhören? Sie merken doch, daß die Schülerin schwimmt! Und als Schwimmlehrer haben wir Herrn Stein nicht hergebeten.«

Der Prüfer behält die Ruhe. »Mein Hiersein beruht auf dem Einvernehmen zweier Schulleitungen. Den Verlauf der Befragung habe nur *ich* zu bewerten, Frau Kollegin. Würden Sie das für jetzt und später zur Kenntnis nehmen?«

»Bleiben wir bei der Sache!« sagt Böhm beschwörend. Als sich

Frau Timpe wieder hingesetzt hat, bittet er den Prüfer, fortzufahren. Dr. Stein stellt seine Frage noch einmal.
»Ja, daß der Gegenstand der Analyse eine naturwissenschaftliche Tatsache ist und nicht eigens begründet werden muß«, tastet sich Kerstin weiter vor.
»Hm, ja«, befindet Stein. »Etwas umständlich formuliert, aber in der Sache richtig. Durchaus richtig.« Nach einigen weiteren Fragen behandelt er die Selektion.
»Die eindeutige Charakterisierung von Selektion ist nur unter harten Konkurrenzbedingungen möglich«, sagt Kerstin.
Dr. Stein nickt. Es folgt nun ein intensives Definitionsgespräch zwischen Prüfer und Schülerin.
Inzwischen begegnen sich Oberstudienrat Detlefsen und Annemarie auf dem Schulhof, wo beide miteinander Aufsicht haben.
Detlefsen nähert sich seiner Gastkollegin mit besorgter Miene.
»Frau Mattiesen, da ist aus dem Vorzimmer des Direktors was herausgedrungen ...«
»Herausgedrungen?« fragt Annemarie amüsiert.
»Ja.« Detlefsen bleibt ernst. »Ich hatte Frau Timpe heute früh von der Drei für Kerstins Arbeit erzählt. Im Vorübergehen. Jetzt wird Kerstin mündlich nachgeprüft, ob Begünstigung meinerseits vorliegt.«
»Aber ...« Annemarie macht große Augen. Schließlich sagt sie: »Das ist stark. Kerstin hat sich anderswo präpariert. Dafür gibt es Zeugen. Was meinen *Sie* dazu?«
»Ob ich Kerstin begünstigt habe? Natürlich nicht. Das wissen Sie genau, Frau Mattiesen. Wir hatten jeden Kontakt abgebrochen.«
»Ja. Kerstin wollte sogar nie wieder zur Schule. Und nun gerät sie ausgerechnet Ihretwegen in Verdacht!«
»Aber da war immerhin unsere Freundschaft.«
»Freundschaft?« Annemaries Stimme wird schärfer: »Für Kerstin war es Liebe. Und was Sie betrifft: Wie lange dauert es, bis Sie sich über Ihre wahren Gefühle im klaren sind?«
»Meine Gefühle haben die Zensur der Klassenarbeit nicht beeinflußt, Frau Mattiesen.«

Annemarie funkelt ihn an, als wolle sie sagen: Leider nicht. Der Doktor würde sich wundern, sähe er sie jetzt. Sie besinnt sich.
»Von der Klassenarbeit rede ich nicht, Peter. Ich rede von Kerstin, die unter Ihrer Unentschlossenheit leidet.«
»Ich verstehe.« Detlefsen sieht betroffen und traurig aus. »Sie haben recht, Frau Mattiesen. Sie haben recht, eine Beziehung zwischen Kerstin und mir zu mißbilligen.«
»Mißbilligen?« fragt Annemarie. »Mißbilligen? Falls es da überhaupt etwas zu mißbilligen *gäbe,* was täten Sie dann? Sie würden sich verkriechen, weil das ja so bequem ist. Sie würden –«
»Nein!« unterbricht Detlefsen sie ungewöhnlich schroff.
»Nein?«
»Ich habe ja nur gehört, was ich hören wollte.«
»Aha!« triumphiert Annemarie. »Ich glaube, wir müssen irgendwann in Ruhe sprechen, Peter.«
»Einverstanden«, sagt Detlefsen.
Die Herzensprüfungen ihrer Tochter scheinen Annemarie wichtiger zu sein als eine Klassenarbeit und eine Nachprüfung in Biologie. Für den Oberstudienrat Detlefsen steht jedoch auch seine Berufsehre auf dem Spiel. Nach Unterrichtsschluß läßt er sich beim Direktor melden.
»Gratuliere«, versucht ihm Dr. Böhm den Wind aus den Segeln zu nehmen. »Ihre Benotung ist von neutraler Seite bestätigt worden. Sie sind glänzend gerechtfertigt, Herr Kollege. Frau Timpe mußte den Verdacht der Begünstigung fallenlassen.«
»Frau Timpe? Hatten Sie nicht den gleichen Verdacht?« fragt Detlefsen kalt.
»Sehen Sie...« Der Direktor hebt die Arme. »Es... da war der Anschein. Was sollte ich tun? Als Frau Timpe heute früh intervenierte, war es meine Pflicht zu handeln. Ich habe die Sache so rasch und so fair wie möglich erledigt. Gestehen Sie mir das zu?«
Detlefsen nickt. »Rasch und fair, hm. Wenigstens ohne viel Aufhebens. Ich nehme gern zur Kenntnis, wozu Sie mir eben gratuliert haben, Herr Direktor.«

»Dann ist alles in Ordnung«, meint Böhm mit sichtlichem Wohlwollen.
»Nicht alles. Ich hoffe, Frau Dr. Timpe wird sich bei mir entschuldigen.«
»Lieber Kollege Detlefsen. Falls Sie darauf bestehen sollten, befürchte ich weitere Schwierigkeiten. Ach, was sage ich? Die fürchte ich sowieso. Sie haben Frau Timpe mehrfach nicht gerade kollegial behandelt, und Ihre Schülerin hat sich heute zu einer Beleidigung hinreißen lassen. Wie ich Frau Timpe kenne, wird sie *Ihnen* das ankreiden. Und wenn sie Sie irgendwo mit dem Mädchen spazierengehen sieht –«
»Dann intrigiert sie wieder!«
»Probleme gibt es in allen Bereichen«, fährt der Direktor beschwichtigend fort. »Aber ich wüßte die Möglichkeit einer Entschärfung. Ich könnte Ihre Versetzung nach Kiel positiv beeinflussen.«
Detlefsen lächelt schwach. »So! Möchte ich denn nach Kiel versetzt werden?«
»Wenn Sie klug sind, ja!« Böhm wird vertraulich. »Ich gehe mit Beginn des nächsten Schuljahres in den vorzeitigen Ruhestand. Gesundheitsbedingt. Gleichzeitig scheidet mein derzeitiger Vertreter aus. Die Kollegin Dr. Timpe wird meine Nachfolgerin. Sie würden unter ihrer Leitung arbeiten müssen.«
»Ich verstehe«, sagt Detlefsen.
»Noch nicht ganz«, lächelt Böhm. »Die Versetzung nach Kiel wäre nämlich mit Ihrer Beförderung zum Studiendirektor verbunden.«
Peter Detlefsen schweigt verblüfft. Dann wird er leicht ironisch: »Ich wußte nicht, daß ich so in Ihrer Gunst stehe.«
Der Direktor lacht. »So kann man sich täuschen, wie? Na, Sie wissen selbst, daß Sie ein hervorragender Pädagoge sind. Ihr Gerechtigkeitssinn war sprichwörtlich, bevor ... bevor ... Ach, wozu viele Worte. Sehen Sie zu, daß Sie die kurze Zeit noch über die Runden bringen. Falls es Ihnen mit der kleinen Mattiesen wirklich ernst ist, was ich nicht beurteilen kann, werden Sie ein bißchen auf Distanz gehen, bis sie das Abitur in der Tasche hat.«
»Ja, gewiß«, entgegnet Detlefsen zögernd.

»Das war sozusagen ein freundschaftlicher Rat, Herr Kollege«, verabschiedet ihn Böhm jetzt herzlich. »Wünsche einen geruhsamen Feiertag.«
»Danke, gleichfalls, Herr Oberstudiendirektor.« Peter Detlefsen geht nachdenklich hinaus.
Kerstins Drei in Biologie und die gelungene Nachprüfung führen auf dem Mattiesenhof zu verschiedenen Reaktionen.
»Eine Drei? Spitze der Fahnenstange!« ruft Eike. »Aber die Nachprüfung ist 'ne Affenschande, wenn auch klar war, daß du es auch mündlich schaffst. Schließlich hatte ich dich vorher abgehört!«
»Und wer hat Kerstin zu Schnittker geschickt?« fragt Olga mit unverhohlenem Triumph.
»Eine Drei auf Krücken«, meint der Doktor. »Immerhin besser als eine Bauchlandung.«
»Zynische Vergleiche«, weist ihn Annemarie zurecht. »›Krükken‹ und ›Bauch‹! Am Ende nennst du die Arbeit eine Steißgeburt.«
»Jedenfalls bin ich keine Niete«, sagt Kerstin vergnügt. »Ich habe mich gehalten wie eine Eins!«
»Mit 'ner Drei?« grinst der Vater.
»Besser als mit Blinddarm!« provoziert Olga.
Da ist der Doktor still.
Kerstin schwingt sich nachmittags auf ihr Rad und fährt ans Wiek, zu Schnittker. Sie kommt sich ein bißchen wie Rotkäppchen vor, denn sie hat eine Flasche Wein, einen Kuchen und noch so allerlei in der Gepäcktasche, zum Beispiel Räucherlachs und Gänseleberpastete.
»Ich selber habe nichts als mein Dankeschön«, sagt sie zu dem alten Herrn. »Alles, was ich bringe, stammt von Olga.«
»Die will mich wohl umbringen?« brummt Schnittker, als er die Dose mit Pastete sieht. »Aber das trifft sich. Frau Sellmann hat mir heute frisches Weißbrot gekauft. Also genehmigen wir uns ein Schlemmerschnittchen. Mach uns einen Tee dazu. Ich gehe doch recht in der Annahme, daß du keine Fünf geschrieben hast?«
»Ach so!« Kerstin ist lange nicht mehr knallrot geworden. »Entschuldigen Sie. Ja, die Hauptsache: Es ist eine Drei!«

»Dein Detlefsen hat sich hoffentlich gefreut?« fragt Schnittker.
»Wir hatten keine Zeit, darüber zu sprechen.«
Bei Tee und kleinen Häppchen berichtet Kerstin dem alten Herrn von der Nachprüfung.
Schnittker lacht nur. »Was meinst du, wenn *ich* deine Lehrer prüfen würde? Die haben auch ihre Lücken. Im übrigen: Geprüft wird man immer. Ein Leben lang. Das gehört zu den Binsenweisheiten. – Du wirst mich auch künftig mal besuchen?«
»Das ist doch klar!«
Beim Abschied sagt er: »Grüß Olga!«
Als Kerstin heimkommt, empfängt sie Eike mit verschwörerischen Gebärden. »Dein Peter hat angerufen. Er will dich sprechen. Ich hab' das Telefonat entgegengenommen.«
»Wer... Was...?«
»Tu nicht so. Um acht Uhr am Sandbogen.«
Der Bruder sieht Kerstin an, daß ihr Herz einen Sprung tut. Doch sie fragt stirnrunzelnd: »Weshalb denn so geheimnisvoll? Er ist doch entlastet.«
»Beschwert, Schwesterchen, beschwert«, grinst Eike. »Und vielleicht will er dir 'n Geheimnis mitteilen.«
»Da bin ich aber neugierig.«
Doch am Abend zieht Kerstin ihren schicken neuen Staubmantel an, stibitzt aus Annemaries Garderobe den feinsten Schal und das eleganteste Kopftuch – und macht sich auf den Weg.
Am Sandbogen, dort wo der Bretterpfad durch die Dünen beginnt, parkt Detlefsens Auto. Vom Vergnügungscenter tönen Stimmen, Klänge und Rhythmen eines Discotreffs herüber. Der Strandpavillon füllt sich bereits mit Oldies, die sich zum Engtanz versammeln. Die Flamingobar hat illuminiert. Das Musikschiff *Wiking I* startet zur ›Romantischen Nachtfahrt mit Unterhaltung‹.
Peter Detlefsen macht nicht den Eindruck, als wolle er sich amüsieren. Er steht neben seinem Wagen, geht Kerstin keinen Schritt entgegen, lächelt nur ein wenig, als sie atemlos ihr Rad gegen einen Pfahl wirft.
»Nun?« fragt sie.
Er antwortet nicht.

Sie gehen schweigend durch den jetzt menschenleeren Teil des Dünenreviers. Die Leuchtbake taucht auf, das Gelände wird flach. Man sieht wieder die See, hört das leise Plätschern der Wellen, vereinzelte Möwenschreie und den fernen Orgelton eines Typhons. Nun sind sie schon eine halbe Stunde unterwegs, der Mann und das Mädchen, und keiner von ihnen hat etwas gesagt.

Detlefsen setzt sich auf den Rand eines geborstenen Holzkahns. Kerstin schlendert noch eine Weile trotzig hin und her, hebt Steinchen auf, wirft sie ins Wasser.

Schließlich hockt sie sich neben Peter.

»Herr Oberstudienrat Detlefsen!« beginnt sie. »Ihre Schülerin wartet auf die nächste Prüfung. Offenbar ist Ihnen das Thema entfallen.« Das soll überlegen-spöttisch klingen. Doch sie merkt selbst: Ungeduld, Enttäuschung schwingen in ihrer Stimme.

In dem ruhigen Ton, der Kerstin an ihm ärgert, mehr aber noch fasziniert, entgegnet Peter: »Ich wollte etwas Wichtiges mit dir besprechen.«

»Sprechen! Aber du sprichst ja nicht! Morgen kann mein Vater die Blasen an meinen Füßen behandeln. ›Die kommen vom Sprechen‹, erkläre ich ihm dann.«

Peter lächelt nachsichtig. Peter lächelt *immer* nachsichtig.

Kerstin provoziert: »Du bist doch Biologielehrer. Aber Biologie, hat Schnittker gesagt, ist nicht Papier, sondern Leben. Was bedeutet denn das Wort? Na, Herr Pauker? Es hat auch was mit Liebe zu tun.«

»Über den Tod hinaus«, sagt Peter still. »Ich pflege das Grab meiner Frau nicht aus Konvention.«

Kerstin wird klar, daß sie ihn schlimmer nicht verletzen konnte. So sagt sie ernsthaft: »Deiner Frau will ich nichts nehmen. Niemals. Ich dachte, du weißt das. Damit du's endlich begreifst, ich ... ich schwöre es dir.«

Peter nimmt ihre Hand. »Aber das brauchst du doch nicht, Kind.«

»Ich bin kein Kind.«

Wieder dieses Lächeln. »Muß ich dir sagen, daß ›Kind‹ auch ein Synonym für ›Geliebte‹ sein kann?«

»Na, dann nenn mich doch gleich so! Du bist schrecklich altmodisch, Peter.«
»Ich?« Jetzt lacht Detlefsen hörbar.
»Na, gut. Also bin ich auch altmodisch. Nächstens schick' ich dir meine Oma. Die ist von heute. Nun rede aber. Was wolltest du mit mir besprechen?«
»Ich werde nach Kiel versetzt«, sagt Peter.
Kerstin rutscht von der Bordwand des Wracks, stellt sich vor ihn hin und starrt ihn an. Es ist noch nicht sehr dunkel. Trotzdem kann sie seinen Gesichtsausdruck nicht erkennen.
»Du... du willst doch nicht fliehen?«
»Ach wo. Ich gehe auch nicht gleich, sondern erst zu Beginn des Schuljahres. Du sollst es wissen, mußt es aber für dich behalten.«
Kerstin ist konsterniert. »War das«, stammelt sie, »war das alles, was du mir sagen wolltest? Hängt die Versetzung mit... mit uns beiden zusammen?
»Nein«, erwidert Detlefsen. »Der Verdacht, ich hätte dich bei der Bioarbeit begünstigt, ist ja nun ausgeräumt.«
»Du sprichst in einem Ton, als wäre das eine Niederlage für uns.« Kerstin geht ein paar Schritte auf und ab. Dann bleibt sie wieder vor Detlefsen stehen. »Ist es nicht vielleicht so, Peter, daß dir meine Schwierigkeiten mit der Schule immer ein willkommener Vorwand waren, keine Entscheidung zu treffen?«
»Entscheidung? Worüber?«
»Über uns. Worüber denn sonst?« ruft Kerstin.
Detlefsen geht auf Kerstins hitzigen Ton nicht ein. »Ich kann mich mehr oder weniger rasch entscheiden, ob ich nach Kiel gehe oder nicht. Sehr rasch entscheidet man sich, bei Regen nicht im Freien Kaffee zu trinken. Für Erdbeertorte oder Napfkuchen entscheide ich mich in zwei Sekunden.«
»Eine Frau zu nehmen dauert länger? Mann, du kommst da mit Vergleichen...« Sie schnappt nach Luft. »Aber Peter! Das hatten wir doch alles schon mal! Fehlt nur wieder der Hinweis auf deine große Verantwortung mir gegenüber. Trotz deiner Belehrung über das Synonym vorhin – mit der Geliebten.«
»Ich brauche eine Ehefrau, keine Geliebte.«
»Und ich will einen Mann, den ich heiraten kann – und keinen

Halbreifen, der aufs Fummeln aus ist. Verzeihung, Herr Lehrer. Ich brauche keine Aufklärung über den Ernst des Lebens. Ich sagte es schon, ich bin kein Kind mehr.«
»Kerstin«, sagt Peter. »Ich hatte heute ein aufschlußreiches Gespräch mit deiner Mutter. Sie brachte das Problem auf den Punkt.«
»So, auf den Punkt!« Da Kerstin keine Ahnung hat, daß ihre Mutter sich wirklich Sorgen macht und Peter gegenüber ihre Partei ergriffen hat, wird sie wütend: »Ich schlage vor, du diskutierst mit meiner Mutter weiter. Meine Mutter ist da der geeignetste Gesprächspartner. Sie wird dir eine schwerwiegende Beziehungskrise voraussagen, weil sie ohne Beziehungskrisen gar nicht existieren kann. Wahrscheinlich hat sie meinen Vater nur deshalb zum zweiten Mal geheiratet, um der nächsten Scheidung entgegenzukriseln.«
»Aber das ist doch Unsinn, Kerstin.«
»Unsinn, ja. Ich könnte jetzt *deine* Mutter erwähnen, die mich mag. Ich könnte dich auch daran erinnern, wie lieb ich deinen kleinen Robert habe. Aber was nützt das? Zu allererst geht es um uns beide!«
Sie läuft davon und läßt Detlefsen auf dem Schiffsrand sitzen. In einiger Entfernung bleibt sie aber doch noch einmal stehen: »Männer, die dauernd reden, ohne einmal zu küssen, können mir gestohlen bleiben. Gute Nacht, Herr Oberstudienrat. Sie haben Ihre Prüfung nicht bestanden!«

Olgas Jugendfreund taucht auf

Kerstin behält den Ausgang der Begegnung für sich. Weder Annemarie noch Olga oder Eike sagt sie ein Wort. Mit ihrem Vater spricht sie schon gar nicht über solche Dinge. Sie fühlt, daß sie sich, wenn auch nicht kindisch, so doch grundfalsch benommen hat. Also verkriecht sie sich erst einmal in ihr inneres Schneckenhaus und widmet sich den Kätzchen. Am Himmelfahrtstag bringt Eike Olga und die Gräfin Bea zur Kirche. Danach folgt er der Schwester auf die Koppel, wo Zwunsch umhertollt und Frieda selbstvergessen grast. Karsten und Annemarie sind schon früh mit der komfortablen Motoryacht eines Patienten aufs Meer hinausgefahren. Olga bleibt bis zum Abend bei ihrer Freundin, der sie einen Festschmaus bereitet, und die Geschwister essen in einem Strandlokal zu den Klängen einer Band. So verläuft der Tag für alle friedlich.

Am folgenden Morgen geht es in der Praxis zu wie in einem Taubenschlag. Das verlängerte Wochenende zeigt, wie stets, sogleich seine Auswirkungen. Da hat sich einer beim Barbecue die Hand verbrannt, einer Seglerin ist der Großbaum an den Kopf geknallt. Und auffällig viele Kurzurlauber vertragen die ›Seeluft‹ nicht.

»Die Seeluft tragen sie vor sich her«, sagt der Doktor mehrmals. »Ich kann sie riechen. Schnaps, Bier, Magensäure.«

Manchen muß er zu wenig Bewegung attestieren, manchen aber zuviel. Letztere wollten an einem Tag buchstäblich alles machen: surfen, laufen, schwimmen, radfahren – und bis in die Nacht hinein tanzen.

Olga ›bestrahlt‹ Frau Asmussen, Frau Hanusch und Frau Freese. Dabei hat sie Zeit, die Neuigkeiten in sich aufzunehmen. Das tut sie mit Wonne.

Zuletzt meldet Astrid den Kräuterdoktor Hinnerksen, der sich wieder heimlich hereingeschlichen hat. »Er sieht reichlich verbeult aus«, flüstert sie Mattiesen ins Ohr.

»Also, heute reicht's mir«, sagt der Doktor unwillig. »Ich hab' noch ein paar dringende Krankenbesuche zu machen.«

Aber schon steht Hinnerksen vor seinem Schreibtisch.
»Ich blühe auf, wenn ich dich sehe«, begrüßt ihn Mattiesen mürrisch. »Was gibt's denn? Gestern haben wir Himmelfahrt gefeiert, du scheinst aber aus der Hölle zu kommen.«
»Stimmt genau, Doktor. Stimmt genau«, erwidert Hinnerksen kläglich. »Die Medizin ist alle, die du mir gegeben hast.«
»Was denn, und deshalb bist du in eine Prügelei geraten?«
»Ach so.« Hinnerksen faßt sich vorsichtig an die Stirn. »Die Beulen? Ein Sturz auf der Kellertreppe.«
Olga kommt herein, um sich einen Behandlungsschein abzeichnen zu lassen. »Nanu, Hinnerksen, wie siehst du denn aus?«
»Bin von der Leiter gefallen.«
»Über die Kellertreppe«, korrigiert der Doktor grinsend.
»Richtig, die Kellertreppe runter«, stottert Hinnerksen.
»Demnach von der Leiter – und dann die Kellertreppe runter«, spottet Mattiesen, während Olga kopfschüttelnd hinausgeht.
Aber als Hinnerksen mit dem Doktor allein ist, gesteht er: »Mein Muttchen hat mir den Besenstiel über die Stirn gezogen, weil ich meine Freundin Waltraud eingeschmuggelt hatte.«
»Aber du bist doch ein erwachsener Mann!«
»Das mach mal meinem Muttchen klar.«
»So. Und nun soll ich die Beulen versorgen?«
»Das hab' ich schon mit Kräutersalbe getan«, erklärt Hinnerksen abweisend. Doch gleich wird er wieder kleinlaut: »Deine Medizin hat meinem Muttchen gut geholfen. Zu gut. Ich hatte die Tabletten mit Bibernelle vermischt. Jetzt glaubt sie an die Heilkraft der Bibernelle gegen Nierenleiden.«
»Was hab' ich damit zu tun?« fragt Karsten.
»Mein Muttchen erzählt seit vorgestern allen Leuten von meinem Heilerfolg. Nun läßt sie zentnerweise Bibernelle ins Haus schleppen, damit ich Nierenkranke damit behandle. Ich bin blamiert, wenn du mir nicht wieder ein richtiges Mittel zusteckst.«
»Hinnerksen!« sagt Mattiesen scharf. »Ich habe dir *einmal* im Fall deines Muttchens geholfen. Unterstütze ich deinen Humbug gutgläubigen Kranken gegenüber, mache ich mich straf-

bar. Woher sollen deine sogenannten Patienten wissen, daß sie's wirklich an der Niere haben?«

»Ich guck ihnen in die Pupillen – wie dir... mit deinem Blinddarm!«

Der Doktor steht auf. »Raus, Hinnerksen! Raus!«

Nachmittags fährt Mattiesen zu seinen Neubauern in den Elstergrund. Eike begleitet ihn, weil ihn das Vorhaben der Gruppe interessiert. »Vielleicht brauchen die einen Organisator!«

Der Landarzt wird mit großem Hallo begrüßt. Aber vor ihm ist heute schon einer dagewesen, um nach dem rechten zu sehen: der Rassehundbesitzer und Stockschläger Häcker, der pensionierte Landwirt, dem Oskar und der Zottelköter Blacky neulich eine Abwehrschlacht geliefert haben.

»Er will uns einen alten Mähdrescher und 'ne Kreissäge schenken«, berichtet Oskar. »Außerdem noch so manches, was er auf seinem Hof nicht mehr braucht.«

»Sogar zwei Ferkel haben wir gekriegt«, sagt Heidrun.

»Wie nützlich eine Hundefreundschaft doch sein kann«, grinst Mattiesen. Er geht ins Haus, um Silvia und das Baby zu untersuchen.

Die anderen zeigen Eike den verrotteten Hof, die üppige Obstplantage, das Feld und den Acker.

»Junge, Junge«, staunt Eike, »da habt ihr zu roboten wie die ersten Siedler in Amerika. Gut, daß es hier keine Indianer gibt.«

»Die Indianer, fürchte ich, sind *wir*«, lacht Heidrun. »Einige Leute sehen uns so an.«

»Ach, das gibt sich«, meint Oskar. »Sogar der Polizeichef war schon hier. Er hat überlegt, wie er uns helfen kann.«

»Karlsen?« fragt Eike. »Glaub' ich. Er stammt selbst von Bauern ab. Wenn er nicht gerade Dieben und Temposündern nachstellt, macht er in Nostalgie.«

»Und was bist du für einer?« fragt Heidrun.

»Im Moment? Aussteiger. Das heißt, nur für ein paar Monate.«

»Wir sind's für immer«, erklärt Ferdi. »Aber man kann uns auch Umsteiger nennen. Wir wollen ja hier Wurzeln schlagen.«

Der Doktor kommt mit Hannes und Silvia heraus. Silvia trägt das Baby im Arm. »He, Eike!« ruft Karsten. »Sieh dir mal den Schlingel an. Ich bin sein Pate.« Er geht mit seiner Tasche auf das Auto zu.
»Ich bleibe noch hier«, entschließt sich Eike.
»Okay«, meint der Vater. »Kannst beim Mistkarren helfen. Ist gut für die Muskeln! Den Gestank bringst du Olga mit. Das liebt sie mehr als Parfüm.«
Der Sohn hat nicht viel Zeit zum Schwatzen. Die Amateurlandwirte machen sich wieder an die Arbeit, der Gast hilft, wo er kann. Als er eben ein ausgerissenes Ferkel schnappt und das quiekende und zappelnde Etwas an sich preßt, kommt wieder ein Auto.
»Nanu?« Hannes läßt die Mistgabel sinken. »Wer beehrt uns denn da? Ist das 'ne Prinzessin von Savoyen? Wer kann sich so ein Cabrio leisten?«
Es ist Hilke. Hilke Frentsen. Eikes Schicki-Micki-Girl aus Hamburg. Sie schiebt die spiegelnde Sonnenbrille hoch und winkt mit dem Arm, der bis zum Ellbogen in Netzgold steckt.
»Hei, Eiky!« ruft sie fröhlich. »War nichts in Nizza. Bin zurück, wie du siehst. Traf deinen Papi eben. Machst du hier 'ne Rustypede?«
»Sie meint eine Farmer-Show«, erklärt Eike lauthals. Ferdi nimmt ihm das quiekende Ferkel ab. Hilke öffnet die Wagentür und blickt auf die vielen Hühner. »Chicken-Pick?«
»Nein, die braten wir nicht. Die laufen nur so frei herum. Echte Hühnerfarm. Keine Batteriezucht!«
»Ist ja rommy!« quietscht Hilke vergnügt. »Selektiv! Toll pervers, wie ihr ausseht. Wann rollt die erste Kugel?«
»Sie meint, wann die Fete beginnt«, übersetzt Eike.
»Gleich«, grinst Oskar. »Von Schintz haben wir eine Kiste Rotwein gekriegt, weil Eikes Vater ihm das Saufen verboten hat. Eine Flasche ist schon offen.«
Silvia nähert sich mit dem Baby an der Brust: »Ist das deine Freundin, Eike? Herzlich eingeladen! Allerdings ist Rotwein hier 'ne Ausnahme.«
»Aha. Sonst Whisky?« meint Hilke. Sie blickt verstört auf den Säugling am Mutterbusen. Trotzdem kapiert sie noch immer

nicht so recht, wo sie ist. Eike quasi auf dem Misthaufen, sozusagen unter Ferkeln – dazu reicht ihre Phantasie nicht. Sie hält das Ganze für einen extravaganten Spaß besonders erfinderischer Müßiggänger.
Und Eike glaubt halbwegs, seiner Schicki-Queen könnte es hier gefallen!
Aufgeregt hilft er ihr aus dem Wagen: »Ja, romantisch. Tolle Impression. Nette Leute. Achtung, fall nicht über das Brett.«
»Aber ich seh' noch keine Tische! Und wo...« Hilke zieht die Nase kraus, »wo ist der Pool? Der Swimming-pool?«
»Wir haben einen Bach, Fräulein«, sagt Manfred. »Aber da schwimmen tote Fische drin.«
»Iiii, mobbig!« Die süße Kleine schüttelt sich samt ihrer raffinierten Couture.
»Da ist die Bank!« sagt Silvia. »Setzt euch. Ich bring' den kleinen Karsten rein.«
»Karsten?«
»So heißt das Baby«, erklärt Eike eifrig. »Du, Hilke, das ist caddy! Mein Vater hat es zur Welt gebracht.«
Oskar reicht Hilke eine geöffnete Rotweinflasche. »Da, für euch beide! Auf Haue, Hiebe, lange Liebe!«
»Was meint er da?« Hilke hält die staubige Flasche von sich. »Wo sind die Gläser?«
Oskar läßt den Wein aus seiner Flasche in sich hineingluckern. Rülpsend setzt er sie ab. »'tschuldigung, war keine Absicht. Aber so – mitten in der Arbeit...«
»Arbeit?« Hilke blickt nun aufmerksam um sich. Inzwischen nimmt ihr Eike die Flasche weg und bedient sich wie Oskar.
Silvia kommt ohne Baby wieder aus dem Haus und nimmt neben Hilke Platz: »Rutsch mal ein Stück. Danke. Also, Hilke heißt du. Daß ich die Silvia bin, hast du wohl schon gehört. Eikes Vater ist ein toller Arzt. Wenn's bei dir mal soweit ist, laß dich von ihm entbinden.«
»Ja, aber...« Hilke sieht in ihrer Verwirrung ganz reizend aus. »Ich bin... ich will...«
»Du bist vor allem nicht gut angezogen«, meint Hannes zwinkernd. »Ein paar alte Klamotten und Gummistiefel könnten wir dir borgen. Du möchtest Landluft schnappen? Okay. Aber

es gibt nur Müsli, Vollkornbrot, Milch und Eier. Rotwein ist Ausnahme.«
»Willst du eine Reportage machen?« fragt Manfred ernsthaft. »Wochenende bei Ökobauern? Du, dein Friseur ist aber nicht gerade Spitze. Der hat dir 'ne falsche Stichtönung reingemacht. Das glänzt. Ist längst passé. Out. Verstehst du? Ich weiß das. Ich war Friseur.«
Langsam wird Hilke wütend. Sie wendet sich an Eike: »Ich hab' im Animus, daß das keine Base für dich ist. Mein Styling ist auch nicht out. Viel eher sind die hier alle odd!«
»Aber Hilky«, versucht Eike zu beschwichtigen, »es ist doch mal 'ne Change für dich. Mal ab-urban. Das suchst du doch immer!«
»Aber nicht so was!« Sie stößt den Zottelhund von sich. »Pfui Teufel, der speichelt! Ich glaube, das ist 'n Kuh-Musical, aber kein Treff. Keine Location für mich!« Sie steht auf. »Kommst du mit? Ich wohne in Bohms Golfhotel. Du kannst da baden.«
»Hilky!« Vor lauter Bestürzung läßt Eike Rotwein über seine Hose kleckern.
»Jetzt sieht er wie ein Schweineschlächter aus«, lacht Ferdi.
»Mensch, du hast nicht alle Paspeln am Rock!« schreit Hilke. »So willst du mit mir ins Hotel?«
Eike ist ganz blaß. Hilke erscheint ihm aparter denn je. Er kann nichts dafür, er findet sie hinreißend. Auch jetzt noch. Und für die anderen ist sie ein verzogenes Mädchen, nicht mehr und nicht weniger. Die regen sich gar nicht auf.
Aber Hilke wird hysterisch. »Na schön! Mach Body-building auf dem Mist. Ich hindere dich nicht! Bleib bei diesen Frackty-pen!« Sie läuft auf ihr Cabrio zu, daß die Hühner gackernd auseinanderstieben. »Für mich ist das underdoggy. Lokale Chose!«
Sie will dem Brett ausweichen, stolpert und fällt auf ihren Schicki-Micki-Po. Manfred und Ferdi lachen, denn Hilkes Landeplatz bestand aus Matsch.
»Ihr... ihr *Bauern!*« schießt Hilke ihre gröbste Beleidigung ab. »Ja! *Bauern!*«
Das Cabrio fährt los, der Zottelhund Blacky läuft bellend ein Stück hinterher. Weg ist Hilke.

»Ein Abgang wie auf der Bühne«, lacht Heidrun.
Hannes setzt sich zu Eike, der wie auf den Kopf geschlagen wieder auf der Bank hockt. »Ist deine Freundin immer so?«
Eike schluckt. »Die – die ist nicht meine Freundin.«
»Dann ist ja wohl alles in Ordnung«, meint Silvia ungerührt. »Macht Schluß für heute. Ausnahmsweise, da ihr nun schon die Flaschen offen habt.«
»Los, Oskar!« ruft Heidrun. »Hol dein Schifferklavier! Eike will mit mir tanzen.«
Am Abend wird Eike von Hannes im rostigen Pkw auf dem Mattiesenhof abgeliefert. Der Doktor will gerade losfahren, um einen Krankenbesuch zu machen. Er steigt noch einmal aus und sieht den Sohn auf sich zu wanken.
»Morgen, Vater!«
»'n Abend, Eike. Ich hatte Hilke gesagt, wo du bist. Hoffentlich hat sie dich nicht so gesehen.«
Eike lacht: »Hat sie. Ich war schon so 'n bißchen angemistet, weißt du? Hatte ein Ferkel eingefangen. Da konnt' ich ja nicht aus dem Ei gepellt sein. Na, und dann... Wir haben viel gelacht.«
»Hilke auch?« fragt der Doktor hinterhältig. »Habt ihr euch ausgesprochen?«
»Da gab's nichts auszusprechen, Vater. Ich bin bedient.«
»Das seh' ich«, feixt der Doktor. »Du gehörst unter die Dusche! Noch was?«
»Ja. Dufte Typen, da. Ich habe beschlossen, bis Semesterbeginn dort Ferien zu machen. Arbeit auf dem Bauernhof. Heute war das ja mehr eine Fete.«
»Na fein. Nun rein ins Haus. Und geh deiner Mutter aus dem Wege!«
Doch Annemarie kommt eben die Treppe herunter. Der Sohn umarmt sie und küßt sie innig. Annemarie, in Rotweindunst gehüllt, prallt zurück. Ihre weiße Bluse ist reif für die Wäsche.
»Wonach riechst du denn?«
»Nach Kuhmist, Mutter. Und nach Schwein, liebe Mami.«
Annemarie starrt Eike an, dann sieht sie zu Karsten hinüber. »Kannst du mir sagen, was mit dem Jungen passiert ist?«

»Och, er lebt sich in unserer Gegend wieder ein.« Eike schwankt ins Haus.
»Er lebt sich ein?« fragt Annemarie. »Hatte er sich nicht für eine wissenschaftliche Laufbahn entschieden?«
»Vernünftige Muße ist auch eine Wissenschaft.«
»Ich meine es ernst, Karsten.«
»Ich auch, Annemarie. Seine Schicki-Micki-Ära ist vorbei. Das ist der Punkt. Eike ist geheilt.«
»Und was hat das mit Schmutz und Gestank zu tun?«
»Frag ihn selber, wenn er vernehmungsfähig ist«, lächelt Karsten. Er setzt sich in den Wagen und winkt ihr freundlich zu.
»Ultimativst, Annemie! Eike hat Nobodys entdeckt! Mach uns beiden nachher 'ne Flasche Wein auf! Wir feiern auch!«
»Wir feiern auch«, seufzt Annemarie, dem Auto ratlos nachblickend. »Selbstfindung auf dem Mist! Na ja, mal was anderes.«
Und nun lächelt auch sie.

Am Samstagvormittag hat Karsten noch Sprechstunde. Das geht nicht anders, denn als ›Vorposten im Busch‹ kann er sich ein arbeitsfreies Wochenende nicht leisten. In der Nacht hat es geregnet. Auf den Wiesen stehen Kühe und Pferde wie in dichtem, weißem Dampf. Da der Alte Damm aber höher liegt, finden die Patienten den Mattiesenhof und den Landarzt auch ohne Radar.
Frau Sellmann ist in aller Herrgottsfrühe pünktlich erschienen. Sie berichtet Olga etwas scheinbar Belangloses:
»Gestern hat sich ein Herr nach Ihnen erkundigt, und er ist an die Thea geraten. Die arbeitet doch mit dem Reporter zusammen. Dem Dröge, dem die Frau weggelaufen ist.«
»Langsam, langsam. Die Thea hat 'ne Vorliebe für alleinstehende Männer. Das wissen wir doch.« Olga hört kaum hin. Sie bereitet den Katzen ihr Frühstück.
»Aber da war dieser feine Herr«, läßt Frau Sellmann nicht nach. »Sehr elegant, aber seriös. Dafür hab' ich einen Blick. Er parkte seinen Mercedes vor dem Rathaus –«
»Wenn er mich dienstlich sprechen will, soll er 'ne Eingabe machen«, unterbricht Olga. »Gestern, bei der Ratssitzung, lag

nichts vor. Wird ein Spekulant sein, der eine Auflassung wünscht. Bei mir nicht! Nicht privat!« Und damit verschwindet sie im Waschhaus.
Frau Sellmann zuckt die Achseln. Soll Olga sehen, wie sie mit der Sache fertig wird, die sich da anbahnt. Frau Sellmann glaubt zu wissen, wovor sie warnte. Denn was sie gehört hat, das hat sie gehört. Schließlich kam sie gerade aus dem Rathaus, als der Fremde sich bei Thea und Dröge erkundigte.
»Ach, kann mir jemand sagen, wo der Mattiesenhof liegt?« fragte er. »Vom Einwohnermeldeamt erhielt ich die Auskunft, Frau Olga sei auf dem Mattiesenhof wohnhaft.«
Die Thea und der Dröge schalteten sofort. Der Herr sah sehr betucht aus, richtig ›ministeriell‹. Vielleicht einer vom diplomatischen Korps?
»Exzellenz«, redete ihn Dröge treuherzig an. Und die Thea, neuerdings Dröges ›Hilfsreporterin‹, machte sogar einen verstohlenen Knicks. Der feine Herr lachte und erwiderte fröhlich-direkt: »Nicht doch! Nicht doch! Ich bin Baumschulenbesitzer im Ruhestand. Heiße Hugo Cornelsen und komme aus dem Badischen. Eine Durchsicht alter Fotos brachte mich neulich auf Olga, die verwitwete Arztfrau –«
»Jetzt Arzt*mutter*«, warf Thea ein.
»Ja, haha! Meine Jugendliebe!« ruft der feine Herr ungeniert. »Nun bin ich hier, sie zu überraschen.«
Thea und Dröge tauschten Blicke. Dann gab sich Thea verständnisvoll und hilfreich: »Am besten eignet sich der Samstag für Ihren Plan, Herr Cornelsen. Wissen Sie, samstags nachmittags hat Frau Olga immer viel Zeit...«
Zeit braucht vor allem die Thea. Sie wittert sofort einen Coup, eine Sensation für die Lokalzeitung. Olga ist ja Ratsherrin (wie die Alten sie noch titulieren, obwohl das längst Bürgerschaftsrätin heißt). Olga ist – Titel hin, Titel her – eine Persönlichkeit des öffentlichen Interesses. Als Kommunalpolitikerin wird sie wegen ihres Mutes nicht nur von der Opposition, sondern auch in den eigenen Reihen hoch geachtet und – gefürchtet. Olga hat sich noch nie gescheut, schmutzige Wäsche vor aller Augen und Ohren zu waschen. Die Jugendliebe der stadt- und landbekannten Eisernen Lady – das ist ein Hit! Das muß ein Kopf-an-

Kopf-Foto und einen tollen Text ergeben! Aber es bedarf der Vorbereitung...
Herr Cornelsen nimmt gern zur Kenntnis, daß Bohms Golfhotel die geeignete Residenz für ihn ist und daß er von dort aus leicht zum Mattiesenhof gelangt. Auch, wo er die teuersten Treibhausrosen bekommt, nämlich beim Gärtner Kristen, teilt ihm die Thea eifrig mit. Und als Herr Hugo Cornelsen lachend und dankend den Hut zieht, ahnt er nicht, daß das Klatschweib sein Programm bestimmt hat. Mehr noch: Sie hat die Fäden des Spiels voll in der Hand. Der Vorhang braucht bloß hochzugehen.
Am Samstagnachmittag fährt der feine Herr Hugo Cornelsen mit seiner Ministerkarosse in den Landarzthof ein. Daß ihm ein unscheinbares Auto mit den Insassen Thea und Dröge gefolgt ist, fiel ihm nicht weiter auf. Die beiden Sensationsreporter parken bei Schintz' Außenweide und huschen zur Hecke des Mattiesengrundstücks.
Da sich das Wetter gebessert hat, deckt Annemarie eben den Kaffeetisch auf dem Fliesenquadrat vor den Küchenfenstern. Hugos Mercedes beachtet sie nicht, sie meint, da käme zur Unzeit ein fremder Patient. Der Doktor und Kerstin, in Abiturgespräche vertieft, schlendern vom Garten her um das Haus. Und Olga naht geschäftig aus dem Stall. Dort hat sie sich bemüht, die Kätzchen an die Hühner – und die Hühner an die Kätzchen zu gewöhnen. In ihren ältesten Klamotten ist sie in einer Box herumgekrochen, der neuen Heimstatt für die Miezen. Also sieht sie eher wie ein schmuddeliges Bauernweib als wie eine gereifte Jugendgeliebte aus. Hübsch angezogen und ordentlich frisiert ist Olga ein erquickender Anblick. So aber sticht sie auf groteske Weise von dem eleganten Besuch ab.
Herr Hugo Cornelsen nimmt einen großen, in Folie verpackten Strauß langstieliger herrlicher Sonjarosen aus dem Auto. Er strafft sich und tritt der über den Hof latschenden Olga in den Weg.
»Jawooohhhl«, ruft er beseligt, »das ist sie! Die Augen! Unverkennbar – über Jahre und Jahre hinweg! Olga!«
Kerstin stößt den Doktor an: »Wer ist denn das?«
»Keine Ahnung! Da fragst du mich zuviel.«

Der elegante Fremde schaut unverzagt auf die im Augenblick wenig attraktive Olga. Offenbar trägt er eine nostalgische Brille. Die Erinnerung überblendet die Gegenwart. Er läßt sich nicht beirren.
»Ja Olga, erkennst du mich denn nicht?«
»Nein«, antwortet Olga schroff. »Sagen Sie mal, wer sind Sie überhaupt?«
»Na, der Hugo!«
Unvermindert barsch erklärt Olga: »Hugo? Hugo? Ich kenne keinen Hugo.«
Das scheint der Fremde äußerst lustig zu finden. »Aber ich bin doch dein Äffchen! Ja! ›Mein Äffchen‹ hast du mich damals genannt!«
»Ich?« Olga steht wie angewurzelt. »Ich soll *Sie* Äffchen genannt haben?«
»Na immer! Haha. Wenn's auch ein Weilchen her ist! Wir sind doch ein Jahr lang in Flensburg zur Schule gegangen. Ich allerdings auf das Jungengymnasium. Aber ich habe dich öfter abgeholt, und dann –« Hugo unterbricht sich und überreicht ihr die Rosen. »Ist es möglich, du hast noch immer das süße Grübchen am Kinn!«
Die Überreichung der Rosen ist für die Sensationsreporter Thea und Dröge hinter der Hecke der Auslöser für eine ganze Reihe von Aufnahmen. Sie tanzen und rascheln und klicken aus allen möglichen Blickwinkeln. Welch herrlicher Kontrast! Olga, die Bürgerschaftsrätin, mit Stroh im Haar und Schmutz im Gesicht, das unförmigste Stallgewand am Leibe, und der tadellos gepflegte Herr im Maßanzug. Dazu die protzige Menge wundervoller Rosen. Hi! Wo die Liebe hinfällt ... Das gibt ein höllisches Gelächter, wenn die Leute so ein Bild (samt Text) in der Zeitung finden! Einige werden sich kringeln, andere einen Skandal daraus machen.
Mit reicher Beute im Kasten ziehen sich Thea und Dröge zurück.
Auch Kerstin macht einen langen Hals. »Sieh mal einer an, Vater. Bisher hat sie mir nur von ihrer heimlichen Liebe zu Schnittker erzählt. Aber da war wohl noch mehr.«
»Sieht so aus«, grinst der Doktor.

»Hm. Ist immerhin 'n flotter Typ«, meint Kerstin. »Wahrscheinlich ist Oma nur sehr verlegen. Sie scheut sich, ihre wahren Gefühle zu zeigen!«
Olga läßt Hugo stehen und eilt ins Haus, in dem Augenblick, als Annemarie mit der Kuchenplatte herauskommt.
»Cornelsen«, stellt sich ihr der Besucher vor. »Hugo Cornelsen. Sie sind sicher Olgas Tochter?«
»Die Schwiegertochter«, erwidert Annemarie belustigt. »Die beiden da – mein Mann und meine Tochter Kerstin.«
»Der berühmte Landarzt!« Hugo winkt jovial. »Aber sagen Sie, hat Olga vor mir die Flucht ergriffen?«
»Ach, keine Spur«, meint Annemarie. »Sie wird sich nur umziehen wollen. Schließlich kamen Sie ja etwas überraschend.«
Der Doktor und Kerstin verschwinden um die Hausecke und gehen über die Veranda ins Haus. Mattiesen hat Lachtränen in den Augen. Zu allem Überfluß kehrt auch Eike eben vom Ökohof zurück. Er findet Vater und Schwester in der Küche, wo Mattiesen einen Klaren kippt. Kerstin hat den Wasserkessel noch einmal aufgesetzt: »Jetzt fehlt noch ein Gedeck.«
»Aus welcher Operette ist denn der Kerl da draußen entsprungen?« fragt Eike. »Der flirtet mit Mami; tauschen die Erinnerungen aus?«
»Ach. Ein gewisser Hugo Cornelsen«, setzt ihn Kerstin ins Bild. »Eine Pflanze von Omas Jugendwiese.«
»Woher?« fragt Eike.
Doch schon erscheint Olga selbst in der Küche. Sie hat sich hastig fein gemacht. Sehr hastig. Immerhin trägt sie ihr neuestes Sommerkleid.
»Meine Haare ...«, murmelt sie. »Wenn ich das gewußt hätte ...«
Der Doktor reibt sich die Hände. »Tja, liebwerte Frau Mama! Jetzt kommt's ans Licht! Deine bewegte Vergangenheit holt dich ein!«
»Mach keine Sprüche!« herrscht Olga ihn an. »Ich kann mich kaum an den Menschen erinnern. Steht plötzlich mit einem Rosenstrauß da und schwatzt dummes Zeug!«
»Dummes Zeug?« grinst Karsten. »Geflötet hat er! Gesäuselt! Die Augen verdreht. ›Olga! Meine Olga! Äffchen hast du mich

immer genannt!‹ Das läßt tief blicken, Mutter! Sehr tief! Gelustwandelt ist er mit dir. Womöglich im Mondschein und zum Gesang einer Nachtigall.«

»Ja, ja. Und irgendwo schluchzten Geigen«, murmelt Olga. »Wer macht mir mal den Reißverschluß zu?«

Endlich sitzen alle mit dem unverhofften Gast am Kaffeetisch. Hugo berichtet unbefangen, daß er reich und alleinstehend sei. Seine ›Wanderung in die Vergangenheit‹ habe ihn hergeführt, er wohne komfortabel in Bohms Hotel. Es gefalle ihm sehr. Vor allem wolle er die Bekanntschaft mit Olga erneuern und vertiefen, da sie glücklicherweise frei sei.

»Ich bleibe!« ruft er der staunenden Runde unternehmungslustig zu.

Nun ja. Das kann ihm keiner verbieten. Nur sieht er die Sache anders als Olga, die nie dazu kam, in ihrer Erinnerung so weit zurückzukramen. Erst allmählich – und auch nur vage – kann sie sich auf dies und das besinnen. So weicht sie zunächst einmal allen Einladungen aus und schützt Arbeit vor. Viel Arbeit noch vor Pfingsten: in der Praxis, auf der Koppel, in der Gemeinde. Doch die Hoffnung, das würde Hugo entmutigen, erfüllt sich nicht. Munter ruft er: »Ich dränge nicht, Olga! Wir haben ja Zeit, viel Zeit... Ich werde in der Woche noch mal anrufen. Vielleicht verabreden wir etwas für die Feiertage?«

Annemarie macht ein Gesicht, als wolle sie sagen: Schön wär's, wenn dieser Mann mit Olga auf eine lange, lange Hochzeitsreise ginge...

Am Dienstag platzt die Bombe. Der Rentner Ehlers bringt die Borsberger Zeitung kurz nach 9 Uhr auf den Mattiesenhof. Astrid legt sie auf das Ablagebrett, stutzt aber, denn ein Bild fällt ihr auf. Schnell greift sie wieder nach der Zeitung und liest auf der Titelseite: WIEDERSEHEN NACH JAHRZEHNTEN. Himmel! Da ist ein Foto – mit Entfernungsraffer geschossen – das Olga in Stallklamotten sozusagen Brust an Brust mit einem Edeltyp zeigt. Ein Rosenstrauß verbindet die beiden mehr, als daß er sie trennt. Der Text dazu: »Zwei liebende Herzen wieder vereint. Herrn Hugo Cornelsen, derzeit in Bohms Nobelhotel, winkt späte Erfüllung. Wie er unserem Reporter mitteilte, hat ihn die

Erinnerung an unsere *Eiserne Lady* ein Leben lang nicht losgelassen. Cornelsen, MdB, opferte seine Karriere der Frau, die unsere Kommunalpolitik mitbestimmt: Olga Mattiesen. Sie ist die Mutter unseres beliebten Landarztes. Auf dem Foto sieht man, wie Hugo seine Olga in die Arme schließt: Rosenglück auf dem Mattiesenhof. Auf dem rechten Foto: Dr. Karsten Mattiesen mit Frau, Sohn und Tochter.« Astrid starrt auf das kleinere Archivbild.

»Astrid!« reißt Doris sie aus ihrer Lektüre. »Der Doktor wird sauer, wenn er dich hier die Zeitung lesen sieht.«

»Wie er erst sauer wird, wenn *er* sie liest«, sagt Astrid.

»Was ist denn da so spannend?«

»Hier. Aber zeig es während der Sprechstunde niemandem!« Astrid gibt Doris das Blatt und will in die Praxisräume zurück. Schon steht der Doktor in der Tür.

»Astrid! Verflixt! Was ist denn los? Wo bleiben die Röntgenaufnahmen von Herrn Räsch? Klatscht ihr hier?«

»Wir nicht«, erwidert Astrid. Sie nimmt der verstörten Doris die Zeitung aus der Hand. »Wenn's schon sein muß: Lesen Sie's gleich!«

Mattiesen blickt entgeistert auf das Foto. Er überfliegt den Text. »Das ist ja 'n tolles Ding. Um Gottes willen, laßt das meine Mutter nicht sehen.«

»Was sollen sie mich nicht sehen lassen?« ruft Olga, aus dem Bestrahlungsraum kommend. »Her damit!« Ihre Augen weiten sich. Eine Weile ist es still. Dann klappt sie die Zeitung zusammen und wirft sie auf das Brett. »Infam!« schnauft sie. »Infam! Welcher Kuppler hat mich da reingebracht? Na, das wird ein Nachspiel haben. Das wird –«

»Gewiß, Mutter«, stöhnt der Doktor. »Aber jetzt machen wir weiter, ja? Wir denken nur an die Praxis. Alles andere später.«

Er hat wahrhaftig keine Zeit, sich über das alberne Foto zu ärgern. Der Warteraum ist gerammelt voll. Zu den einheimischen Patienten gesellen sich die ersten Pfingsturlauber.

»So, Herr Räsch. Ihre Röntgenaufnahme ist okay. Gratuliere. Aber schonen Sie sich! Der nächste, bitte ...«

Er untersucht nun eine junge Frau vom Campingplatz. Sie

klagt über starkes Gesichtsbrennen, ohne daß die Haut auch nur die geringste Rötung aufweist. Astrid beobachtet ihren Chef. Er gibt sich ruhig, aber sie sieht ihm die Ratlosigkeit an.
»Es ist schlimmer als Sonnenbrand«, jammert die Patientin. Dabei hat sie eine ebenmäßige, feine weiße Haut. Nein, sie hat sich nicht lange im Freien aufgehalten, und sie benützt immer die gleiche Seife und Creme.
Mattiesen verschreibt ihr einen harmlosen, kühlenden Puder.
Als die Frau gegangen ist, haut der Doktor mit der Faust auf den Schreibtisch. »Das ist in dieser Saison der vierte Fall. Einen davon testen sie seit Wochen in der Uni-Klinik in Kiel. Kein Befund! Eine neue Form von psychosomatischer Allergie!«
»Vielleicht hat man ihr einen schlechten Stellplatz für ihren Campingwagen zugewiesen«, meint Astrid. »Es gibt Leute, die auf so was komisch reagieren!«
»Ja. Aber wie kommt man dem bei? Wie diagnostiziert man das? Rate ich ihr, den Platz zu wechseln, ist sie vielleicht mit den gleichen Symptomen nächste Woche wieder hier, weil sie allergisch auf das Kleid einer Nachbarin reagiert. Oder auf sonst was. Wie soll man das feststellen? Und wie soll man behandeln, wenn man den Auslöser nicht kennt! Solche Phänomene sind noch Neuland für die Allergieforschung. Aber machen wir weiter.«
Es folgen ein Nachbehandlungsfall und die Untersuchung von Zwillingen.
»Unsere Andrea wächst, aber der Andreas bleibt klein«, sagt die Mutter der beiden Fünfjährigen. »Da stimmt was nicht. Bishe waren's immer richtige Zwillinge!«
»Aber keine eineiigen, Frau Möller«, belehrt sie Mattiesen. »Und auch grundsätzlich: Selbst ein eineiiges Mädchen- oder Jungenpärchen braucht sich nicht zum Verwechseln zu gleichen. Bei Ihren Kindern ist alles in Ordnung«, sagt der Doktor nach gründlicher Untersuchung.
Als Mattiesen gerade den verätzten Fuß eines Hafenarbeiters behandelt hat und sich die Hände wäscht, summt das Telefon auf dem Schreibtisch.
Astrid nimmt den Hörer ab. »Doktor! Ein Notfall! Dringend!«

Mattiesen übernimmt. »Ja?« fragt er. »Was? Wo?«
Am Apparat ist die Frau des Karpfenzüchters Freese. Sie kann vor Aufregung kaum sprechen. »Mein Mann ist in Borsberg. Ich habe Feriengäste. Schwere Wunde. Viel Blut. Schnell. Er verblutet...«
»Der Gast?«
»Ja!« schreit Frau Freese.
»Ich komme.« Der Doktor greift nach seinem Arztkoffer. »Ich gehe hinten raus, Astrid! Sagen Sie den anderen Bescheid. Es kann eine Weile dauern!« Er eilt durch den Anbau.
Astrid verständigt die wartenden Patienten. Doris weiß Bescheid, weil sie das Gespräch durchgestellt hat. Einige murren, als sie hören, daß sie sich gedulden müssen.
»Wer kein dringendes Anliegen hat, kommt besser ein anderes Mal«, schlägt Doris vor. Das aber stößt bei einigen auf Protest. »Ich bin extra für heute bestellt... Und ich hatte eine Leistenbruchoperation... Draußen regnet es, und da will man uns wegjagen...«
Der achtzigjährige Herr Specht ist als letzter angekommen. Er ächzt. Er ist wohl der einzige, dem kein neuer Termin anzuraten ist. Ein Ehepaar verläßt erzürnt das Haus: »Es gibt ja auch in Borsberg Ärzte.« Dagegen bleibt ein fremder Patient ohne jede Unmutsregung sitzen. Er hat nur genickt, als Doris rief: »Bitte, meine Herrschaften, seien Sie vernünftig. Auch bei Ihnen kann mal ein Notfall eintreten. Dann sind Sie froh, wenn der Arzt gleich da ist.«
Inzwischen fährt Karsten über den Alten Damm in Richtung Autobahn. Hinter dem Wäldchen gleich links führt der Weg zu Freeses Karpfenteichen. Etwas abseits steht das Haus, in dem der Unfall geschehen ist. Der Doktor springt aus dem Auto und rennt durch den Regen.
»Auf der Veranda!« ruft ihm Frau Freese zu.
Also um das Haus herum.
Der Doktor öffnet die Verandatür und prallt gegen zwei blitzneue Fahrräder, die man wegen des Regens hereingeholt hat.
»Wo ist der Notfall?« keucht er.
Am Fenstertisch sitzen – in aller Gemütsruhe – ein Mann und eine Frau, vor sich die Reste eines üppigen Picknicks.

»Der Notfall...?« wiederholt Karsten.
»Sind Sie der Doktor?« fragt der Pensionsgast. Er schiebt in aller Seelenruhe eine zerknitterte Obsttüte zurück und stützt den Ellbogen auf. »Wenn Sie der Doktor sind, dann sind Sie hier richtig.«
»Wo, richtig?« Karsten blickt sich um.
»Na, hier!« brummt der Mann. »Hab' mich beim Apfelschälen geschnitten. Da, sehen Sie mal!« Er hält dem Arzt den Daumen entgegen. »In meinem Taschentuch war Blut!«
Mattiesen glaubt nicht recht zu sehen. Was er da erblickt, ist eine Wunde, wie sie die alten Bäuerinnen früher bei ihren Kindern mit Pusten und einem scherzhaften Trostwort geheilt haben.
»Ist das alles?« fragt er, wobei er sich mühsam beherrscht.
»Meinem Mann tut es weh, was glauben Sie denn?« mischt sich die Frau ein.
»Sind das Ihre Fahrräder?« fragt der Doktor. »Ja, sagen Sie mal, warum sind Sie nicht einfach in meine Praxis gekommen? Statt Frau Freese kopfscheu zu machen, hätten Sie nach meiner Adresse fragen können! Und ich – ich dachte, hier ist jemand 'ne Schleusenklappe auf den Fuß gefallen!«
Er schiebt die Freßtüten mit seinem Koffer beiseite, sterilisiert die kleine Wunde und klebt ein Pflaster drauf.
»Mit dem Daumen soll mein Mann radfahren«, mault die Frau.
»Nächstes Mal alarmieren Sie den Rettungshubschrauber«, herrscht Karsten sie an. Er knallt seinen Koffer zu und eilt hinaus. Aber er hört die Frau noch sagen: »Hast du Worte? Und so einer nennt sich Arzt!«
Kaum sitzt Mattiesen im Auto, meldet sich Olga über Funk.
»Karsten, wo bist du?«
»Noch bei Freese!«
»Schon im Abfahren?« tönt die Stimme der Mutter dringlich.
»Ja und nein. Muß erst wenden. Das ist hier so blöd –«
»Keine Einzelheiten. Du bist noch nicht auf dem Alten Damm? Dann ist's zu spät. Herr Specht ist zusammengebrochen.«
»Verdammt!« zischt Karsten. »Verdammt!«
Was ist geschehen? Der Achtzigjährige klagte plötzlich über

Unwohlsein. Anscheinend glaubte er, an die frische Luft zu müssen. Doch bevor er die Tür des Wartezimmers erreichte, brach er bewußtlos zusammen. Sofort war Olga mit Astrid und Doris zur Stelle. Als sie ihn auf eine Trage legten, erhob sich der fremde Patient, der vorhin die Nachricht von dem Notfall so gelassen hingenommen hatte.

»Moment!« befahl er Astrid. »Ziehen Sie ihm die Jacke aus.«

Als Olga ihr Funkgespräch beendet hat, sieht sie den Fremden neben der Trage knien. »He, was machen Sie denn da?«

»Ich teste die Tiefe der Bewußtlosigkeit«, sagt der Mann. »Ich bin selber Arzt. Barthels, Dr. Barthels. Bereiten Sie bitte eine Spritze vor und passen Sie genau auf, was ich sage...«

»Nur zu!« entgegnet Olga schnell.

Dr. Barthels nennt jetzt die Menge und die Zusammensetzung der Lösung, die er injizieren will. »In Ordnung«, murmelt Olga. »Das ist genau das Richtige.«

»Einer hilft mir, den Kranken auf die Seite zu legen!« fordert Barthels. Die Leute im Warteraum atmen auf, als sie sehen, daß etwas geschieht. »Darf ich fragen, wo Sie herkommen?« erkundigt sich Olga, als der Arzt den Patienten vesorgt hat.

»Solingen«, sagt Barthels. »Ich mache Golfurlaub bei Bohm. Aber, was jetzt wichtiger ist: Ihr Patient wird sich bald wieder regen.«

»Sie sind ein Treffer, Herr Doktor«, schnieft Doris erleichtert. »Ausgerechnet! Der Chef muß zu einem Notfall, prompt haben wir einen Notfall auf dem eigenen Teppich!«

In diesem Augenblick kommt Mattiesen hereingestürmt. Er beugt sich sofort über den alten Specht, der bereits die Augenlider bewegt.

»Guten Tag, Herr Kollege.« Dr. Barthels stellt sich vor. »Ich habe ein wenig Erste Hilfe geleistet.«

»Ein wenig ist gut«, bemerkt Astrid.

Karsten bedankt sich bei seinem hilfsbereiten Kollegen.

Dr. Barthels lächelt. »Eigentlich bin ich nur als Patient gekommen. Ich habe Genickschmerzen, wahrscheinlich vom Golfspielen. Vorsichtshalber möchte ich Ihre Diagnose, um sicherzugehen, daß es nichts Ernstes ist.«

Mattiesen und Barthels kümmern sich zunächst im Sprechzimmer gemeinsam um den alten Herrn. Der kann mittlerweile wieder auf einem Stuhl sitzen. »Ich bin manchmal etwas duselig, Sie verstehen?« berichtet er. »Ich habe dann so 'n duseliges Gefühl ...«

Der Doktor sorgt dafür, daß Spechts Neffe den Patienten abholt.

Als der letzte Patient gegangen ist, kommt Olga herein.

»Wie war dein Notfall?« forscht sie. »Schlimm?«

»Sch ...«, sagt Karsten wütend. »Kratzer am Daumen und Nägel im Kopf!«

»Das ist ein Tag!« schimpft Olga. »Das ist ein Tag.«

»Ach, Mutter, das sagen wir doch immer«, schwächt der Doktor ab.

»Es hat aufgehört zu regnen«, stellt Olga fest. »Ich fahre jetzt zu diesem Zeitungsschmierer!«

»Warum bin ich Arzt geworden?« – Stoßseufzer eines Überforderten

Für das Mittagessen muß Frau Sellmann sorgen. Sie war die einzige, die sich schweigend zurückhielt. Schließlich hat sie das Unheil irgendwie geahnt. Olga radelt also in die Stadt. Sie will dem Zeitungsboß sein Blatt ›um die Ohren schlagen‹. Natürlich ist das nicht wörtlich gemeint. Olgas stärkste Waffe ist ihre Zunge.

Der Wohlstand des Herrn Fletsch gründet sich auf alle nur denkbaren Druckerzeugnisse, von Kunstbroschüren, Heimatpostkarten und Warenprospekten bis zu Briefformularen, Schreibpapier, Plakaten und Eintrittsbillets. Die Zeitung ist sein Hobby – ein Hobby, das ihm jedoch sehr am Herzen liegt.

Herr Fletsch täuscht ein Gähnen vor, als Olga in sein Büro gestürmt kommt. Seine Sekretärin hat ihn vorgewarnt.

»Aaah«, sagt er scheinbar erstaunt. »Olga Mattiesen! Besuchst du mich auch mal wieder?«

»Ja! Mit Blüten und Enten!« erwidert Olga voller Kampfeslust. »Das ›Du‹ unterlassen wir gefälligst. Ich komme offiziell. Darf ich fragen, ob Sie Ihre eigene Zeitung schon gelesen haben?«

»Nein, noch nicht.« Fletsch versucht ein weiteres Gähnen. »Immer, wenn ich Kegelabend hatte, bin ich am nächsten Vormittag müde.«

»Den Kegelabend hatten Sie Sonntag. Heute ist Dienstag! Vor Ihnen liegt ein Stoß dieser Schmiererei!« ruft Olga. Ihre Augen blitzen. »Greifen Sie nur zu! Lesen Sie! Lesen Sie gleich!«

Mit matter Hand langt Fletsch sich ein Blatt und überfliegt die Titelseite. Zu Olgas Empörung lächelt er breit, immer breiter. Dann schaut er auf: »Na, prächtig, Olga! Gratuliere: ›Eiserne Lady‹..., ›Späte Erfüllung‹..., ›Rosenglück auf dem Mattiesenhof‹... Hübsch, sehr hübsch! Und dazu das tolle Bild mit... mit diesem stattlichen Herrn Cornelsen! Einfach entzückend. Ich muß sagen, ich bin von Herzen froh –«

»Froh?« Olga schnappt nach Luft. »Worüber? Über den verlo-

genen Quatsch? Den aus den Pfoten gesogenen Schwachsinn?«
»Na, na, na!« Fletsch gibt sich objektiv. »Das ist Geschmackssache. Gerade Sie als Volksvertreterin müßten wissen, daß wir in der Stilfrage dem Publikum verpflichtet sind.«
»Aber das ist sinnentstellend!« faucht Olga, ihm das Blatt entreißend. »Wo schließt mich Hugo in die Arme, he? Und wer sagt, daß zwei liebende Herzen vereint sind? Das ist ja wohl der Gipfel!«
Fletsch nimmt die Zeitung wieder an sich. Sachlich bemerkt er: »Tja, Frau Mattiesen, wenn man das Foto näher anschaut, wie Sie zu Herrn Cornelsen aufblicken, so überwältigt...«
»Das ist ein Eingriff in meine Privatsphäre! Hausfriedensbruch!« schnaubt Olga. »Eine Klage ist Ihnen sicher! Wer hat das Foto gemacht?«
»Moment.« Fletsch greift zum Hörer. »Ist Dröge im Haus?«
Der Lokalreporter kommt.
»Guten Tag, Frau Mattiesen«, grüßt er höflich.
»Ich werde Sie gerichtlich belangen!« sagt Olga lautstark. »Sie sind hinterrücks bei uns eingedrungen und haben eine Begegnung verfälscht!«
»Ich bin nirgends eingedrungen«, versichert Dröge wahrheitsgemäß. »Ihr Hof ist überall einsehbar. Die intime Begrüßung fand im Freien statt. Jeder hätte das knipsen können.«
»Aber mein Recht am eigenen Bilde...« Olga beginnt zu ahnen, daß sie mit dem Rücken zur Wand kämpft.
Und schon grinst Fletsch. »Als Bürgerschaftsrätin sind Sie eine Persönlichkeit des öffentlichen Interesses. Da gibt's kein Recht am eigenen Bilde. Ihre Wähler wollen wissen, wer sie vertritt. Und wenn Sie sich im Herbst wieder aufstellen lassen...«
»Kann Ihnen das nur nützen«, nickt Dröge.
»Aber der *Text!*« begehrt Olga heftig auf.
»Ist recherchiert«, versichert Dröge. »Wir haben uns erlaubt, uns mit Herrn Hugo Cornelsen in Verbindung zu setzen. Dabei erfuhren wir, daß er sogar mal MdB gewesen ist, Mitglied des Bundestages.«
»Na, wunderbar!« strahlt Fletsch. »Gute Arbeit.«
»Gute Arbeit?« Wieder setzt Olga innerlich alle Segel.

»Ja.« Dröge wird eifrig. »Herr Hugo Cornelsen hat mir das ausdrücklich bestätigt. Er rief mich vorhin an und drückte seine Freude über Bild und Text aus. Er wollte den Artikel sofort mit Ihnen feiern, Frau Mattiesen.«

Bevor die bestürzte Olga etwas entgegnen kann, schaut der Redakteur Meyer herein. »'tschuldigung.« Er wendet sich an Fletsch: »Chef, die ganze Auflage ist schon vergriffen. Sollen wir nachdrucken?«

»Aber klar!« ruft Herr Fletsch. »Tausend Stück! ›Liebende Herzen‹ – das ist auch was für die Fremden!«

Der Redakteur und Dröge verschwinden. Fletsch macht sein treuherzigstes Gesicht, als er zu Olga sagt: »Sie sehen, Frau Mattiesen, das ist der Trend. Es tut mir leid.«

»Es tut Ihnen leid?« ruft Olga wutschnaubend. »Sie meinen wohl, es *wird* Ihnen leid tun! Das wird es ganz gewiß!«

Sie eilt grußlos hinaus.

Vor dem Rathaus ist das Markttreiben noch im Gange. Viele Stände bauen überhaupt erst am Abend ab. Jemandem, der die Aufmerksamkeit des Publikums erregt hat, folgen die Blicke. Das ist immer so. Olga bildet sich ein, die Augen der Leute seien nur auf sie gerichtet.

Der Polizeibeamte Heitmann grüßt respektvoll: »Ah, die Frau Doktor! So beliebt möchte ich auch mal sein!«

»Dann fangen Sie Diebe«, murrt Olga. Sie hält seine Worte für Hohn.

»Was haben Sie denn?« fragt Heitmann erstaunt. »Übrigens komme ich gerade von der Streifenfahrt. Zufällig sah ich Ihren Herrn Hugo in den Mattiesenhof einbiegen. Der erwartet Sie wohl?«

»Soll warten, bis er schwarz wird«, seufzt Olga in sich hinein.

Sie geht rat- und ziellos durch die Reihen der Marktstände.

»Schon die Zeitung gelesen?« ruft ihr die Klatschtante Berta Solljes nach. Und nun stößt sie auf Pfarrer Eckholms Haushälterin. Die schwärmt: »Sie sehen aber gut aus, Frau Mattiesen! Wie so ein Glück die Menschen verändern kann!«

»Ich bin viel an der frischen luft, *deshalb* sehe ich so gut aus!« erwidert Olga barsch. Plötzlich tippt ihr jemand von hinten auf die Schulter.

»Gratuliere!« ertönt eine bekannte Stimme. Olga fährt herum und sieht sich der Gräfin Bea gegenüber.
»Wozu gratulierst du mir?«
»Na, hör mal!« lacht Bea. »Das ist doch ein tolles Mannsbild. Ich hab' mir den Hugo genau angeguckt in der Zeitung. Sogar mit Vergrößerungsglas!«
»So. Na. Ich schenke ihn dir.«
»Aber Olga! Was ist denn los?« fragt die Gräfin verwundert.
»Alles Quatsch«, schimpft die Freundin. »Du glaubst doch hoffentlich kein Wort von dem Geschreibsel?«
»Was?« Bea versteht nicht. »Dann ist dieser Hugo gar nicht gekommen?«
Olga stöhnt. »Gekommen ist er schon. Aber das ist auch alles.«
»Er hat dir keine Rosen gebracht?« forscht Bea.
»Doch. Aber halt jetzt die Klappe.«
Bea blickt sie erschrocken an: »Wie sprichst du denn mit deiner besten Freundin?«
»Wie mir der Schnabel gewachsen ist!« Plötzlich aber zeigt Olga sich verzagt. »Ach, Bea, ich traue mich nicht nach Hause. Ich habe gehört, er will den Artikel feiern. Heitmann hat ihn auch schon bei uns einbiegen sehen.«
»Dann wartet er auf dich?«
»Möglich. Und wieder so feierlich wie ein Bestattungsunternehmer. Diesmal mit Kranz und Schleife!«
»Bist du mit dem Rad hier?« fragt Bea impulsiv. »Ja? Ich hab' meins auch dabei. Ich begleite dich. Der Typ interessiert mich.«
»Das ist doch nicht dein Ernst?«
»Wieso denn nicht? Man kann ja einen Spaß daraus machen!«
Auf dem Alten Damm kommt ihnen Hugos Mercedes bereits entgegen. Herr Cornelsen winkt, hupt, blinkt und bleibt auf der Ausweiche vor der Fohlenweide stehen. Die Damen lehnen ihre Räder an einen Baum.
»Olga!« Hugo spurtet elastisch herbei. »Kaum hatte ich die Zeitung gelesen, kam die Sonne heraus. Das wird ein schöner Nachmittag. Wie wär's mit einer Tour nach Travemünde?«
»Was soll ich denn in Travemünde?« wehrt Olga den Überfall

ab. Sie stellt vor: »Bea, das ist Hugo Cornelsen, ein Bekannter aus der Jugendzeit. – Gräfin Bea Curschheim.«
Cornelsen ist entzückt.
Weniger entzückt ist und bleibt Olga. In ihrem Zorn vergißt sie das ›Sie‹ und fährt den feinen Hugo an: »Deinetwegen werde ich durch die Presse geschleift – samt Rosenbild und Kitschtext! Und du rufst den Reporter an und bedankst dich auch noch!«
Herr Cornelsen hat offenbar sehr gute Nerven.
»Aber Olga!« tönt er fröhlich. »*Ich* finde den Text großartig! Einfach großartig! Ja, und wann darf ich dich nun nach Travemünde entführen?«
»Gar nicht. Ich muß zu Mittag essen.«
»Aber warum willst du nicht anschließend nach Travemünde?« wundert sich Bea.
»Weil ich heute nachmittag mit dir verabredet bin, falls du das vergessen haben solltest.«
»Selbstverständlich fährt deine Freundin mit«, erklärt Hugo beflissen. »Gnädige Frau, es ist mir eine Ehre... Haha, dann wäre ich wieder einmal so richtig Hahn im Korbe.«
Die Gräfin Bea ziert sich nicht lange. Ihr ist eine Abwechslung höchst willkommen.
Schließlich willigt auch Olga ein. »Gut. Aber nicht heute. Morgen ist sprechstundenfreier Tag. Da könnte ich allenfalls...«
Und damit ist Hugo Cornelsen sozusagen in den Dunstkeis des Mattiesen-Clans eingetreten.

Der Erfolg hat aber auch Thea und Dröge enger miteinander verbunden.
»Ja, siehst du«, sagt sie zu dem Lokalreporter. »Wenn ich dir nicht auf die Sprünge geholfen hätte! Gib mir einen Fotoapparat, vielleicht schieße ich noch eine Sensation. Den Text machen wir zusammen!«
Unglücklicherweise glaubt Thea, wer einmal Glück hat, dem lacht es pausenlos. Und so wird sie prompt von der Jägerin zum Opfer, zu ihrer eigenen Beute.
Da sie ihren Pit trotz Eckholm und Dröge nicht vergessen hat,

läuft sie am Nachmittag rasch auf den Friedhof. Und was sieht sie da? Sie sieht den Polizeioberkommissar Heitmann als Grabräuber! In voller Uniform! Kein Zweifel, Heitmann gräbt in aller Eile eine Konifere an der letzten Ruhestatt der Bürgerin Marta Mass aus! Wie die Spuren zeigen, muß er bereits die andere Konifere gestohlen und fortgeschafft haben – mit den Wurzelballen! O ja, die Thea kennt sich hier aus. Der Polizist ist so beschäftigt, daß er die Beobachterin nicht bemerkt. Außerdem läuft ihm schon der Schweiß in die Augen.
Thea hält sich für geistesgegenwärtig. Der erste ›Presseerfolg‹ ist ihr zu Kopf gestiegen. Sie zweifelt keine Sekunde daran, daß der ersten Sensation die zweite auf dem Fuße folgen muß. Sie hebt den Fotoapparat, den sie jetzt immer in der Tasche hat, und knipst den Grabräuber Oberkommissar Heitmann. Sie macht auch Bilder vom Abtransport. Na, das ist ein Riesenhammer! Der Friedhofsschänder hievt seine Last über die halbhohe Mauer. Er klettert ächzend hinterher, nachdem er Hacke und Schaufel vorangeworfen hat.
Wie ein Wiesel huscht die Thea zur Einfassung. Sie steigt auf den Gärtnerbrunnen und lugt über die Mauer. Auf dem Weg steht Heitmanns Privatwagen – und auf dem Anhänger liegen die Koniferen! Thea bewegt sich schlangenhaft, um weitere Bildbeweise zu erhaschen.
Das wird für Stadt und Land der größte Skandal seit Menschengedenken. Und das – genau das – befindet Herr Fletsch auch, als ihm Dröge am Mittwoch die Fotos vorlegt.
Am Donnerstag morgen bringt Ehlers die Zeitung wie immer zum Mattiesenhof. Und wieder stecken Doris und Astrid die Köpfe zusammen.
»Was ist?« fragt Olga mißtrauisch. »Da steht doch wohl nichts über unseren Ausflug nach Travemünde drin?« Sie sieht es im Geiste vor sich: GRÄFIN BEA UND DIE EISERNE OLGA MIT BUNDESTAGSABGEORDNETEM AUF LUSTFAHRT. Doch davon findet sie nichts. Aber die Schlagzeile ist stark. Eigentlich alarmierender noch. Denn sie verkündet etwas unerhört Scheußliches:
ORTSPOLIZIST ALS FRIEDHOFSRÄUBER.
»Der für seine strenge Dienstauffassung bekannte Polizeioberkommissar Heitmann raubt einer Toten die Grabzier. Er stahl

zwei Koniferen vom Grabe der Kapitänswitwe Mass. Heitmann scheute sich nicht, das Verbrechen am hellen Tage zu begehen. Zudem besaß er die Kaltblütigkeit, die Beute im eigenen Vorgarten einzupflanzen. Wir fordern entsprechende Schritte gegen den Grabschänder!«

Auf dem von Thea gemachten Foto ist die Schandtat eindeutig zu sehen.

Nach der Sprechstunde hält Olga dem Doktor die Zeitung vor die Nase. »Lies das mal!« sagt sie heiser. »Dagegen war die Sache mit Hugo ein Honigkuchen.«

»Ja – war der Heitmann besoffen?« Karsten schüttelt den Kopf. »Das ist ›full house‹! Junge, Junge! Na, der Fletsch muß wissen, was er verantwortet.«

Inzwischen ist auf der Polizeistation der Teufel los. Hauptkommissar Karlsen kriegt an diesem Vormittag den Telefonhörer kaum vom Ohr: »Nein, Herr Bürgermeister... Ich befrage Heitmann soeben. Ja, Herr Bürgermeister. Irgend jemand hat's bereits nach Kiel durchgegeben. Folgen? Nein, wir müssen erst einmal prüfen.« Karlsen legt auf und wendet sich seinem Vize zu.

Heitmann schüttelt nur immer den Kopf und murmelt: »Das gibt's doch nicht. Das gibt's doch gar nicht...«

»Ist das alles, was du zu sagen hast?« Karlsen schlägt mit der flachen Hand auf den Schreibtisch. »Mann! Die Fotos! Die Fotos sind nicht wegzuleugnen.«

Aber gerade die Fotos verschlagen Heitmann die Sprache.

Demgegenüber geht es im Hause Fletsch sehr optimistisch zu.

»Die Kioske sind beinahe gestürmt worden«, berichtet der Redakteur Meyer. »Auch die Pfingsturlauber stürzen sich auf unsere Nachrichten. Die erhöhte Auflage ist weg.«

Dröge sitzt voller Genugtuung auf dem Stuhl, den der Chef ihm angeboten hat.

»Nachdrucken, Meyer«, ordnet Herr Fletsch an. »Tausend Stück! Ist ja auch ein gigantischer Skandal! Friedhofsräuber Heitmann! Aber so stelle ich mir unsere Zeitung vor: Informativ und forsch – selbst bei den heißesten Eisen. Immer geradeheraus. Sauber, auch wenn's weh tut. Wie gesagt: Tausend Stück.«

Fletsch wendet sich Dröge zu: »Ich muß sagen, ich bin *sehr* zufrieden mit Ihnen.«
»Die Fotos stammen allerdings nicht von mir«, erinnert Dröge bescheiden.
»Ich weiß. Sie sagten schon, Sie haben da die Thea angesetzt. Aber den Riecher, Herr Dröge, den hatten *Sie*. Originelle Idee, eine findige Mitbürgerin einzuspannen. Ist die Thea im Hause?«
»Sie wollte noch vor zwölf Uhr hier sein.«
»Nun, bei so einschlagenden Erfolgen ist eine Honoraraufbesserung fällig. Ihre Gehilfin hat ja auch ein Handgeld verdient!«
»Danke, Herr Fletsch«, lächelt Dröge befriedigt.
Der Chef gerät ins Schwärmen, was sonst nicht seine Art ist. »Noch einige solcher Knüller, und wir erhöhen die Anzeigenpreise. Dann geht's aufwärts – und zwar gewaltig!«
Gewaltig ist zunächst einmal der Auftritt des Polizeichefs Karlsen und seines Stellvertreters Heitmann. Sie stehen plötzlich mitten im Raum. Schwer atmend – und mit wenig freundlichen Mienen. Sie haben eine verschüchterte kleine Dame mitgebracht. Und hinter ihnen ringt Fletschs Sekretärin hilflos die Hände.
Einige Augenblicke herrscht Schweigen. Fletsch und Dröge sind aufgestanden. Sie können es sich offensichtlich nicht erklären, daß der ›Friedhofsräuber‹ sich so ohne weiteres selbst präsentiert.
»Sie wollen Ihr Verhalten vielleicht mit Alkoholeinfluß begründen?« fragt Fletsch den Oberkommissar Heitmann.
Der Angeprangerte wendet sich an die Dame: »Bitte, Frau Mass. Erklären Sie den Herren den wahren Sachverhalt.«
»Ja, es handelt sich um das Grab meiner Tante«, beginnt die Dame. »Sie ist vor fünfzig Jahren gestorben, und ihr Grab soll eingeebnet werden, weil ich es nicht mehr bezahlen und pflegen kann. Ich hatte Herrn Heitmann gebeten, die Koniferen zu retten und bei sich anzupflanzen. Ich bekomme dafür von ihm schöne Geranien für meinen Balkon.«
Fletsch beißt sich auf die Lippen. Er greift eine Zeitung vom Schreibtisch.

»Tja, das klingt glaubhaft. Andererseits frage ich mich, warum Sie, Herr Heitmann, die Koniferen über die Mauer –«
»Da stand mein Auto«, unterbricht Heitmann. »Sollte ich die Dinger über den ganzen Friedhof schleppen?«
»Ja, ja...« Fletsch blickt auf die Fotos. »Immerhin, während des Dienstes...«
»Ich hatte meinen freien Nachmittag. Mein Vorgesetzter kann das bezeugen. Sonst noch Fragen?«
»Nnnnein«, murmelt Fletsch. Unerwartet knallt er die Zeitung auf die Tischplatte und brüllt Dröge an: »Sie Idiot! Hatten Sie keine Anhaltspunkte? Sind Sie einfach dem Anschein gefolgt? Einfach... so?«
»Ich dachte«, stammelt Dröge, »ich dachte, die Fotos sprechen für sich. Es war alles so eindeutig...«
Fletsch reißt den Telefonhörer hoch: »Nachdruck stoppen. Keine Auslieferung mehr! *Keine...!* Alle greifbaren Exemplare einsammeln!«
»Das wird teuer für Sie, Herr Fletsch«, sagt Heitmann. »Sehr teuer.«
Fletsch nimmt eine verbindliche Pose an. »Nun, ich hoffe doch, daß wir mit einem Widerruf –«
»Klein unten in die Ecke gedruckt? Nein. Da kommt was zusammen an Schadensersatz.«
Wieder brüllt Fletsch unerwartet los: »Dröge! Gehen Sie mir aus den Augen! Raus!«
An der Tür prallt Dröge auf die strahlende Thea. »Na?« ruft sie triumphierend. »Das Blatt verkauft sich wie geschmiert, was? *Meine* Fotos!«
»Thea!« jammert Dröge. »Herr Heitmann war von Frau Mass dazu ermächtigt, die Koniferen auszugraben.«
»Nein!« japst Thea. Entsetzt starrt sie auf die Versammlung. »Nein!«
»Doch!« schreit Fletsch.
Ohnmächtig sinkt Thea in Dröges Arme.
»Um Gottes willen, das auch noch!« Der Chef greift wieder nach dem Hörer. »Ein Arzt... ein Arzt...«
»Rufen Sie Mattiesen, der behandelt Ihre Fotografin schon länger«, sagt Heitmann spitz.

In der Praxis zieht der Doktor eben seinen Kittel aus. »Schluß für den Vormittag, Astrid! Heute abend und morgen früh noch mal – und dann erst wieder am Dienstag. Samstag vormittag ist mal keine Sprechstunde. Ich glaube, den Pfingsturlaub haben wir nötig. Hast du Reisepläne?«
»Mein Mann will mit mir in den Harz.«
»Und ich fahre mit meiner Annemarie nach Kopenhagen. Ich hab's ihr heute nacht versprochen.«
»In der Nacht verspricht man vieles!« lächelt Astrid.
»Also dann!« Der Doktor winkt gutgelaunt. »Wiedersehen!«
Doch das Telefon hat gesummt. Astrid, den Hörer am Ohr, winkt auch schon Mattiesen heran.
»Ich fürchte, kein Schluß für Sie, Doktor!«
»Was ist?«
»Die Thea ist zusammengebrochen.«
»Wo?«
»Im Büro von Fletsch.«
Ergeben murmelt der Doktor: »O Gott, warum bin ich nur Arzt geworden?«
Er nimmt seinen Koffer und setzt sich ins Auto.
Fletschs Büro gleicht einer Polizeistation. Heitmann sitzt auf der Schreibtischkante, sein Chef steht am Fenster, Fletsch läuft wie ein Gefangener von einer Wand zur anderen. Auf der Liege, die Fletsch für gelegentliche Schlummerminuten benutzt, ruht Thea. Thea, wachsbleich – mit herunterbaumelnden Armen. Dröge hat sich neben die Tür gedrückt, so daß man ihn kaum bemerkt.
»Na, Thea?« fragt Mattiesen. »Hast du dich wieder mal übernommen?«
»Guten Glaubens«, haucht die Patientin. »Guten Glaubens.«
»Ha!« ruft Heitmann so laut, daß Fletsch zusammenzuckt.
»Den Anlaß, bitte«, fordert Karsten knapp. »Was ist passiert?«
Da jeder was zu sagen hat, kann er sich rasch ein Bild machen. Der Doktor kennt seine Pappenheimer.
»Verworfenes Stück!« brummt Heitmann.
»Mal was von *krankhafter* Klatschsucht, Spürsucht, Neugier gehört?« fragt der Doktor ruhig. »Das, was die Thea hat, kann

ich dir auf lateinisch in die Ohren flüstern, Heitmann. Eine sehr komplizierte Sache.«
»Und was ist mit mir? Die Leute spucken mich an!«
»Das mach gefälligst mit Fletsch aus. Wie wär's denn mit einem Widerruf durch Thea? Als Anzeige! Gut für das Blatt, reinigend für Theas Gemüt!«
»Ich will alles tun«, verspricht Thea. Der Doktor verpaßt ihr eine Spritze.
»Nur ins Gefängnis will ich nicht.«
»Klapsmühle«, sagt Heitmann.
»Vielleicht sperrst du dich ein paar Tage in dein Haus ein, Thea?« schlägt der Doktor vor. »Herr Dröge fährt dich heim, und die Herren besprechen, wie sie den Fall beilegen!«
»Ganz in meinem Sinn«, stimmt Fletsch eifrig zu. »Wir bringen einen Gegenartikel unter Hervorhebung von Herrn Heitmanns Verdiensten. Eine Serie! ›Vom Fischersohn zum Polizei-Vize‹!«
»Mein Vater war Bauer«, wendet Heitmann ein.
Der Polizeichef greift nach seiner Mütze. »Ich muß... leider einen amtlichen Bericht schreiben. Also dann!« Er geht. Und auch der Doktor sagt: »Also dann!« und schließt seinen Koffer.
Unten, vor seinem Auto, trifft Mattiesen den Pfarrer.
»Du kommst mir wie gerufen«, begrüßt ihn Eckholm erleichtert. »Ich hab' schon telefoniert. Olga sagte mir, daß du hier seist. Und dann sah ich deinen Wagen.«
»Ich bin geschafft, Pfarrer, ich bin geschafft. Oder ist bei dir jemand krank?«
»Ja, äh, nein. Aber komm doch rasch auf ein Schnäpschen ins Pfarrhaus.«
»So kurz vor dem Essen?«
»Ich habe das Essen verschieben lassen. Es gibt einen kleinen Imbiß. Ein paar Lachsbrötchen und andere Häppchen.«
Der Doktor folgt dem Pfarrer ahnungsvoll ins Pfarrhaus. Es muß sich um die bewußte Herzensangelegenheit handeln, von der der Kirchenrat schon einmal sprach. Aber daß es so ernst und akut ist, hat er sich nicht träumen lassen.
»Die Sache ist die«, beginnt Eckholm verlegen. »Ich erwarte je-

manden, der nicht viel Zeit hat, weil er nachmittags mit seiner Tochter zum Sportfest muß.«

»Und ich soll die Dopingkontrolle durchführen?« grinst der Doktor.

»Du sollst eine Entscheidung beschleunigen. Ich brauche Gewißheit. Ich brauche sie – noch vor Pfingsten.«

»Die Gewißheit?«

»Ich deutete dir ja neulich einiges an, Karsten. Es ist mir ernst.« Der Pfarrer hüstelt. »Ich bin nun lange genug Witwer, und in meinem Alter zählt jeder Tag. Du weißt, die junge Frau heißt Ina Albers.«

»Ist es die hübsche Person, mit der Olga dich in Travemünde gesehen hat?« fragt der Doktor. »Wenn ich mich nicht irre, sprach sie davon.«

»Ja?« sagt Eckholm wie ein ertappter Schüler. »Nun, ich will Ina Albers heiraten! Ich habe schon eine Hochzeitsreise nach Italien gebucht. Mein Amtskollege in Wichmar übernimmt die Trauung.«

»Aber da ist ein Haken«, vermutet Karsten. »Deine Zukünftige weiß noch nicht von ihrem Glück?«

»Nein, und deshalb kommst du mir wie gerufen.«

»Ich? Genügt nicht deine Haushälterin als Anstandsdame?« fragt der Doktor.

Eckholm winkt ab. »Darum geht es nicht. Die habe ich im übrigen in ihre Schranken gewiesen. Sie trägt's mit Fassung. Aber zurück zur Sache. Du weißt nun Bescheid.«

»Schon. Aber was soll ich dabei?«

»Du sollst es ihr sagen!« ruft Eckholm beschwörend. »Ich trau' mich nicht! Ich habe Angst! Buchstäblich im letzten Moment dachte ich daran, daß du mir helfen könntest! Nun hat es sich so gefügt.«

»Pfarrer!« mahnt Karsten.

»Nun ja, hat es sich so ergeben. Äh... Also, prost!«

Beide kippen ihre Schnäpse.

»Ich habe Ina gesagt«, fährt Eckholm fort, »ich wolle mit ihr über die Zukunft ihrer Tochter sprechen. Das ist ja nicht gelogen, oder? Ich mache sie mit dir bekannt, und dann lass' ich mich unter einem Vorwand rausrufen.«

»Ach. Inzwischen soll ich Ina den Heiratsantrag machen – für dich?«
»Ja!« erwidert Eckholm und seufzt aus tiefster Seele. »Du hast es begriffen. Jetzt muß ich meine Marga einweihen. Wir haben ja nicht viel Zeit. Denke daran, Karsten, eine Absage wäre mein Untergang!«
Und dann kommt Ina Albers. Sie ist nett, natürlich, ganz und gar unbefangen. Was Karsten besonders für sie einnimmt: Sie scheint gern zu lachen.
»Tja... tja... tja...« Eckholm dreht sich wie ein Tanzbär. »Ein kleiner Imbiß... Und vielleicht ein Likörchen?« Er nimmt einen dritten Teller von der Anrichte. »Karsten, eine Papierserviette...«
In diesem Moment erscheint die Haushälterin. Mufflig erklärt sie: »Ich sollte reinkommen und sagen, daß der Klavierstimmer Sie sprechen möchte.«
»Ach ja.« Eckholm hüstelt. »Führe ihn in mein Studio.«
»Wieso? Er ist ja gar nicht da!« entgegnet Marga. »Wie kann ich ihn dann ins Studio führen?«
»Sie ist überarbeitet«, versucht Eckholm die Situation zu retten. Er folgt ihr hinaus, aber man hört ihn auf der Diele mit der Haushälterin schelten.
Der Doktor verbeißt sich ein Grinsen. Ina merkt das sehr wohl. Sie lacht unterdrückt. Schon ist der Pfarrer wieder da. Hochrot, schwer atmend.
»Hier, bitte, ein Lachsschnittchen. Greif zu, Ina. Doktor, nimm dir. Es ist mir eine Freude, daß du zufällig hier bist, Karsten. Dein Vater war – ich meine, du bist ja mein bester Freund –«
Aufs neue erscheint die Haushälterin mit der Meldung: »Der Klavierstimmer ist jetzt da!« Offensichtlich ist sie völlig verwirrt.
»Er soll schon immer anfangen«, erwidert Eckholm heftig. »Nun geh schon! Ich komme gleich. Worauf wartest du noch?«
Die Haushälterin deutet in die Ecke neben dem Sofa. »Wo soll der Klavierstimmer anfangen, wenn das Klavier hier im Zimmer steht?«

»Ach so!« Der Pfarrer greift sich an den Kopf.
Mattiesen kann sich nicht mehr halten. Er prustet, verschluckt sich an seiner Lachsschnitte, hustet, windet sich. Ina Albers geht es nicht anders. Sie lacht Tränen.
»Die Blumen auf dem Klavier müssen endlich ins Wasser!« murrt die Haushälterin. »Wenn Sie schon vergessen haben, sie zu überreichen.« Sie rauscht beleidigt ab.
»Hier, ah... natürlich!« Eckholm ist völlig erledigt. »Was lacht ihr denn so?«
»Es klappt nicht, Pfarrer«, sagt Mattiesen noch keuchend vor Lachen. »Die schönen Blumen in der Folie – sind die auch für den Klavierstimmer? Laß es! Frag sie selber!«
»Wer... wen... was?« stammelt Eckholm.
»Du – die Ina, ob sie dich heiraten will!«
»Was ist denn nun mit dem Klavierstimmer?« meldet sich die Haushälterin von der Tür her. »Würden Sie bitte entscheiden, wie oft ich den noch melden soll?«
»Schick ihn weg!« dröhnt der Pfarrer.
»Wenn nicht ihn, so seinen Geist«, brabbelt Marga im Abgehen.
Mattiesen bemüht sich vergeblich um Ernsthaftigkeit. »Vielleicht ist es besser, wenn du mich jetzt auch wegschickst, Pfarrer!«
Eckholm greift mit zitternder Hand nach seinem Glas. »Ja«, grollt er. »Geh schon, Karsten. Ich will dich nie wiedersehen.«
»Auch nicht als Trauzeugen?«
Der Pfarrer stellt sein Glas ab. »Wie?«
»Auch nicht als Trauzeugen? hat der Doktor gefragt«, lächelt Ina. »Ich würde ihn schon gern dabeihaben, wenn wir heiraten.«
»Ina...«, stammelt Eckholm beseligt. »Ina...«
»So.« Karsten erhebt sich. »Ich habe dir Erste Hilfe geleistet, Pfarrer. Nun muß ich nach Hause.«

Der Doktor bricht zusammen

Auf dem Mattiesenhof herrscht vorpfingstliche Stimmung. Olga hat sich breitschlagen lassen, an den Festtagen mit Bea und Hugo Ausflüge zu unternehmen. Eike will sich von den Ökobauern nicht trennen; zwischendurch muß er allerdings Omas Tiere versorgen. Kerstin wird übers Fest den alten Herrn Schnittker betreuen und ein wenig mit ihm arbeiten. Insgeheim plant sie auch einen kleinen Abstecher.

Annemarie fährt am Freitag nach Hamburg. Sie braucht noch einiges für die Reise nach Kopenhagen. Samstag früh, vor Tau und Tag, soll's losgehen. Am Vorabend, als Karsten schon behaglich im Bett liegt und in der *Medizinischen Wochenschrift* blättert, veranstaltet Annemarie eine Modenschau im Schlafzimmer.

»Schau mal, Karsten«, schwärmt sie. »Ich habe hier ein Reisekleid, grau. Weiße Längsstreifen. Schick, nicht? Ganz einfach!«

»Und ganz schön teuer, nicht?«

»Hör mal! Von meinem Geld! Es ist so geschnitten, daß man keine Kummerfalten sieht.«

»Kummerfalten?« Karsten blickt auf. Er sieht eine gutgewachsene, nach wie vor äußerst attraktive Frau vor sich. *Seine* Frau. »Annemie! Wo hast *du* Kummerfalten? Du hast ein nervöses Mienenspiel, aber das ist dein Naturell! Kummerfalten? Blödsinn.«

Sie küßt ihn heftig. Dann belehrt sie ihn: »Kummerfalten hat eine Frau nicht nur im Gesicht. Um die Hüften herum zum Beispiel...«

»Quatsch.«

»Neue Dessous hab' ich auch.«

»Die sind... ganz süß!« staunt Karsten. »Du bist ein männermordender Vamp.«

Annemie lacht. »Du siehst mich mit den Augen Hugos. So, wie er Olga sieht!«

»Und so was nennt sich emanzipiert!« lächelt der Doktor.

Im Bett kuschelt sie sich an ihn. »Ich freue mich auf Kopenhagen! Eine kleine Hochzeitsreise mit dir! Ein Zimmer im Hotel d'Angleterre haben wir, bei Davidsen werden wir essen – und vor der Kleinen Seejungfrau werde ich dich fotografieren!«
»Die Kleine Seejungfrau ist aber sehr klein«, meint Karsten.
Auf dem Nachttisch summt das Telefon. Der Doktor nimmt den Hörer ab. Annemarie sieht, daß sich seine Augen weiten.
»Wann?« fragt er rauh. »Wo? Ja, ich verstehe. Ich übernehme. Ist selbstverständlich.« Er legt den Hörer auf.
»Annemie...«, beginnt er stockend. »Du wirst mir jetzt eine Szene machen. Kopenhagen ist geplatzt. Sei nicht böse, aber ich konnte in diesem Fall nicht anders. Bitte, glaube mir.«
Er sieht sie an. Ihr Blick ist ernst und ruhig. Ebenso ernst und ruhig erwidert sie: »Ich habe gute Ohren, Karsten. Was da aus dem Hörer tönte, war laut genug. Dr. Karwe ist tot, und du übernimmst seinen Notdienst über Pfingsten.«
Mattiesen setzt sich auf: »Unsere Fahrt, Annemie! Die Reise fällt aus! Oder – du mußt allein fahren! Du hast dich so darauf gefreut.«
»Ich bleibe bei *dir*, Karsten. Ich habe dich wiedergeheiratet, weil ich dich liebe! Meinst du, ich überlasse Olga das Feld, um mich allein mit der Kleinen Seejungfrau zu amüsieren? Du kennst mich noch immer nicht. Ich weiß besser als jeder, daß du Pflichten hast.«
»Ich denke, das war 'ne Bewährungsprobe«, murmelt der Doktor. »Du hast dich keinen Augenblick geärgert. Du warst nicht mal enttäuscht.«
»In *diesem* Fall?« fragt Annemarie betont. »Ich hörte etwas von Herzinfarkt während eines Rettungsfalls. Und da soll ich maulen?«
Karsten nimmt sie in den Arm. »Es ist schwer, deine Reaktion zu erraten, Liebste. Das geb' ich zu. Von Frauen versteh' ich nichts.«
»Olga ausgenommen«, lacht Annemarie leise. »Du ewiges Muttersöhnchen – mit erwachsenen Kindern!«
»Nun aber Licht aus«, brummt Mattiesen.
Das Pfingstfest verläuft für den Doktor weniger hektisch als erwartet. Er ahnt nicht, daß es ein dickes Ende geben soll. Für den

Abend des zweiten Feiertages bestellt er für Annemarie und sich einen Tisch in Bohms Nobelrestaurant. Auf dem telefonischen Anrufbeantworter hinterläßt er einen Text mit genauer Angabe, wo er zu finden sei.
Bohms Hotel ist zwar nicht das Hotel d'Angleterre in Kopenhagen. Aber mit seinen vielen Möglichkeiten bietet es exklusive Abwechslung für verwöhnte Gäste. Neuerdings hat Bohm die alte Mühle auf seine Kosten wieder aufgebaut, wofür ihm das Denkmalsamt die Einrichtung einer Teestube darin gestattete. »Bohms Mühle« ist nun sein zusätzliches Wahrzeichen.
Der junge Bohm, einstiger Playboy, hat Pfarrer Eckholms jüngere Tochter Inken geheiratet. Die nette kleine Pfarrerstochter entpuppte sich als energische Geschäftsfrau, die den großmannssüchtigen Bohm eisern auf dem Boden der Tatsachen hält.
»Ah, Doktor«, empfängt der Hotelier den Landarzt. »Schenkst du mir endlich mal wieder den Anblick deiner schönen Gemahlin?«
»Gemahlin zum Festmahl, du Sprüchemacher«, lächelt Mattiesen. »Ich hoffe, du hast uns was zu bieten!«
»Austern«, sagt Bohm. »Frisch eingeflogen aus Royan. Ich habe die Kiste selber kutschiert.« Mit Kiste meint er sein eigenes Hobbyflugzeug.
Er führt seine Ehrengäste in den sogenannten Wiking-Salon. Die Austern sind tatsächlich hervorragend, wie Annemarie feststellt. Und der Chablis hat die richtige Temperatur. Der Doktor muß sich zurückhalten, denn sein Bereitschaftsdienst ist noch nicht beendet.
Inken empfiehlt das Menü: »Egerlingsrahmbraten mit Gemüsen und holsteinischen Nudeln. Danach Fruchtpudding, warm serviert auf Rotweinsoße und Vanilleeis.«
»Na, Inken, wie geht's deinem Jungen?« erkundigt sich der Doktor, als er Annemarie die Weinkarte reicht.
»Oh, der krabbelt munter. Und er hat den Dickkopp von seinem Opa.« Sie blickt sich rasch um. »Übrigens, Doktor, ist es wahr, was die Berta erzählt? Die arbeitet übers Fest in der Küche und weiß angeblich, daß mein Vater wieder heiraten will. Eine unmoralische Gewitterziege, hat sie gesagt.«

»Gieß der Berta einen Eimer Wasser über den Kopf«, erwidert Karsten gemütlich. »Die Kandidatin des Pfarrers macht einen ordentlichen Eindruck. Außerdem ist sie hübsch und jung. Du kriegst eine gute Stiefmutter, wette ich.«

Inken lacht. »Wenn *Sie* das sagen? Aber mein Vater hätte mir ein Wörtchen flüstern können.«

»Seit wann kann dieser Pfarrer flüstern?« fragt Karsten amüsiert.

»Okay!« Inken eilt davon.

Annemaries Augen glänzen. »Wir sollten öfter hier essen«, meint sie. »Es ist gepflegt und intim.«

Aber als der Champagner serviert worden ist (Karsten trinkt Sprudel), kommt ein junger Mann an den Tisch. Er bewegt sich geschickt mittels einer Patentkrücke und hat einen Stützverband vom Genick bis zur linken Gesichtshälfte mit einem Seidenschal kaschiert.

»Fritze Friedrichsen, der abgestürzte Spieler!« murmelt Karsten. »Was macht denn der hier?«

Fritze spricht ein wenig gequetscht: »'tschuldigung, Frau Mattiesen, 'tschuldigung, Doktor, daß ich störe.«

»Du bist ja wieder auf den Beinen, auf *dem* Bein, wie ich sehe«, sagt Karsten.

»Ich will mich ehrlich machen. Hier ist das geliehene Geld zurück, Doktor. Herrn Hanusch hab' ich alles erstattet, und ich darf demnächst auf Bewährung Telefondienst machen.«

»Laß mal stecken, Fritze. Troll dich. Steig nicht noch mal auf einen Kran!«

Fritze Friedrichsen verbeugt sich steif und humpelt geschickt mit seiner Krücke hinaus.

Mattiesen ist eben dabei, seiner Frau Fritzes Pech zu erläutern, als der nächste Störenfried am Tisch erscheint.

»Graffert mein Name. Ich bin Ihr Patient, wenn Sie sich erinnern.« Karsten erkennt den Automatenkassierer, den Glatzkopf, der bei der Melsen-Grete wohnt.

»Ich habe jetzt keine Sprechstunde, Herr Graffert«, sagt Karsten abweisend. »Und wenn ich nicht irre, sind Sie auch eher ein Patient des Wunderdoktors Hinnerksen. Ich sehe allerdings, daß das Haarwuchsmittel nicht geholfen hat.«

»Ach so.« Graffert fährt sich über die Glatze. »Meine Verlobte, die Grete, *liebt* Glatzen. Das wußte ich nicht. Aber *Sie* waren es, der mich darauf brachte. Erinnern Sie sich?«
»Nein«, sagt der Doktor kalt. Er sieht in einer Ecke die feingemachte Melsen-Grete sitzen. »Ihre Dame wartet.«
»Ich wollte ihr etwas bieten, doch sie langweilt sich hier. Sie ist... äh... andere Lokale gewohnt.«
»Und der Wirt andere Gäste, wie?« Mattiesen ist absichtlich so unhöflich.
»Ja«, gesteht Herr Graffert freimütig. »Doktor –« In seiner Stimme schwingt etwas Verstörtes, Drängendes: »Seit Fritze wieder auf dem Motorrad rumfahren kann, finde ich in der ganzen Gegend nur noch leere Automaten!«
»Ach! Dann hat der Unglücksrabe plötzlich 'ne Glückssträhne?«
»Nein. Da ist was anderes. Er muß den Computerplan für die Geldautomaten erwischt haben. Er gewinnt immer! Ich treibe dem Ruin entgegen. Außerdem geht meine Verlobung in die Brüche. Meine Pfingstprovision kann ich in den Wind schreiben. Dieser Fritze raubt mich aus!«
»*Ihr* Problem, Herr Graffert. Wie soll Fritze an einen Computerplan gekommen sein?«
»Zufällig! Er kann sich das Systemblatt geschnappt haben, als ein Elektroniker irgendwo einen Apparat reparierte.«
»Ich bin nicht von der Kripo«, sagt der Doktor.
In diesem Moment naht Bohm. Er überschaut die Situation und wendet sich mit leiser Schärfe an Graffert: »Mein Herr, Sie hatten wohl schon woanders gezecht, als Sie kamen. Ich habe mir erlaubt, ein Taxi zu bestellen.«
Graffert zieht sich wortlos zurück. Er zahlt beim Kellner im Stehen. Dann zieht er mit seiner Grete hastig ab.
»Der Bursche gab vor, sich für meine Reitpferde zu interessieren«, berichtet Bohm. »Aber dann wollte er mich für ein Automatenprojekt anpumpen. Eine Million Mark – ›mit Beteiligung am Gewinn‹. Ich glaube, der ist irgendwie kaputt.«
»Hier hat er nur zuviel geredet«, meint der Doktor nachdenklich.
»Gibt's kein lustigeres Thema?« mischt sich Annemarie ein.

»Trinken Sie ein Glas mit! Mein Doktor muß nüchtern bleiben.«
Markus Bohm folgt der Aufforderung nur allzu gern. Er ist ja Annemaries und Karstens Trauzeuge bei der Wiederverheiratung gewesen.
»Wie kommen Sie mit Ihrem Hotelgast Hugo Cornelsen aus?« fragt Annemarie.
Bohm lacht. »Ein Prachtmensch, Frau Mattiesen. Und wie der Ihre Schwiegermutter verehrt! Er ist ein Draufgänger, aber ... wie soll ich sagen? Rundum solide! Auch bei der Gräfin Bea hat er einen Stein im Brett. Immer voller Pläne, immer motiviert! Heute sind sie in Blankenese, morgen will er die Damen nach Bad Ofgenstein mitnehmen, in seinen Heimatort.«
»Davon wissen wir ja noch gar nichts!« sagt Annemarie freudig erstaunt.
»Das wär' nicht das Schlechteste, wenn Olga mal rauskäme!«
Bohm bestellt Mokka und Gebäck. Später kommt noch Inken an den Tisch, und die vier unterhalten sich lebhaft und vergnügt. Es ist kurz vor 23 Uhr, als der Doktor zur Rezeption ans Telefon gerufen wird. Ein Notfall!
»Doktor«, tönt eine zittrige Frauenstimme an sein Ohr. »Ich weiß durch Ihr Antwortgerät, wo Sie sind –«
»Wer ist denn da?« unterbricht Karsten.
»Na, die Thea! Doktor, kommen Sie schnell! Bei der Grete wird einer ermordet!«
»Du träumst!« Aber die Gedanken formieren sich rasch in Mattiesens Gehirn. »Wer?« fragt er. »Wer soll umgebracht werden?«
»Der Automaten-Graffert, der bei Grete wohnt. Sie schreit ›Hilfe‹, ›Mörder‹! Sie ist aus dem Haus in den Garten gerannt. Im Haus ist furchtbarer Krach.«
»Zum Teufel, ruf die Polizei! Ich bin gleich da!«
Mattiesen sagt Annemarie und den Bohms Bescheid. Der Hotelier wird Annemarie später heimfahren. Der Doktor braucht ja sein Auto, worin er als Notarzt alles Erforderliche mitführt.
»Trinkt noch einen Schluck Champagner!« Er eilt hinaus. Obwohl es normalerweise (es ist ja Sommerzeit) erst 22 Uhr wäre, ist es unter der tiefliegenden Wolkendecke stockdunkel. Mat-

tiesen fährt durch keine jener typischen, hellen Juninächte, die das Land hier oben so reizvoll machen. Es weht auch kein Lüftchen: die bekannte Ruhe vor einem Sturm. Als der Doktor den Alten Damm erreicht, sieht er vor sich – von Borsberg her – den Polizeiwagen in den Möwensteig einbiegen. Das Blaulicht entfernt sich rasch und blinkt nun vom einsamen Zeisigweg herüber. Dort gibt es nur zwei Häuser: Das der Frührentnerin Thea Knohl und das kleinere der Melsen-Grete. Die Anwesen grenzen aneinander.

Im Schein der Wagenlampe taucht die Thea auf. Sie verschwindet wie ein Geist in der Nacht.

Der Doktor nimmt seinen Koffer und eilt in das Melsen-Haus. Die Grete sitzt im Nachtgewand auf einem Stuhl und heult. Auf dem Fußboden liegt, halb entkleidet, der stöhnende Graffert. Zwischen den beiden Polizeibeamten aber steht Fritze! Fritze Friedrichsen, der Spieler!

»Aha!« entfährt es dem Doktor.

»Was heißt aha?« fragt Polizeichef Karlsen schnell.

»Na, daß der Doktor es geahnt hat!« schreit die Grete. Sie springt auf und will auf Fritze los. »Er hat geahnt, daß der Verbrecher meinen Verlobten töten wollte!« Heitmann hält sie zurück, aber ihr Mundwerk läßt sich nicht abstellen. »Eingedrungen ist der Fritze! Ermorden wollte er ihn!«

Während Mattiesen sich über den schwer zusammengeschlagenen Graffert beugt, sagt er: »Fritze, dein Auftritt bei Bohm hatte doch was zu bedeuten?«

»Klar!« erwidert Fritze seelenruhig. »Ich wollte das Schwein provozieren. Der ist mir seit drei Tagen hinterher, um mein System rauszukriegen. Ich hab' ihn nur breit angegrinst, weiter nichts.«

»Und dann?« Aber Mattiesen ist mit dem Opfer vollauf beschäftigt, und Fritze schweigt. Beim Abtasten schreit Graffert einmal laut auf. Der Doktor blickt sich um. Er sieht eine Bronzefigur auf dem Fußboden. »War das die Waffe, die du ihm in die Rippen gerannt hast, Fritze?«

»Nein! Damit wollte sich mein Verlobter wehren!« ruft die Grete vorschnell.

»Danke«, grinst Fritze. »Nee. Ich habe nur die Fäuste ge-

braucht. Ich bin ja noch ein halber Krüppel. Mit Akrobatik, auch mit Fußtritten, konnte ich dem Glatzkopf nicht dienen.«
»Tja. Rippenbrüche und Blutergüsse«, sagt Mattiesen. »Graffert muß ins Krankenhaus. Heitmann, ruf einen Rettungswagen.«
»So, und wie begann das alles?« fragt Karlsen. »Hier ist doch mehr im Busch?«
»Nichts ist!« heult Grete. »Von Bohms sind wir zu Asmussens Kneipe gefahren. Und da stand der Fritze schon am Automaten und räumte ihn aus! Wir sind dann gleich nach Hause.«
»Ja!« berichtet Fritze. »Nachdem Graffert zwei Burschen einen Wink gegeben hatte, nicht? Als ich die Kneipe verließ, standen da die Typen Wolfgang und Wilfried mit Stilett und Schlagkette. Ich hab' sie mit der Patentkrücke verscheucht. Hab' gedroht, das ist 'ne getarnte Schußwaffe. Ein eingearbeiteter Gewehrlauf. Wolfgang und Wilfried sagten bibbernd, Graffert hätt' sie auf mich angesetzt. Und so bin ich mit dem Motorrad hier angeknattert und hab' den Boß rausgetrommelt.«
»Ich wollte Fritze einschüchtern lassen«, jammert Graffert.
»Soso«, nickt Mattiesen. »Aber davon haben Sie mir bei Bohm nichts erzählt.«
»Er hat sowieso zuviel gequatscht«, schnieft die Grete wütend. »Ich hab' ihn gefragt, warum er sich beim Doktor ausmären muß, als der Fritze beim Bohm auftauchte.«
»Wahrscheinlich gerade deshalb«, grinst Karsten flüchtig. Daß den Graffert das schlechte Gewissen trieb, weil er gegen Fritze etwas eingeleitet hatte – diese Vermutung behält der Doktor für sich.
»Herr Friedrichsen«, sagt der Polizeichef amtlich. »Sie sind vorläufig festgenommen.«
Heitmann meldet: »Der Krankenwagen ist da.«
Mattiesen überwacht die Verladung des Glatzkopfs, gibt der Melsen-Grete ein Beruhigungsmittel und fährt nach Hause. Annemarie erwartet ihn schon.
»Was war?« fragt sie.
»Ach, eine Mafia-Posse«, seufzt Karsten. »Die Anlässe haben immer was Kleinpiepriges. Die Begleitumstände sind komisch. Fritze hat Graffert krankenhausreif geschlagen.«

»Das ist weniger komisch«, sagt Annemarie. »Übrigens: Olga ist wieder da. Sie ist schon zu Bett. Hugo soll mit der Gräfin Bea allein nach Bad Ofgenstein fahren. Sie ist eifersüchtig. Hugo will der Gräfin Bea eine Gärtnerei einrichten und dafür seine heimischen Beziehungen einspannen. Olga meint, das ginge sie nichts an.«
»Lieber Schreck! Gekränkte Eitelkeit! Olga läßt ihre beste Freundin sausen!« Karsten faßt sich an den Kopf. »Noch was?«
»Kerstin ist auch zurück. Sie muß nicht nur bei Schnittker, sondern auch bei Detlefsen gewesen sein. Sie war direkt überglänzt. Wahrscheinlich hat sie Detlefsens Mutter und den kleinen Robert zum Vorwand genommen.«
»Was ihr keiner verbieten kann!« murmelt der Doktor.
Als sie im Bett liegen, sagt Annemarie: »Es war lieb von dir, mich auszuführen. Aber es geht über die Hutschnur, daß dir deine Patienten ins Menü springen. Du engagierst dich zu stark!«
»Das gehört dazu«, murmelt Karsten.
»Abschalten gehört auch dazu«, mahnt Annemarie. »Der Streß liegt nicht *in* der Sache, sondern daneben. Er kommt von der Seite.«
»Da du an meiner Seite liegst, ist das ein Eigentor«, lächelt der Doktor – schon halb im Schlaf.

Vierzehn Tage später hat Mattiesen nichts mehr zu lachen. Noch vor dem Essen ist er ins Gehölz gefahren, um einen Pflegefall zu versorgen. Als er über schlechte Feldwege zurückholpert, spürt er plötzlich ein schreckliches Stechen in der Seite. Der Schmerz trifft ihn wie ein Schuß.
Ich muß nach Hause, ich muß es schaffen, denkt er. Er hofft wie ein kleiner Junge, der Schmerz würde nachlassen. Schon sieht er rechts die Kräne von Hanusch; er biegt links ab, Richtung Alter Damm. Aber dann geht nichts mehr. Er fährt an die Straßenseite und taumelt auf die Böschung. Dort sitzt er und krümmt sich.
»Doktor, Doktor!« hört er eine besorgte Stimme. Er hat überhaupt nicht bemerkt, daß da einer mit dem Krad heranknat-

terte, anhielt und sich über ihn beugte. Es ist Fritze Friedrichsen.
»Ich denke, du bist im Knast«, ächzt Mattiesen.
»Aber doch längst nicht mehr! Was machen Sie denn da? Freiübungen?«
»Nee. Ich habe… habe Bauchschmerzen«, stöhnt der Doktor.
Fritze sieht die Gesichtsblässe und den kalten Schweiß. »Kommen Sie. Ich fahre Sie ins Krankenhaus.«
Mattiesen quält sich auf den Beifahrersitz seines Wagens. Was bleibt ihm anderes übrig? Fritze übernimmt das Steuer. Unterwegs summt das Funkgerät. Olga meldet sich: »Karsten?«
»Ja, Mutter?« Er reißt sich mächtig zusammen.
»Fährst du rasch noch zum Mühlwinkel?«
»Nein. Ich fahre in die Klinik.«
»Was machst du da?« Olgas Ton verändert sich jäh. »Ist etwas passiert?«
»Ja. Am Steuer sitzt Fritze«, preßt der Doktor durch die Zähne. »Ich… ich kann nicht…«
»Der Blinddarm! Das mußte ja kommen. Ich rufe den Chefarzt an. Annemarie ist noch in der Schule…«
In Borsberg wird Mattiesen auf eine Trage gelegt. Der junge Arzt in der Aufnahme ist Astrids Mann. »Sie machen ja Sachen…«, hört ihn Karsten noch sagen. Im Untersuchungsraum sieht er vor Schmerzen nur Gesichter, vernimmt nur Stimmen, versteht kein Wort, läßt alles willenlos über sich ergehen. Der Anästhesist gibt ihm eine Spritze. Danach entkrampft sich der Patient.
»Tja, Herr Kollege«, sagt der Chefarzt, Dr. Paulsen. »Das ist eine akute Appendizitis. Betrüblich, daß ich den beliebten Landarzt aus dem Busch unter diesen Umständen kennenlerne.«
»Freue mich…«, murmelt Karsten. Er kommt sich albern vor.
»Ich sagte betrüblich«, erklärt Paulsen mit Nachdruck. »Ihre Appendizitis ist wahrscheinlich die Folge einer längeren Vernachlässigung. Da hätten Sie eigentlich früher kommen dürfen. Haben Sie denn nie etwas gespürt?«

»Nein«, erwidert Karsten verlegen. »Das heißt, ja. Aber ich dachte ...«

»Das geht von allein wieder weg?« lächelt der Chefarzt ironisch. »Aber lieber Kollege! Sie gelten als der beste Diagnostiker weit und breit. Und an sich selber stellen Sie nichts fest?«

Mattiesen schweigt beschämt.

»Nun gut.« Paulsen trifft seine Anweisungen. »Wir operieren morgen früh. Schwester Ingeborg, der Kollege kriegt sofort ein Bett. Er hat strikte Nüchternheit einzuhalten.«

Eine Viertelstunde später liegt der Landarzt in einem kleinen Behelfszimmer, die Betten sind auch in Borsberg knapp. Die Aussicht geht auf den Park hinaus, aber was wichtiger ist: Schwester Ingeborg schließt ihm ein Telefon an. Zwar haben Schmerzattacken und Injektion Karsten geschwächt, doch er denkt wieder einigermaßen klar. Er wählt seine eigene Nummer, und Olga meldet sich schneller als ein Anrufbeantworter.

»Karsten. Ja?«

»Hör zu, Mutter. Ich werde morgen operiert.«

»Na fein«, gibt sich Olga betont gelassen, doch Karsten hört die Besorgnis durch. »Wurde auch Zeit. Wie oft habe ich dir gepredigt –«

»Ich weiß«, unterbricht Karsten. »Wenn mir einer von euch Waschzeug, Morgenmantel und alles Nötige bringen könnte ...«

»Das erledigt Annemarie. Die Kinder wissen noch nichts. Eike ist auf dem Bauernhof, und Kerstin –«

»Okay, Mutter. Jetzt zur Praxis. Es gibt sicher viel Andrang in der Abendsprechstunde. Für heute ist wohl kein Vertreter mehr zu kriegen. Aber kümmere dich darum, du weißt ja Bescheid.«

»Kümmere *du* dich um deinen Blinddarm«, erwidert Olga. »Für deine Vertretung und die Praxis sorgen Astrid, Doris und ich! Basta!«

Krankenhauszeit

Annemarie bringt Karsten die benötigten Sachen ins Krankenhaus.
»Dickerchen!« ruft sie. »Da liegst du auf der Nase.«
»Auf dem Rücken«, lächelt der Doktor matt. »Keine Vorwürfe bitte. Die hat mir Olga schon gemacht. Zieh dir den Stuhl heran.«
»Hast du starke Schmerzen?« Sie sieht ihm prüfend in die Augen. »Du warst längst urlaubsreif, längst. Und der Blinddarm – Ach so: keine Vorwürfe! Lassen wir das. Ich liebe dich trotzdem.«
»Auch ohne Blinddarm?«
»Trotz deiner Unvernunft, meine ich.« Annemarie haucht ihm einen Kuß auf die Stirn.
»Wo ist mein Helfer Fritze geblieben?« fragt Karsten.
»Er hat das Auto zurückgebracht. Astrid hat ihn zu der Stelle gefahren, an der sein Motorrad lag.«
»Wenn ich euch alle nicht hätte!« murmelt der Doktor. »Aber die Praxis. Meine Kranken, die laufend versorgt werden müssen!«
Annemarie lächelt. »Olga hat einen Krisenstab gebildet, zu dem sie selbst, Astrid, Doris und Frau Sellmann gehören. Sobald Eike vom Bauernhof kommt, bringt er sie her.«
»Was denn, alle?«
»Nein, nur Olga.« Annemarie steht auf. »Ich spreche jetzt mit den Ärzten. Vergiß nicht, du bist hier Patient. Nur Patient – nichts anderes!«
»Ja, Frau Oberlehrerin«, seufzt Karsten.
Zwei Stunden später erscheint Olga. Erst macht sie den Eindruck, als nehme sie die geplante Operation so leicht wie eine Zahnbehandlung. Doch dann gesteht sie: »O Karsten, mir ist ganz übel vor Angst!«
»Dir?« fragt der Doktor verblüfft.
»Na, wem denn sonst?« ereifert sich die Mutter.
»Wo ist Eike?« lenkt Karsten ab.

»Im Auto. Schließlich brauchst du Ruhe. Besuch kriegst du später genug. Was die Praxis betrifft, mach dir keine Sorgen. Einen Vertreter haben wir schon.«
»Waaas...? Doch nicht den Kräuterdoktor?«
»Mach keine dummen Späße«, mahnt Olga. »Der Nachfolger von Dr. Karwe springt für dich ein. Er eröffnet die Praxis erst im nächsten Monat, nach dem Umbau. Er kommt noch heute zu uns raus.«
»Dann bin ich beruhigt«, sagt Karsten.
»Bedanke dich bei Astrid. Es war ihr Tip. – Nun halte dich gut, Junge.«
»Es ist ja nur ein Routineeingriff, Mutter.«
Olga dreht sich noch einmal um: »Das sagst du jetzt! Aber vorher hast du dir was vorgemacht. Du – als Arzt!«

Rechtzeitig vor Beginn der Abendsprechstunde fährt der Aushilfsarzt am Mattiesenhof vor. Er stammt aus Bremen, hat Karwes Praxis gekauft, aber noch niemanden in dieser Gegend behandelt. Er kennt die Verhältnisse hier nicht. Vor allem das Durcheinander von Stammpatienten und Urlaubern ist ihm fremd. Zunächst mißfällt ihm die urwüchsige Umgebung.
»Frau Mattiesen! Auf der Treppe sitzt ein Huhn«, spricht er Frau Stellmann an, die Olga jetzt ganztägig hilft.
»Ja, ich scheuche es in den Stall.«
Im Flur kommt Kerstin von der Galerie her die Treppe heruntergehopst.
»Sind Sie hier beschäftigt?« fragt der Arzt.
»Nee. Ich gehöre zur Familie!«
»Es wäre mir sehr lieb, wenn die Familie während der Sprechstunde nicht zwischen Personal und Patienten herumlaufen würde«, erklärt der Arzt. »Wer weist mich ein?«
Der Doktor heißt Barsch, und er macht seinem Namen Ehre. Daß er tüchtig ist, ein guter Mediziner, merken Olga, Astrid und Doris gleich. Schnell, gründlich und genau orientiert er sich in den Behandlungsräumen. Ein Umstandskrämer ist er nicht. Aber es fehlt ihm jenes Quentchen Charisma, das Mattiesen auszeichnet. Dr. Barsch hat etwas Abweisendes, Einschüchterndes. Er empfängt die Patienten mit einem Gesicht,

als seien sie sowieso nicht zu retten – oder als habe er Simulanten vor sich.
»Seien wir ihm dankbar, daß er so rasch eingesprungen ist«, ermahnt Olga die Helferinnen Astrid und Doris. Ausgerechnet heute befindet sich der alte Schnittker unter den Patienten.
»Ich habe Herzbeschwerden, Doktor.«
»*Herr* Doktor, wenn ich bitten darf. Ich liebe die ländlichen Bräuche in der Arztpraxis nicht.«
»So?« Der alte Schnittker zwinkert hinter seinen runden Brillengläsern. »Wie Sie wollen. Dann darf ich Sie meinerseits um die Anrede Herr Professor bitten. Den Doktor erlass' ich Ihnen. Auch meine anderen Titel.«
Barsch räuspert sich: »Nun, in Ihrem Alter, Herr Professor, empfehle ich Ihnen frische Luft.«
»Die hab' ich übergenug«, lächelt Schnittker.
»Frau Astrid!« Barsch bleibt förmlich. »Machen Sie ein EKG.«
Durch die Sprechanlage fordert er den nächsten Patienten auf. Das ist ein Manager, den der Hotelier Bohm geschickt hat. Der verlangt eine ›Antibiotika-Bombe‹ gegen Grippe.
»Legen Sie sich ins Bett. Gegen Fieber verordne ich nichts.«
»Aber ich muß zu einer dringenden Konferenz nach Wien.«
»Sagen Sie die Konferenz ab«, erklärt Barsch. Er hat ja recht, aber sein Ton ist kalt. Wütend verläßt der Patient das Sprechzimmer.
Professor Schnittker bekommt ein Rezept. Eike wird mit ihm zur Apotheke fahren und ihn anschließend heimbringen. Dr. Barsch nimmt sich Astrid vor: »Informieren Sie mich gefälligst, wer oder was die Patienten sind. Wie kann ich dem alten Herrn den Professor ansehen?«
Astrid beißt sich auf die Lippen.
»Haben Sie mich verstanden?« schnarrt Dr. Barsch.
Zwischendurch schaut er auch mal zur Empfangsbox im Flur: »Fräulein Doris, geben Sie keine Nummern aus?«
»Nicht mehr. Manche Patienten lieben das nicht, weil sie sich nicht mit Nummern identifizieren wollen.«
»Ich wünsche keine Belehrung, ich wünsche eine Antwort!« sagt Barsch. »In Ordnungsfragen entscheide ich, damit das klar ist. Also: Ab morgen wieder Nummern.«

Eine Mutter kommt mit ihrer fünfjährigen Tochter. »Das Kind klagt über Halsschmerzen.«
»Mund auf!« befiehlt Barsch. Das Mädchen preßt verschreckt die Zähne zusammen. »Ja, wie kann ich ihr in den Hals sehen, wenn sie nicht gehorcht?« fragt der Arzt unwillig.
»Nun tu schon, was der Onkel Doktor wünscht«, drängt die Mutter.
»Ich bin kein Onkel! Was sind das für rückständige Ideen?« bellt Dr. Barsch.
Die Frau ergreift schweigend die Hand des Kindes und verläßt mit ihm das Sprechzimmer.
»Das liegt wohl hier am Geist des Hauses«, meint Barsch kopfschüttelnd.
Als er endlich abgefahren ist, ruft Olga ihren Krisenstab und die Familie zusammen. »Kinder, wir müssen das durchstehen. Die Hauptsache ist, daß Karstens Operation ohne Komplikationen verläuft.«
Am folgenden Tag ist Annemarie gleich nach der Schule im Krankenhaus. Olga sitzt schon mit Eike im Warteraum der chirurgischen Abteilung. Schließlich kommt der Chefarzt kurz zu ihnen.
»Alles in Ordnung«, berichtet er, ein Lächeln andeutend. »Aber wenn er wieder vernehmbar ist, empfehlen Sie ihm einen Schnellkurs in medizinischer Selbstbeobachtung. Heute abend wird er wieder klar sein. Alles Gute...«
»Ich bleibe hier«, erklärt Olga.
»Ich auch«, sagt Annemarie.
»Wir können doch nicht stundenlang hier herumlungern«, gibt Eike zu bedenken. »Kerstin steckt mitten im Abitur, die braucht moralische Aufrüstung, wenn sie nach Hause kommt.«
»Er hat recht«, gibt Annemarie zu. »Der Weg ist per Auto nur ein Katzensprung.«
Abends sind sie wieder da, und diesmal ist Kerstin mit. Eine recht zuversichtliche Kerstin, denn sie glaubt, das Thema ›Shakespeare aus deutscher Sicht‹ sehr gut bewältigt zu haben.
Den operierten Doktor haben zwei Pfleger einmal schon für ein

paar Minuten auf die Beine gestellt. Dann ist er in den nachnarkotischen Schlaf zurückgefallen. Die Familie stürzt sich wie ein Bienenschwarm auf den Patienten.
»Er hat die Augen auf... Wo denn?... Aber er kann uns hören...! Jetzt bewegt er den Kopf...!«
»Karsten«, sagt Annemarie beschwörend. »Du hast zwölf Stunden geschlafen! Liebling! Liebling! Hörst du mich?«
»Nun glaubst du hoffentlich, daß es der Blinddarm war!« redet Olga dazwischen.
»Hallo, Paps! Mein Abi werde ich schaffen.« Kerstin hofft den Vater mit der Nachricht zu ermuntern.
»Alle vermissen dich!« beteuert Eike. »Der ganze Bauernhof. Ehrlich!«
Mattiesen lächelt und schläft wieder ein.
»Lassen Sie es für heute lieber genug sein«, mahnt Schwester Ingeborg. »Der Patient braucht seine Ruhe.«
»Ich bin erst zufrieden, wenn ich ihn wieder rumlaufen sehe«, brabbelt Olga auf der Heimfahrt. »Trotzdem mach' ich uns heute abend eine Erdbeerbowle.«
Der Tag stand ganz im Zeichen der Operation. Aber der Betrieb in der Praxis unter Dr. Barsch lief natürlich weiter. Und wieder gab's Ärger.
Klar, daß Olga, Astrid, Doris und Frau Sellmann nervös waren. Annemarie und Kerstin waren in der Schule, Eike lenkte sich auf dem Bauernhof ab. In der Praxis herrschte eine gespannte Atmosphäre, und die arrogante Art von Dr. Barsch wirkte alles andere als ausgleichend und beruhigend.
Ab 9 Uhr früh rufen Freunde und Bekannte an: der Apotheker Janssen, Baumschulen-Bruß, Hafenkapitän Nölting, Bäcker Stöhr, Polizeichef Karlsen, Inken Bohm, Baugeräte-Hanusch und viele, viele andere. Hugo Cornelsen meldet sich. Desgleichen die Gräfin Bea. Die Fragen sind immer dieselben.
»Wie geht es unserem Doktor? Wir haben gehört, er muß operiert werden?«
Gelegentlich tauchen Irrtümer und Spekulationen auf.
»Ist es wirklich nur der Blinddarm? Man soll ihn doch bewußtlos auf der Straße gefunden haben.«
»Noch lebt er«, bemerkt Olga in solchen Fällen ruppig.

Doris hat in der Rezeption alle Hände voll zu tun, die privaten von den offiziellen Anrufen zu trennen. Einmal stellt sie versehentlich aufs Sprechzimmer um. Der Kräuterdoktor Hinnerksen ist am Apparat.

»Na, was hab' ich gesagt?« legt Hinnerksen gleich los. »Die Pupillen verrieten es. Die Pupillen! Aber auf mich wollte keiner hören!«

»Wer ist denn da?« fragt Dr. Barsch.

»Der Kräuterspezialist«, gibt Hinnerksen forsch zurück. Er glaubt, mit Eike zu sprechen. »Sag deinem Vater –«

»Mein Vater lebt in Bremen!« erklärt Barsch eisig. »Ihre Kräuter preisen Sie bitte woanders an. Ich leite hier kein Kochstudio!«

Das war eine Panne. Doch Dr. Barsch hat sowieso keine Erfahrung mit den Eigenheiten der Alteingesessenen. Die Leute bringen ihre Beschwerden weitschweifig vor. Sie flechten Familiäres ein, sie brauchen einen ganz persönlichen Kontakt zu ihrem Arzt. Dr. Mattiesen versteht das, er trifft ihren Ton, er darf sie anpflaumen, zurechtweisen. Eben weil er zu ihnen gehört.

Dr. Barsch reagiert anmaßend. Er merkt nicht, daß jeder Stammpatient eine Autorität ist, ob Schäfer, Fischereiaufseher oder Milchfahrer. Da kommt zum Beispiel der Schleusenwärter, er hat Krampfadern.

»Meine Schwägerin hat auch Krampfadern«, erzählt er arglos. »Der Arzt hat ihr gesagt –«

»Was der Arzt Ihrer Schwägerin gesagt hat, interessiert mich nicht«, unterbricht Dr. Barsch.

»Wat?« staunt der Patient. »Sind Sie denn kein echter Doktor? Ein echter Doktor interessiert sich aber. Is ja doll! Dann bin ich hier wohl falsch.«

Bei Mattiesen wäre es zu einer solchen Szene nicht gekommen. Der hätte gegrinst und »so, so« gesagt. Barsch kanzelt den Schleusenwärter jedoch regelrecht ab.

Der verläßt schimpfend die Praxis.

»Was sind denn das für Käuze?« herrscht der Doktor Astrid an. »Ich mache doch keine Vertretung in einer Klapsmühle! Wie erträgt Ihr Chef das bloß?«

»Der Schleusenwärter hat die Lebensrettungsmedaille«, erwidert Astrid ausweichend.
»Ach, und deshalb soll ich sein Geschwätz tolerieren? Mir scheint, Sie haben eine seltsame Auffassung von moderner Praxisführung. Wir sitzen hier nicht in einem Nomadenzelt, in das Kamele ihre Köpfe reinstecken dürfen. – Der nächste!«
Der nächste ist ein Mann namens Leiffer, der einen großen, glänzenden Furunkel auf der Nase hat.
Barsch verschreibt ihm eine Salbe. »So. Die tragen Sie dreimal täglich auf.«
»Hm.« Leiffer tritt von einem Fuß auf den anderen. »Eigentlich wollte ich krank geschrieben werden.«
Dr. Barsch blickt auf: »Was sind Sie denn von Beruf?«
Leiffer erwidert: »Ich bin Kraftfahrer.«
»Fahren Sie etwa mit der Nase?« spottet Barsch. »Auf Wiedersehen.«
Astrid ruft gerade noch rechtzeitig Olga. Die hält den Patienten zurück und mischt sich diplomatisch ein. »Würden Sie sich den Furunkel noch einmal vornehmen? Der Mann fährt einen Laster. Das Risiko auf der Autobahn...«
Dr. Barsch schreibt Leiffer krank.
Aber dann kümmert sich Olga eine Weile nicht um die Praxis. Von der Bibliothek aus telefoniert sie mit dem Krankenhaus. Als der Pfarrer ins Haus kommt, sieht er weder Olga noch Frau Sellmann, noch Doris. (Doris ist im Bestrahlungsraum.) Eckholm durchquert das Wartezimmer, und da gerade ein Patient aus dem Sprechzimmer kommt, benutzt er die Pause, um den Vertreter Mattiesens nach dessen Befinden zu fragen.
»'tschuldigung, Doktor. Ich traf Olga nicht an.«
»Ihre Nummer? Hat Fräulein Doris Ihnen keine Nummer gegeben?« fragt Barsch. Eckholm ist in Zivil, und der Vertreter kennt ihn noch nicht.
»Ich brauche keine Nummer, mein Sohn«, entgegnet Eckholm. »Du bist hier eingesprungen? Das ist brav. Nun sag mir bitte rasch –«
»Besser, Sie sagen mir, was Ihnen fehlt, aber gefälligst ohne viele Umstände«, fällt ihm Dr. Barsch ins Wort.
»Mir? Mir fehlt nichts«, lacht der Pfarrer. »Das wäre was! Wo

ich doch meine bevorstehende Heirat offiziell bekanntgegeben habe! Nee, haha, ich bin gesund.«
»Gesund? Ihr Bauern versteht allenfalls was vom Wetter«, meint Barsch hochfahrend. »Du siehst mir nach Diabetes aus, Alter. Ich glaube, hier ist eine Generaluntersuchung fällig. Mach dich mal frei. Gewaschen scheinst du ja zu sein.«
»Wer? Ich? Gewaschen? Diabetes? Wie hast du mich genannt? Alter? Du hast wohl einen Piep, du jungscher Heilgehilfe!« Eckholms Stimme dröhnt durch das ganze Haus. Astrid kommt aus dem Behandlungszimmer gestürzt.
»Ein cholerischer Bauer!« ruft Dr. Barsch. »Kennen Sie den? Scheint gemeingefährlich zu sein! Schweinezüchter oder so was.«
»Dir geb' ich den Schweinezüchter!« brüllt Eckholm. »Astrid! Alter nennt der mich! Diabetes hext er mir an. Will, daß ich mich ausziehe. Hat gerochen, daß ich mich heute früh gewaschen habe!«
Nur mit Mühe kann Astrid die beiden beruhigen.
»Das ist der Herr Kirchenrat, Pfarrer Eckholm«, stellt sie klar, wobei sie sich vor Lachen schütteln möchte.
»Pensioniert?« fragt Barsch.
»Bewahre!« Wieder wird der Pfarrer laut. »Ich gedenke noch einige Jahre von der Kanzel aus Gehör zu finden! Ich bin im Amt, Doktorchen, ich bin im Amt!«
»Und ich bin kein Doktorchen«, erklärt Barsch pikiert. »Es herrscht in dieser Praxis ein furchtbares Durcheinander. Und der Ton!«
»Der Ton gehört zur Landschaft«, raunzt der Pfarrer.
Solche Szenen in der Praxis konnte man von der lustigen Seite sehen, andere nicht. Natürlich traf Dr. Barsch nicht allein die Schuld. Er war an diesem Platz zwangsläufig überfordert.
Der Mittwoch ist sprechstundenfrei. Und am Mittwoch ist auch Mattiesen soweit, der Invasion seiner Familie mit klarem Kopf zu begegnen.
Nachmittags sind sie alle bei ihm im Zimmer: Annemarie, Olga, Kerstin und Eike. Fremde Besucher werden jedoch abgewiesen. Der Oberarzt ist der Meinung, der späte Eingriff habe den Patienten sehr geschwächt, zumal er völlig überarbeitet ge-

wesen sei. »Blinddarm ist Routine, aber die Umstände sind nicht immer gleich.«
»Klappt es mit meinem Vertreter?« fragt Karsten.
»Ja, ja«, schwindelt Olga. Die Wahrheit wird sie ihm in den nächsten Tagen beibringen. Jetzt braucht der Sohn erst einmal Aufwind.
»Na, und du?« lächelt Mattiesen die Tochter an. »Wie steht's mit dem Abitur?«
»Geht zügig voran, Paps. Zeugnisse gibt's aber erst am siebenundzwanzigsten.«
»Und Ferien«, sagt Annemarie. »Wir werden verreisen. Endlich mal ausspannen. Ich habe an Italien gedacht.«
Eike versichert: »Mit mir ist auch alles okay.«
»Kaputter Vater, heile Familie, wie?« grinst der Doktor.
»Rede nicht solchen Unsinn«, mahnt Annemarie.
»Wenn er Unsinn redet, ist er bereits auf dem Wege der Besserung«, lacht Olga.
Aber nun erscheint Schwester Ingeborg und gibt zu verstehen, daß Dr. Mattiesen hier nicht der Chef, sondern ein ganz gewöhnlicher Patient ist. »Schluß für heute«, befindet sie resolut. »Wir brauchen Ruhe. Und wir müssen uns auf die Nacht vorbereiten.«
»Die Nacht beginnt hier eigentlich schon nach der Morgenvisite«, seufzt Karsten. Aber er scheint den Leerlauf zu genießen. Vorläufig jedenfalls ...
Mattiesen kann froh sein, daß er in der folgenden Zeit nicht Mäuschen in seiner eigenen Praxis ist. Dr. Barsch lebt sich nicht ein, er trifft einfach nicht den richtigen Ton. Er verärgert Patienten und Personal, versteift sich, je mehr ihn ihre ungewohnte Art verunsichert, und stößt einige so vor den Kopf, daß sie den Arzt wechseln. Zu den letzteren zählen die Camper. Die Stammpatienten werden zurückkehren, sobald *ihr* Doktor wieder da ist. Bei den Urlaubern ist es anders. Sie suchen keinen Arzt als Bezugsperson, sie gehen zu dem, der ihnen empfohlen wird. Da der Campingpächter große Stücke auf Karsten hält, schickt er seine Gäste zum Mattiesenhof.
Am Donnerstag fährt Annemarie nach dem Unterricht ins Krankenhaus. Olga ist gereizt, weil sie die Schwiegertochter

nicht begleiten kann. Den Bemutterungs-Ehrgeiz wird sie wohl niemals ablegen. Das Wartezimmer ist voll, und Olga muß aufpassen, daß es keinen Ärger mit Dr. Barsch gibt. Vor allem muß sie Doris und Astrid besänftigen. Die beiden sind mächtig sauer auf den Vertreter.
Es ist ein Regentag. Allein schon das Wetter macht mißmutig.
Ein Urlauber namens Brückner ist der erste, den Barsch abfertigt.
»Ich brauche nur ein Medikament, Herr Doktor«, sagt Brückner.
»Hier ist keine Apotheke«, bescheidet ihn Barsch.
Brückner legt eine leere Tablettenschachtel vor ihn hin. »Dies möchte ich verschrieben haben. Für den Magen.«
»Was soll ich damit?« Dr. Barsch wirft einen Blick auf die Schachtel. »Myllatritis forte? Wollen Sie außer Magenschmerzen auch noch eine kaputte Niere haben? So ein Teufelszeug verordne ich nicht! – Der nächste!«
Brückner sieht sich schnell wieder draußen. Im Wartezimmer macht er seinem Zorn Luft: »Teufelszeug? Das heißt, mein Arzt in Hameln ist ein Teufel, weil er mir das immer verschreibt? Unglaublich!«
Olga versucht den Mann zu beschwichtigen. Astrid und Doris werfen sich Blicke zu. Barsch hätte ja etwas Harmloseres aufschreiben können, statt ihn einfach wegzuschicken. Eine halbe Stunde später ist der Campingpächter da. Bevor es jemand verhindern kann, steht er im Sprechzimmer.
»Sind Sie der Doktor, der meine Gäste vergrault?« fragt er zornbebend. Der Pächter ist ein jähzorniger Mann. Mattiesen hätte sich weder einschüchtern noch provozieren lassen. Barsch macht den Fehler, sich mit ihm anzulegen.
»Sie dringen unbefugt in die Praxis ein? Mann! Beim Arzt muß sich sogar die Kripo anmelden!« belehrt er ihn. Womit er recht hat.
»Seit zwei Tagen beklagen sich Gäste über Ihre Behandlung!« ruft der Campingpächter unbeirrt. »Ich empfehle niemandem mehr, hierher zu kommen, bevor Dr. Mattiesen wieder zurück ist!«

»Verschwinden Sie!« fordert Barsch ihn auf.
»Sie stören die Sprechstunde«, mischt sich Astrid ein. »Dr. Barsch hat hier jetzt die Entscheidung.«
»Halten Sie sich da raus«, pfeift Barsch sie an, obwohl sie es nur gut gemeint hat. Der Campingpächter geht. Mit ihm verläßt eine ganze Urlauberfamilie das Haus.
»Morgen ist das Wartezimmer leer«, prophezeit Olga.
Mittags läßt sie sich von Eike ins Krankenhaus fahren. Eike hat für seine Neubauern einiges heranzuschaffen. Er weiß, daß die Oma allein mit dem Vater sprechen will.
Olga trifft Karsten auf dem Stationsflur, wo er im Pyjama und Morgenmantel ein paar Schritte macht. Er grinst ihr freudig entgegen und setzt sich mit ihr auf eine Bank.
»Na, Mutter? Bist wohl sehr im Streß, seit ich krank spiele?«
»Spiele? Hör mal Junge, dies ist kein Sanatorium in Pontresina!« Olga mustert ihn. »Na, deine Augen sind blank und klar.«
»Nun fang nicht an wie der Kräuterdoktor!«
»Hinnerksen?« Olga schnaubt. »Der erzählt überall herum, er hätt' den Blinddarm in deinen Pupillen erkannt – oder ähnlichen Quatsch. Aber dem hast du Glück gebracht! Durch dich kam er auf die Idee mit der Bibernelle!«
Karsten lacht.
»Lach nicht. Hinnerksens Hexen-Muttchen rührt die Werbetrommel. Die Patienten kommen bereits per Sonderbus. Schön wär's, wenn ich das gleiche von unserer Praxis sagen könnte.«
Nun ist's heraus! Dabei wollte Olga den Kranken doch mit Ärger verschonen!
»Na, nun erzähl mal!« fordert der Sohn sie auf.
»Dr. Barsch ist Montagnachmittag für dich eingesprungen. Heute ist Donnerstag«, resümiert Olga. »Und schon meutern die Patienten.«
»Das ist bei Vertretungen nicht ungewöhnlich, Mutter.«
»Einem Patienten verweigert er Myllatritis forte und fragt ihn, ob er 'ne kaputte Niere haben will«, berichtet Olga weiter.
»Nun, Myllatritis ist für seine Nebenwirkungen bekannt«, meint Karsten.
»Aber mit einem dicken Furunkel auf der Nase schickt man kei-

nen Kraftfahrer wieder weg, ohne ihn krank zu schreiben. Barsch geht mit den Patienten um wie Doktor Eisenbart. Du mußt mal Astrid und Doris hören!«
Mattiesen läßt sich nicht aus der Ruhe bringen. »Die paar Tage werdet ihr überstehen. Ein Vertreter hat's nie leicht in einer fremden Praxis.«
»Also, hör mal«, empört sich Olga. »Nimm diesen Sadisten nicht auch noch in Schutz, ja?«
»Sieh mal, wer da kommt!« unterbricht Karsten.
Den Flur entlang schlurft der Automatenkassierer Graffert, Arm in Arm mit – Thea!
»Da brate mir einer einen Storch!« staunt Olga. »Ich denke, der ist mit der Melsen-Grete verlobt?«
»Du siehst ja, wer ihm seine Rippenbrüche versüßt. Einen gestauchten Wirbel hatte er auch. Die Grete will nichts mehr von ihm wissen, weil er ›Mördertypen‹ auf Fritze gehetzt hat. Wenn er hier rauskommt, zieht er zu Thea.«
»Die findet doch immer ein Opfer!« murmelt Olga.
Thea nickt grüßend und entfernt sich mit ihrem neuen Schatz.
»Der Dröge hat sie fallenlassen wie 'ne heiße Kartoffel, soviel weiß ich auch«, erläutert Olga. »Aber beim Fletsch ist Dröge wieder dicke drin. Fletsch findet so einen gerissenen Lokalreporter nicht alle Tage. Die Geschichte mit ›Ortspolizist als Friedhofsräuber‹ ist auch glimpflich abgelaufen.«
Olga steht auf. »So. Da kommt Eike. Er holt mich. Du wartest ja auf jemand anders!«
Die leicht spitze Bemerkung bezieht sich auf Annemarie. Zehn Minuten später eilt sie atemlos durch den Flur, einen Rosenstrauß schwenkend.
»Liebster! Du rennst schon herum!? Um Himmels willen!«
»Annemarie! Die haben mich operiert, aber nicht ausgestopft!« erwidert Karsten. »Komm, wir gehen aufs Zimmer.«
»Wie sieht es denn *hier* aus?« ruft Annemarie, als sie Karstens Raum voller Blumen sieht.
»Tja, das meint Schwester Ingeborg auch. Die Vasen reichen nicht. Ich gehöre nicht zu den Leuten, die sich wie Paradiesvögel in solchem Dschungel wohl fühlen«, sagt Mattiesen. »Da

sammelt sich immer mehr an. Von Freunden, Patienten, Kollegen... Hinnerksen hat mir einen Kräuterstrauß geschickt. Fehlen nur noch Kranz und Schleife...« Er legt sich ins Bett. Annemarie klopft ihm die Kissen zurecht.

»Sprich nicht so albern«, sagt sie. »Aber die Blumen müssen richtig versorgt werden. Das ist hier nicht möglich!« Annemarie betrachtet die einzelnen Sträuße. »Es sind zu viele. Weißt du, was? Ich werde Schwester Inge bitten, einige an Patienten zu verschenken, die keine haben!«

»Mir ist alles recht«, lächelt Karsten.

»Gut.« Annemarie seufzt. »Ich genieße jeden Moment, mit dir allein zu sein. Und wenn's in der Klinik ist. Zu Hause fühle ich immer Olgas Basiliskenblick im Rücken.«

»Unsinn, Liebste. Übrigens: Wie steht's denn mit ihr und Cornelsen?«

»Hugo? Ach, weißt du... Wir sprachen wohl schon davon. Olga hätte ihn nicht so unwirsch behandeln sollen, von Anfang an nicht. Er ist sehr direkt und ist wohl mehr der Einbildung gefolgt als der Realität. Aber im Endeffekt weiß er, was er will. Er läßt der Gräfin Bea ihr Haus ausbauen und richtet ihr eine Rhododendron-Gärtnerei ein. Der Mann ist ein charmanter Spätzünder, und der Gräfin Bea gefällt das.«

»Olga ist die Dumme, meinst du?« überlegt Karsten.

»Durchaus«, pflichtet Annemarie ihm bei. »Sicher grämt sie sich, weil sie ihre Chancen verspielt hat.«

»Dir würde es lieber sein, Hugo hätte sich für Olga entschieden?«

»Ja«, sagt Annemarie. »Ich fürchte, auch unsere Wiederheirat hat dich nicht von deiner Mama abgenabelt. Darin bist du wie der Hinnerksen mit seinem Kräuter-Muttchen.«

»Vorsicht«, lacht Karsten. »Meine Operationsnarbe platzt auf!«

»Ich finde nichts Lächerliches daran«, meint Annemarie. »Olga betrachtet mich noch immer als eine Art Rivalin.«

Schwester Ingeborg erscheint. Sie bringt dünnen Tee und ein Schälchen mit zwei Tabletten. Annemarie bespricht mit ihr die Blumenfrage. Sie erkundigt sich: »Ist mein Mann ein braver Patient?«

»Nein«, erwidert die Schwester prompt. »Er ist zwar sehr freundlich und sehr bescheiden, das gebe ich zu. Aber er murrt gegen Spritzen, Blutentnahmen, Medikamente – gegen alles, was mit der Behandlung zusammenhängt. Ärzte als Patienten? Wie die Kinder, Frau Mattiesen, wie die Kinder! Nicht mal Fieber mißt er gerne.«
»Ich traue euren Einheitsthermometern nicht«, sagt der Doktor. Mit Unschuldsmiene fügt er hinzu: »Manches ist auch wirklich überflüssig.«
»Ja, wie dein Blinddarm«, sagt Annemarie. »So, Schatz. Hast du alles? Was soll ich dir noch mitbringen?«
»Eikes Schachcomputer«, bittet Karsten. »Und, wenn möglich, nur Erfreuliches aus der Praxis.«
Auf dem Mattiesenhof bemüht man sich, Zuspitzungen zu vermeiden. Dr. Barsch erweist sich in vielen Fällen als erstaunlich sicherer Diagnostiker. Aber er hat kein Gespür für Hintergrund und Umfeld der Patienten. Auch nicht für Naturell und Temperament des einzelnen. Bis zum Freitagnachmittag geht alles einigermaßen. Sogar die Hausbesuche bringt Barsch ohne Verärgerung hinter sich.
Doch dann kommt der Rentner Kluge aus dem Altenheim geschlurft. Im Flur beklagt er sich schon bei Olga über seine rheumatischen Schmerzen. Er ist ja hauptsächlich hier, um ein offenes Ohr zu finden. Er schildert auch im Warteraum seine Beschwerden in allen Variationen.
Als er vor Mattiesens Vertreter sitzt, beginnt er voller Vertrauen: »Mir tut das Gehen weh, Herr Doktor. Es tut mir schrecklich weh. Deshalb schone ich mich ja auch so. Aber der Weg hierher –«
»Daß Rheuma weh tut, weiß ich«, unterbricht ihn Barsch, ein Rezeptformular vom Block reißend. »Natürlich ist Rheuma schmerzhaft.«
»Ach, Sie leiden auch darunter?« fragt der alte Herr Kluge naiv.
»Nein! Ich meine nur, finden Sie sich damit ab«, weist ihn Barsch zurecht. »Schonen ist falsch! Sie *müssen* gehen, sonst werden die Gelenke noch steifer. Beißen Sie also die Zähne zusammen! – Der nächste.«

Astrid führt den total verstörten Kluge hinaus. »Die Zähne soll ich zusammenbeißen«, beschwert er sich bei Olga. »Meine dritten Zähne! Der macht Spaß. Aber meine Schmerzen...« Kopfschüttelnd schlurft er zur Straße.

Doris faucht. »Wir werden ein Schild an die Tür hängen: ›Vorsicht, Vertreter ist ein bissiger Hund!‹ «

In der letzten Sprechstunde der Woche – am Samstagvormittag – kommt es zum Eklat.

Doris legt Dr. Barsch eine Karteikarte vor, in die sie einen Befund eingetragen hat.

»Was hatten Sie denn in Rechtschreibung?« fragt Barsch.

»Eine Eins«, erwidert Doris.

»Dann muß Ihr Lehrer blind gewesen sein«, spottet der Doktor kalt. »Rhythmus wird mit einem ›h‹ hinter dem ›R‹ und einem ›h‹ hinter dem ›t‹ geschrieben, also insgesamt mit zwei ›h‹. Schreiben Sie das noch einmal.«

»Aber dann muß ich eine neue Karte anlegen«, sagt Doris.

»Na und? Sie schreiben eben alles neu!«

Doris weigert sich. »Ich werde das zweite ›h‹ einfügen. Das genügt.« Ohne Barschs Reaktion abzuwarten, geht sie hinaus.

Kurz darauf ist Astrid nach Meinung des Arztes beim Anlegen eines Verbandes ungeschickt.

»Haben Sie das noch nie gemacht?« fragt der Doktor scharf.

»Wieso?« fragt Astrid bestürzt.

»Weil Sie sich anstellen wie der erste Mensch!«

Das ist ein starkes Stück – noch dazu vor einer Patientin. Astrid blickt fassungslos auf. »Wie der erste Mensch?« wiederholt sie. »Ja, dann legen Sie den Verband doch selber an.«

»Ich verbitte mir diesen Ton«, verwahrt sich der Doktor.

Als die Patientin gegangen ist, sagt Astrid: »Sie verbitten sich meinen Ton, nachdem *Sie* ausfallend geworden sind? Das ist keine Umgangsform in einer Praxis, Herr Doktor!«

Astrid zieht den Kittel aus und hängt ihn an den Haken. Eben erscheint Olga mit Doris. Astrid geht an den beiden vorbei. »Geben Sie mir Bescheid, wenn unser Doktor wieder da ist, Frau Mattiesen! Auf Wiedersehen!«

Barsch sitzt ungerührt am Schreibtisch und sieht Papiere durch. »Lassen Sie den nächsten herein!« fordert er Doris auf.

»Es ist kein nächster mehr da, Herr Doktor«, sagt Doris. »In der kommenden Woche wird die Praxis leer bleiben, wie ich die Leute kenne. Hier spricht sich alles rasch rum. Ich nehme Urlaub, bis Dr. Mattiesen zurück ist. Schönen Sonntag!«
Olga ist mit Barsch allein. Sie zieht es vor, ruhig zu bleiben. Eher mit Ironie als mit Grobheit erklärt sie: »Tja, vielleicht kommt heute doch noch ein Patient. Dann müssen Sie mit meiner Hilfe vorlieb nehmen. Ich kann nicht kündigen. Ich wohne hier.«
»Knöpfen Sie sich erst mal Ihren Kittel richtig zu«, entgegnet Barsch, ohne auf die Vorfälle einzugehen.

Dr. Mattiesens Praxis hat sich geleert. Sein Krankenzimmer dagegen füllt sich am Samstagvormittag. Patienten kommen, um sich zu beklagen. Einige suchen Rat, andere wollen sogar in der Klinik von dem Rekonvaleszenten behandelt werden.
»Das hat es hier noch nicht gegeben«, sagt der Stationsarzt. Der Pförtner erhält Weisung, Besucher für Mattiesen telefonisch anzumelden und gegebenenfalls wegzuschicken.
Olga muß mit Eike Einkäufe machen und sich um Silvias Baby kümmern. Krankenfahrten, die Dr. Barsch wegen mangelnder Ortskenntnisse nicht ausführen kann, gilt es zu delegieren. So hat Olga an diesem turbulenten Samstag erst am Spätnachmittag Zeit für ihren Sohn.
Das Wetter ist sommerlich schön. Der Patient und seine Mutter sitzen auf der Krankenhausterrasse.
»Annemarie ist noch nicht von ihrem Klassenausflug zurück«, hadert sie. »Die hat's gut. Sie brauchte sich nicht in der Praxis herumzuärgern. Na, die Leute werden dir gesteckt haben, was los ist.«
Der Doktor nimmt es gelassen. Wenigstens gibt er sich so. Er will Olga nicht ›aufheizen‹. Er weiß auch, daß Annemarie auf alle Fälle später gekommen wäre. Annemarie möchte mit ihm allein sein. Kerstin und Eike waren schon morgens bei ihm.
»Mit dem Barsch geht es nicht weiter«, steuert Olga die Klippe an. »Die Patienten laufen uns weg.«
»Habe ich schon gehört. Astrid war auch hier«, sagt Mattiesen. »Montag wird sie wieder bei euch sein. Ebenso Doris. Und Pa-

tienten gibt's immer, wenn's auch ein paar Tage nur tröpfelt. Ich bleib' ja nicht ewig weg!«

»Dieser Barsch!« Olga schüttelt heftig den Kopf. »Fährt er doch den alten Kluge an, er soll mit seinem Rheuma rumlaufen, wenn's auch weh tut!«

»Ja, sicher!« sagt der Doktor. »Der Kollege hat recht. Falls Kluge sich nicht bewegt, werden seine Gelenke eines Tages ganz steif. Gegen den Rat ist nichts einzuwenden, Olga.«

»Du bist gut, Karsten! Es kommt auf die Form an! Ich hab' gehört, so ein Anschnarren ist sogar im Gefängnis nicht mehr erlaubt – einem Kranken gegenüber. Und warum, meinst du, haben Astrid und Doris den Kram hingeschmissen?«

»Sie werden ihn wieder aufnehmen. Wir müssen jetzt alle eine Durststrecke überwinden. Du, indem du dich physisch und nervlich nicht aufreibst –«

»Ich reibe mich nicht auf«, protestiert Olga. »Ich bin auch ganz ruhig geblieben, als Barsch mich im Befehlston zurechtgestaucht hat, ich solle meinen Kittel richtig zuknöpfen.«

Karsten wechselt das Thema. »Was macht eigentlich dein Verehrer, Mutter?«

»Hör bloß auf.« Olgas Gesicht verfinstert sich noch mehr. »Der kommt hier mit Pauken und Trompeten an, baut mir Triumphbögen und geht mit fliegenden Fahnen zu meiner Freundin über.«

»Ein schönes Bild.« Mattiesen lächelt. »Mit fliegenden Fahnen! Ja, und die Triumphbögen baut er nun der Gräfin Bea?«

»In Gestalt der Gärtnerei«, sagt Olga. »Er will sie sogar heiraten.«

»Was? Der Hugo die Bea? So. Na. Und wie verkraftest du das?«

»Leicht«, behauptet Olga. »Weißt du, der hat doch in meinem Leben nie eine Rolle gespielt. Weder in meiner Jugend noch irgendwann später. Natürlich, ich gebe zu, daß es schon ein bißchen schmeichelhaft ist, in meinem Alter noch begehrt zu werden. Es stärkt das Selbstbewußtsein. Deshalb ist es auch ziemlich verletzend, wenn einer nach dem ersten Anlauf kapituliert und…«

»Ich verstehe«, sagt Karsten.

»Ja?« Olga zweifelt. »Ich glaube nicht, daß du es verstehst. Das sehe ich dir an. Du hast diese milde Nachsicht im Blick. Du brauchst nicht nachsichtig mit deiner Mutter zu sein. Ich stehe wie ein Fels in der Brandung.«

»Dann ist's ja gut«, murmelt Karsten amüsiert.

»So.« Olga erhebt sich. »Ich gehe jetzt. Astrids Mann fährt mich heim. Ruhe dich aus, bis Annemarie kommt.«

Annemarie läßt nicht lange auf sich warten. Sie ist zwar ein wenig erschöpft vom Klassenausflug, aber sie erfüllt das Krankenzimmer mit Leben.

»Ich höre, die Patienten behelligen dich auch hier?« legt sie los. »Du, das geht aber nicht. Wenn es mit Barsch nicht klappt, wird die Praxis geschlossen. Dann müssen die Leute woandershin. Das ist doch durchaus üblich! Es bekommt dir nicht, immer nur von dem Durcheinander zu hören.«

»Annemie, das Durcheinander ist sowieso da«, entgegnet der Doktor ruhig. »Ich habe das auch Olga gesagt. Wir müssen alle eine Durststrecke überwinden.«

»Eine Durststrecke?« Annemarie macht große Augen. Sie sieht wieder reizend naiv aus. »Meine Erbschaft hast du vergessen? Die hilft uns, eine Lücke zu füllen. Wenn du Geld meinst –«

»Ich meine den ganzen Sauladen«, sagt Karsten drastisch. »Sieh mal, Annemie, ich habe hier viel Zeit zum Nachdenken. In der Praxis läuft im Moment alles verquer – das wird sich ändern. Aber da sind noch andere wichtige Dinge. Erstens: Unsere Tochter muß ihr Abi machen und sich über ihre Zukunft klar werden, ob mit, ob ohne Detlefsen. Zweitens: Eike muß endlich seine Vorbereitungen für Tübingen treffen. Wir waren uns einig, daß das hier keine Dauerferien sind. Drittens: Du mußt mit Olga ins reine kommen. Du kannst ihr nicht immer nur ausweichen. Der Schuldienst wird ja nicht ewig dauern, also muß das auch geklärt werden –«

»Geklärt werden muß *dein* Verhältnis zu Olga«, unterbricht Annemarie. »Das ist das eigentliche Endlos-Thema. Das Wichtigste ist unsere Ehe, Karsten.«

»Das bestreite ich nicht.«

»Zu deiner Durststrecke gehört auch«, fährt Annemarie fort,

»daß du dich schonen und wieder aufbauen mußt. Was die übrigen Probleme betrifft, sagst du doch selber immer: Die lösen sich von selber.«
»Ja, schon, aber manchmal muß man auch die Lösung etwas forcieren, Liebling«, erwidert Mattiesen.
Eine Person, über die sie sprechen, bewegt sich gerade auf eine Talsohle zu, ohne daß sie es ahnen: Tochter Kerstin. Nach hoffnungsvoller Prüfungswoche radelte sie heute nachmittag zu Detlefsen, um Peters Mutter und den kleinen Robert zu besuchen. Das kann ihr ja keiner verwehren. Doch sie trifft nur Peter an. Seine Mutter ist mit dem Kleinen bei ihrer Schwester in Kiel.
»Na, dann hab' ich Pech gehabt«, sagt Kerstin. »Du weißt ja doch nichts mit mir anzufangen.«
»Du bist ziemlich biestig deinem Lehrer gegenüber, findest du nicht?« fragt Peter belustigt.
»Mein Lehrer bist du nur in der Schule. Und da benehme ich mich, wenn mich nicht alles täuscht«, erwidert Kerstin patzig.
»Okay, komm trotzdem mit. Ich wollte zum Surfen an den Strand. Wir haben da 'ne Badehütte gemietet. Stell dein Fahrrad hinters Haus und steig ein.« Als er mit Kerstin in seiner ›Ente‹ sitzt, fragt er: »Wie geht's deinem Vater?«
»Danke. In ein paar Tagen wird er entlassen. Nun frag aber nicht, wie es meiner Mutter geht. Die siehst du ja jeden Tag in der Schule.«
»Dich seh' ich auch jeden Tag in der Schule«, erwidert Peter. »Trotzdem weiß ich nicht, wie es dir geht – tief drinnen, meine ich.«
»Tief drinnen?« ruft Kerstin. »Um Gottes willen, was geht denn dich das an?«
Detlefsen lacht. »Du hast neulich gesagt … warte, wie war das gleich? – ach ja, Männer, die dumm daherreden, wenn sie küssen sollen, können mir gestohlen bleiben!«
Kerstin tut vergeßlich: »Das soll ich gesagt haben?«
»Ja. Und nun rede ich wieder.« Detlefsen plaudert über dies und jenes, bis sie zu den Dünen kommen. Das letzte Stück zur Hütte legen sie zu Fuß zurück. Peter schleppt sein Surfboard. Als sie das bunte Bretterhaus erreicht haben, kümmert er sich

nicht weiter um das Gerät. Er holt eine Luftmatratze heraus.
»Setz dich, Kerstin.«
Ehe sie sich's versieht, nimmt Peter sie in seine Arme und küßt sie sehr heftig und ausdauernd.
»Ich wußte nicht...«, stammelt Kerstin. »Ich wußte nicht... daß du...«
»Daß ich kein Versager bin?« fragt Detlefsen.
»Aber wenn uns die Timpe sieht! Ich hab' mein Abi-Zeugnis noch nicht in der Tasche!«
»Dann komm in die Hütte«, sagt Peter.
Die Nacht ist hell und warm, als die beiden später am Wasser entlangwandern. Das Leuchtfeuer auf der Borsberger Mole täuscht im regelmäßigen Takt eine schnell wieder verschwindende Mondbahn vor. Das Ausflugsschiff *Haithabu* wirkt mit seinen gelben Lämpchen vom Bug über die Decks bis zum Heck wie ein eigenes kleines Sternzeichen.
»Ich will dich heiraten«, sagt Peter zu Kerstin. »So bald wie möglich.«
Sie antwortet nicht, auch der Druck ihrer Hand wird nicht stärker.
»Hast du nicht verstanden?« fragt Peter. Er hat mit einer temperamentvollen Reaktion gerechnet. Statt dessen bleibt sie unbeeindruckt. Oder sie hält es nach allem, was geschehen ist, für beschlossen.
»Ich habe keine Frau, und ich sagte dir immer, ich suche keine Geliebte für passende Gelegenheiten«, fährt Peter fort. »Ich dachte, das hast du... das hast du akzeptiert?«
Kerstin läßt seine Hand los. »Hatte ich. Wollte ich«, erwidert sie. Ihr Stimmungsumschwung ist wie eine kalte Dusche. »Ich habe seit neulich über uns nachgedacht. Ich war in Wut, stimmt. Dann habe ich deine Argumente begriffen. Ich bin zu dem Schluß gekommen, daß du recht hast. Zum Heiraten bin ich für dich noch nichts.«
»Aber ich sagte doch eben...« beginnt Detlefsen irritiert.
»Eben sagtest du es«, betont Kerstin. »Eben. Das letztemal hast du mich wie eine kleine Rotznase abgefertigt.«
»Das stimmt doch nicht.« Peter fällt aus allen Wolken. »Ich liebe dich, das weißt du längst.«

»Ich liebe dich auch – längst«, erwidert Kerstin. »Weshalb und für wen mache ich das Abitur? Warum habe ich wie eine Verrückte gebüffelt?«

»Ich weiß.«

»Nichts weißt du. Sieh mal, Peter, ich war dabei, mir was vorzuspinnen. Ich sah das wie ein Kindermärchen. Deine Mutter, die mich als ihr Herzblättchen in die Arme schließt; mich als Ersatzmami für Robert. Friede, Freude, Eierkuchen.«

»Du bist auf einmal sehr realistisch!«

»Und du bist Lehrer«, sagt Kerstin. »Jetzt sehe ich alles etwas anders. Ein Abiturzeugnis ist kein Trauschein. Ich will damit nicht an den Kochtopf. Ich brauche einen Beruf.«

»Ehefrau ist ein vollwertiger Beruf«, wendet Peter aufgebracht ein. »Wer bringt dich denn plötzlich auf Zweifel, die du vorher nicht hattest?«

»Ich mich selber«, entgegnet Kerstin. »Peter, deine Mutter ist noch jung. Für Robert ist *sie* die Bezugsperson. Stell dir vor, was ich dann in deinem Hause bin. Eine Hilfskraft. Nachmittags korrigierst du deine Hefte ... Nein. Das ergibt dann so was Ähnliches wie auf unserem Mattiesenhof. So möchte ich nicht anfangen.«

Detlefsen ist ratlos: »Ja, was willst du *dann*?«

»Erst auf eigenen Beinen stehen«, antwortet Kerstin. »Mein Notendurchschnitt wird zwar nicht gerade prächtig ausfallen, das weißt du, aber meine Mutter hat eine französische Internatsfreundin, die mit einem englischen Wissenschaftler verheiratet ist; sie wohnen in Kiel. Da könnte ich meine Sprachkenntnisse verbessern.«

»Verstehe«, sagt Peter ernüchtert. Obwohl er nichts versteht. Und nun wird er heftig: »Aber eins möchte ich wissen: Hast du mich in den letzten Wochen mit deiner unbekümmerten Liebe verfolgt, um mich im entscheidenden Augenblick fallenzulassen?«

»Ich lasse dich doch gar nicht fallen!« ruft Kerstin. »Ich will nur etwas Eigenes tun, bevor ich von einer Abhängigkeit in die andere überwechsle.«

»So. Und was erwartest du von mir?« fragt Peter.

»Himmel, vorläufig gar nichts! Wenn ich einen Job habe, bin

ich nicht aus der Welt. Wir können uns doch in Kiel öfter treffen.«
»Treffen!« Detlefsen lacht bitter. Auf dem Rückweg zur Hütte sagt er kopfschüttelnd: »Entschuldige, ich frage mich, wie es zu diesem Mißverständnis zwischen uns kommen konnte.« Er fühlt sich abgewiesen, und Kerstin spürt, daß jedes weitere Wort jetzt überflüssig wäre. Als sie sich trennen, sind beide ratlos.
Auf dem Mattiesenhof stellt Kerstin ihr Fahrrad ab und setzt sich auf eine der Bänke vor dem Haus. Über den Alten Damm fährt kein Auto mehr. Die Urlauber sind in den Quartieren. Die Nacht, hier so duftend, so hoch, so weit, ist warm und still. Aber Kerstin, die sich vorhin erwachsen und überlegen fühlte, findet keine Ruhe. Da sitzt sie nun mit ihrer Weisheit.
Eine dunkle Gestalt naht vom Stall her und stutzt. »Kerstin! Kind, jetzt hast du mir aber einen Schreck eingejagt. Was treibst du denn hier so spät?«
»Und du?« fragt Kerstin mürrisch zurück.
Olga setzt sich zu ihr. »Ich war noch mal bei den Tieren. Aber du, du machst nicht den Eindruck, als hättest du Probleme mit Hühnern oder Pferden.«
»Ach.«
»Kerstin«, bohrt Olga, »du bist ganz durcheinander, das spüre ich doch! Ist was passiert?«
»Nein. Kein Weltuntergang«, sagt Kerstin abweisend.
»Das braucht's ja auch nicht immer«, kontert Olga. »Es genügt, wenn Detlefsen über seine eigenen Füße stolpert. Oder nicht in den Irrgarten deines Seelchens reinfindet.«
»Ach, Oma. Es geht einfach nicht.«
»Was geht nicht?« fragt Olga.
»Mit Peter und mir«, erwidert Kerstin.
»Das bildest du dir ein«, meint Olga. »Ihr seid doch ganz am Anfang. Bedenke, wie lange deine Mutter und dein Vater schon zusammen sind! Und wie oft das nicht ging.« Sie macht eine Pause und fragt geradezu: »Will dein Peter mal wieder nicht mehr?«
»Er will mehr, als ich will. Auf einmal!« Als hätte sie nur auf das richtige Stichwort gewartet, schüttet Kerstin der Großmut-

ter ihr Herz aus. »Peter will mich heiraten. So bald wie möglich. Wie ich das sehe, sucht er eine Frau, die bedingungslos für ihn da ist.«
»Und das Bedingungslose schreckt dich ab?« forscht Olga.
»Ja. Aber ich liebe ihn.« Jammervoll fügt Kerstin hinzu: »Was mache ich denn nun, Oma?«
»Das, wozu dir keiner raten kann«, erwidert Olga scheinbar robust. »Wir schreiben bald das Jahr 2000. Da lauscht eine junge Frau nicht mehr den Weisheiten ihrer Oma.«
Kerstin lacht und gibt ihr einen Kuß: »Nun tu mal nicht so antik!«
»Antik oder nicht«, Olga erhebt sich, »wir gehen jetzt schlafen. Meine Sorge ist, wie wir nächste Woche die Praxis über die Runden bringen!«

Mattiesen hat recht. Patienten gibt's immer. Vor allem Fremde, die rasch Hilfe suchen. Denen ist es egal, ob der Barsch mit ihnen barsch verfährt. Hauptsache, er ist Arzt. Astrid und Doris unterstützen Olga weiter; sie können sie doch nicht im Stich lassen. Auch Frau Sellmann ist pünktlich zur Stelle. Eine Woche später, wieder an einem Montag, holt Annemarie ihren Mann aus dem Krankenhaus ab. Sie ist müde von der Abiturfeier, die gestern in der Strandhalle stattgefunden hat. Karsten hat das Zeugnis seiner Tochter schon gesehen und dazu bemerkt: »Mittelprächtig. Für die Tochter eines Landarztes reicht's.« Ob er das glaubt, ist fraglich.
»Ich habe rechtzeitig bekanntgegeben, daß die Nachmittagssprechstunde heute ausfällt«, berichtet Annemarie. »Du mußt dich akklimatisieren.«
»Die Praxis liegt nicht auf dem Popocatepetl«, murrt der Doktor.
»Du weißt, wie ich das meine! Du springst nicht gleich ins kalte Wasser. Ich habe mit dem Chefarzt gesprochen«, erklärt Annemarie. »Die Generaluntersuchung brachte ein gutes Ergebnis, aber du mußt künftig Sport treiben.«
»Reiten und Tennis bei Bohm? Ab morgen?«
»Sei nicht albern. Du beginnst mit Spaziergängen. Später wirst du regelmäßig schwimmen. Tennis wäre mir sehr recht. Aber

das ist Zukunftsmusik. Vor allem werden wir uns auf eine Reise vorbereiten.«

Sie biegen zwischen Holunder und Brennesselbusch in den Mattiesenhof ein. Der Doktor sieht ein parkendes Auto mit Hamburger Kennzeichen. Und vor der Treppe wartet ein junges Mädchen.

»Guten Tag, ich suche Eike!« ruft sie erleichtert. »Ein Glück, ich dachte schon, es ist niemand hier.«

»Wer ist denn das?« fragt Annemarie beim Aussteigen.

»Hilke Frentsen«, grinst Mattiesen.

»Weeer?«

»Das Schicki-Micki-Girl! Ich glaube, du brauchst 'ne Brille, Annemarie.«

»Und du hast deinen Blinddarm noch in der Pupille! Niemals ist das da Hilke. Da steht ein normal gekleideter Mensch – und keine Dekoration! Sie trägt weder ein grünes Rad als Hut noch schwarze Augengläser!«

Mattiesen grinst noch breiter: »Na, Hilke? Guten Tag? Nicht ›hip‹ und ›recky‹ oder ›ray‹?«

»Was ist ›recky‹ und ›ray‹?« staunt Annemarie.

»Schicki-Micki-Form von ›Heureka‹ und ›Hurra‹!«

Hilke begrüßt die beiden etwas verlegen.

»Auf Düse hier?« flachst Karsten weiter. »Nur stippy in der Location? Limitiert?«

»Ach!« Hilke winkt ab. »Bin raus aus dem Verein. Und ich möchte... ich möchte Eike besuchen.«

»Der ist auf dem Ökohof«, gibt Annemarie Auskunft.

»Wenn du dich da hintraust?« fragt Mattiesen.

»Ich werde schon sehen!« Hilke strebt auf ihr Cabrio zu.

Olga kommt vom Stall her gelaufen. »Da seid ihr schon! Willkommen, mein Sohn! Wer war denn das Mädchen eben?«

»Ultimativst, Olga, du wirst es trendig nicht fassen. Das war die Schicki-Micki-Hilke«, erklärt Annemarie. »Bei der scheint das Fieber runtergegangen zu sein. Sie sprach ganz normal.«

»Ist Eikes Durststrecke damit beendet? Oder fängt sie erst an?« brabbelt Olga. »So, nun aber rein, Doktor! Nimm dein Reich wieder in Besitz!«

Der Traum von Mallorca – oder Ferienwelt und Alltagswelt

In der Freizeit-Hochstimmung verflüchtigen sich manche Probleme und Problemchen wie Pusteblumen. Eben wußte Kerstin weder aus noch ein, jetzt ist sie mit ihrem Peter in Tunesien. Eike ist mit Hilke auf ganz normalem Weg nach Korsika gereist, nicht im Ballon, nicht per Privat-Jet. Sondern so, wie andere Leute auch. Olga will sich endlich einmal ungestört ihren Tieren widmen, einer der Ökobauern wird die Stallarbeit übernehmen.

Nach drei Wochen Aufbauzeit und Praxisarbeit (ohne Notdienst) ist der Doktor mit seiner Annemarie nach Mallorca geflogen.

Der Mietbungalow bei Porto Petro liegt einsam über dem Ufer einer blaugrauen Badebucht. Sportgeräte sind vorhanden, ein Auto leihen sie sich im Ort. Jeden Morgen, wenn Annemarie noch schläft, surft der Doktor auf dem gerippten Wasser der Bucht im flotten Anzug aus Yamamoto-Material. Den Sport läßt er sich etwas kosten: nicht nur Geld, auch Schweiß – und Überwindung. Denn wenn Annemarie ihr Frühstück einnimmt, schmiert er sich Knäckebrot mit Margarine und trinkt dazu agua sin gas (»stilles« Mineralwasser).

»Ich will nicht wieder Übergewicht kriegen«, sagt er verbissen.

»Aber das ist doch Unsinn, Karsten«, hält Annemarie ihm vor. »Sport *und* Hungern leisten sich durchtrainierte Profis. Du bist ein Mann, der einfach nur wieder fit werden soll. Von Höchstleistungen war nie die Rede.«

»Meine Operation ist jetzt über sechs Wochen her, und ich will nicht als Fettklops in die Praxis zurück.«

»Sechs Wochen. Und in drei Wochen beginnt die Schule wieder«, mault Annemarie. »Ich möchte nicht nur auf Klapprädern nach Cala D'or fahren, immer nur schwimmen und dir beim Surfen oder Tauchen zugucken. Ich will mal zum Cap von Formentor oder zum Castell de Santueri.«

»Bei El Arenal soll ein toller Golfplatz sein«, überlegt Karsten. »Für dich findet sich da bestimmt ein routinierter Tennispartner.«
»So, nun reicht's mir!« Annemarie wird energisch. »Heute fahren wir über Porto Cristo und Cala Millor nach Formentor. Abends essen wir in Can Picafort. Und zwar lukullisch!«
Der Doktor muß wohl oder übel seinen Diätplan unterbrechen. Im besten Restaurant an der Badia D'Alcudia lassen sie sich die Spezialitäten des Hauses servieren, das heißt, Annemarie führt dabei die Regie. Von der paradiesischen Langusten-Sofrito-Komposition mit Mandeln bis zu diversen Käsesorten, Halbgefrorenem und Kaffee bestimmt sie die Speisenfolge. Sein Gesicht glättet sich während des Essens. Besonders die Törtchen scheinen ihm doch besser zu schmecken als die dürftige Diät!
Den Weingenuß überläßt er allerdings seiner Frau. Obwohl er nur Mineralwasser trinkt, ist er lustig, beinahe wie beschwipst.
»Vielleicht mußtest du mal was Ordentliches essen«, sagt Annemarie. »Als Arzt solltest du ja wissen, daß der... na, sag schon, der..., hat was mit umziehen zu tun...«
»Stoffwechsel«, lacht Mattiesen. »Du trinkst zuviel, Annemie!«
»Na und? Wir sind im Urlaub. Zu zweit!«
»Sicher. Zu zweit. Das war bitter nötig. Trotzdem mach' ich mir Gedanken um Olga. Jeden Tag hab' ich sie von Porto Petro aus angerufen – und vorhin aus diesem Restaurant. Immer meldet sich das Antwortgerät mit dem Hinweis auf die Vertretungspraxis Dr. Bürger, Borsberg! Wo sie wohl stecken mag?«
»Wenn was wäre, hätte Frau Sellmann telegrafiert. Komm, wir machen es uns im Bungalow noch ein bißchen gemütlich. Es ist so schön mit dir allein!«
In den folgenden Wochen setzt es Annemarie durch, daß sie nach Karstens morgendlichem Training kreuz und quer umherfahren, wechselnde Eindrücke in sich aufnehmen und – nicht zuletzt – köstlich essen. Karstens 41. Geburtstag feiern sie

besonders exquisit im »PALAIS« von Abaco.
Der verbleibende Urlaub soll dem Faulenzen auf der Terrasse des Bungalows gewidmet sein.
»Du bist ausgeglichen und fröhlich wie sonst nie«, stellt Annemarie eines Abends erleichtert fest. »Manchmal muß man mal alles hinter sich lassen, den Beruf und die guten Vorsätze.«
»Auch die Familie«, murmelt der Doktor behaglich. »Und die Bekannten. Du hast recht: So ließ es sich leben! Kerstin mit ihren Problemen in Tunesien, Eike auf Korsika, Olga in ihrer Menagerie... Ich brauchte nicht jeden Tag zu sagen: Der nächste bitte! Das tut wirklich wohl! Schade, daß unsere Zeit bald zu Ende ist.«
»Ich schlage vor, wir bummeln nachher zum Hafen runter«, sagt Annemarie.
Unten in der Bucht von Porto Petro ankert eine millionenschwere Segelyacht der Imperatorklasse. Annemarie und der Doktor mischen sich unter die Schaulustigen am Ufer.
»Toll«, sagt Karsten. »Das ist ja 'n richtiges Schulschiff für Cup-Freaks.«
»Ja, eine Wolke, was?« ertönt eine bekannte Stimme neben ihm. »Aber woher wußtet ihr, daß wir an Bord waren?«
Karsten und Annemarie trauen ihren Augen nicht: Eike und Hilke mit Schultergepäck stehen wie aus dem Boden gewachsen da und strahlen arglos.
»Eike... Hilke...!« Der Doktor glotzt. »Wo kommt ihr denn her?«
»Na, von Korsika«, erwidert Eike. »Wer hat euch Bescheid gesagt, daß ihr uns abholen sollt?«
»Abholen?« japst Annemarie. »Also einen Satelliten haben wir nicht über dem Bungalow. Wir sind zufällig hier. Gehört Hilkes Vater das Schiff?«
»Ach.« Hilke lacht. »Die Überfahrt haben wir uns als Kartoffelschäler und Handlanger verdient. Es war 'ne Gelegenheit.«
»Und nun sind wir da!« triumphiert Eike. »Wir brauchen nicht erst alle Ferienhäuser nach euch abzuklappern. Ist noch Platz in eurer Hütte?«

»Es ist ja ein *Familien*bungalow«, betont der Doktor. »Na, dann kommt mal!«
»Habt ihr euch zwei Autos geliehen?« fragt Eike, als sie an der Felsterrasse anlangen.
Bevor Annemarie antworten kann, erklingt von oben ein: »Huhu, Paps, hallo Mami! Seit wann sind Eike und Hilke auch hier?«
»Seit eurer Ankunft vermutlich«, stöhnt Mattiesen, als er Kerstin und Peter erkennt. Kerstin jubelt: »Stellt euch vor, wir sind in Palma zwischengelandet, um noch zwei Tage mit euch hier zu verleben!«
»Ja, ich konnte Kerstin nicht davon abbringen«, lächelt Detlefsen bei der Begrüßung. »Sie wollte Sie unbedingt in Ihrem Ferienhaus überraschen.«
»Es ist ein *Familien*bungalow«, wiederholt der Doktor mit eingefrorenem Lächeln.
»Na, dann duscht euch erst mal. Ihr seid ja alle total verschwitzt«, ergreift Annemarie die Initiative. »Ihr müßt mit den Kinderzimmern vorliebnehmen.«
»Die nehmen mit allem vorlieb«, fürchtet Mattiesen.
»Ja, aber nicht mit einem leeren Magen. Deshalb fahr nach Porto Petro und kauf schnell noch was ein. Brot, Wein und mallorkinische Hartwurst.«
»Erwartet ihr Besuch?« fragt Kerstin, als sie am folgenden Abend die Gartentische auf der Terrasse aneinanderrücken, um nach dem Baden ausgiebig zu essen.
Mattiesen erwidert wenig freundlich: »Besuch? Im Gegenteil!«
»Aber da ist ein Auto«, beharrt Kerstin. »Und da winken drei Figuren!«
»Oma!« schreit Eike begeistert. »Und die Gräfin Bea mit dem Hugo! Jetzt fängt's erst richtig an! Sippentreff auf Mallorca!«
»Na sagt mal!« wundert sich Olga. »Ihr seid ja *alle* hier. Wolltet ihr nicht nach Tunesien und Korsika?«
»Und du, Oma?« ruft Kerstin. »Wolltest du nicht bei deinen Tieren bleiben?«
»Also, das kam so«, berichtet Hugo. »Bea und ich haben Olga überredet, uns auf einer Tour durch Spanien zu begleiten. Als

wir in Barcelona waren, meinte Olga, wir könnten einen kleinen Abstecher –«
»Na, nun setzt euch«, unterbricht Mattiesen. »Eike! Peter! Borgt euch vom Nachbarn ein paar Stühle. Vielleicht auch einen Klapptisch. Zum Glück ist die Terrasse groß genug.«
»Ich bin platt«, haucht Annemarie. »Karsten, du mußt schnell nach Porto Petro, was einkaufen...«
»Bin schon unterwegs«, sagt der Doktor ergeben. Er hört Annemarie noch sagen: »Ich zeige euch die Duschen. Ihr seid ja ganz verschwitzt. Ach, keine Umstände. Die Jüngeren schlafen dann eben auf Luftmatratzen. Das ist ja ein *Familien*bungalow...«
Annemarie ist der Meinung: Machen wir das Beste draus. Warum auch nicht? In den Ferien improvisiert man gern. Schließlich sitzt die Familie samt Anhang im märchenhaften Nachleuchten des Sonnenuntergangs auf der Terrasse, alle schwatzen vergnügt.
»Jetzt kann's wenigstens keine Überraschung mehr geben«, meint Karsten.
Plötzlich flüstert ihm Annemarie ins Ohr: »Karsten, sei jetzt ganz stark, bitte! Beherrsch dich! Brich nicht zusammen! Geh auch nicht in die Luft, ja? Bitte!«
Eine Männerstimme dröhnt von der Auffahrt her: »Ich hab's Ina doch gesagt, daß ich euch finde! Ein Pastor ist immer auf dem rechten Wege!«
»Eckholm und seine Frau!« Der Doktor kriegt den Mund nicht zu.
»Ssst, Karsten!« mahnt Annemarie. »Nur jetzt keine Panik. Sonst ist der Rest des Urlaubs im Eimer!«
»Und ich dachte, *du* würdest die Nerven verlieren!« wispert Karsten, sich allmählich fangend. »Statt dessen entwickelst du klassische Standhaftigkeit!«
Gefolgt von Ina Eckholm, erklimmt der Pfarrer die letzten Stufen: »Na? Ha? Überraschung gelungen? Wir wollten euch doch wenigstens für ein paar Stunden an unserer Hochzeitsreise teilhaben lassen. Wir kommen aus Genua.«
Das Auftauchen der beiden hat auch die anderen Überraschungsbesucher verstummen lassen. Dann bricht Eike in lau-

tes Gelächter aus, und endlich lachen alle und schreien durcheinander.
»Eine Bank für das junge Paar!« ruft Olga.
»Los, Eike«, fordert Karsten auf. »Öffne noch ein paar Flaschen Wein. He, Pfarrer, wo ist denn dein neues Töchterchen? Die Steffi?«
»Die?« Eckholm glüht vor Genugtuung. »Die Steffi haben wir bei meiner Tochter Inken und ihrem Bohm gelassen. Da fühlt sie sich meinem Enkel gegenüber wie 'ne kleine Tante. Aber daß du nun doch nicht Trauzeuge gewesen bist, nehme ich dir übel, Doktor. Bohm ist für dich eingesprungen.«
»Meine Operation und die Umstände danach, Pfarrer, dann die Reisevorbereitungen – das war ja alles nicht abzusehen.«
»Schon gut, schon gut!« Eckholm schwenkt sein Wasserglas mit Wein. »Hugo, alter Schwerenöter, Sie sind auch hier?«
Hugo Cornelsen prostet geschmeichelt: »Auf Ihre reizende, junge Frau, Herr Pfarrer. Bald werden Sie eine Gräfin in Ihrer Heimatgemeinde zu trauen haben. Die Bea – und mich!«
»Immer mit rechten Dingen!« ruft Eckholm. »Immer mit rechten Dingen. Und wie steht's mit dem jungen Gemüse?«
»Ich trete 'ne Stellung bei einem Biologieprofessor in Kiel an«, sagt Kerstin. »Da Peter nach Kiel versetzt wird, werden wir's uns überlegen.«
»Hilke kommt mit mir nach Tübingen«, verkündet Eike. »Beschlossene Sache.«
»Bei mir ist beschlossene Sache«, meldet sich Olga, »daß ich auch einen Schluck Wein kriege! Ihr seid ziemlich knapp mit Gläsern hier!«
Der Abend im Schein von Windlichtern wird auf seine Art zum guten Ausklang des Urlaubs zu zweit von Karsten und Annemarie.
Zuletzt, als sie Eckholm und Ina in eine Fremdenpension in Porto Petro begleitet haben, fragt Annemarie: »Wie viele Einwohner hat die Großgemeinde von Borsberg-Deekelsen-Dreekels?«
»Keine Ahnung«, gähnt Karsten.
»Na, falls die auch noch alle kommen! Du mußt heute auf einer Liege schlafen!«

»Ich schlafe ja schon im Gehen«, murmelt der Doktor, voll des guten Weines. »Ach Lie – Liebste ... war es herrlich hier – mit dir allein ...«

Ein trüber Arbeitstag bricht über dem Mattiesenhof an. Nichts mehr von der goldenen Klarheit südlicher Zonen; hier hat es die ganze Nacht geregnet. Der Dreekelsbach ist über die Ufer getreten. Auf der Koppel bilden sich Wasserzungen. Es ist kalt und klamm.

»Aufstehen, Karsten!« hört der Doktor Annemaries gereizte Stimme. Nein, das sind nicht mehr die Urlaubstöne von Mallorca, das klingt nach Dienstplan. »Ich muß zur Schule, und du hast Sprechstunde!«

»Ja doch! Ja doch!« Dem Doktor wird langsam klar, wo er sich befindet. Ächzend stützt er sich im Bett auf. Der Traum ist zu Ende. Der Gedanke an Pinienhaine und Paradiesbuchten vermischt sich ihm mit dem Ärger der Rückreise.

Wegen eines Streiks im Flugverkehr sind sie erst am späten Sonntagabend in Hamburg angelangt – statt am Samstag. In Fuhlsbüttel fahndeten sie nach ihrem Gepäck und aßen im Restaurant, bevor sie per Auto im strömenden Regen die Heimfahrt antraten. Es fehlt der Eingewöhnungstag. Todmüde sind sie ins Bett gesunken. Nicht mal die Koffer konnten sie ordentlich auspacken.

Unten empfängt Olga ihre Schwiegertochter putzmunter am Frühstückstisch. Olga war als erste daheim, weil Hugo die Arbeiten auf Beas Grundstück vorantreiben will. Er wohnt auch schon mit ihr im halbfertigen Umbau.

So geht alles seinen Gang.

Wie vorgesehen ist Detlefsen in Kiel. Kerstin hat ihren Job dort bei dem Dozenten angetreten. Und Eike sucht in Tübingen eine Bleibe für Hilke.

»Ich schätze, daß mein Kaffee besser ist als die Brühe auf Mallorca«, plaudert Olga. »Meine hausgemachte Marmelade mag ich auch lieber. Übrigens, die Ökobauern haben meine Tiere prima versorgt. Frau Sellmann sagt, es war Oskar, der sich um den Garten gekümmert hat. Die Steißgeburt hat sich gelohnt. Wo nur Karsten bleibt?«

Eben schaut Astrid herein: »Guten Morgen, Frau Olga, guten Morgen, Frau Annemarie. Das ist ja lustig! Ich habe den Pfarrer getroffen. Der sagt, Sie waren alle zusammen auf Mallorca.«
Hinter ihr erscheint der Doktor. Er ist zwar fertig angezogen, aber offenbar noch nicht richtig da. »Ich finde meinen Rasierer nicht!« sagt er ärgerlich.
»In der gelben Reisetasche«, sagt Annemarie. Mattiesen verschwindet, und Olga wendet sich an Astrid: »Na, das war ein herrlicher Zirkus in Porto Petro! Was haben wir gelacht!«
»Ja, kann man sagen«, lächelt Annemarie. »Da haben Sie und Doris gefehlt. Und Frau Sellmann natürlich!«
Astrid geht ins Sprechzimmer. Wieder blickt der Doktor durch den Türspalt.
»In der Reisetasche ist der Rasierer nicht.«
»Dann hast du ihn vergessen«, meint Annemarie.
»Ich?« verwahrt sich Karsten. »*Du* hast doch gepackt!«
»So!« Annemarie ist plötzlich nicht mehr die Überlegene, die im Urlaub seelenruhig improvisiert hat. Sie reagiert launisch. »Dann schau im großen Koffer nach. Außerdem sollte ein Mann einen Ersatzrasierer haben. Das ist doch nicht zu fassen!«
Der Doktor spurtet aufs neue die Treppe empor.
»Dummes Theater! Nun bin ich schuld an seiner Vergeßlichkeit!« Annemarie kann sich nicht beruhigen. »Wenn man Karsten nicht alles hinterherträgt, steht er wie ein Kamel in der Wüste.«
»Also, hör mal!« empört sich Olga. »Nun mach nicht eine Tragödie daraus! Läppische Kleinigkeit...«
»Die geht mir eben auf den Geist, Mutter. Die Rückreise war nicht gerade erholsam, geschlafen haben wir kaum, und nun wird einem das Frühstück verdorben. Mir reicht's. Ich melde mich krank. Ich bin total erschöpft – nach allem.«
Olga stellt die Kanne hin und starrt ihre Schwiegertochter betroffen an. »So, so!« bemerkt sie mit Nachdruck.
Annemarie blickt auf. »Was willst du damit sagen? Was heißt da so, so?«
»Total erschöpft bist du? *Nach allem* bist du erschöpft. Und die

Rückreise war auch nicht gerade erholsam? Der Urlaub hat dich gestreßt! Auf Mallorca hast du dich zwar sehr bemüht, mein Erscheinen gelassen hinzunehmen, aber jetzt kommt's heraus!«
»Olga, bitte, was hat das mit dem Rasierzeug zu tun?«
»Nichts! Aber du hast die Katze aus dem Sack gelassen«, behauptet Olga. »In Porto Petro hättest du mich wohl am liebsten zum Teufel gewünscht?«
»Mutter«, sagt Annemarie mühsam beherrscht. »Du sprichst nur von dir. Aber in Porto Petro tauchten – unangemeldet – acht Personen *außer* dir an unserem Feriensitz auf: Eike, Hilke, Peter, Kerstin, Hugo, Bea und der Pfarrer mit seiner Frau. Demnach warst du nicht die einzige, um die ich mich gekümmert habe.«
»Aber du hast Freude geheuchelt. Und diese Heuchelei rächt sich jetzt!« erklärt Olga dickköpfig. Sie läßt die verblüffte Schwiegertochter allein am Kaffeetisch sitzen. Aber Annemarie muß ja in die Schule...
Karsten hat seinen Rasierer doch noch gefunden. Die erste Sprechstunde nach den Ferien kann beginnen. Wenigstens Astrid und Doris sind vergnügt.
»Ihr tut ja so, als finge für euch der Urlaub an!« meint der Doktor.
»Hier wird's jedenfalls nie langweilig«, lacht Doris.
»Nie!« bestätigt Astrid. »Sie sehen übrigens sehr erholt aus, Doktor.«
»Eine optische Täuschung«, spöttelt Mattiesen.
Da kommt Olga hereingerauscht. »Ja, spielt ihr hier Blindekuh? Draußen platzt das Wartezimmer aus den Nähten. Was ich sagen wollte, Karsten: Deine Frau hat zugegeben, wie lästig ich ihr bin.«
»Mutter!«
»Was heißt Mutter? Immer wenn du etwas abwehren willst, erinnerst du dich daran, daß du eine Mutter hast! Annemarie hat mir vorgeworfen, ich hätte ihr den Urlaub verdorben. Ja! Weil ich euch in Porto Petro überrascht habe!«
»Das bildest du dir ein«, seufzt der Doktor. »Für die Völkerwanderung, die uns da überspült hat, konntest du nichts.«

»Du vergleichst deine Familie mit einer Massenflut? Schau an! Du bist mir ein liebevolles Familienoberhaupt!«
»Ich liebe euch einzeln sehr, samt Anhang. Alle zusammen – quasi um eine einzige Olive geschart – geht ihr mir auf den Wecker«, beendet der Doktor das Gespräch. »So, Kinder, wir fangen an. Doris, laß den ersten Patienten rein!«

Im Urlaub faszinieren Namen wie SANT JAUME, SANTA CATALINA, LLUCHMAJOR, ALFÀBIA. Hier muß sich der Doktor wieder mit Fritze Friedrichsen, Thea Knohl, dem Automatenkassierer Graffert und der Melsen-Grete befassen. Am Dienstag – um 15 Uhr – muß Mattiesen zur Polizeistation, weil da einige Widersprüche im Zusammenhang mit Fritzes Angriff auf Graffert zu klären sind.
Polizeichef Karlsen und sein Vize Heitmann stecken in einem hoffnungslosen Wirrwarr. Alle Geladenen – der Reporter Dröge ist auch da – blicken feindselig aneinander vorbei. Nur Fritze macht einen munteren Eindruck, er steht wieder auf beiden Beinen. Auch sein Kieferbruch ist offenbar gut verheilt. Ebenso hat sich der zusammengeschlagene Graffert von seinen Rippenbrüchen erholt. Graffert und Fritze sind die einzigen, die einander nichts nachzutragen scheinen.
Die Situation ist die: Automaten-Graffert hatte ja seinerzeit zwei Typen auf Fritze angesetzt, die dem Spielteufel einen Denkzettel verpassen sollten. Fritze wehrte sie ab, suchte Graffert bei der Melsen-Grete auf und schlug ihn krankenhausreif. Grete ließ Graffert fallen, worauf ihn Thea nach seiner Entlassung bei sich wohnen ließ.
Die Beteiligten zogen ihre Anzeigen zurück. Automaten-Graffert verschmerzte die Prügel und entschädigte Fritze noch dazu wegen des Komplotts.
»Das übliche Affentheater«, meint Polizeioberkommissar Heitmann achselzuckend.
»Es werden nun laufend neue Beschuldigungen erhoben«, erklärt Hauptkommissar Karlsen dem Doktor. »Die Grete bezichtigt Herrn Graffert des Tötungsversuchs an Fritze mit einer Bronzefigur. Sie, Doktor, haben doch damals unmittelbar Erste Hilfe geleistet. Welche Rolle spielte dieses Requisit?«

»Das sage ich doch«, fährt Grete dazwischen. »Ermorden wollte er Fritze! Das wurde mir erst später klar!«
»Das wurde dir klar, als ich im Krankenhaus lag«, sagte Graffert. »Ich hatte ja nichts mehr zu bieten. Und jetzt stellst du einem anderen nach!«
»Ja!« höhnt die Thea. »Den sauberen Graffert zu pflegen, dazu war ich gut genug. Dann aber hast du ihn wieder scharf auf dich gemacht, und ich hab' ihn rausgeschmissen! Das war dir so lange recht, bis ein neuer Mann kam. Ein reicher Unternehmer! In Bohms Hotel wohnt er. Da soll die Polizei mal nachfragen!«
»Der Streit der Damen um Herrn Graffert ist Privatsache«, seufzt Karlsen. »Herr Dröge, Sie waren auch in der Nacht am Tatort. Da wurde die Sache doch anders dargestellt!?«
Der Lokalreporter nickt mißmutig. »Die Thea rief nicht nur den Doktor und die Polizei. Sie alarmierte auch mich. Ich kam als letzter. Aber ich habe außer 'ner sachlichen Notiz nichts in die Redaktion gegeben. Mir ist alles fragwürdig, was mit der Thea oder der Grete zusammenhängt. Ich habe da meine Erfahrungen.«
»Nennen Sie mich nicht mit dieser Schlampe in einem Atem!« verwahrt sich die Grete lautstark. »Jawohl, ich sage es! Die Hexe müßte längst als Mörderin hinter Gittern sitzen!«
Thea Knohl kreischt auf. »Waaas...? Was sagt das Aas...?«
»Verbrechen bleibt Verbrechen!« Die Grete läßt sich nicht bremsen. »Diese Wahnsinnige da, die hat den Pit auf dem Gewissen! Sie hat ihn im Gebirge umgebracht, durch einen Stoß vom Felsvorsprung –«
Doch weiter kommt die Grete nicht. Thea stürzt sich auf sie, schlägt ihr mit der Tasche auf den Kopf: »Du dreckiges Stück, was wagst du zu behaupten...«
»Auseinander!« brüllt Heitmann. »Entfernen Sie diese Personen!« befiehlt er einem herbeieilenden Beamten. »Raus mit ihnen, raus! Um Gottes willen, wo sind wir denn hier?«
Der Polizeichef sagt düster: »Immer wieder dasselbe. Doktor, meinen Sie, daß die zurechnungsfähig sind?«
»Ich bin Allgemeinmediziner«, erwidert Karsten mißmutig. »Kein einschlägiger Sachverständiger, der das vor anderen In-

stanzen zu beantworten hätte. Persönlich bin ich Heitmanns Meinung: Das übliche Affentheater...«

Auf dem Mattiesenhof kommt der Doktor gerade noch zum Nachmittagskaffee zurecht. Frau Sellmann hat einen Sauerkirschkuchen gebacken; Olga und Annemarie sitzen schweigend am Tisch. Olga ißt mit Genuß. Annemarie rührt nervös in ihrer Tasse.

»Na, Karsten?« fragt die Mutter. »Du hast doch hoffentlich den Fritze nicht belastet? Der hat dich gerettet, vergiß das nicht!«

»Ich habe niemanden belastet«, erwidert der Doktor. »Es war wie in einer Menagerie. Die Thea und die Melsen-Grete sind aufeinander losgegangen. Erspar mir die Einzelheiten.« Er wendet sich an seine Frau: »Wie war's in der Schule? Wirst du mit der neuen Direktorin auskommen?«

»Mit der Timpe? Ich denke schon. Jetzt, wo Detlefsen und Kerstin weg sind –«

»Ach ja«, fällt Olga ein. »Kerstin hat aus Kiel angerufen. Sie ist offenbar zufrieden mit dem Professor. Die Frau und die Kinder sollen auch nett sein. Sie fühlt sich wie eine Tochter im Hause, sagt sie.«

»Professor Brendons Frau Pauline ist eine Jugendfreundin von mir«, erinnert Annemarie. »Eine Französin aus dem Internat. Brendon ist gebürtiger Brite, sehr viel älter als Pauline. Die Kinder sind noch nicht flügge.«

»Prima! Ein internationales Milieu erweitert den Horizont«, meint Karsten. »Weshalb bist du so nervös, Annemie?«

»Ich bin heute nach der Schule gleich zum Hof der Ploogs gefahren.«

»Was hattest du denn bei Ploogs zu suchen?« wundert sich Olga. »Der Hof ist ein berüchtigter Saustall. Besonders die Wohnung.«

»Davon durfte ich mich überzeugen, Mutter«, bestätigt Annemarie. »Ploogs zwölfjähriger Olaf gehört zu meinen Schülern. Ein eifriges Kerlchen. Heute schlief er im Unterricht ein. Jemand verriet mir, daß er sich in den Ferien halb tot geschuftet hat.«

»Ach ...!« Der Doktor überlegt. »Bei den Ploogs ist immer alles okay gewesen, bis die Frau einen Unfall mit dem Traktor hatte. Ich habe sie ins Krankenhaus einweisen müssen.«
»Jetzt ist sie in einem Rehablitationszentrum«, sagt Annemarie. »Olaf muß die Oma und einen fünfjährigen Bruder versorgen, weil der Vater es satt hat. Ich habe vorhin mit der Oma gesprochen.«
»Das tut mir leid«, sagt Karsten. »Aber es klingt wie eine Schuldzuweisung an meine Adresse. Ploogs Oma fällt nicht in mein Ressort. Zu der schleicht der Kräuterdoktor. Da mußt du vielleicht mal mit Olafs Vater sprechen.«
»Worauf du dich verlassen kannst!« erklärt Annemarie scharf.
»Mein Gott, wirkst du auf einmal wild entschlossen!« staunt Olga mit einem Unterton von Ironie.
»Bin ich auch!« sagt Annemarie. »Jemand muß sich ja um die Auswirkungen von Not und Krankheit kümmern. Wir sind nicht in Hinterindien! Ich kann vor Wut über die Gleichgültigkeit in die Luft gehen: *Alle* schlafen, nicht nur der kleine Olaf. Die Behörden, die Nachbarn, die Ärzte, die Bürgerschaftsräte –«
»Vor allem die Ärzte und die Volksvertreter«, bemerkt Olga spitz. »Hellwach sind nur die Lehrerinnen!«
»Was ich euch beweisen werde!« Annemarie steht auf. »Ich fahre nachher zu diesem Faultier von Vater und lese ihm die Leviten!«
»Das würde ich dem Pfarrer überlassen«, warnt Olga. »Der ist stärker als du! Ploog ist nämlich 'ne Schlägertype!« Olga weiß, wovon sie redet. Sie hat den Fall bereits im Rat zur Sprache gebracht.
Doch es ist unmöglich, Annemarie von ihrem Vorhaben abzuhalten. Wenn sie in Braß ist, verfangen bei ihr keine Argumente. Annemarie weiß von Olaf Ploogs Oma, wo das Faultier zu finden ist: Olaf Ploogs Vater radelt der Hausarbeit regelmäßig davon, um sich von seiner Schwester verwöhnen zu lassen.
Ploogs Schwester ist ein nachgiebiges Geschöpf. Ihr Ehemann, der pensionierte Brennmeister aus der Ziegelei, nimmt den Ta-

gedieb hin wie ein Naturereignis. Es sind ordentliche Leute, die Marjahns, bei denen Olafs Vater schmarotzt. In der Borsberg-Deekelsener Streusiedlung Am Walm sieht Annemarie ein kleines Haus mit gepflegtem Vorgarten. Hinter dem Zaun arbeitet ein Mann in den Beeten; eine Frau ist dabei, Wäsche aufzuhängen.
Annemarie steigt aus dem Auto und nähert sich dem Zaun: »Verzeihen Sie, Herr Ploog.«
»Marjahn heiße ich. Meine Frau ist 'ne geborene Ploog«, sagt der Hobbygärtner. »He, Beate, da will jemand zu deinem Bruder.«
Frau Beate öffnet Annemarie die Pforte: »Wilhelm liegt hinterm Haus. Gehen Sie ruhig hin. Immer dem Schnarchen nach.« Den kleinen, bitteren Scherz leistet sich die Schwester wenigstens.
Annemarie findet Olafs Vater in einer windgeschützten Holzlaube.
Der faule Ploog liegt mit der Behaglichkeit eines satten Seelöwen auf einer Luftmatratze. Er schläft.
Neben ihm, griffbereit, sieht man eine Batterie Dosenbier. Ein Radio steht ebenfalls in Reichweite.
Annemarie dreht den Apparat kurz auf volle Lautstärke.
Olafs Vater schreckt hoch. »Na, so was!« brummt er verwundert. »Wer sind *Sie* denn?«
»Die Lehrerin Ihres Jungen«, erwidert Annemarie unverbindlich. »Ich war heute mittag bei Ihnen zu Hause. Man sagte mir, Sie seien meist hier!«
»Ja und?« Ploog bringt nichts aus der Ruhe. »Meine Frau ist ja zur Kur. Was soll ich denn dann zu Hause?«
»Was Sie *sollen*...? Olaf versorgt die Oma und den kleinen Bruder!«
»Schauen Sie, deshalb bin ich hier. Wenn Olaf mich auch noch versorgen müßte, würde es ihm echt über den Kopf wachsen!«
Vor solcher Logik bleibt Annemarie einen Moment stumm. Dann fragt sie, während sie Ärger in sich aufsteigen fühlt: »Sie sind wohl ein Gemütsmensch, was?«
Wilhelm Ploog mustert sie plötzlich wachsam. Er spricht mit

leise drohendem Unterton. »Ein Gemütsmensch? Im allgemeinen schon. Aber das kann sich schnell ändern, wenn Sie Wert darauf legen. Was werfen Sie mir eigentlich vor?«
»Verletzung der Fürsorgepflicht! Wenn *Sie* zu Hause zupacken würden, käme alles in Ordnung. Dann wäre Olaf nicht überfordert, weder daheim noch in meiner Englischstunde!«
Vater Ploog nimmt einen gewaltigen Schluck Bier. »Nun passen Sie mal auf, Fräulein«, beginnt er, sich den Schaum mit dem Handrücken vom Munde wischend. »Englisch hatte ich nie. Der Ehrgeiz mit Olaf stammt von meiner Frau. Ich bin Anstreichergehilfe. Auf dem Hof habe ich immer nebenbei mitgearbeitet, aber da will ich mein Essen auf dem Tisch sehen, wenn ich heimkomme. Und ich brauche 'ne Frau, die mich umsorgt. Die Oma kann das nicht, die ist selber krank. Soll *ich* einkaufen, kochen und rumwirtschaften?«
»Natürlich!« ruft Annemarie erbost. »Das alles können Sie doch nicht Olaf und seinem jüngeren Bruder überlassen!«
»Haben Sie sich da einzumischen?« Ploog wird stur. »Olaf schafft das. Der ist nicht aus Schaumstoff.«
»Olaf schafft das?« wiederholt Annemarie schneidend. »Aber Sie, Sie starker Mensch, Sie liegen hier herum und saufen!«
»Beate!« brüllt Ploog. »Beate, schaffe mir diese aufdringliche Person vom Halse! Die verdirbt mir meinen Feierabend!«
»Kommen Sie«, bittet die herbeieilende Schwester. »Es hat keinen Zweck.« Sie geht mit Annemarie zur Pforte. »Wir haben ja schon alles versucht. Wenigstens übernimmt er ab und zu mal eine Lohnarbeit. Aber alles, was sonst ist, kümmert ihn nicht. Ich wette, er pennt schon wieder.«
»Dem müßte man Beine machen!« Annemarie ist außer sich. »Läßt die Oma und die Kinder im Stich! Ich werde der Sache nachgehen, glauben sie mir!«
»Tun Sie, was Sie für nötig halten«, seufzt Frau Marjahn.
Annemarie setzt sich ins Auto, fassungslos über ihre Niederlage. Aber eins begreift sie: Als Landarzt hat es ihr Mann nicht leicht mit Leuten dieser Art. Es gibt ja wohl noch mehr vernagelte Typen.
Sie fährt nicht gleich nach Hause. Sie muß sich erst beruhigen. Deshalb beschließt sie, Frau Detlefsen und ihrem Enkel einen

Besuch abzustatten. Peter Detlefsen ist ja vorerst allein nach Kiel gezogen und wohnt dort in Untermiete...

Nach der Sprechstunde hat der Doktor kurz nach den Ökobauern geschaut. Annemarie ist noch unterwegs, auch Olga trifft er bei der Rückkehr nicht an. »Bin bei Hugo und Bea«, steht auf einem Zettel, den er in der Küche findet, »Annemarie soll dir Abendbrot machen.« Aha, Olga gibt ihm wieder einmal zu verstehen, daß er verheiratet ist. In der Essensfrage sieht sie das sonst nicht so eng – bei guter Laune! Doch Karsten will sich sowieso zurückhalten. Er hat ein paar Pfund Übergewicht aus dem Urlaub mitgebracht. Ihm fällt ein, daß er sich bei seinen Stammtischbrüdern zurückmelden muß. Das ist hier üblich. Er braucht ja nichts zu trinken, kann bis zu Asmussen auch zu Fuß gehen; frische Luft und Bewegung helfen beim Wiedereingewöhnen.
Der Doktor hinterläßt auf dem Anrufbeantworter, wo er zu finden ist. Dann macht er sich auf den Weg.
In Asmussens Kneipe am Lindenweiher herrscht der übliche Hochbetrieb. Der Kräuterdoktor Hinnerksen ist in die Stammtischrunde aufgerückt. Ach ja: Sein ärztefeindliches Muttchen lebt nicht mehr. Beim Bibernellentee aber ist Hinnerksen geblieben. Nun kommen die Kräuterfans schon aus Flensburg, Schleswig, Kiel, sogar aus Hamburg in Sonderbussen. Ein pfiffiger Manager organisiert das für Hinnerksen. Die Leute bringen Geld in die Gegend, auch zu Asmussen.
»He, Doktor!« ruft Bürgermeister Schultes freudig. »Zurück von Madeira? Ich hörte, ihr habt da ein Heimattreffen gehabt?«
»Mallorca«, gähnt Mattiesen. »Schönen guten Abend miteinander!« Er erblickt den Polizeichef. »Ein Heimattreffen hatten wir auch schon bei Karlsen.« Er setzt sich. »Was macht die Thea nun?«
»Schau mal lieber, was die Melsen-Grete macht«, antwortet der Polizeichef. In einer Ecke sitzt sie – billig aufgestylt wie immer – mit einem modisch gekleideten, angeregt plaudernden Herrn.
»Einer von der besseren Sorte«, grinst der Apotheker Janssen.

Graffert ist bei beiden Weibern weg vom Fenster. Jetzt hat sich die Grete an den Weltmann da rangemacht.«
»Die ist eben immer fürs Höhere«, feixt Asmussen. »Küppers heißt ihr neuer Playboy. Soll Nachtbarpächter in Hamburg sein, angeblich stinkreich. Verbringt im Golfhotel seinen Urlaub.«
»Und die Thea leidet unter Liebesentzug«, spinnt Janssen seinen Faden weiter. »Nicht mal der Berta vertraut sie sich an. Das ist nicht gut. Da braut sich bestimmt wieder was zusammen.«
Mattiesen bestellt Mineralwasser.
»Bist du krank?« wiehert Schultes. »Hört euch das an: Unser Doktor will Wasser trinken!«
»Muß abspecken«, murmelt Karsten. »Hab' auf Mallorca zu viel gesündigt.«
»Wie wär's denn mit Bibernellentee?« kichert Hinnerksen.
»Aber der Pfarrer ist schlanker geworden auf der Hochzeitsreise!« lacht Janssen. Eben setzt sich Eckholm an den Stammtisch. »Da wären wir nun wieder«, dröhnt er munter. »Na, Doktor? Waren doch herrliche Stunden in Porto Petro, was?«
»Hat dich deine Frau vor die Tür gesetzt?« stichelt Schultes. »Vielleicht hättest du doch lieber die Thea heiraten sollen?«
»Wenn du als Bürgermeister mit gutem Beispiel vorangehen würdest«, kontert Eckholm, »gäb's hier nicht so viele Klatschweiber. Nee. Meine Ina hütet ihre Steffi! – He, Asmussen! Zwei Bier und zwei Klare für den Doktor und mich!«
»Pfarrer, unser Medizinmann trinkt heute nur Wasser«, grinst Hinnerksen. »Sprich mal ein Machtwort!«
»Wie, Karsten? Stimmt das? In Porto Petro haben wir die halbe Nacht Sekt und Wein gebechert! Also, wenigstens einen Klaren!«
»Danke. Kannst du selber trinken«, wehrt Mattiesen ab. »Ich wollte nur mal reinschauen und gleich wieder weg.«
»Du wirst aber einen kippen, sogar einen Doppelten«, sagt Eckholm eifrig, »wenn du erfährst, wer bei Bohm abgestiegen ist.« Er wartet, bis Asmussen den Schnaps serviert hat. Dann platzt er heraus: »Corinna!«
Der Doktor starrt Eckholm schweigend an. Sollte das ein Witz

sein? Ein Bier-Ulk, den der Pfarrer für harmlos hält? Die schöne Corinna Marty, weltbekannte Motorsportlerin, ist im vergangenen Jahr Mattiesens Geliebte gewesen. Allerdings in der Zeit, als er von Annemarie geschieden war. Karsten macht ein Gesicht, als hätte ihn eine Schreckensnachricht erreicht.
»Die Formel II-Rennfahrerin!« stößt Eckholm nach. »Ich komme eben aus Bohms Hotel, mußte ja wieder mal nach meinem Enkel gucken. Da sah ich Corinna an der Rezeption. Sie war gerade dabei, dich anzurufen.«
Der Doktor greift nun doch nach dem Schnaps. Seine Hand zittert.
»Na, nun nimm dich zusammen, alter Junge«, beschwichtigt der Pfarrer. »Du entkommst ihr ja doch nicht. Ich meine, sie wird dich wenigstens sehen wollen. Was ist dabei?«
»Nichts«, sagt Karsten. Er steht auf, verabschiedet sich knapp, geht hinaus in die Nacht.
Zu Hause findet er Annemarie in der Küche beschäftigt. Er reißt sich zusammen. »Hallo, Schatz! Bist du auch eben erst gekommen?«
»Ja. Ich war bei Frau Detlefsen. Olga schwelgt noch bei Hugo und Bea in Reiseerinnerungen. Sag mal, willst du nichts essen? Ich mache mir gerade einen Tee.«
»Keine schlechte Idee. Mir auch einen«, murmelt Karsten. »Aber ohne Zucker. Ich muß wieder dünner werden.«
»Bevor ich Frau Detlefsen besuchte, hab' ich mir dieses Faultier Ploog vorgenommen«, berichtet Annemarie. »Wenn's nicht zum Weinen wäre, müßte man lachen. Der Bursche drückt sich, weil er den zwölfjährigen Sohn angeblich entlasten will. So was hab' ich noch nie erlebt!«
»Ich höre nur eben noch den Anrufbeantworter ab«, sagt Karsten mit gespielter Gleichgültigkeit. Er geht ins Sprechzimmer. Das Band hat die Anfragen zweier Patienten festgehalten, die sich vergewissern wollten, ob er vom Urlaub zurück sei. Dann ertönt die unverkennbare Stimme von Corinna: »Hallo, Karsten! Ich bin wieder in Bohms Hotel. Da staunst du!? Hör zu! Ich nehme an, wir sehen uns am Mittwochnachmittag, also morgen, wenn du keine Sprechstunde hast. Sagen wir – vier Uhr? Ich freue mich riesig. Küßchen, Liebling!«

Mattiesen bleibt einen Moment stehen. Er muß das erst verarbeiten. Um Gelassenheit bemüht, geht er zurück in die Küche. Annemarie sitzt am Tisch und blickt ihm scheinbar arglos entgegen.
»War was Besonderes?«
»Nein, wieso?« Karsten rührt in seiner Teetasse, obwohl kein Zucker darin ist.
»Auf dem Band, meine ich«, bohrt Annemarie. »Auf dem Anrufbeantworter. War da was Besonderes?«
»Nein.«
»Nein?«
»Nein!« betont Karsten. »Warum fragst du so hartnäckig?«
»Weil ich wissen will, ob du ehrlich bist«, lächelt Annemarie. Dieses Lächeln kennt er. Es ist kein Sonnenstrahl, sondern ein Wetterleuchten. Sehr schnell kann das Gewitter folgen.
»Ob ich ehrlich bin? Aha. Du hast das Band abgehört. Na schön. Ich *bin* ehrlich.« Im Augenblick glaubt er selbst daran. »Der Anruf von Corinna ist nichts Besonderes für mich.«
»Dann hättest du darüber sprechen können«, meint Annemarie ruhig. »Corinnas Liebesgeflüster ist nichts Besonderes?«
»Das ist in ihrem Milieu der Umgangston!« behauptet Karsten. »Sie ist Sportlerin, hat in aller Welt Kollegen –«
Annemarie unterbricht: »Gehst du morgen zu ihr?«
»Wenn ich's nicht täte...«, Karsten sucht nach Worten, »...würde das der Sache die Harmlosigkeit nehmen.«
»Hoffentlich sieht sie das auch so«, meint Annemarie. »Weltstars haben ihre eigenen Perspektiven.«
»Dann werde ich ihr meine Perspektive begreiflich machen.«
»Ein Mann von Charakter! Den wünscht sich eine Ehefrau«, lächelt Annemarie – nun eher amüsiert. »Ich gehe nach oben. Kommst du auch?«
»Ja, sicher...«, seufzt Karsten. Er beschließt, beim Treffen mit Corinna auf freundliche, aber unmißverständliche Distanz zu gehen. Für immer...

Ehesturm in den Hundstagen

Der Mittwoch ist ein Hochsommertag, wie geschaffen für die Wiederbegegnung mit einer Geliebten. Mattiesen fährt zur verabredeten Zeit über die hitzeflimmernde Straße auf die Golf-, Tennis- und Reitplätze zu, die das Bohm-Hotel mit seiner Teestuben-Mühle großflächig umgeben.

Er hat sich vorgenommen, ganz unverbindlich zu bleiben: Hallo, Corinna, wie geht es dir? Schön, dich zu sehen ... Mir geht es gut! ... Schöne Tage noch. Ich habe viel zu tun ...

Er ist verheiratet, wiederverheiratet. Mit Annemarie ist nicht zu spaßen. Abgesehen davon, daß er sie liebt. Corinna war ja nur ein Intermezzo, wie die Großväter so etwas nannten. Karsten hat sich gestern abend geschworen: Es ist Schluß! Schluß für immer!

Doch als er auf der Terrasse steht und Corinna unter den vielfarbenen Blüten sitzen sieht – ganz in Weiß, locker, selbstverständlich, höchst prosaisch in einer knittrigen Zeitung blätternd –, fühlt er sich aufs neue hingerissen: Corinna, das drahtige, zugleich geschmeidige, einerseits problematische, andererseits oberflächliche Geschöpf – es verschlägt ihm den Atem.

Er weiß nichts zu sagen als: »Du bist noch jünger geworden!«

»Und schöner, meinst du?« Sie mustert ihn mit ihrem faszinierenden Blick, der sich nie ändert, ob sie Autos betrachtet oder Männer.

»Setz dich, mein Leibarzt. Bohm habe ich gesagt, ich konsultiere dich nur.« Sie steht nicht auf. »Nein, das bleibt uns für nachher.«

»Aber bitte nicht gleich auf deinem Zimmer.«

»Nicht gleich!« Corinna lacht.

»Also, hör mal«, beginnt Karsten tölpelhaft. »Ich bin verheiratet.«

»Wie schön! Ich stehe auf verheiratete Männer.«

Diesen Zynismus kennt er. Leider verstärkt er die Anziehungskraft.

»Es ist das Spießige, das ich an dir so liebe«, sagt sie. »Ich habe es das ganze Jahr über vermißt.«

»Corinna...«

»Was hast du, Darling? Es ist niemand da. Die Leute halten Nachmittagsschlaf oder tummeln sich im Schwimmbad. Bis fünf Uhr sind wir hier sicher. Übrigens sind mir die Familienverhältnisse bei Bohm bekannt. Er hat dein Protektionskind geheiratet, die Pfarrerstochter. Eine reizende Person. Die verraten dich bestimmt nicht, wenn du mit mir in die Büsche gehst.« Sie bestellt beim Kellner Sekt und Johannisbeersaft.

»Corinna, meine Frau ist zwar keine Weltmeisterin –«

»Das bin ich auch nicht mehr. Ich bin mit diesem Titel runter von der Piste. Erholungspause. Übrigens habe ich auch geheiratet: Lars Grüber, meinen Trainer und Chefmonteur. Du kennst ihn ja.«

»So! Den du voriges Jahr als deinen Bruder ausgegeben hast? Sag mal, Corinna, tickt bei dir was nicht richtig? Dein Mann war oder ist, wenn ich nicht irre, dein Rennbetreuer. Wo steckt er überhaupt?«

Corinna wartet, bis die Getränke da sind. Sie prostet Karsten zu: »Auf die Vergangenheit und die Zukunft!«

Der Doktor setzt sein Glas ab. »Es wird keine Zukunft für uns geben. Ich betrüge meine Frau nicht, nachdem ich sie ein zweites Mal geheiratet habe.«

»Du Landarzt!« Corinna lacht. »Manche Männer heiraten fünfmal. Und mehr. Aber du wolltest mich ja nicht heiraten. Es geht auch so.« Sie nippt an ihrem Glas.

»Entschuldigung!« Ein Schatten fällt über den Tisch. »Ach! Sind Sie nicht der Doktor... Doktor...«

»Mattiesen«, hilft Karsten, sich erhebend. Er steht Lars Grüber gegenüber, Corinnas Rennbetreuer und – Ehemann.

Der athletische Bursche mit dem Römerkopf und dem graumelierten Haar blickt etwas ratlos auf Corinna. »Ich wußte nicht, daß du Besuch hast.«

»Und ich glaubte, du seist schon weg«, erwidert Corinna abweisend. »Ich denke, das Treffen in Kiel ist wichtig.«

»Ist es auch. Schließlich geht's um das Thema ›Motorsport und Umwelt‹. Aber wenn du willst, daß ich bleibe?«

»Will ich nicht!« versetzt Corinna mit leiser Schärfe.
Schnell sagt der Doktor: »Also, ich möchte mich dann verabschieden. Es war nett, Sie beide zu sehen...«
»He, he!« Corinna blitzt ihn an. »Wir waren verabredet, Karsten. Jetzt kneif nicht. Nimm wieder Platz. Meinen Mann kann ich ruhig ein paar Stunden entbehren.« Sie schaut kurz zu ihm auf: »Tschau, Lars! Beeile dich nicht mit der Rückfahrt.«
»Es ist möglich, daß es länger dauert«, erklärt Lars Grüber zögernd. »Aber ein Wort von dir –«
»Und du fährst jetzt ab!« brüskiert ihn Corinna.
Lars zuckt die Achseln und entfernt sich mit hängenden Schultern.
»Corinna, du bist betrunken!« redet Karsten auf sie ein. »Jagst deinen Mann davon wie einen Hund! Das ist deiner nicht würdig! Das ist... ist...«
»Was?« Corinna lächelt bestrickend. Ihre Augen funkeln. »Was? Was ist es?«
»Eine miese Starlaune. Ja. Aber du kannst dir das ja leisten! Corinna, die Weltmeisterin, der Liebling aller Sportgazetten, die tolle Corinna, unerreicht, unübertroffen, die schöne, einzigartige –«
»Sprich nur weiter«, lächelt sie. Langsam, eher mühsam steht sie auf. Sie stemmt sich an den Armstützen des Gartenstuhls hoch. Nein, betrunken ist sie nicht. Sie steht schief, wie eine schlecht reparierte Puppe. Dann geht sie ein paar Schritte. Karsten starrt sie entsetzt an.
»Du... du hattest einen Unfall?« fragt er heiser.
»Ja!« Corinnas Gesicht verzerrt sich. »Ich habe dir was vorgemacht, wie ich allen etwas vormache. Wenn ich mich sehr zusammennehme, merkt man nur ein leichtes Hinken. O ja, Karsten, die Disziplin habe ich behalten. Aber es ist aus... Komm, wir gehen ein Stück. Es heißt, ich soll mich bewegen.«
Mit langsamen Schritten wandern sie nebeneinander her, am Tennisplatz entlang, auf einen Feldweg zu. Dort steht eine Bank unter einer ausladenden, mächtigen Birke. Corinna setzt sich, nimmt Karstens Hand und zieht ihn neben sich.
»Wie zwei alte Leute, was?« fragt sie spöttisch.
»Corinna, ich verstehe nicht...« Der Doktor, immer noch wie

vor den Kopf geschlagen, sucht nach Worten. »Ich erinnere mich, daß ich von einem Unfall las, in Australien, glaube ich. Es hieß aber, du wolltest nur ein oder zwei Rennen aussetzen ...«

»Wir haben die Sache heruntergespielt«, erklärt Corinna nüchtern. »Lars ist in dieser Beziehung ein Genie. Für die Öffentlichkeit gingen wir auf Tauchstation. Devise: Erholungspause.«

»Das ahnte ich alles nicht.« Mattiesen hat sich gefangen. Er kann objektive Fragen stellen.

»Ich müßte dir die Röntgenaufnahmen zeigen«, sagt Corinna. »Ich brach mir alles, was man sich nur brechen kann. Zum Glück nicht den Schädel und nicht meine Energie.«

»Energie? Willst du denn irgendwann wieder Rennen fahren?«

»Professor Etienne in Paris meint, wenn überhaupt, dann erst in zwei Jahren. So, nun was Persönliches: Du findest mich jetzt nicht mehr attraktiv?«

»Aber Corinna! Das glaubst du selber nicht«, antwortet Karsten. »Außerdem kommt es nicht darauf an. Aber was mich interessiert: Wann hast du Lars Grüber geheiratet?«

»Als ich im Rollstuhl saß und nicht sicher war, da jemals wieder rauszukommen«, erwidert sie sachlich.

»Du bist sehr egoistisch«, meint Karsten. »Du solltest Lars dankbar sein.«

»Bin ich auch. Mich stört nur, daß mein Unglück sein Glück ist.«

»Was ...?« Mattiesen muß an sich halten, so sehr ärgern ihn Corinnas Worte.

Corinna lacht. »Versteh mich richtig. Mein Zustand macht Lars nichts aus. Im Gegenteil, jetzt ist er meiner sicher, und das genießt er. Er ist internationaler Motorsportfunktionär, organisiert Rallyes und Regatten, und er ist schon froh, wenn ich irgendwo rumsitze und auf ihn warte.«

»Ach so. Du fürchtest, das könnte sich ändern, sein Interesse würde nachlassen, deshalb willst du ihn eifersüchtig machen?«

»Genau.«

Karsten schüttelt den Kopf. »Das ist albern, Corinna. Kleinmädchenhaft. Dein Lars hat sich durch dick und dünn bewährt. Und deine Taktik ist nicht gerade sportlich.«
»Na ja. Ich bin ungeduldig.«
Mattiesen legt den Arm um Corinna: »Du sprachst doch davon, daß Professor Etienne dir Hoffnung machte.«
»Schon. Es gibt natürlich auch 'ne Menge orthopädischer Hilfsmittel. Wenn du wüßtest, wie viele Piloten als halbe Krüppel in ihren Rennwagen hocken!«
»Ob ein schneller Rollstuhl besser für deine Nerven ist als ein langsamer«, sagt der Doktor, »mußt du natürlich selber beurteilen.«
Corinna legt ihren Kopf an seine Schulter. »Du nimmst deiner hinkenden Exgeliebten wenigstens die Komplexe. Und du hast recht. Meine Taktik ist unsportlich. Ich liebe Lars ja sehr.«
In diesem Augenblick fährt Annemarie, vom Plooghof kommend, über die Hügel und sieht ihren Mann und die attraktive Person wie ein Liebespaar auf der Bank unter der Birke sitzen. Sie kann ja nicht wissen, was mit Corinna los ist. Wie soll sie ahnen, daß die schöne Corinna mit dem charmanten Lächeln in Wahrheit eine Verzweifelte ist, daß Karsten gar nicht anders konnte, als sie zu trösten...
Als er nach Hause kommt, trifft er auf der Außentreppe Olga.
»Deine Neubauern haben mir die ersten Äpfel gebracht«, berichtet sie. »Schöne grüne Klaräpfel. Die gibt's in unserem Garten nicht. Koste mal!«
Karsten beißt in einen Apfel. Dann schleppt er den Korb in den Anbau.
»Gut, nicht?« meint Olga. »Die guten nehmen wir als Eßäpfel, aus den anderen mach' ich Kompott und Apfelmus.«
»Wo ist Annemarie?« fragt der Doktor.
Olga wirft ihm einen Blick zu. »Du hast wohl 'n schlechtes Gewissen?«
»Quatsch. Kannst du nicht endlich mal einen anderen Ton anschlagen, Mutter? Du behandelst mich wie einen Hosenmatz, der Bonbons geklaut hat.«
»Warte nur, wie Annemarie dich behandelt. Sie hat euch gesehen!«

»Wen?« fragt der Doktor. »Wo?«
»Die schöne Corinna und dich! Auf einer Bank! Heiß umschlungen!«
»Blödsinn! Wie kommt sie denn darauf?«
»Corinna – mit dir auf der Bank? Ist mir auch schleierhaft«, spottet Olga. »Du könntest dich mit deiner Geliebten diskreter amüsieren. Dann hätten wir jetzt keinen Sprengstoff hier.«
»Sprengstoff?« Karsten beherrscht sich mühsam. »Annemarie wußte, daß ich Corinna einen Höflichkeitsbesuch machen wollte.«
»Ich lache Tränen«, sagt Olga unbewegt.
»Wo ist Annemarie also?« forscht der Doktor.
»Im Bad. Sie hatte sich mit Frau Sellmann bei Ploogs getroffen, um Ordnung zu schaffen. Jetzt macht sie sich fein.«
»Fein wozu?« Karsten geht in die Diele. Seine Frau kommt gerade die Treppe herunter. Sie sieht tadellos gepflegt aus, verbreitet Frische, trägt ein besonders schickes Sommerkostüm. Sie läßt sich nichts anmerken. Nichts. Sie eilt an Karsten vorbei nach draußen, auf ihr Auto zu. »Ich fahre jetzt los«, sagt sie. Es klingt nicht beleidigt.
»He, wohin?« Der Doktor läuft ihr nach. »Wohin fährst du?«
»Zur Elternversammlung, das sagte ich schon heute früh.«
»Ach so, ja.« Mattiesen bleibt am Auto stehen und beugt sich durchs Wagenfenster zu ihr hinunter. »War wohl ein schönes Stück Arbeit bei Ploogs?«
»Ein schönes Stück, ja.«
»Annemarie, du warst einverstanden, daß ich Corinna –«
»Na, sicher!« unterbricht sie ihn liebenswürdig. »Ich muß los, Karsten, wirklich! Du hättest nicht extra heimzukommen brauchen. Tschüüüs...!« Sie winkt locker und lenkt ihren Wagen schwungvoll zur Ausfahrt. Das Tschüs tönt in Karstens Ohren nach. Es klang so zuckersüß! Wie vergiftet.
»Was habe ich gesagt?« Olga steht auf der Vortreppe. »Pulver in der Luft! Der kleinste Funke, und du fliegst zum Schornstein raus. Ach, was red' ich! Praktisch hat sie dich bereits zerfetzt.«
»Wer? Annemarie?« fragt Karsten unwirsch.
»Denkst du, ich meine die Ziege Ilse?« kontert Olga.

»Sieh keine Gespenster, wo auch Annemarie keine sehen soll«, sagt der Doktor. Er hebt eins der Kätzchen auf. »Da du von deiner Ilse sprichst. Du könntest endlich auch Namen für diese Kleinen finden.«
»Ja. Wie wär's mit ›Annemarie‹ und ›Karsten‹? Oder mit ›Corinna‹ und ›Karsten‹?«
»Mutter! Corinna ist jetzt verheiratet!«
»Mein Sohn«, entgegnet Olga ungerührt, »wie oft habe ich dir schon klarzumachen versucht, daß der Personenstand nichts mit der Leidenschaft zu tun hat! Sieh dir Eckholm an.«
»Ich kenne Eckholm. Ich brauche ihn nicht zu betrachten!« sagt der Doktor schärfer als beabsichtigt. Es widerstrebt ihm, Corinnas Zustand ins Treffen zu führen. Das wäre taktlos.
»So, na dann! Nach mir die Sintflut. Es gibt eine Katastrophe, Karsten. Eine Naturkatastrophe, wie ich Annemarie kenne.«
Olga, in ihrer Eigenschaft als gewählte Vertreterin des Ortsteils Deekelsen-Dreekels, muß heute abend auch weg. Zur Ratssitzung. Aber sie läßt sich nicht hinbringen.
»Ich nehme mein Stahlroß«, sagt sie spitz. »Sieh du dir die Sportschau an. Motorsport. Haut vielleicht hin!«
Karsten vertilgt lustlos das Abendessen, das sie für ihn bereitgestellt hat.
Seine Gedanken sind bei Corinna...

Am Morgen ist Annemarie schon weg, als der Doktor in der Küche erscheint.
»Sie wollte Ploogs Kindern und der Oma Frühstück machen«, berichtet Olga. »Aber das geht nicht so weiter. Anderswo spielt deine Frau Kindermädchen, Putzliese und Stallmagd, und hier faßt sie keinen Staublappen an.«
Karsten trinkt mißmutig seinen Kaffee.
»Außerdem nimmt sie Frau Sellmann mit«, fährt Olga fort. »Eine Rücksichtslosigkeit sondergleichen!«
Mittags kommt Annemarie gar nicht erst nach Hause, sie übernachtet sogar bei Ploogs, und am Freitag taucht sie nur kurz auf, um zu baden und ihre Koffer zu packen. Sie will ihre Freundin Pauline in Kiel besuchen und deren Mann, den englischen Gastprofessor, dessen Sekretärin Kerstin ist.

»Ihre Rache für dein Techtelmechtel mit Corinna!« erklärt Olga düster. »Sie läßt dich links liegen! Ich wußte es immer: Annemarie ist nachtragend und unberechenbar wie ein Krokodil!«
»Mutter, deine Erfahrungen mit Krokodilen stammen aus dem Kino!« sagt Karsten. »Ich kann mich nicht um Launen kümmern. Ich habe Notdienst.«
Wenigstens ist es Olga gelungen, bei Eckholms Pfarr-Hilfswerk eine rüstige Gemeindeschwester zu mobilisieren, die den Ploogs hilft. Das Faultier, der Vater, kann amtlicherseits nicht zu seinen Pflichten gezwungen werden. Dieser ›Gemütsmensch‹ hat es nämlich fertiggebracht, sich das Becken zu brechen. Er liegt in der Klinik.
»Krank werden kann jeder Drückeberger«, lautet Olgas Kommentar. »Das hat dein Vater immer gesagt, Karsten. Mit gesunden Händen zupacken, das ist bei solchen Leuten nicht drin!«
Das vorletzte Wochenende im August beschäftigt den Doktor nahezu rund um die Uhr mit Alarmen, zuletzt ein Großbrand auf einem abgelegenen Bauernhof. Bei Annemaries Rückkehr ist er im Einsatz; Montag hat sie Schule – und danach fährt sie wieder weg.
»Ist sie bei Ploog?« fragt der Doktor seine Mutter während der Sprechstunde.
»Nein.« In Olgas Stimme schwingt finstere Genugtuung. »Ploogs werden ja jetzt anderweitig betreut. Annemarie spielt Tennis. Bei Bohm. Und zwar mit Lars Grüber!«
»Das bildest du dir ein!«
»So? Ich hörte das von einem, der es seltsam findet. Das sieht so nach Partnertausch aus!«
»Partnertausch? Da ist wohl jemand verrückt geworden!«
»*Ich* nicht!« betont die Mutter.
Abends, in der Bibliothek, bricht das von Olga prophezeite Gewitter aus. Erhitzt, sprühend guter Laune, federt Annemarie in ihrem Tennisdreß herein. »Dieser Lars ist eine Tenniskanone! War nicht gerade ein rühmlicher Montag für mich.«
»Er wird noch unrühmlicher werden«, beginnt Karsten. »Sag mal, was bezweckt eigentlich deine Strategie?«

»Welche Strategie?« Annemarie tut verständnislos. »Mit dem Racket?«
»Du weißt genau, was ich meine!«
»Schrei nicht so! Ich habe mit Lars ein bißchen geflirtet, ja. Du dagegen hast dich mit seiner Frau auf einer Bank herumgewälzt. Corinna ist kein flüchtiger Seitensprung! Sie ist dein dich beherrschendes Sex-Idol! Glaubst du, ich merke nicht, daß du nie von ihr loskommen wirst?«
»So, ich gehe jetzt wohl lieber raus«, murmelt Olga.
»Bleib, Mutter!« herrscht Karsten sie an. »Ich brauche einen Zeugen für das, was ich jetzt tue!«
Er hebt eine Bodenvase hoch und dringt auf die zurückweichende Annemarie ein. »Nicht!« ruft sie. »Tu's nicht!«
Olga steht wie erstarrt.
»*Wen* habe ich geheiratet, zweimal geheiratet?« brüllt der Doktor. »Dich oder Corinna, die jetzt in festen Händen ist? Die aber vor unserer Wiederheirat frei war?«
»Stell die Vase hin!« fleht Annemarie.
»Und hat«, brüllt Karsten unverändert laut, »und hat dir deine geniale Intuition nicht gesagt, daß Corinna ein bedauernswerter Mensch ist? Müßte sie dir erst ihre Röntgenaufnahmen zeigen?«
»Stell die Vase hin!« bittet Annemarie. Sie hat sich gefaßt. Rasch greift sie nach der Schale auf dem Tisch. »Nimm die! Sie ist nicht so kostbar!«
»Ach?« Der Doktor lacht ärgerlich. »Du denkst, ich lasse mir den Wind aus den Segeln nehmen, braves Kerlchen, das ich bin? Muttersöhnchen, Pantoffelheld, Landarzt auf dem Mist!«
Er stellt die Vase hin und zerschmettert die Schale.
»Du solltest deine Kraft auch mal wieder im Tennis anwenden«, lächelt Annemarie. »Und zwar – mit mir. Vergiß nicht, die Scherben aufzuheben. Ich gehe jetzt duschen.«
»Na, dann: Gute Nacht!« seufzt Olga erleichtert.

Am folgenden Morgen sitzt der Doktor im Sprechzimmer am Schreibtisch und telefoniert mit Corinna. Zwischen zwei Untersuchungen hat er eine Pause eingelegt.

»Corinna, weißt du, meine Frau...«, beginnt er. Er hört ihr Lachen.
»Deine Annemarie hat Lars mächtig imponiert«, sagt sie. »Ich glaube, sie wollte rauskriegen, ob ich nur deinetwegen hier bin. Wir konnten uns doch mal ›Guten Tag‹ sagen, oder? Und warum sollte ich nicht wieder in Bohms Hotel wohnen? Hier bin ich vor Reportern sicher. Bohm hat sogar die Ortspresse abgewehrt. Andererseits...«
»Andererseits?« fragt Mattiesen.
»Ach, ich wollte das nicht hochspielen. Es geht um den Ruf des Hotels.«
»Was hast du denn mit dem Ruf von Bohms Hotel zu tun?«
Zögernd erwidert Corinna: »Daß da etwas nicht groß breitgetreten werden soll, meine ich. Mir ist am letzten Donnerstag Schmuck abhanden gekommen. Wie sich herausstellte, vermissen auch andere Gäste Wertsachen. Und Geld. Ich würde dir das nicht erzählen, wenn sich Lars nicht so geärgert hätte. Der Schmuck war sein Hochzeitsgeschenk. Na, wir wollten sowieso nach Paris. Fahren wir eben schon morgen.«
»Morgen?« wiederholt Karsten betroffen.
»Wir sehen uns irgendwann einmal, wenn ich die Knieoperation hinter mir habe«, sagt Corinna. »Drück mir die Daumen, mein Leibarzt. Du hast mir sehr geholfen.«
Karsten legt den Hörer auf und blickt vor sich hin.
»Doktor!« mahnt Astrid. »Die Patienten! Das Wartezimmer ist voll!«
»Ja, also der nächste...«
»*Der* nächste ist eine *sie*«, nämlich eine Frau Erna Bröck aus der Hafenzeile. Mattiesen untersucht sie gründlich. Dann sagt er knapp: »Sie sind nicht krank!«
»Aber –«
»Sie kriegen ein Kind!«
»Nein!« ruft Frau Böck entsetzt.
»Doch!«
»Aber ich habe doch schon fünf!«
»Um so eher hätten Sie Ihren Zustand erkennen müssen«, grinst Mattiesen. »Fünfmal eher!«
»Ach, wissen Sie, Doktor, bei dem Wirbel, da achtet man nicht

auf sich. Dauernd ist was los. Einer bekleckert sich, eins fällt vom Sofa, der älteste zerschießt 'ne Fensterscheibe... Wenn mein Mann nach Hause kommt, brüllt er nur ›Ruhe!‹, ›Ruhe!‹ und wieder ›Ruhe!‹ «
»Er macht wohl noch was anderes, außer ›Ruhe‹ zu brüllen, wie Sie sehen«, meint Karsten trocken.
»Na ja.« Frau Bröck hat sich von ihrem Schreck erholt. »Was hilft's? Ich wollte ja viele Kinder haben. Jetzt werden's also sechs. Da bleibt wenigstens immer Leben in der Bude.«
»Sagen Sie Ihrem Mann, daß ihn eine Mitschuld an dem Lärm trifft. Er soll deshalb nicht brüllen!«
Frau Bröck muß lachen. »Werd' ich bestellen. Verlassen Sie sich darauf, Doktor. So ein Kleines ist doch immer wieder was Schönes. Jedenfalls was anderes als... als...«
»Eine Geschwulst. Das vermuteten Sie doch? – Der nächste...«
Viele Patienten sind Urlauber der letzten Ferienwelle. Sie klagen über Mattigkeit, mangelnden Appetit, Kopfschmerzen und Depressionen. Die meisten von ihnen verlangen Tabletten.
»Hundstage«, lautet die Diagnose. »Das Wetter! Heiße, regenlose, ausnahmsweise sogar windstille Zeit...«
Der Doktor kennt das. Unter den Einheimischen gibt es Ernteunfälle und Raufereien; Reizbarkeit führt gelegentlich zu Wahnvorstellungen. Da kommt zum Beispiel der alte Freese und behauptet: »Meine Frau hat den bösen Blick.«
»Wo soll sie den denn plötzlich herhaben?« fragt der Doktor ernsthaft. »Ist sie mal schnell in die Mythe geflogen?«
»Ob sie hingeflogen is', weiß ich nich'«, erwidert Freese. »Kann sein, die Kellertreppe runter. Auf alle Fälle hat sie den bösen Blick. Wenn sie mich anguckt, krieg' ich 'ne Gänsehaut.«
»Freese«, sagt Mattiesen. »Du bist ein tüchtiger Karpfenzüchter. Das verdankst du halb und halb deiner Frau. Wenn du meinst, sie kriegt den bösen Blick, dann red' ihr gut zu und trink schnell ein Glas Wasser.«
»Das hilft?«
»Es schadet nichts.«
Freese geht befriedigt hinaus.

»Na, dem hätte ich was anderes erzählt!« faucht Astrid. Sie hält sich rasch die Hand vor den Mund.
»Was ist?« fragt Karsten ärgerlich. »Habe ich dir oder Doris je einen Kommentar verboten? Weshalb benimmst du dich so komisch? Mir fällt das schon seit heute früh auf! Auch Doris starrt mich an wie ein Fabeltier.«
»Es ist...« Astrid druckst herum. »Es ist, weil Ihre Mutter uns gesagt hat, Sie hätten Ihre jähzornige Phase.«
Der Doktor schlägt mit der flachen Hand auf den Schreibtisch, daß es knallt. »Ich bin nicht jähzornig!« brüllt er. Aber dann muß er lachen. »Wie kommt Olga denn auf *die* Idee?«
»Nun, ja... Sie sprach mit Frau Sellmann. Gestern abend sollen Sie in der Wohnung alles kurz und klein geschlagen haben.«
Karsten grinst breit. »Nicht der Rede wert. Meine Mutter macht mal wieder aus einer Mücke zehn Elefanten.«
»Aber sie sprach sogar von Scheidung!« gesteht Astrid.
»Von welcher? Ist da beim Pfarrer was im Busch? Oder bei Bohms? Bei uns ist alles in Ordnung. Ich habe nur einer meiner Damen den Kopf gewaschen.«
»Ihrer Mutter?«
»Oder vielleicht der Ziege Ilse, wie? Nein. Keine Sorge, Astrid. Der Haussegen hängt wieder gerade.« Jetzt lächelt Karsten einen Moment versonnen. »Was so ein paar Scherben manchmal ausmachen.«
»Dann bin ich beruhigt, Doktor.« Astrid lächelt auch. »Darf ich trotzdem daran erinnern, daß wir noch Sprechstunde haben?«
Nach dem Abendessen fährt Annemarie zu Ploogs. Sie will wissen, ob dort alles einigermaßen klappt. Frau Ploog soll von der Kur zurück sein. Der Doktor ordnet am Schreibtisch Krankenkassenpapiere. Das Telefon summt, das Lichtzeichen über der Tastatur signalisiert: Hausgespräch.
»Ja?«
Es ist Olga, die über den Zentralapparat in der Diele einen Anruf entgegennahm: »Notfall, Karsten. Der Jens spielt verrückt, Oliver Jens, der Kuhbauer von der Seekante.«
»Der Jens? Ach so. Den hab' ich auf Diät gesetzt. Das wird ihm nicht passen.«

»Frau Jens meint, es ist schlimm.«
»Okay«, brummt Mattiesen.
In der Diele reicht ihm die Mutter den Arztkoffer, und er läuft zum bereitstehenden Wagen. Der Abend ist fast wolkenlos, still, trocken. Noch stehen die Uhren auf Sommerzeit, der Himmel im Westen leuchtet und hebt die Konturen im Osten scharf hervor. Die aufgeschreckten Vögel wirken wie Schattenrisse. Mattiesen überquert die Bundesstraße, erreicht den Feldweg und biegt in den Jenshof ein.
»Doktor!« tönt die Fistelstimme der Frau aus dem Fenster. »Der Oliver – ich glaube, er hat sich ausgetobt.«
»Es ist gut, Frau Jens, ich komme.« Mattiesen will eben aussteigen, als sich Olga über Funk meldet.
»Karsten? Wo bist du jetzt?«
»Bei Jens, Mutter. Eben angelangt. Was gibt's?«
»Fährst du danach gleich noch rüber zur Hühnerfarm? Der Kutschkau hat angerufen. Seiner Frau ist schlecht.«
»Kutschkau? Am Deich? Ich schau' vorbei. Ende.«
Der Doktor läßt sich von Frau Jens erzählen, was mit ihrem Oliver los ist. Der Mann hockt im Bett – von einem Wutanfall erschöpft. »Er hat den Tee und den Zwieback vom Hocker gefegt. Was Richtiges zu essen will er haben.«
Jens ist ein rabiater Patient. Er ist nicht gewohnt, im Bett zu liegen und sich eisern an Diät zu halten.
»Oliver«, redet der Doktor auf den Kranken ein. »Du hattest 'ne schwere Magen- und Darmverstimmung. Morgen gibt's Haferschleim und Kartoffelmus, dann sehen wir weiter...«
Das Reizwort Haferschleim bringt den Patienten gleich wieder in Rage. Es ist wirklich schlimm. Mattiesen muß ihm eine Beruhigungsspritze geben.
Aber was geschieht inzwischen? Entscheidendes, das Mattiesen und andere betrifft – und tödliche Konsequenzen haben soll. Im Hof, auf dem Privatgrundstück der Familie Jens, wird das Arztauto gestohlen. Es steht gleich seitlich hinter der Einfahrt. Vom Feldweg her konnte man's sehen, außerdem machte das Anwesen einen so verlassenen Eindruck. Zwei Jugendliche, ein Bursche, der sich Jimmy nennt, und ein Mädchen namens Ilona sind damit abgehauen. Der letzte Bus nach Schleswig – vom

Dreekelser Kreuz aus – war längst weg. Per Anhalter zu fahren, war Jimmy zu umständlich. Da sah er das Auto auf dem stillen Hof. Das Seitenfenster war eine Handbreit offen. Jimmy versteht sich aufs Öffnen und Kurzschließen, denn das hat er am Wagen seines Vaters geübt. Alles Weitere geht wie geschmiert. Jimmy und Ilona sind auf einer langweiligen Gartenparty eines Jugendklubs gewesen. Und jetzt fängt für den beschwipsten Jimmy der Spaß erst richtig an.
»Kannst du überhaupt fahren?« fragt das Mädchen Ilona zweifelnd.
»Klar, wirst sehen!« kichert Jimmy. »Laß uns mal erst auf 'ne Straße kommen.« Er biegt rechts ein, folgt versehentlich der Abzweigung zur Küste. Was macht's? Zu laufen brauchen sie ja nicht! Jimmy beschleunigt wie irre.
»He, Ilona! Nicht übel, der Schlitten!«
Sie rasen weiter...
Auf dem Bauernhof tritt der Doktor mit Frau Jens aus der Haustür: »Der Oliver ist bald wieder hoch, wenn er sich an den Diätplan hält. Sonst fehlt ihm nichts. So, nun muß ich mich beeilen. Der Frau Kutschkau beim Deich geht's nicht gut –« Der Doktor unterbricht sich und starrt zur Einfahrt:
»Wo ist mein Auto?«
»Vielleicht hat's unser Sohn weggefahren, weil er mit dem Traktor vorbei mußte?« meint Frau Jens. Laut ruft sie: »Mathias? Mathias!«
Der junge Jens blickt aus dem Stall. »Was ist?«
»Hast du das Auto vom Doktor woanders geparkt?«
»Ich?« Mathias kommt näher. »Nee. War die ganze Zeit da drinnen.« Er betrachtet den Boden und sieht eine Reifenspur im Sand. Begriffsstutzig ist er nicht, der Sohn.
»Verdammt, hätten wir bloß wieder einen scharfen Hund! Wie soll man riechen, daß hier jemand rumschleicht, wenn man die Nase in den Kuhfladen hat? Auf unserm Grund und Boden klaut einer ein Auto!«
»Das gibt's doch nicht«, jammert Frau Jens. »Das gibt's doch nicht...«
Auf dem Mattiesenhof erhält Olga zur gleichen Zeit einen weiteren Anruf vom Hühnerfarmbesitzer Kutschkau. Frau

Kutschkau kriegt keine Luft mehr. Der Mann schildert Symptome, die Olga in höchste Aufregung versetzen.

»Ja, ja, Herr Kutschkau. Mein Sohn ist unterwegs!«

Olga funkt Karstens Auto an. Sie weiß ja nicht, daß der beschwipste Jimmy mit Ilona im Arztwagen eine ›Sause‹ macht.

»Karsten!« ruft sie. »Karsten, wo bist du? Karsten! Hörst du mich?«

Es knackt im Gerät. Eine fremde Stimme antwortet albern: »Ei, wo soll denn der liebe Karsten sein? Na, wo ist er denn?«

»Hast du einen Besoffenen im Auto?« fragt Olga verwirrt.

»Der liebe Jimmy ist nicht besoffen, Omi«, tönt es zurück. »Er testet gerade den Schlitten mit seiner Freundin Ilona.« Eine Mädchenstimme mischt sich ein: »Hör auf mit dem Quatsch. Halt an, Jimmy, halt an!«

Olga ist jetzt ganz ruhig und aufmerksam: »Wer spricht da?« fragt sie.

»Der letzte Mohikaner! Und wer bist du?«

Olga muß den Funkkontakt abbrechen, denn das Telefon summt. Karsten meldet sich.

»Mutter, mein Wagen ist gestohlen worden.«

»Ich weiß«, erwidert Olga. »Ich hatte die Diebe eben im Ohr!«

»Waas?« Karsten reagiert schnell. »Alarmiere die Polizei und gib genau an, was du gehört hast. Mathias fährt mich zu Kutschkau. Ende.«

Mathias Jens verfügt aber nur über einen Traktor, sein altes Auto ist in Reparatur. Der Jungbauer holpert mit dem Doktor quer über den Acker auf die Hühnerfarm zu. Seinen Arztkoffer hatte Karsten ja Gott sei Dank aus dem Wagen genommen. Während die Polizei auf Olgas Meldung hin die Fahndung einleitet, bemüht sich der Doktor um den lebensgefährlichen Anfall der Frau Kutschkau. Es handelt sich um Schwellung der Atemwege, der Schleimhäute des Kehlkopfs, der Stimmbänder.

»Hat sie gehustet?«

»Ja!« erklärt der verstörte Mann. »Erst ja. Bellend, wie man so sagt. Aber dann verlangte sie immer nach Wasser, kriegte keine Luft mehr.«

»Sie hat außerdem einen schweren Herzfehler«, stellt der Doktor fest. Er gibt ihr eine Spritze und beginnt mit der Herzmassage, bis sie wieder durchatmet. Die Angst in ihren Augen schwindet sichtlich.

»Wasser!« ächzt die Kranke. »Wasser!«

»Warten Sie, Kutschkau!« befiehlt der Doktor, dem der Schweiß auf der Stirn steht. »Sie darf erst trinken, wenn sie sich nicht mehr verschluckt.«

Sein gestohlenes Auto hat er vergessen.

Frau Kutschkau ist ruhig; sie atmet rasselnd, aber regelmäßig. Der Anfall hätte sie töten können. Die Hilfe kam tatsächlich in letzter Minute.

Erschöpft sitzt Karsten auf einem Stuhl. Auch er braucht jetzt ein Glas Wasser. »Ich lasse Ihnen Tabletten und Tropfen hier«, sagt er zu Kutschkau. »Trotzdem muß Ihre Frau in eine Spezialklinik. Ich werde mit Kiel telefonieren und über die Rettungsleitstelle ein Transportmittel anfordern.« Kaum hat er die Telefonate beendet, als das Telefon läutet.

»Doktor! Für Sie!«, sagt Kutschkau.

Karsten nimmt den Hörer. Es ist Mathias Jens, der ihn mit dem Traktor hergefahren hat. »Doktor!« schreit er. »An der Küstenstraße hat sich ein Auto überschlagen. Bei der Abzweigung! Liegt in unserem Acker!«

»Ich komme! He, Jens! Du alarmierst Polizei und Unfallstation!« Verflixt! Soll er, so fertig wie er ist, zu Fuß über die Felder? Kutschkau leiht ihm seinen Mercedes, der Betriebsinspektor fährt ihn. Schon von weitem sieht er einen haltenden Pkw, dessen Fahrer offenbar helfen wollte. Auch Mathias Jens' Traktor ist da. Kutschkaus Betriebsinspektor stoppt hinter dem fremden Auto, und der Doktor springt heraus.

Der Helfer nennt seinen Namen: »Borkelt.« Er hat von fern gesehen, wie der verunglückte Wagen mit hoher Geschwindigkeit von der Küstenstraße kam. Bei der Abzweigung muß der Lenker die Gewalt über das Fahrzeug verloren haben. Er überschlug sich mehrfach.

»Wo ist er denn?« fragt Karsten.

»Hinter den Büschen. Platt«, mischt sich Jens ein.

»Der Junge ist rausgeschleudert worden, das Mädchen hab' ich

aus den Trümmern gezogen«, berichtet Borkelt. »Ich hab' sie auf 'ne Decke gelegt.«
Der Doktor und seine Begleiter springen die Böschung hinunter. Sie arbeiten sich durch die zerknickten Sträucher. Da, auf dem Acker, liegt ein Mädchen, seitlich auf die Decke gebettet.
»Ilona«, schluchzt der etwa Sechzehnjährige neben ihr. Er hält das nutzlose Funkgerät umkrampft. »Ich habe es nicht geschafft. Ilona! Stirb nicht!« Er kniet neben der Reglosen. »Tu deinem Jimmy das nicht an! Nur das nicht!«
Ähnliche Worte hat Karsten in solchen Situationen oft gehört. Der Junge steht unter psychischem Schock. Er hat zwar Blut im Gesicht, scheint aber nicht schwer verletzt zu sein.
Anders steht's um das Mädchen.
»Ich wußte nicht, was ich noch tun sollte, Doktor«, sagt Borkelt.
»Mehr konnten Sie nicht tun.« Mattiesen untersucht Ilona. Er hat nur beiläufig wahrgenommen, daß das zertrümmerte Fahrzeug sein Arztwagen war.
»Ist sie tot?« fragt Borkelt.
»Nein. Aber sie hat wahrscheinlich einen Schädelbruch. Unter anderem. Reichen Sie mir den Koffer! Das aufgerissene Bein kann ich hier gleich versorgen.«
Jens und Kutschkaus Inspektor stehen auf der Straße und halten nach Polizei- und Unfallwagen Ausschau. Karsten gibt dem Mädchen eine Injektion.
»Hat sie eine Chance, Doktor?« wimmert der Junge. Borkelt muß ihn gewaltsam von der Schwerverletzten fernhalten. »Hat sie eine Chance?«
»Ich weiß es nicht«, erwidert Karsten. »Setz dich hin und sei still.« Als er dem Mädchen einen Beinverband angelegt hat, kümmert er sich um Jimmys blutende Gesichtswunden.
Borkelt murrt: »Wie kommt so ein junger Kerl zu so einem Wagen?«
»Er hat ihn geklaut«, sagt der Doktor. »Es war meiner.«
»Was...?« fragt Borkelt.
»Es war meiner«, wiederholt Karsten.
»O Gott...«, stammelt Jimmy. »Was soll ich da noch sagen...?«

»Am besten nichts«, entgegnet der Doktor.
Auf der Straße halten nacheinander gleich drei Funkstreifen, eine vom Alten Damm, zwei von der Autobahn her. Unmittelbar darauf folgt der Rettungswagen. Polizeimeister Schlieber erklärt: »Wir sind von der Fahndung nach Ihrem Auto abgezogen worden, Doktor. Die Zentrale hat uns hierher dirigiert.« Er starrt auf das Wrack. »Ist es etwa *das?*«
»Ja.« Karsten gibt dem Arzt und dem Sanitäter Auskunft: »Verdacht auf Schädelbasisbruch und Gehirnerschütterung. Alles andere sehen Sie ja.«
Der Borsberger Kollege holt eine Sauerstoffmaske, der Sanitäter hängt Ilona an einen Tropf. Jimmy taumelt stumm hinter der Trage her und steigt schwankend zu der Schwerverletzten in den Rettungswagen. Zwei der Funkstreifen und Kutschkaus Inspektor fahren ebenfalls ab. Polizeimeister Schlieber hört sich die Zeugen Jens und Borkelt an, stellt Karsten einige Fragen, während ein junger Polizist eine Skizze anfertigt.
»Es ist gut, Doktor, danke«, sagt Schlieber endlich. »Herr Borkelt kann Sie jetzt nach Hause bringen...«
Auf dem Mattiesenhof angelangt, geht Karsten ins Bibliothekszimmer und wirft sich in einen Sessel. Erst als es um ihn fast dunkel ist, tastet er nach der Lampe und schaltet abgeschirmtes Licht an. Er holt die Cognacflasche und ein Glas aus dem Schrank. Als er wieder im Sessel sitzt, sieht er, daß Annemarie hereingekommen ist. Sie muß auf Katzenpfoten geschlichen sein.
»Ach, Annemie«, sagt er deprimiert. »Das war ein Tag.«
»Ja, Liebster«, erwidert sie. »Deshalb wollten wir dich erst einmal in Ruhe lassen. Wir wissen inzwischen alles.«
»Nichts wißt Ihr! Ich bin schuld. Ich hatte das Autofenster nicht geschlossen.«
»Daran ändert auch der Cognac nichts«, sagt sie, ihm behutsam die Flasche wegnehmend. »Du bist nicht schuld! Wie kommst du nur darauf?«
Ein zweiter Schatten nähert sich von der Tür her: Olga. Die beiden Frauen flüstern miteinander; sie scheinen ein Herz und eine Seele zu sein. »Ja, Mutter«, sagt Annemarie mit stiller Entschlossenheit. »Besser, wir bringen es hinter uns.«

Olga räuspert sich: »Karsten, da ist der Polizeichef. Er hat noch ein paar Fragen. Kann er mal kurz reinkommen?«
»Ja, sicher«, murmelt der Doktor.
Hauptkommissar Karlsen nimmt Platz, während die Frauen sich zurückziehen. Karlsen und Mattiesen kennen sich seit ihrer Kindheit. Sie sind miteinander auf die Grundschule gegangen. Also bedarf es keiner langen Vorrede.
»Ich weiß, du bist fertig für heute«, sagt der Polizeichef. »Aber ich muß das Protokoll für den Staatsanwalt ergänzen. Der Junge, der sich Jimmy nennt, dreht dauernd durch. Will nur zu seiner Ilona.«
»Das ist der Schock. Der Bursche realisiert nichts«, erklärt Mattiesen.
»Es muß trotzdem geprüft werden, ob Untersuchungshaft angezeigt ist«, fährt Karlsen fort. »Hier kommen verschiedene Delikte zusammen: Kfz-Diebstahl, kein Führerschein, sinnlose Raserei, Alkoholeinfluß. Und das Schlimmste: Fahrlässige Tötung.«
Mattiesen blickt schweigend auf.
»Ja«, sagt der Polizeichef. »Das Mädchen ist gestorben.«
Der Doktor bleibt stumm.
»Um ein Haar hätte dieser Jimmy auch das Leben von Frau Kutschkau auf dem Gewissen. Mathias Jens hat uns informiert«, berichtet Karlsen weiter. »Und Herr Kutschkau sagt, seine Frau hat den Anfall nur dank deiner Hilfe überstanden.«
»Ja. Aber sie braucht eine Spezialbehandlung.«
»Tut für die Ermittlung nichts zur Sache«, erklärt Karlsen. »Der Jimmy hat das Leben einer Patientin gefährdet. Die Jensbauern sagen, er entwendete dein Auto auf ihrem Grund.«
»Ich hatte das Seitenfenster einen Spalt breit auf«, klagt sich Mattiesen an. »Sonst hätte der Bursche nicht an die Innenverriegelung heran gekonnt.«
»Du hattest den Zündschlüssel abgezogen, die Türen waren gesperrt, der Wagen stand hinter der Einfahrt auf privatem Boden«, betont Karlsen. »Auf privatem Boden! Hör mal, du machst dir doch nicht etwa Vorwürfe?«
»Ein junges Mädchen ist gestorben!«
»Nicht durch deine Schuld!« Der Polizeichef erhebt sich.

»Ja!« Auch Mattiesen steht auf. »Trotzdem hätte ich das alles durch einen Handgriff verhindern können!«
»Schlag dir das aus dem Kopf, Doktor. Verhindern kannst du bei so einem Jungen nichts«, entgegnet Karlsen ruhig. »Der hat den Jenshof unbefugt betreten, der hätte den Wagen in jedem Fall geklaut.«
Er geht. Annemarie und Olga kommen wieder herein.
»Karlsen sagt, du hast einen Moralischen?« fragt Olga teilnahmsvoll. »Mir scheint, du bist überreizt. Ich hatte ja Funkkontakt mit dem Blödmann Jimmy. Ein gefährlich naßforscher Debiler! Denk lieber daran, wie du dich bewährt hast!«
»Mutter hat recht«, pflichtet Annemarie ihr bei. »Du mußt dir mal angewöhnen, auf sie zu hören!«
»Und auf deine Frau auch, wenn sie sagt, daß ich recht habe!« setzt Olga eins drauf. »Mit dem Auto mach dir mal keine Sorge. Annemarie borgt dir ihres. Sie nimmt so lange ihr Fahrrad. Ein Ersatzfunkgerät haben wir. Das ist alles schon besprochen.«
»Ja«, bestätigt Annemarie. »Wir haben es so ausgemacht.«
»Dann habt *Ihr* euch bewährt«, grinst der Doktor. »So. Ich hau' mich hin. Wenigstens habe ich morgen keine Sprechstunde.«
Karsten schläft in der Gästekammer im Erdgeschoß, für den Fall, daß er in der Nacht noch mal alarmiert wird. Zwar hat er am Mittwoch keine Praxis, aber der Notdienst bleibt ja bestehen. Ein Patient ist es nicht, der ihn vor Tau und Tag herausruft. Nach einigen Stunden erholsamer Ruhe weckt ihn ein Schluchzen in der Diele. Er steigt in seine Jeans, streift ein Unterhemd über und läuft in Turnschuhen hinaus. Olga, im Gartenkittel, hockt auf der Bank vor der Tür – tränenblind.
»Mutter!« Karsten sieht sich um. Ein schöner Morgen zieht herauf. Von Olgas Helfern scheint noch niemand dazusein.
»Ich wollte die Tiere rauslassen. Ilse und Zwunsch und ...« Ihre Worte ersticken in Kummer. »Frieda ...«, haucht Olga. »Frieda ...«
»Was ist denn mit Frieda?« drängt der Doktor.
»Der Trost meines Alters ...«
»Damit fang jetzt nicht an«, unterbricht Karsten ärgerlich.

»Kürzlich hat Hugo Cornelsen sein spätes Auge auf dich geworfen. Eine alte Frau stellt man sich anders vor.«
Aus dem Fenster im Obergeschoß tönt Annemaries Stimme: »Was macht ihr da unten für einen Terror? Ich hab' vor Schreck 'ne Vase vom Nachttisch gefegt. Schon wieder Scherben!« Ihr Ton wechselt jäh. »Ist Olga was passiert?«
»Scheint so«, erwidert Karsten.
»Meine Frieda ist tot«, sagt Olga dumpf. »Nun ja, sie war kein Mensch. Ich hab' Schlimmeres gesehen – als Arztfrau und als Arztmutter. Das weißt du. Wir leben ja mit Tod und Krankheit unter einem Dach. Trotzdem –«
Der Doktor legt seinen Arm um ihre Schulter. »Ja, Mutter. Ja. Der gestrige Tag steckt uns allen noch in den Gliedern. Was Frieda angeht... Das brave Tier war alt, sehr alt. Du hast es selber oft gesagt.«
»Ist was mit Frieda?« fragt Annemarie bestürzt aus ihrem Fenster. »Wartet, ich komme.« Sie erscheint im Morgenmantel und setzt sich tröstend neben ihre Schwiegermutter.
Der Doktor geht in den Stall, um nach Olgas verendetem Lieblingstier zu sehen. Durch das rückwärtige Tor sieht er das Pony Zwunsch auf der Koppel herumtollen. Die Ziege Ilse schleift eifrig grasend die Kette um ihren Pflock.
In ihrer Box aber, alle viere von sich gestreckt, liegt die alte Frieda im Stroh. Mattiesen streichelt ihren Kopf. Er spürt, daß sie lebt und regelmäßig atmet. Plötzlich ruckt es durch den ganzen Körper – und Frieda steht langsam auf. Karsten nimmt sie am Strickhalfter und führt sie um den Stall herum auf den Hof.
Munter schüttelt die greise Vierbeinerin ihre Mähne. Sie wiehert. Olga kommt die Vortreppe herunter. Sie macht ein Gesicht, als sähe sie ein Gespenst. »Das... das gibt es nicht! Das kann nicht sein! Frieda...!« Dann eilt sie herbei und liebkost Friedas Hals. »Sie war also nicht tot?«
»Wie du siehst!« Karsten lacht. »Sie hat nur besonders fest und tief geschlafen. Alte Pferde tun das manchmal. Wer in Pension ist und keinen Notdienst hat, kann sich das leisten. Hast du nicht bemerkt, daß sie atmete?«
»Nein. So nahe war ich nicht dran«, entgegnet Olga. »Ich

dachte nur, weil sie sonst immer gleich aufspringt, wenn ich komme ... Ach, Frieda, altes Mädchen, was hast du mich erschreckt. Na komm, kriegst eine Extraration Hafer.« Sie wandert mit Frieda zum Stall.
»Ich glaube, wir brauchen jetzt auch eine Extraration«, amüsiert sich Annemarie. »Ich mache uns Kaffee.« Sie verschwindet im Haus. Bevor Karsten ihr folgen kann, braust ein Sportwagen zwischen Holunder und Brennesselbusch in den Hof hinein. Ein Mann im Sommeranzug springt heraus.
»Ist der Arzt da?« fragt er herrisch.
»Sind Sie ein Notfall?« fragt Karsten zurück. Wo hat er den Mann schon einmal gesehen? Es fällt ihm nicht ein. »Meine Praxis ist mittwochs geschlossen. Ich behandle nur Notfälle.«
»Wollen Sie damit sagen, daß Sie der Arzt hier sind?« fragt der flotte Herr. »Unrasiert und mit Stroh im Haar?«
»Auch wegen eines Notfalls«, grinst Karsten. Plötzlich weiß er, wer der Mann ist. Ein Herr Küppers, Gast in Bohms Golfhotel, der neue Playboy der unersättlichen Melsen-Grete, Grafferts Nachfolger. In Asmussens Kneipe hat er die Grete und diesen Küppers gesehen: Besitzer einer teuren Nachtbar soll er angeblich sein.
»Als Arzt können Sie mir wenigstens ein Rezept ausschreiben«, sagt Küppers. »Hier ist das alte. Ich brauche das Mittel, weil ich heute eine Besprechung habe.«
Karsten wirft einen Blick auf das alte Rezept. »Nein. Ohne Untersuchung verordne ich das nicht. Das Zeug wirkt auf manche Leute wie Rauschgift. Auto fahren soll man damit schon ganz und gar nicht.«
»Das ist Ihre Meinung als Dorfarzt!« entgegnet Küppers wütend. »Kämmen Sie sich erst mal das Stroh aus dem Haar!«
»Und Sie behelligen mich nicht ohne Not«, sagt der Doktor gemütlich. Er wendet dem Besucher den Rücken. Er ahnt nicht, daß der Mann indirekt seinen sprechstundenfreien Tag torpedieren wird.
Vom Altenheim naht Olgas Stallhelfer. Der Bäckerjunge Molli bringt die Brötchen. Frau Sellmann kommt auf ihrem alten Rad geklappert.
Annemarie und Karsten frühstücken auf der Gartenveranda.

»Olga, die Eiserne Lady, ist ganz weich geworden vor Schreck«, sinniert Annemarie.
»Olga ist eine sensible Natur. Lach nicht, Annemie. Sie braucht was zum Bemuttern. Wenn ich's nicht sein kann, sind es Kerstin und Eike. Fehlen die, wirft sie sich auf die Tiere.«
»Kratz nicht so mit der Reformbutter«, schweift Annemarie ab. »Heute kannst du dir auch mal Honig und Marmelade leisten. Und das Ei. Dauernde Diät ist schlecht für die Nerven.« Sie kommt auf das Thema Olga zurück. »Deine Mutter übernimmt sich. Daran hat sich seit Jahr und Tag nichts geändert. Sie will überall sein: in der Praxis, im Haushalt, im Stall und im Rathaus.«
»Stall und Rathaus ist schön!« feixt Karsten.
»Beides nennt Olga selber in einem Atem«, sagt Annemarie. »Sie hat sich auch wieder zur Wahl aufstellen lassen. Ich finde, das ist zuviel.«
»Olga ist kerngesund«, erklärt Karsten. »Daß sie ab und zu kürzertreten muß, versteht sich. Aber morgen fangen die Wahlvorbereitungen an, und die geben ihr Auftrieb. Halte ich sie davon zurück, wird sie reizbar und unleidlich. So läuft doch alles prima. Übrigens, hast du was von Kerstin und Detlefsen gehört?«
»Peter besucht seine Mutter und den Kleinen zu den Wochenenden. Kerstin hat ja bei Brendons Familienanschluß. Aber sie trifft sich mit ihm in Kiel. Die Problemphase scheint vorbei zu sein.«
Der Doktor verschluckt sich. »Du meinst, Kerstin und Peter sind weise geworden? Kerstin – und dieser verklemmte Mann...?«
»Du bist manchmal auch irgendwie verklemmt«, sagt Annemarie stirnrunzelnd.
»*Ich?*«
Annemarie lächelt. »Nimm's nicht tragisch, mein Landarzt! So. Ich rüste mich für die Schule. Mein Auto überlasse ich dir. Wenn man dir das auch klaut, mußt du dich von Olga in einem Kinderwagen durch die Gegend schieben lassen.«
»Sehr komisch«, murmelt der Doktor.
Am Vormittag muß Karsten mit der Versicherung telefonieren

und mit der Autovertretung wegen eines Neuwagens. Die Polizei hat auch noch einige Fragen. Jimmy, heißt es, wird nach Schleswig überstellt, weil dort bereits ein anderes Verfahren anhängig ist. Alles in allem kein erfreulicher Vormittag.
Nachmittags wird er in seiner Eigenschaft als Notarzt bemüht. Von wem? Von der Thea. Ganz recht: Von Thea Knohl am Zeisigweg. Und *für wen*? »Für Grete ... !« klingt Theas Stimme im Telefonhörer. »Kommen Sie schnell, Doktor!«
»Die beiden Hexen ziehn sich gegenseitig die Haut über die Köpfe«, vermutet Olga.
Am Zeisigweg findet Mattiesen das kleine Melsen-Haus verlassen. »Hier ist sie! Bei *mir*!« schreit die Thea vom Nachbargrundstück. »Ach Gott, das arme Ding!«
Mattiesen läuft mit seinem Koffer auf Theas Haus zu. »Was heißt armes Ding? Ich denke, Ihr seid spinnefeind?«
In Theas guter Stube sitzt die Melsen-Grete auf dem Sofa. Vielmehr, sie wälzt sich zeternd darauf herum. Ihre Haare sind aufgelöst, ihr Gesicht ist buntfleckig von zerlaufener Schminke.
»Nein! Nein! Nein!« heult sie. »Der Teufel hole alle Männer. Auch die von der Kripo. Legen ihm Handschellen an, vor meinen Augen! Schleifen ihn weg ...«
»Küppers«, kommentiert Thea mit leisem Triumph. »Als der eben aus Hamburg zurückkam, haben sie ihn abgefangen. Er hatte noch Schmuck hier.«
»Schmuck ...?« Dem Doktor beginnt es zu dämmern. Die Diebstähle im Golfhotel. Küppers dort als ›feiner Mann‹, Gretes Haus als Versteck und Fluchtburg! Die Liebe zu Grete ein mieser Vorwand!
»In der Hölle sollen sie braten, die Männer!« kreischt Grete.
»Jaja, Hochmut kommt vor dem Fall«, bemerkt Thea voller Genugtuung. Um fortzufahren: »Na, nun ist's aber gut! Kein Mann verdient es, daß man sich seinetwegen die Seele aus dem Leib heult.«
Vor Mattiesens ungläubigen Augen wischt sie ihrer Todfeindin die Tränenspuren mit einem Taschentuch aus dem Gesicht.
»Ein Trickdieb, mein André«, wimmert die Grete. »Sah er nicht eher aus wie ein Bankdirektor?«

»Ach, nuja, ich weiß nicht...«, meint die Thea. »Der hätte alles sein können, sogar Arzt. Was sagte die Kripo? Wenzel heißt er, nicht Küppers. International gesucht wurde er. Trick- und Einsteigegauner! Von der Sorte sieht keiner so aus, wie man denkt, daß er aussieht. Hab' ich nicht recht, Doktor?«
Karsten verbeißt sich ein Grinsen.
Die Grete heult neuerlich laut auf. »Wir wollten doch zusammen nach Ibiza, der André und ich!«
»Hätte dir so gepaßt, wie?« fragt die Thea. »Nun Schluß... Jetzt reicht es wirklich. Hier ist es auch schön, und du hast was, das dir eigentlich nicht zusteht.« Und dann folgt das Unbegreifliche: »Weißt du was, Grete? Wir vertragen uns wieder!« Gestelzt fügt Thea noch hinzu: »Wir emanzipieren uns!«
Der Doktor verabreicht der Grete zwei harmlose Tabletten auf Baldrianbasis. Wortlos geht er hinaus.
Als er sich an der Tür kurz umdreht, sieht er, wie Thea und Grete sich weinend in den Armen liegen.
Hundstage...

In der Zeitung erscheint anderntags der Unfallbericht mit einem Foto des zertrümmerten Arztwagens. Groß herausgestellt ist aber auch ein Artikel: »Internationaler Trickdieb gefaßt«. Wobei die Lokalredaktion so fair war, Bohms Nobelhotel nicht zu nennen und den Schauplatz der Verhaftung zu verschweigen. »In Zusammenarbeit mit örtlichen Polizeikräften gelang es der Kripo...«
»Zwei Beamte vom LKA sollen sich tagelang unerkannt bei Bohm herumgedrückt haben«, sagt Doris.
»Anfangs hatten sie das ganze Hotelpersonal in Verdacht«, weiß Astrid. »Eine Gemeinheit!«
Diesmal ist es Karsten, der mahnen muß: »Meine Damen, die Sprechstunde beginnt.«
»Aber es ist keiner da! Kein einziger Patient!« stellen die Helferinnen fest. »Ob das am Wetter liegt?« In den frühen Morgenstunden tobte ein Sommerorkan über das Land. Seitdem regnet es. Annemarie ist übrigens trotzdem mit dem Rad zur Schule gefahren. Und Olgas Stallgehilfen und Frau Sellmann beeindruckt sowieso kein Wettersturz.
Der Doktor blickt über die Milchglashälfte der Fensterscheibe in den Hof. »Versteh' ich nicht! Die meisten kommen im Auto. Da regnet es doch nicht rein.« Eben hält ein Wagen. Ein Mann eilt die Außentreppe hoch, stutzt, kehrt um und setzt sich wieder ans Steuer. Karsten sieht das Auto zwischen den triefenden Zweigen von Holunder und Brennesselbusch verschwinden.
»Was bedeutet denn *das*?« Der Doktor sprintet durch Sprechzimmer und Diele in die Küche. Dort sitzen Olga und Frau Sellmann beim Kaffee. Sie betratschen die Zeitungsneuigkeiten, die Frau Sellmann bereits in Borsberg erhascht hatte. »Wißt ihr nicht, was los ist?« herrscht er sie an.
»Mein kommunalpolitischer Tag ist los!« erwidert Olga. »Ich muß gleich ins Rathaus, und Frau Sellmann macht Pause.«
»Pause? Es ist kein Patient da! Kein einziger!«
»Aber ich hatte längst aufgeschlossen«, wundert sich Frau Sell-

mann. Sie rennt hinaus und reißt den Türflügel auf. »Sehen Sie?« Dann reckt sie den Hals und starrt auf das Praxisschild. Es ist mit dem dicken Hinweis überklebt:

HEUTE KEINE SPRECHSTUNDE

»Na so was! Ich hab' nichts bemerkt. Hörte nur Autogeräusche, dachte, die Patienten kommen rein. Was soll das?« Sie kratzt das Papier ab.

»In der Einfahrt ist noch ein Praxisschild«, erinnert der Doktor. Kopfschüttelnd setzt er sich wieder an den Schreibtisch.

»Ein Racheakt«, meint Astrid. »Jemand mißgönnt Ihnen den Ruhm.«

»Quatsch.«

»Es kann auch sein, daß man Ihre Mutter meint. Manchen Leuten paßt ihre Kandidatur nicht. Die Wahl steht vor der Tür.«

»Vor der Tür! Vor der Tür stand eine Irreführung«, murrt Mattiesen. »Ein kindischer Streich, weiter nichts. Ich habe als Junge mal an eine Eisdiele geschmiert: ›Heute nur heiße Eissuppe‹.«

Doris meldet per Sprechanlage den ersten Patienten.

»Na also.« Der Doktor lacht. »Unnützer Aufstand. Lassen Sie ihn rein, Astrid.«

Es ist der Baugerätehändler Hanusch, ehemaliger Chef des Zockers Fritze Friedrichsen, der mittlerweile anderswo gut untergekommen sein soll. »Die Schulden hat er mir zurückgezahlt, der Fritze, und ich hoffe, er bleibt sauber«, erklärt Hanusch. »Ansonsten bin ich froh, ihn nich zu sehen. Können Sie mir glauben, Doktor.«

»Nun, Herr Hanusch, was gibt's?«

»Ich war in Indien, Doktor. Beruflich. Für mich 'ne große Sache. Aber ich bin mit dem Essen nicht klargekommen. Ich hab' die Scheißerei. Ich meine – Durchfall.«

»Fieber?« fragt Karsten. »Mattigkeit? Gelenkschmerzen? Gewichtsabnahme?«

»Ja. Gewicht ist runter. Aber sonst... Nein, nichts.«

»Drei Tage eisern Diät: Tee und Zwieback«, verordnet Karsten. »Und Ruhe. Sowie Sie Fieber feststellen oder Untertemperatur, rufen Sie mich an. So. Jetzt zu Herz-, Puls- und Blutdruckkontrolle.«

»Wir müssen den Fall im Auge behalten, Astrid«, sagt der Doktor, als Hanusch gegangen ist. »Vorläufig handelt es sich um harmlose Symptome, wie sie hier bei den Urlaubern auch auftreten. Aber Rückkehrer aus Tropengebieten können was Schlimmeres einschleppen.«

Schlimmeres im weiteren Sinn trifft die Menschen in dieser Gegend natürlich gleichfalls. Telefonisch meldet ein Campingpächter, man habe eben erst ein zerstörtes Zelt in den Dünen gefunden.

»Drei junge Leute. Zwei Leichtverletzte. Aber einer ist halb gelähmt.«

Mattiesen alarmiert den Koordinator der Rettungsleitstelle. Die SAR (Search and Rescue)-Organisation schickt einen Spezialarzt in einem Hubschrauber, der auf Kontrollflug in der Nähe ist.

»Das ist nun Urlaub«, seufzt Karsten. »Der nächste Patient, Astrid...«

Eine Dame, Feriengast bei Bohm, klagt: »Ich reite jeden Tag, aber ich nehme nicht ab.«

»Dafür wird das Pferd abnehmen«, entfährt es dem Doktor. »Ich meine, Sie reiten sich hungrig und essen anschließend mit doppeltem Appetit?«

»Ja.« Die Patientin lächelt. »Sie sind wenigstens ehrlich. Ich bin froh, daß es kein Drüsenleiden ist.«

Als letzter an diesem Vormittag wird der Verkäufer Schwalbach ausgiebig untersucht und behandelt. Schwalbach braucht eine Kniepunktion. »So«, sagt Mattiesen, nachdem er ein Pflaster über die Einstichstelle geklebt hat. »Das hätten wir dann, Herr Schwalbach.«

»Ja, das hätten wir dann«, wiederholt Astrid. Sie ist mit dem Doktor allein. »Sie haben uns doch erlaubt, den Mund aufzumachen...«

»Na, immer! Aber das weißt du doch, Astrid.«

»Ja. Ich war früher mal bei einem anderen Allgemeinmediziner«, beginnt Astrid zögernd.

»Und? War der tüchtiger als ich?«
»Tüchtiger nicht. Aber genauer – beim Abrechnen«, entgegnet Astrid. »Der hat streng nach Gebührenordnung kassiert.«
»Aha. Und das mache ich nicht?« fragt Karsten.
»Nein. Für die Kniepunktion eben – Ziffer 329 – kriegen Sie von der Kasse 16 Mark, weil Sie die Ziffer 65 ›für eingehende Beratung‹ nicht einbeziehen. Oder wollen Sie behaupten, daß man in ein Kniegelenk stechen kann, ohne es genau untersucht zu haben? Ich meine nur, daß Sie hier auf ganze 60 Mark kommen könnten.«
»Nun sieh mal einer an!« Verblüfft blickt der Doktor hoch. »Du kennst dich aber erstaunlich gut aus!«
»Das ist doch keine Magie. Telefonische Beratungen, zum Beispiel, notieren Sie gar nicht erst«, fährt Astrid fort. »Ich möchte nicht wissen, wie billig Herr Hanusch davonkommt, weil Sie ihm nur eine Empfehlung gegeben haben. Oder der Hinnerksen, der durch die Hintertür schlich, als sein Muttchen noch lebte. Sie könnten Ihre Einnahmen stark aufbessern.«
»Hm. Was soll ich dazu sagen?« überlegt Mattiesen. »Die Praxis hat mein Großvater gegründet, als immer nur drei Höfe in der Gegend eine eigene Ortschaft waren. Das Straßensystem bestand aus Sandwegen. Es ging alles reichlich familiär zu. Honorare wurden in Lebensmitteln und Sachwerten abgegolten. Von dieser Einstellung hat sich manches erhalten. In Hamburg war das einfacher. Da hatte ich eine andere Patientenschaft. Hier komme ich mir manchmal vor wie ein Missionsgehilfe von Eckholm.«
»Trotzdem gelten auch hier die Richtlinien für niedergelassene Ärzte«, sagt Astrid. »Aber wenn Sie meinen? Ihre Frau hat Vermögen, sie kriegt zur Zeit Gehalt – da haben Sie's natürlich nicht so nötig.«
»Halt, halt«, protestiert Karsten. »Abhängig will ich nicht sein. Es ist also mein Schaden, wenn ich schlampig rechne.«
»Nicht nur Ihrer, Doktor!« Astrid lächelt bestrickend. »Falls ich das mal so sagen darf. Würden Sie genauer sein, wäre nämlich 'ne kleine Gehaltsaufbesserung für Doris und mich drin!«
Mattiesen verarbeitet diesen Vorstoß eine Weile schweigend. Dann grinst er. »Ganz schön clever, Astrid.«

»Muß man doch sein. Sind Sie nun sauer?«
»Ach wo. Ihr kriegt hundert Mark mehr.«
»Nicht hundertfünfzig?« fragt Astrid rasch.
»Gut. Hundertfünfzig für jede von euch.«
»Doris wird sich freuen!« Astrid strahlt. »Danke, Doktor. Ich helfe Ihnen auch beim Abrechnen!« Sie stürmt hinaus. Mattiesen bleibt noch eine Weile erschöpft und nachdenklich am Schreibtisch sitzen...

Am Samstag früh ist der Notdienst beendet. Nach der Sprechstunde winkt ein freies Wochenende. Das Mittagessen nimmt Karsten gemeinsam mit seinen Damen ein.
»Frau Ploog ist heute bei mir in der Schule gewesen«, berichtet Annemarie. »Sie nimmt zu Hause jetzt wieder die Zügel in die Hand. Und sie hat ihrem verunglückten Faultier von Mann die Meinung gegeigt. Ich hoffe, ich werde mit Olaf keine Schwierigkeiten mehr haben. Der Junge ist ja hochbegabt.«
»Ja, ja, so hat jeder seine Probleme«, bemerkt Olga spitz. »Um meine kümmert sich keiner.«
»Wieso?« Mattiesen lacht. »Eifersüchtig, weil Hugo und Bea nächste Woche heiraten?«
»Nein, sondern weil sich meine Gegner zusammenrotten«, erklärt Olga in tragischem Ton. »In die Zeitung guckt ihr ja nicht. Dabei ist es die Wochenendausgabe, die mit Muße sogar von allen Analphabeten studiert werden kann. Darin nennt man mich eine ›halsstarrige Volksvertreterin, die der Stadt die Gesetze des platten Landes aufzwingen will‹.«
Karsten horcht auf. »Wer schreibt das?«
»Eine sogenannte Leserin.«
»Ach so.« Der Doktor entspannt sich wieder.
»Dabei tue ich gerade das Gegenteil«, fährt Olga fort. »Ich werde das Rathaus entfilzen. Die Mauer der Vetternwirtschaft durchbrechen.«
Der Doktor wirft seine Serviette hin. »Olga! Paß nur auf, daß du dich da nicht vergaloppierst.«
»Ich habe lange genug tatenlos zugesehen. Es muß endlich mal durchgegriffen werden. Mir paßt es nicht, daß irgendein Heini Busfahrten zu Hinnerksen organisiert. Dieser Wunderheiler

sucht schon um einen Großparkplatz an. Dem muß das Handwerk gelegt werden.«
»Olga!« Karsten steht auf. »Kräuterkunde und Kräuterverkäufe sind nicht verboten. Verboten ist das Hineinpfuschen in ärztliche Bereiche. Hinnerksen weiß das ganz genau!«
»Weiter! Weiter!« ermuntert Olga kriegerisch. »Ich will hören, was du zu sagen hast.«
»Nur das, was dir seit Jahren bekannt ist!« Karsten wird wütend. »Hinnerksen hat seine Fans in einflußreichen Kreisen! Vom Zweiten Bürgermeister bis zum Chef der Feuerwehr. Und die – wiederum – haben einen Rattenschwanz von Verwandten, alles Patienten von mir.«
»Und die Schwester vom Hinnerksen ist bei Eckholm im Kirchenchor«, fährt Olga ironisch fort, »ihr Mann, der Verwalter, hat Aussicht auf einen Sitz im Landtag, sein Vetter ist Leiter des Grundbuchamts. Was hast du eigentlich für eine Moral?«
»Nun treibt es nicht zu weit«, mischt sich Annemarie ein. »Deine Kleinpieper-Probleme können einen richtig nerven!«
»Wenn's nur *das* wäre!« ruft der Doktor. »Begreif doch, Annemie! Deine Schwiegermutter ist auf dem besten Wege, sich und uns alle unbeliebt zu machen! Ich kann dann meine Praxis nach Grönland verlegen!«
»Du meinst, man setzt dir den roten Hahn aufs Dach?«
»Was für einen Hahn?« fragt Annemarie irritiert.
»Er fürchtet, meine Wahlgegner zünden unser Haus an«, erklärt Olga fast genußvoll. »So. Nun wollen wir aber mal Geschirr spülen. Macht euch nicht gleich in die Windeln. Ich boxe mich schon durch. Bisher ist mir das noch immer gelungen.«
Gemeinsam mit Annemarie räumt sie den Tisch ab. »Ach, da fällt mir ein«, sagt sie beiläufig, »Eike hat angerufen. Er kommt heute abend aus Tübingen.«
»Und das erfahren wir erst jetzt?« ruft Annemarie.
»Ist was passiert?« forscht Karsten.
»Nein«, erwidert Olga gelassen. »Eike will nur erzählen, wie er sich da eingerichtet hat. Es ist alles okay, sagte er.«
Karsten und Annemarie atmen auf.
»Trotzdem muß ich heute in die Strandhalle zur Wahlversammlung«, erklärt Olga. »Hugo und Bea bringen mich hin.«

»Und ich fahre zum Elternbeirat«, seufzt Annemarie. »Karsten, dann wirst du Eike empfangen. Mach's dir gemütlich. Entspanne dich inzwischen!«
Der Doktor verbringt den Abend vor dem Fernsehschirm. Eike läßt auf sich warten; er ist noch nicht da, als Annemarie und – kurze Zeit später – Olga zurückkommen.
»Es regnet in Strömen. Die Scheibenwischer schaffen es kaum«, meint Annemarie. »Kein Wunder, daß er sich verspätet.«
»Hugo mußte Schritt fahren«, bestätigt Olga. »Wirklich, ein Sauwetter. Ich habe Lust auf eine Tasse Tee.«
»Ich auch«, sagt Annemarie. »Karsten brauche ich wohl nicht erst zu fragen.«
Sie sitzen zu dritt in der Küche, und der Doktor amüsiert sich über die Reports seiner beiden Damen. Annemarie hat den Eltern ihrer Schüler weise Ratschläge gegeben. Olga brüstet sich, in der Wahlversammlung den Mund aufgemacht zu haben.
»Hoffentlich hast du den Zeitungsverleger nicht angegriffen«, grinst Karsten. »Sonst zerreißt der dich in der Luft.«
»Der wird sich hüten«, meint Olga. Sie horcht auf. »Da kommt ein Auto! Das wird Eike sein!«
Alle drei spähen durch die Fenster und sehen die Regenfäden im Wagenlicht, als das Fahrzeug einen schwungvollen Bogen im Hof macht. Vor der Treppe bleibt es stehen.
»Der Bengel fährt aber doch wie der Teufel«, murrt Olga. »Mich wundert, daß er nicht in den Bach gerutscht ist!«
Aber nicht Eike erscheint in der Küche, sondern Kerstin. Kerstin, einen ledernen Hängebeutel über der Schulter, ihren nassen Sommermantel halb hinter sich herschleifend. Sie wirft beides auf die Eckbank. Forciert ruft sie: »Guten Abend allerseits!« und setzt sich an den Tisch. »Habt ihr für mich auch 'ne Tasse Tee?«
»Sag mal, Kind...«, Annemarie schenkt ihr Tee ein, »kommst du jetzt aus Kiel?«
»Woher denn sonst?« fragt die Tochter zurück. »Und wozu hab' ich für mein Abi das Auto gekriegt?«
Annemarie und der Doktor wechseln Blicke. Olga mustert ihre Enkelin schweigend.

»Professor Brendons Kinder sind in England, Frau Pauline hat einen Sportkursus. Und er studiert Quellenmaterial. Bis die Familie wieder komplett ist, habe ich Urlaub.«

»Jetzt schon Urlaub?« fragt Mattiesen. »Du bist ja nicht mal einen Monat dort.«

Annemarie sieht ihn mahnend an. Er verstummt.

»Warum hast du denn nicht angerufen?« will Olga wissen.

»Ach, es ging alles so schnell«, entgegnet Kerstin. »Darf ich noch eine Tasse Tee haben? Meinen Koffer hol' ich nachher aus dem Auto.«

Wieder tauschen die Eltern Blicke, während Olga nicht nachläßt, Kerstin anzustarren. Alle drei merken: Da ist etwas geschehen. Aber was? Annemarie betrachtet den Lederbeutel, aus dem Bücher und Hefte herausragen. »Du hast ja allerlei wieder mitgebracht. Brauchst du das in Kiel nicht mehr?«

»Nein«, sagt Kerstin knapp. Plötzlich sieht sie so erschöpft aus, als sei sie tausend Kilometer nonstop gefahren und nicht nur eine relativ kurze Strecke.

Einen Augenblick herrscht Schweigen. Dann gibt Annemarie ihre Zurückhaltung auf.

»Willst du etwa nicht wieder nach Kiel zurück?«

»Nein!«

»Waaas?« Annemarie macht große Augen. Der Doktor trinkt scheinbar gelassen seinen Tee. Olga verhält sich still.

»Aber als ich neulich bei euch in Kiel war, gefiel es dir doch noch sehr gut dort. Da warst du begeistert...«, beginnt Annemarie. »Brendon war mit deinen Übersetzungen zufrieden, Pauline hat dich wie eine jüngere Schwester behandelt –«

»Stimmt«, unterbricht Kerstin.

»Oder haben Brendon und Pauline dir nahegelegt, nicht wiederzukommen?«

»Nein«, erklärt Kerstin fest. »Es war mein Entschluß. Und der ist richtig.« Sie steht auf, gibt ihren Eltern und Olga flüchtige Gutenachtküsse. »Ich bin müde.«

Das Bett ist sowieso für unangemeldeten Besuch immer frisch bezogen. Der Doktor holt die Koffer aus dem Wagen. Kerstin verschwindet im unteren Bad. Die Eltern finden sich zu einer kurzen Beratung in der Küche wieder zusammen.

»In Kiel ist was passiert«, meint Annemarie besorgt. »Das Kind ist wie vor den Kopf geschlagen.«
»Kind?« fragt Olga betont. »Sagtest du nicht selbst, sie sei kein Kind mehr? Vielleicht ruft einer von euch in Kiel mal an! Dann erfahrt ihr gleich was Näheres.«
»Nein«, überlegt Annemarie. »Es ist ziemlich spät. Außerdem wundere ich mich, daß Brendons nicht telefoniert haben!«
»Eben«, sagt der Doktor. »Lassen wir Kerstin ausschlafen. Wenn sie das Bedürfnis hat, uns was mitzuteilen, wird sie es von selber tun. Bei ungeschickter Fragerei verschließt sie sich wie eine Auster. Hauptsache, sie ist nach Hause gekommen und nicht ziellos in der Gegend herumgesaust. Gehen wir jetzt auch zu Bett.«
Olga will eben die Seitenlampen neben der Eingangstür ausschalten, als noch ein Auto in den Hof kurvt. Diesmal ist es Eike, der sich wegen einer Überschwemmung auf der Autobahn erheblich verspätet hat.

Am Sonntag fehlen drei Mitglieder der Familie Mattiesen beim Frühstück. Annemarie und Karsten haben sich Zeit gelassen und sitzen allein auf der Gartenveranda. Es regnet nicht mehr; tiefgrün schimmern die zerzausten Hecken. Violett, weiß, rosa und blau schimmern die Astern, einige der herrlichen Sonnenblumen hat das Unwetter geknickt.
»Olga ist mit Bea und Hugo zur Kirche gegangen. Sie wollen dann auch gleich die Trauung besprechen«, sagt Annemarie. »Ich wünschte, sie könnten Olga adoptieren.«
»Wo sind Kerstin und Eike?« lenkt der Doktor ab.
»Kerstin war schon früh bei den Pferden. Es fiel ihr auf einmal ein, daß das Pony eigentlich ihr gehört.«
»So. Vielleicht flüstert sie Zwunsch ihre Geheimnisse ins Ohr.«
»Morgen Mam, morgen Paps!« Etwas außer Atem erscheint Eike auf der Veranda. »Ist noch Kaffee da? Ein Wurstbrot wäre auch nicht schlecht.«
»Wie siehst du denn aus?« fragt Annemarie. »Hast du Räuber und Gendarm gespielt?«
»Ich war auf dem Ökohof, mal guten Tag sagen. Den Neubau-

ern ist ein ganzes Salatfeld ersoffen. Die haben's nicht leicht.« Eike nimmt einen Schluck Kaffee. »Schön, wieder hier zu sein.«
Der Doktor räuspert sich. »Ich dachte, du hättest dich endgültig in Tübingen eingenistet.«
»Hab' ich auch. Keine Angst«, beruhigt der Sohn. »Meine Bude ist prima, die Weichen sind gestellt. Ein paar Tage noch, und dann seht ihr mich wochenlang nicht. Wenn ich mich erst mal ins Studium schmeiße...« Er beißt in sein Wurstbrot.
»Und deine Hilke?« erkundigt sich Annemarie.
»Hab' ich in Hamburg gelassen. Sie kommt vielleicht auch her.« Eike blickt auf. In plötzlicher Besorgnis fragt er: »Wißt ihr, was mit Kerstin los ist?«
»Was soll mit deiner Schwester sein?« Der Doktor spielt den Gleichgültigen. »Sie kam überraschend auf Zwischenurlaub, genau wie du. Oder?«
Dem Sohn entgeht der falsche Ton nicht. Er bemerkt auch Annemaries Nervosität. »Ich hab' Kerstin noch nie so verkrampft erlebt. Sie hat mich ja heute früh kaum begrüßt. ›Laß mich in Ruhe‹ war ihre Frohbotschaft. Hat Peter sie sitzenlassen? Jedenfalls ist sie zum alten Schnittker gefahren. Wahrscheinlich, um sich dort auszuheulen.
»Hm«, überlegt Annemarie. »Seit ich mit Paps wiederverheiratet bin, vertraute sie mir kaum was an. Statt dessen hielt sie sich an Olga. Die aber hat jetzt ihren Wahlkampf im Kopf.«
»Aaah! Moment mal!« Eike ist enthusiasmiert. Er läuft in die Diele und kommt mit Plakaten und Zetteln zurück. »Habt ihr gesehen? Die Aufstellung für die Rathauswahl. Und Flugblätter. Speziell für Olga. Echt Spitze!«
»An ein paar Aushängen bin ich in der Stadt schon vorbeigefahren. Die Kandidatenliste kann man auch der Zeitung entnehmen«, sagt Annemarie.
»Bauer Schintz; Karpfen-Freese«, erläutert Eike, eins der Plakate entrollend. »Asmussen; Bruß; Häcker... Alles Olgas Leute. Dann, Baugeräte-Hanusch; Dr. Timpe, Oberstudiendirektorin; Krohn, Pächter der Strandhalle; der Kräuterdoktor Hinnerksen...«
»Olga und die Timpe genügen mir«, meint Annemarie.

Eike läßt sich nicht bremsen. »Sensationell-phänomenal! Hier: Sonderplakat. OLGA, DIE EISERNE LADY!
Was Olga will: Schluß mit der Zersiedelung der Natur! Schafft Radwege! Halteverbote an Markttagen!«
»Auch für Lieferanten?« wirft Karsten ein. »Halteverbote vor der Apotheke? Da wird sich Janssen aber freuen!«
»Die Leute können ruhig ein paar Schritte laufen«, ereifert sich Eike. »Vater, begreif doch, das ist Kommunalpolitik! Olga macht ihrem Namen alle Ehre!«
»Man soll sie als gußeisernes Denkmal auf den Marktplatz stellen, diese Eiserne Lady. Dann verursacht sie keinen Terror«, murmelt der Doktor. »Noch was?«
»Schluß mit den Wucherpreisen am Seestrand!«
»Was gehen sie die Strandkörbe an?« fährt Karsten auf. »Die Bauern haben andere Interessen! Meint sie, sie gewinnt damit Stimmen? Wir brauchen auf dem Flachland den Ausbau der Kanalisation. Die ist wichtig. Und sie darf den Kleinbauern finanziell nicht belasten!«
»Aber Paps, Olga hat tolle Pläne! Hör mal: Sie will sogar Störche wieder ansiedeln.«
»Störche! Sehr schön. Dann werde ich Tierarzt.« Der Doktor steht auf. »Ich muß zu Eckholm. Seine Frau hat vorhin angerufen. Der Steffi fehlt was.«
Eike erbietet sich: »Ich fahre dich.«
»Und ich werde mich um die geknickten Blumen – und dann um den Braten kümmern«, erklärt Annemarie.
Im Pfarrhaus stellt Karsten einen fiebrigen Schnupfen bei Eckholms kleiner Stieftochter fest – und macht nebenher die Beobachtung, daß die einst so eifersüchtige Haushälterin lammfromm geworden ist. Steffi hat den Drachen gezähmt. Eckholm, Hugo und Bea besprechen das Trauungszeremoniell im Pfarrgarten. Auch Olga ist dabei. Der Doktor spurtet auf leisen Sohlen zum Wagen zurück. Vor der Apotheke steht Eike mit Detlefsen neben dessen Auto. Mattiesen gesellt sich eilig hinzu.
»Tag, Peter. Haben Sie sich gestern in Kiel mit Kerstin getroffen?«
»Nein. Ihr Sohn fragte mich schon. Mir ist völlig schleierhaft,

weshalb sie plötzlich hier ist. Telefonisch sagte sie mir noch mittags, sie wollte bei Brendons bleiben.«

»Sie beide«, hakt der Doktor nach, »Sie beide hatten kein Zerwürfnis?«

»Wieso denn das?« Peter ist erstaunt. »Ich verstehe Kerstin doch. Damals, im Übereifer, erträumte sie sich so was wie eine Einheirat in meine Familie mit ›Vater, Mutter, Kind‹. Dann hat sie gemerkt, daß wir beide erst Partner werden, uns kennenlernen müßten – und so. Nein, nein, da ist nichts. In Kiel treffen wir uns regelmäßig. Wo steckt Kerstin jetzt?«

»Beim alten Schnittker.«

»Ich kümmere mich nachher um sie«, verspricht Peter. »Ich muß nur erst den Sonntagsdienst der Apotheke bemühen. Gesundheitstee für meine Mutter.«

»Grüßen Sie Ihre Mutter, Peter. Kommen Sie doch mal mit ihr und dem Kleinen vorbei!«

Auf der Rückfahrt sagt Eike zum Vater: »Verstehst du das? Mit Peter hat Kerstin sich nicht verkracht. Das wäre der einzige plausible Grund für ihr Benehmen. Sie weicht uns aus, als hätte sie 'ne Bank überfallen.«

»Keine miesen Scherze, Junge, ja?« Der Doktor hüllt sich bis zur Ankunft auf dem Mattiesenhof in düsteres Schweigen.

Olga Mattiesens Triumph

Vor Schnittkers Bungalow, unter dem Vordach mit Blick auf die Blumenfülle des Gartens, sitzt Kerstin neben dem alten Herrn. Er hat es sich in einem Schaukelstuhl bequem gemacht. Seine Betreuerin, Frau Bast, ist gegangen, nachdem sie ihm das Essen bereitet hat. Doch Schnittker hat noch keinen Appetit. Tee und Kekse genügen ihm vorerst. Er macht den Eindruck eines zufriedenen Greises, dem der Anblick seiner roten, gelben und orangefarbenen Dahlien über alles geht. In Wirklichkeit achtet er genau auf jedes gesprochene – und ungesprochene – Wort seiner Besucherin. Plötzlich sagt er unvermittelt: »Es ist nicht normal, daß ein hübsches junges Mädchen so lange bei einem alten Mann hockt. Hast du nichts Besseres zu tun?«

»Wieso? Nein!« erwidert Kerstin.

»Aha! Das ist schlimm«, meint Schnittker listig. »Für dich, nicht für mich.« Und sofort hakt er nach: »Es ist wohl was passiert?«

Kerstin druckst eine Weile herum. Doch dann, als hätte Schnittker das ersehnte Stichwort gegeben, macht sie ihrem Herzen Luft. »Es ist 'ne ganz scheußliche Situation. Meine Mutter hat mir doch den Job in Kiel bei dem Mann ihrer Freundin Pauline vermittelt.«

»Dem sehr viel älteren englischen Gastprofessor, ich weiß«, nickt Schnittker.

»Ja. Und nun verbringen Paulines Kinder ihre Ferien in England«, fährt Kerstin fort. »Auf einmal stellt sich heraus, daß Pauline einen Freund hat, mit dem sie sich auf Tennisplätzen rumtreibt, auf Partys und sonstwo. Ich diskutiere bis tief in die Nächte mit Brendon Manuskriptfragen –«

»Er mißversteht deinen Eifer und wird zudringlich«, unterbricht Schnittker schroff.

»Woher wissen Sie das?« fragt Kerstin naiv. »Ja. So war es. Aber das Peinlichste: Er hat mich angefleht, ihn nicht zu verraten, dabei weiß er genau, daß Pauline ihn betrügt. Sie dachte wohl, er könnte sich an mir schadlos halten.«

Schnittker lacht leise. »Statt dessen hast du ihn um Urlaub gebeten und bist auf und davon! Das war richtig. Aber daß du das so schwer nimmst, zeugt von Unkenntnis menschlicher Schwächen.«
»Ich habe mich anfangs so wohl gefühlt im Brendonschen Haus«, verteidigt Kerstin sich. »Alles schien mir so sicher und festgefügt. Wenn ich mich getäuscht habe, werde ich mich noch öfter täuschen!«
»Aber klar«, meint Schnittker. »Was erwartest du denn? Glaubst du, du fällst mit deinen Einschätzungen nie wieder auf die Nase?«
Kerstins Gesicht entspannt sich. »Jetzt wissen Sie, warum ein junges Mädchen so lange bei Ihnen sitzt«, lächelt sie. »Das junge Mädchen hat tatsächlich nichts Besseres zu tun, als sich Ihre Ansicht anzuhören.« Sie gibt ihm einen Kuß auf die Stirn.
»Dann mach uns noch einen Tee zum Abschluß unseres tiefschürfenden Gesprächs«, schmunzelt der alte Herr.
Als Peter Detlefsen erscheint, um nach Kerstin zu schauen, wimmelt sie ihn am Gartenzaun ab. »Nächsten Sonntag, Peter. Du wirst die Woche ohne mich auskommen. Ich will Schnittker täglich besuchen, bis er in seine Stadtwohnung übersiedelt.«
Detlefsen erkennt, daß der kluge Greis die beste Instanz für Kerstin und die Rückgewinnung ihres Gleichgewichts ist. Das teilt er auch Annemarie und Karsten mit, die das wohl oder übel akzeptieren.
»Von mir aus.« Der Doktor zuckt die Achseln. »Der alte Erdbebenforscher hat ihr ja schon einmal geholfen.«
Auf dem Mattiesenhof wird Olga von Hugo und Bea nachmittags wieder abgesetzt – samt einem enormen Tortentablett aus der Strandkonditorei.
»Hast du das zu Wucherpreisen erstanden?« foppt sie der Doktor. »Und gegessen habt ihr wahrscheinlich im sündhaft teuren *Seeblick*? Mutter, Mutter, wie glaubhaft bleibt deine Wahlparole?«
»Die Einladung war Hugos Sache. Kuchen backe ich im allgemeinen lieber selber«, lenkt Olga ab. »Bin nur momentan etwas im Streß. Annemarie könnte jetzt den Kaffeetisch dek-

ken!« Sie fuhrwerkt in der Küche herum. »Hugo und Bea holen mich nachher noch mal ab: Wahlversammlung bei Bohm. Werde gegen die Puffs in der Hafenstraße zu Felde ziehen.«
»Mutter!«
»Paßt dir das nicht?« provoziert Olga.
»Ich denke, du bist Kandidatin für die Ortsteile Deekelsen-Dreekels. Das Altenhilfswerk zum Beispiel wäre dein Anliegen.«
»Brauchst du mir nicht zu sagen.« Olga stutzt. »Kommt da ein Auto?«
Schon ertönt in der Außentür Annemaries Begrüßungsgeschrei: »Pauline!«
Olga und der Doktor wechseln einen Blick. Im Hof steht die sommerlich-elegante, äußerst attraktive Pauline Brendon. »Wollte doch mal sehen, wo Kerstin ihren überstürzten Urlaub verlebt«, hört man sie lachend sagen. »Schön habt ihr's hier!«
Annemarie führt sie durch die Diele auf die Gartenveranda. »Wir stehen vor einem Rätsel, Pauline. Kerstin gab keinen Kommentar ab. Außer, daß sie nicht zu euch zurück will.«
»Ach, das wollen wir erst einmal sehen. Da kann nur ein Mißverständnis vorliegen!«
»Das wird ein gemischtes Kaffeestündchen!« prophezeit Olga.
»Womit du ausnahmsweise recht haben könntest«, meint der Doktor.
Eike kommt vom Ökohof heim. Er sieht das Auto mit der Kieler Nummer und sperrt in der Diele die Ohren auf. Eilig zieht er sich zurück. Eben überquert er den Hof, um nach den Pferden zu schauen, da radelt Kerstin zwischen Holunder und Brennesselbusch über die Bohlenbrücke. Sie stutzt, als sie das Auto erkennt.
»Steh nicht wie gelähmt«, sagt Eike. »Oder ist es *zu* schlimm?«
Kerstin nickt. »Sind beide Brendons drin?«
»Nein, nur die Frau. Ich habe gelauscht. Sie will dich wohl wieder in Kiel haben!«
Die Schwester stellt ihr Rad ab. Entschlossen geht sie ins Haus, auf die Veranda.

»Kerstin, liebes Kind!« ruft Pauline ihr entgegen. »Wir haben gerade von dir gesprochen. Erstaunt es dich, daß ich nachforsche, warum du so plötzlich fort bist?«
»Nein. Forschen können Sie, so lange Sie wollen. Ich sage nichts«, erwidert Kerstin.
»Sei nicht unhöflich«, mahnt Annemarie irritiert.
Pauline lächelt: »Es hat dich doch nicht etwa geschockt, daß ich einen Freund habe?«
»Was geht mich Ihr Freund an?« entgegnet Kerstin abweisend. »Von mir aus können Sie ein Dutzend Freunde haben!«
»Kerstin!« mahnt Annemarie dringlicher. Es entsteht eine Pause, die von Olga und dem Doktor sichtlich sehr genossen wird. Mitten in das peinliche Schweigen hinein kommt Eike – offenbar unter dem Eindruck, der Schwester beistehen zu müssen.
»Setzt euch!« ermuntert Olga eifrig. »Torte ist genug da. Ich hole Teller.«
»Liebes Kindchen«, nimmt Pauline das heikle Gespräch wieder auf, »ich habe nur *einen* Freund. Das weiß mein Mann, und er hat nichts dagegen.«
»Ich auch nicht! Sagte ich das nicht?« Kerstin bleibt feindselig. »Aber nennen Sie mich nicht liebes Kindchen!«
»Wie dem auch sei«, versucht Pauline leichthin zu überbrükken. Sie wendet sich an den Doktor. »Ich möchte Kerstin umstimmen. Daß sie einfach die Koffer packt und uns sitzenläßt, ist unfair.«
»Ich kann dazu nichts sagen«, weicht Mattiesen aus.
Kerstin hilft Olga, den Kaffeetisch zu vervollständigen. Sie tut, als ginge sie die Unterhaltung nichts mehr an.
»Kerstin!« bittet Annemarie. »Es läßt sich über alles reden.«
»Ja!« meint Pauline. »Wärst du uns nicht eine Erklärung schuldig?«
Das ist zuviel für Kerstin. »Fragen Sie doch Ihren Mann!« sagt sie leise, aber deutlich.
»Wie bitte?« Pauline zieht die anmutig geschwungenen Brauen hoch.
»Fragen Sie doch Ihren Mann!« wiederholt Kerstin.
»Ach, Kindchen, mein Mann!« Pauline rettet sich in ihren

munteren Plauderton. »Mein Mann ist ein Gelehrter. Er erklärt mir, warum eine brasilianische Ameise das Zwanzigfache ihres Eigengewichts transportieren kann. Aber was er als Mensch fühlt –«
»Das brauchen wir nicht zu vertiefen«, unterbricht Kerstin.
»Nein«, lächelt Pauline. »Übrigens hat er für nächstes Jahr einen Lehrauftrag in Amerika, das wäre auch für dich eine Chance. Damit will ich nichts gegen eine kleine Landarztpraxis sagen ...«
Der Doktor zuckt kaum merklich zusammen. Lauthals erklärt Olga: »Mein Sohn hat im April einen Schweinezüchter aus der Scheiße gezogen.«
»Mutter!« fleht Annemarie.
Eike grinst breit.
»Aus dem Sumpf, meine ich«, verbessert Olga sich.
»Wie unangenehm«, ruft Pauline. »War der Züchter vom Weg abgekommen?«
»Ja, im Suff«, sagt Olga.
»Also, was ist nun?« Pauline richtet ihre schönen Augen auf Kerstin. »Wollen wir die Situation nicht klären? Sollte mein Mann dir zu nahe getreten sein in seiner ungeschickten Art – warum hast du ihm dann nicht auf die Pfoten geklopft?«
Jetzt platzt Kerstin. »Es ist *Ihre* Ehe! Und wenn da jemand Ihrem Mann auf die Pfoten zu klopfen hätte, wie Sie das ausdrükken, dann wären *Sie* das wohl!«
Eike kann sich nicht mehr halten. »Ich schau' mal nach den Pferden«, murmelt er. Er springt auf und läuft hinaus.
»Mir scheint, ich werde hier abgekanzelt und brüskiert!« Paulines Stimme klingt plötzlich gereizt. »Wie spricht Kerstin denn von meinem Mann!«
»Mit Ihren eigenen Worten, verflixt noch mal!« ruft Kerstin. Sie steht ebenfalls auf und folgt ihrem Bruder.
»Entschuldige, Pauline.« Annemarie sucht nach Worten. »Ich begreife nicht, wie sich das Gespräch so zuspitzen konnte.«
»Aber ich!« fährt Olga dazwischen. »Ich ahne es wenigstens. Kerstin ist konsequent, Annemarie. Du kannst stolz auf sie sein!«
Ruhig sagt Mattiesen: »Kerstin hat den kritischen Punkt je-

denfalls nicht als erste erwähnt. Tut mir leid. Es ist wohl doch besser, sie bleibt in meinem kleinen Landarztmilieu, auch wenn ich keine Berufung nach Amerika erwarten kann.«
»Ich habe verstanden«, entgegnet Pauline mit bebender Stimme. Sie erhebt sich. »Ich habe Sie sehr wohl verstanden.«
»Freut mich«, lächelt Mattiesen.
Als Annemarie Pauline zum Wagen begleiten will, hält der Doktor sie zurück. »Laß, Annemie. Die Verabschiedung übernehme *ich*.«

Die Auseinandersetzung mit Pauline hat reinigend auf Kerstins Gemüt gewirkt. Mochte Annemarie der Quasi-Rausschmiß ihrer Jugendfreundin auch unangenehm gewesen sein, um so dankbarer ist sie dem Doktor dafür, daß er das letzte Wort gesprochen hat. Kerstin radelt nach wie vor zu Schnittker, nun nicht mehr, um ihn mit ihren Sorgen zu behelligen. Der alte Herr hat Witz, und seine originellen Lebensweisheiten bringen sie zum Lachen.
Olga aber wirft sich mit Macht in den Wahlkampf. Dabei steht ihr Eike begeistert zur Seite.
Während einer Sprechstunde sagt die Arzthelferin Doris zum Doktor: »Ich finde es ganz toll, daß Sie Ihrer Mutter Urlaub gegeben haben.«
»Nur eine Vorsorgemaßnahme, Doris. Tagsüber soll sie sich ausruhen, wenn sie abends die große Klappe schwingt. Sonst bricht sie mir am Ende zusammen!«
»Ihre Mutter! Na, das hat wohl noch ein paar Jahre Zeit«, meint Doris. »Sie blüht ja richtig auf. Ich war am Sonntagabend in der Versammlung. Himmel, die hat es den Leuten aber gezeigt. Sie nimmt kein Blatt vor den Mund.«
»Nee, wirklich nicht«, lacht Astrid. »Jedes heiße Eisen packt sie an!«
»Das ist es ja«, seufzt Mattiesen. »Damit setzt sie sich zwischen alle Stühle.«
Astrid und Doris protestieren.
»Was meinen Sie, wie gut Olga gerade bei der Jugend ankommt!« ruft Doris.

»Na, und ist das nichts, ein Bürgerhilfswerk auf dem Lande zu verlangen?« gibt Astrid zu bedenken. »Motto: ›In der Not hilft jeder jedem!‹«
»Schöne Worte, schöne Worte«, zweifelt Karsten. »Was tun *wir* denn? Wir reden den Leuten zu, und nur wenige richten sich danach. Aber was soll's? Der nächste bitte –«
»Da müssen Sie mal ohne mich auskommen«, sagt Astrid. »Ich repariere den Inhalator.«
Als der letzte Patient gegangen ist, kommt Astrid und verkündet stolz: »Gute Nachricht: Der Inhalator funktioniert wieder.«
»Du bist ein Schatz, Astrid«, lobt der Doktor. »So, für heute ist Schluß. Gleich kriege ich mein neues Auto. Dann ist dieses Provisorium vorüber. Ich wollte, Olgas Wahlkampf hätten wir auch schon hinter uns.«

Die Wahl! Der Wahlkampf!
Eike flitzt mit dem Rad umher, um Aufrufe im Plakat- und Illustriertenformat überall dorthin zu kleben, wo noch geeignete Flächen verfügbar sind.
Doch mehr und mehr mangelt es an Klebestellen! Alles was sich nur im mindesten dafür eignet, ist zugekleistert. An den meisten Flächen – Brückenpfeilern, Mauern, Kaianlagen – heißt es bedrohlich: »Plakate ankleben verboten! Zuwiderhandlungen werden strafrechtlich verfolgt!«
Eike stöhnt. Das Rathaus prangt im Schmuck seiner unverschmierten Fassade. Es wäre ein guter Blickfang. Aber auch hier ein Schild: »Plakate ankleben verboten!« Eike überlegt kurz, dann macht er sich eifrig ans Anpappen. Wie aus dem Boden gewachsen, steht plötzlich der Polizeioberkommissar Heitmann neben ihm.
»He, Eike! Kannst du nicht lesen?«
»Doch«, entgegnet Eike munter. »Aber wer hat das Schild da angebracht?«
»Na, die Stadtverwaltung!« sagt Heitmann.
Eike grinst. »Als ausführendes Organ der gewählten Volksvertreter? Das sind doch die Leute, die ein Interesse an der Wahlbeteiligung haben? Nee. Für diesen Fall kann das Verbot nicht

gelten. Der Pfarrer zum Beispiel betritt die Kirche durch die Seitenpforte. Sollte er da an der Schwelle stehen bleiben, nur weil ein Schild dem Publikum anzeigt: Kein Eingang?« Heitmann sieht dem davonradelnden Eike nachdenklich hinterher. Olgas Enkel! Nicht auf den Mund gefallen – und irgendwie logisch...

Neben dem Wahlfieber herrscht der übliche Markttrubel auf dem malerischen Rathausplatz. Als der Doktor am Samstag einen Krankenbesuch hinter sich hat, schlendert er durch die Gassen der Stände und Buden. Das hat er als Kind schon gern getan. Zum Wochenende trifft sich hier die ›halbe kleine Heimatwelt‹. Auch die vereinsamte und verbitterte Klatschtante Berta ist wieder als Aushilfe tätig; diesmal verkauft sie Hemden. Dazu gibt's gratis die Kommentare aus ihrer Sicht. Detlefsen ist heute bereits da. Man sieht ihn mit seiner Mutter, mit Klein-Robert – und mit Kerstin! Doktor Mattiesen hört Berta zu einer Kundin sagen: »Na, was glauben Sie denn? Natürlich hat er das junge Ding verführt! Deshalb ist er ja auch strafversetzt worden, nach Kiel. Zeiten sind das! Die Gräfin Bea ist diesem Heiratsschwindler Hugo Cornelsen aufgesessen. Selbst der Pfarrer fällt einem Weib mit einem ledigen Kind zum Opfer. Und Doktor Mattiesen wäre ja mit dieser Rennfahrerin durchgebrannt –«

»Ist er aber nicht, Berta. Ist er aber nicht!« stoppt der Doktor den Redefluß. Der Berta verschlägt es noch aus einem anderen Grund die Sprache, sie sieht ihre abtrünnige Freundin Thea mit der Melsen-Grete Arm in Arm vorübergehen. »Pack schlägt sich, Pack verträgt sich«, kann sie nur noch hauchen. Der Doktor aber begrüßt die Detlefsens und seine Tochter Kerstin.

»Paps«, sagt die Tochter lachend, »geh mal zu den Ständen vor der Apotheke! Da hat Olga einen Gemüsestand übernommen!«

»Waaas?« fragt Mattiesen, Böses ahnend. »Olga als Gemüsefrau? Wie kommt sie denn *dazu*?«

»Wirst du sehen!« erwidert Kerstin. »Immer der Stimme folgen! Dann kannst du sie nicht verfehlen!«

»Wahlkandidatin als Marktschreierin!« mischt sich jemand gehässig ein.

Was ist geschehen?
Die Ökobauern wollen etwas von ihrem Bio-Ernte-Ertrag öffentlich verkaufen. Die Lizenz haben sie. Heidrun hat fröhliche Motive für das Äußere des Bretterstandes entworfen. Oskar, Hannes und Ferdi haben die zusammensetzbaren Teile gezimmert, Silvia und Manfred originelle Körbchen geflochten. Nun sind sie hier auf dem Markt, die Abgesandten Heidrun und Manfred, und ihre Auslage kann sich sehen lassen.
Aber die Ware! Die Neubauern müssen erleben, daß das Publikum kein Auge für ihre ›reine Natur‹ hat. Daß es sich den faustgroßen, runden, glatten Tomaten anderer Verkäufer zuwendet. Die ›naturgezogenen‹ wirken dagegen murklig.
»Sind das Radieschen?« spottet eine Frau.
»Tomaten«, erwidert Manfred verstört. »Naturgedüngt. Nicht gespritzt.«
»Das sieht man!« sagt die Frau im Weitergehen.
»Garantiert feinste Salatgurken«, preist Heidrun mit Jammerstimme an. »Sie sind klein, schmecken aber gut! Nehmen Sie ein Körbchen selbstgesammelter Beeren. Naturqualität! Zwiebeln, Dill, Petersilie, Kerbel...«
Manfred weist auf die Körbe mit Äpfeln: »Reine Gartenernte!«
»Fallobst!« erhält er zur Antwort.
Da greift Olga ein. Olga, Bürgerschaftsrätin, Rathauskandidatin der regionalen Heimatpartei. »Laßt mich mal«, sagt sie zu Heidrun und Manfred. »Ihr habt zwar monatelang geschuftet, aber ihr versteht nicht, wie man so was verkauft!« Und sie wirft sich voll ins Geschäft.
»Damen und Herren!« klingt ihre Stimme volltönend durch das Stimmengewirr. »Wissen Sie, was das Land, unser schönes Land alles hergeben kann?«
Der Doktor steht in der Menge und hört mit Schrecken zu. Olga kennt keinerlei Rücksicht. Die beschwört am Ende noch die alten Wikinger herauf!
»Unser Land!« tönt Olgas Sprechgesang. »Sehen könnt ihr's! Riechen auch, nicht immer zur Freude eurer Nasen. Aber *schmecken*?« Sie ergreift einen Apfel. »Das ist geronnene Sonne, ungefiltert! Honigsüß!«

»Besonders die Maden!« schreit Berta.
»Will dich einer fressen?« kontert Olga. Und sie fährt fort: »Hier der Salat! Nicht so giftgrün, nein, gewiß nicht. Aber lassen Sie sich von Äußerlichkeiten nicht täuschen! Essen Sie mit den Augen oder mit dem Mund? Ja, ja, junge Frau – Sie da! –, kommen Sie ruhig näher! Probieren Sie eine Tomate! Das ist ein Gedicht. Da brauchen Sie die Schale nicht auszuspucken!«
Immer mehr Neugierige versammeln sich um Olga. Sie steigert sich: »Wenn Sie Äpfel mit Seifengeschmack bevorzugen, bitte, dann gehen Sie weiter. Dieses Obst hier ist pure Natur! Natur! Ohne Chemie!«
Verärgert schiebt sich der Apotheker Janssen an Karsten heran. »Jetzt wettert Olga auch noch gegen die Chemie! Als Arztwitwe und Arztmutter müßte sie wissen, daß die Medizin ohne Chemie nicht auskommt!«
»Deiner Apotheke wird ihre Philippika nicht schaden«, beschwichtigt ihn der Doktor. Doch er zieht es nun vor, den Rückweg anzutreten.
Auf dem Mattiesenhof erwartet ihn Annemarie mit einer Fülle von Problemen. Problemen, die auf Haus und Familie zukommen. Unter dem Einfluß von Schnittker hat Kerstin sich von ihren selbstquälerischen Zweifeln gelöst. Nach offener Aussprache mit den Eltern will sie sich mit Detlefsen verloben – ganz altmodisch verloben. Nun, es ist *ihr* Leben. Annemarie möchte den ersten Hochzeitstag der neuen Ehe mit ihrem alten Ehemann gebührend feiern. Wartet man aber bis zur nächsten Woche, könnte man Olgas Geburtstag mit einbeziehen; im vergangenen Jahr ist sie wegen der Wiederheirat zu kurz gekommen. Und zu viele Feste hintereinander sind schwer zu verkraften. Hinzu kommt, daß Hugo und Bea heiraten wollen. Da sich der Umbau ihres Hauses verzögert, Beas Freunde aber auch Olgas Freunde sind, soll Hugos und Beas Hochzeitsfeier auf dem Mattiesenhof ausgerichtet werden. Hugo will alle Kosten übernehmen und einen Party-Service einschalten. Er meint, die Zusammenlegung der Feste würde alle Beteiligten entlasten.
»Der Mann denkt praktisch«, sagt Karsten. »So 'n doller Hochzeitsrummel ist für Olga der richtige Wind zu ihrem Geburts-

tag. Und nach dem Wahlstreß nimmt ihr Hugos Party-Service die Arbeit ab. Kerstin und Detlefsen – auch Eike – legen sicher Wert darauf, an Olgas Fest beteiligt zu sein. Und unseren Hochzeitstag, Annemie …«

»Ja?«

»Den feiern wir sowieso zu zweit.«

»Akzeptiert.« Annemarie lächelt versonnen und glücklich, bis Karsten prosaisch hinzufügt: »Hoffentlich regnet es nicht dicke Hunde vom Himmel!«

»Was hat das mit unserem Hochzeitstag zu tun?«

»Nichts! Aber denk an das Monsterfest auf unserem Hof! Das erreicht die Ausmaße olympischer Spiele! Wenn das im Wasser ersäuft!«

»Laß das Hugos Sorge sein, Liebling. Sehen wir erst, was die Wahl bringt.«

Am Sonntag fährt der Doktor die ganze Familie zum Wahllokal in die Hauptschule; dort votieren Bürger mit den Anfangsbuchstaben M bis Z. Die A bis K-Wähler gehen im Gymnasium an die Urnen. (Eike darf sich nicht beteiligen, da er in Tübingen gemeldet ist.) Danach wird Olga Hugo und Bea überlassen, Kerstin geht zu Detlefsens, das Doktorpaar macht mit Sohn Eike und Hafenkapitän Nölting einen Segeltörn auf der Ostsee.

Abends treffen die vier Mattiesens zu Hause wieder zusammen. Sie warten auf Olga – und auf das Wahlergebnis.

Die Fraktion der amtierenden regionalen Heimatpartei hat sich in der Rathauskantine um Bürgermeister Schultes versammelt. Die anderen harren im Sitzungssaal. Schultes kommt kaum vom Telefon weg. Asmussen hat Bier, Schnaps und Häppchen angeliefert. Der Reporter Dröge geht von Gruppe zu Gruppe und vermerkt, welche Chancen sich die Anwesenden geben. Schintz und Freese prosten sich schweigend zu; das Ganze ist für sie eher Regenmacherei oder Sterndeutung. Janssen und Häcker diskutieren lautstark. Olga schwatzt vergnügt mit der Kindergärtnerin und der OP-Schwester des Krankenhauses.

Plötzlich hört man Schultes am Telefon aufbrüllen: »Wie? Was? Unmöglich! Das soll das vorläufige *Endergebnis* sein?«

Er legt auf. Bleich vor Schreck wendet er sich der Versammlung zu.
»Freunde... Wir haben... Wir haben erhebliche Stimmenverluste!«
In der Rathauskantine herrscht dumpfes Schweigen.
Schultes räuspert sich: »Nach... nach Jahren kontinuierlicher Arbeit für die Interessen unserer heimatverbundenen Gemeinde... trifft uns der Vertrauensentzug sehr hart... Äh...«
»Das gibt's doch nicht!« brüllt Stöhr. »Da ist doch etwas schiefgelaufen!«
Tumult.
»Es fragt sich«, vernimmt man Janssen, »ob unsere Strategie richtig war. Ich will niemanden ansehen. Doch es scheint mir, als hätten gewisse Kandidaten die Bürger verärgert...« Sein Blick streift Olga. In dem einsetzenden Schweigen sieht Olga auf einmal die Augen aller auf sich gerichtet.
»Was ist?« fragt sie. »Was glotzt ihr mich so an? Soviel ich begreife, weist das vorläufige Endergebnis einen Stimmenverlust für uns auf. Na und?«
Janssen bemerkt wichtig: »Wir haben durch *dich* verloren, Olga!«
»Durch mich?« verwahrt sich Olga. »Wieso durch mich? Spinnt ihr?«
Ärgerlich ruft Schultes: »Kein Zweifel, daß uns das Pressetheater mit deiner Jugendliebe geschadet hat! Du spielst dich überhaupt zu sehr in den Vordergrund!«
»Der ganze Einsatz war umsonst«, murrt Asmussen. »Wenn du öfter mal den Mund gehalten hättest, würden wir haushoch gewonnen haben.«
»Es ist unmöglich, gegen verfehlte Fremdenverkehrspolitik zu wettern«, mischt sich der Leiter des Reisebüros ein. »Die Bauern, das Altenheim und das Bürgerhilfswerk bringen kein Geld. Die kosten nur!« Und so prasselt es von allen Seiten auf Olga ein.
»Seid ihr noch zu retten?« ruft Olga. »Die Bauern, das Altenheim und die Befürworter des Hilfswerks sind *unsere* Wähler! Ihre Stimmen wollt ihr, aber ihre Sorgen kümmern euch nicht!

Hat nicht auch die Opposition verkündet: ›Es geht um *jede* Stimme? Auch die der Alten und Kranken!‹? Was versteht ihr denn – frage ich – unter *Gemeindewohl*?«
Olga liest den Versammelten die Leviten. Der Reporter Dröge macht eifrig Fotos. Sein Taschen-Tonband läuft die ganze Zeit.
»Willst du leugnen«, fragt Janssen, »daß deine Marktschreierei am Gemüsestand eine komische Nummer war?«
»Ja«, hakt Schultes ein. »Du bist Kandidatin! Gelernte Krankenschwester, Hebamme und amtierende Praxishilfe eines geachteten Arztes! Als Marktschreierin für schrumplige Äpfel haben wir dich nicht aufgestellt! Das war das letzte! Setzt dich für hergelaufene Fremde ein!«
Olga mustert den Bürgermeister. Plötzlich scheint sie eine ganz andere zu sein, eine, die die Stallschürze und den Kittel auch innerlich abgelegt hat und eine Überlegenheit zeigt, wie sie die Leute noch nicht erlebt haben.
»Hergelaufene Fremde, Schultes? Wahlberechtigte, unbescholtene und fleißige Leute! Laß dir sagen: Die Mattiesens waren schon hier, als einige von euren Vorfahren noch gar nicht wußten, wo unser Ländchen liegt. Bei wem soll ich anfangen, hergelaufene Fremde zu zählen? Bei dir? Und *du* willst mir verbieten, mich gegen Vorurteile einzusetzen? Ich soll den Mund halten, meint ihr? Nein, Freunde.«
Sie geht auf Schultes zu: »Den Mund halten? Wo ihr Stammtischbrüder euch nie scheut, in der Kneipe über alles herzuziehen, was der Schnaps euch eingibt?« Olga schlägt mit der flachen Hand auf den Tisch, daß das Telefon wackelt: »Hiermit lege ich mein derzeitiges Mandat nieder und verzichte vorsorglich auf einen künftigen Sitz im Rathaus!«
Es ist ganz still, als Olga den Raum verläßt. Der Reporter Dröge drängt sich an ihr vorbei, um rasch die Redaktion zu erreichen. Im benachbarten Restaurant warten Hugo und Bea. Sie setzen Olga auf dem Rückweg vor dem Mattiesenhof ab.
Das Doktorpaar, Kerstin und Eike sitzen in der Halle. Eike hat ein Kaminfeuer entfacht. Annemarie hält eine Pfirsichbowle bereit. Die Gläser funkeln auf dem polierten Tisch.
»Zu feiern gibt's nichts«, bemerkt Olga barsch. »Bei mir ist der

Ofen aus. Ich hab' alles hingeschmissen.« Sie gibt einen kurzen Bericht.

»Nun setz dich erst mal, Mutter«, sagt der Doktor ruhig. »Du bist ja selber der Ansicht, daß die Welt nicht untergeht. Warum sollen wir kein Glas Bowle trinken?«

Eike verschluckt sich vor Wut. »Omas Einsatz war echt toll! Auf der ganzen Linie!«

»Gegen die Timpe kommt sie nicht an!« faucht Kerstin. »Die macht alle Mattiesens mies!«

»Frau Timpe wird sich hüten, das öffentlich zu tun«, sagt Annemarie. »Also: Trost und Prost!«

Am folgenden Morgen erlebt der Mattiesenhof ein gänzlich unerwartetes Echo auf Olgas Rückzug aus dem Rathaus. Der Zeitungsverleger Fletsch (der sich vor der Wahl sehr zurückhielt) hat Extrablätter drucken lassen. Frau Sellmann, Doris, Astrid und viele Patienten kommen bereits mit der Sensation an. In fetten Lettern kann man lesen:

Moralischer Wahlsieg
Olga Mattiesens

Eiserne Lady bleibt hart

Olga Mattiesen gegen Bevormundung und Ungerechtigkeit! Verzicht auf Mandat!

In dem Artikel wirft Dröge die Frage auf, ob es fair sei, eine so verdiente Rätin für Stimmenverluste verantwortlich zu machen. Eine Frau, die von der Jugend akzeptiert wird und Generationsbrüche kittet. Dem schließt sich ein Wort- und Bildbericht von der Debatte an.

»Super!« schreit Eike. Er schwenkt seine Oma im Kreis herum.

Doris, Astrid und Kerstin applaudieren. Olga murmelt: »Der Dröge hat tatsächlich alles gebracht! Hätte ich ihm nicht zugetraut!«

»Zeig mal!« drängt Annemarie. »Vielleicht krieg' ich das auch mal zu lesen?«

»Toll!« jubelt Kerstin. »Olga, du bist die Größte!«
»Ja doch, ja. Aber nun Schluß damit!« entgegnet Olga unwillig. »Die Sprechstunde ist wichtiger.«
»Da hat sie recht«, greift der Doktor ein. »Aber was hatten wir vereinbart? Arbeitsbefreiung nach dem Wahlstreß! In dieser Woche, Mutter, tust du nichts, als dich auf Hugos und Beas Hochzeit und auf deinen Geburtstag vorzubereiten.«
»Na, gut. Dann schmeiß ich auch hier mein Mandat hin! Eike kann mich nachher zu Hugo und Bea rüberfahren...«

Der große Tag der vereinten Feste bringt trotz gegenteiliger Vorhersage schönes Wetter. Während der Doktor die letzte Sprechstunde der Woche am Samstagvormittag abhält, werden Hugo und Bea in der Borsberger Kirche getraut. Olga und die junge Frau Eckholm sind die Trauzeugen.
Schon beginnen auf dem Mattiesenhof fieberhafte Vorbereitungen. Eike, Kerstin, Frau Sellmann und die Ökobauern Ferdi, Heidrun und Oskar helfen BOHMS-PARTY-DIENST beim Aufstellen der U-förmigen Tafel. Federleichte Klappstühle werden haufenweise abgeladen. Das reichhaltige kalte Büfett kommt in ein Zelt, desgleichen der Tortenberg und das Geschirr.
Eike, Kerstin und Ferdi überziehen Hof und Garten mit Drähten für die bunten Lampions.
»Platz ist massig da«, verkündet Eike. Aber man muß die Autos der Gäste einkalkulieren, auch die der nur kurz hereinschauenden Gratulanten. Nachbar Schintz stellt ein Stück Ödland zum Abstellen der Wagen zur Verfügung.
»Tretet nicht auf die Katzen !« ruft der Doktor von der Treppe her. »Kerstin! Immer gleich ein Schild an die Geschenke: *Von* wem – *für* wen! Sonst gibt es ein heilloses Durcheinander!«
An vielen der haufenweise eintreffenden Blumengestecke, Sträuße und Töpfe hängen Kärtchen mit der vorgedruckten Aufschrift: »Viel Glück« – gezeichnet: unleserlich. Es ist Doris, die es übernimmt, gleich beim jeweiligen Boten die Herkunft zu orten. Auch Hausrat wird angeliefert. Manchmal weiß man nicht: Ist der für das Hochzeits- oder das Verlobungspaar bestimmt?

»Eike!« mischt sich Mattiesen wieder ein. »Wohin soll die Kapelle?«
»Welche Kapelle?«
»Die Stadtmusik! Neuerdings unter der Leitung des Kräuterdoktors!«
»Bimbam!« stöhnt Eike. Ein Extra-Tisch muß der Tafel vorgesetzt werden, für die diversen Redner. Annemarie, die ein Dutzend Kaffeekannen von Bohm anfährt, lädt ahnungslos die erste Kanne auf dem Zusatztisch ab. Batsch – saust die Kanne zu Boden.
»Eike, der Tisch wackelt! Er steht schräg«, schreit Kerstin.
»Du mußt etwas drunterlegen!« brüllt Eike von einer Leiter.
Kurz darauf stellt Oskar einen Karton mit Girlanden ab. »Der Tisch wackelt!« ruft er. »Ach, das ist ein Klapptisch! Man muß den Knickbügel zwischen Bein und Platte durchdrücken!«
Olga kehrt von der Trauungszeremonie zurück. Trotz des Protestes wirft sie sich ins Getümmel: »*Einen* Kuchen backe ich selber! Sonst ist das für mich kein Geburtstag!«
»Aber mach nicht etwa Kaffee!« ruft Annemarie. »Den liefert der Party-Service in Großbehältern an!«
Als nächstes werden die Bierfässer von Asmussen gebracht. Der Fahrer läßt sich die Lieferung quittieren. »Der Tisch wakkelt aber!«
»Ja, ja, der Tisch ist nur für den Redner gedacht«, erklärt Annemarie.
Kaum haben sich die Mattiesens festlich gekleidet (Sommerlich-Sportliches ist angesagt), da fluten auch schon die Gäste herbei. Hugo strahlt an der Seite seiner vor Freude hochroten Gräfin, still und bescheiden steht Peter Detlefsen neben Kerstin. Munter naht Pfarrer Eckholm mit Ina und Steffi. Frau Detlefsen hat den kleinen Robert mitgebracht, Eckholms Tochter Inken ihren nun schon mehr als einjährigen Sohn; doch jüngstes Kind ist der kleine Karsten vom Ökohof, dessen Eltern Olga gratulieren wollen.
Heute herrscht Burgfrieden zwischen Leuten, die einander sonst nicht grün sind. An Theas Erscheinen nimmt niemand Anstoß. Ihrerseits wirft Thea auch keinen giftigen Blick auf den Reporter Dröge und die Polizeibeamten Karlsen und Heit-

mann. Hinnerksen ist mit seinen Musikanten angerückt. Hannes vom Henninghof bringt ein Mikrofon an dem Beistelltisch an. Der Apotheker Janssen bemerkt zweifelnd: »Der Tisch wackelt!«
»Ja, den Klappbügel unter der Platte durchdrücken!« stöhnt Eike.
»Du siehst ziemlich gestreßt aus«, lächelt Astrid.
»Nicht der Rede wert«, grinst Eike. »Setzen wir uns zusammen? Ich bin solo. Hilke ist in Hamburg geblieben.«
Nun wird mit einigen Ansprachen und vielen Tuschs das Hochzeitspaar Hugo und Bea gefeiert. Dann tritt Schultes an den Rednertisch.
»Ich spreche nicht als Bürgermeister, sondern als Freund«, beginnt er. »Liebe Olga, es gingen Gerüchte um, die Wahl hätte uns entzweit. Jeder weiß, was wir einander an den Kopf geworfen haben. Aber wenn die Verhandlungen im Rathaus günstig verlaufen, bitte ich dich doch, deinen Sitz wieder einzunehmen.«
»Bravo!« schreit Eike. Viele Gäste klatschen und johlen.
»Ruhe!« Schultes, den die Begeisterung nur noch mehr motiviert, fährt mit erhobener Stimme fort: »Das Beste, was man in aller Öffentlichkeit zu deinem Geburtstag sagen kann, ist dies...« Er klettert auf den Tisch und breitet die Arme aus. »Olga Mattiesen –«
»Der Tisch wackelt, paß auf!« ruft Janssen.
»Du hast dich um das Gemeinwohl verdient gemacht!« kann Schultes noch sagen. Dann geht er unter donnerndem Beifall mit dem Tisch zu Boden... Damit ist das ganze Programm über den Haufen geworfen, alles lacht nur noch und schwatzt durcheinander. Unmöglich, jetzt noch Kerstins und Detlefsens Verlobung feierlich bekanntzugeben.
»Das holen wir später einmal nach«, meint der Doktor in der Nacht, als die letzten Gäste den Hof verlassen haben. Annemarie hat sich eine Stola umgelegt. Sie und Karsten wandern um das still gewordene Haus. »Unser erstes neues Ehejahr haben wir glücklich hinter uns, Annemie«, sagt er. »Im Winter kannst du dann wieder deine Konzerte in Hamburg besuchen, falls es dir hier langweilig werden sollte...«

»Nein, Karsten«, lächelt Annemarie. »Eins habe ich in unserem ersten neuen Ehejahr gelernt: Langweilig... langweilig wird es mit dir nie!«